KB264212

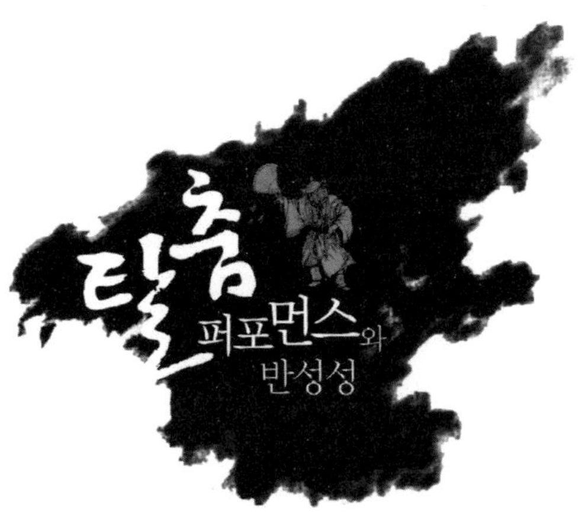
탈춤
퍼포먼스와
반성성

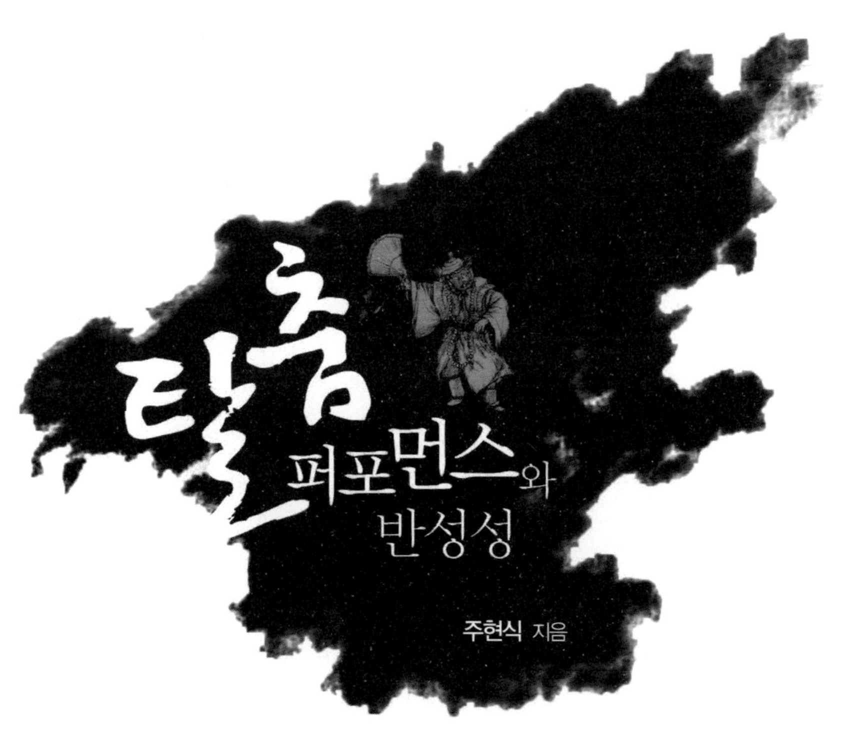

한국학술정보(주)

:: 머리말

‘퍼포먼스’라는 말은 21세기를 대표하는 핵심 어휘 중 하나가 되었다. 대중 매체의 성장과 함께 가요, 뮤지컬, 콘서트 같은 각종 공연 예술 장르가 급속도로 발전하면서 퍼포먼스라는 말이 트렌드처럼 유포되었다고 볼 수 있다. 그래서 퍼포먼스 하면 무대 위 인기 아이돌 스타의 경쾌한 춤과 노래를 쉽사리 떠올린다. 관객에게 어필할 수 있는 몸짓과 미성, 현란한 무대 의상은 퍼포먼스를 잘 해내기 위한 기본 조건으로 곧잘 인식된다. 그러나 퍼포먼스는 무대 위 공연뿐만 아니라 인간의 모든 행위를 포함할 수 있는 그 외연이 더 넓은 개념이다. 세계를 일종의 무대로서 간주할 수 있다면, 배우와 관객의 관계처럼 행위자들의 상호 행위 내에서 발생되는 모든 사건, 행동, 산물은 퍼포먼스로서 간주될 수 있다. 필자의 박사학위논문 「탈춤 연행의 반성성 연구」를 다시 엮은 이 책은 이렇듯 고정관념화된 의미와는 다른 각도에서 퍼포먼스를 접근하기 위한 한 시도다.

연극적 공연, 연극적 퍼포먼스는 확대된 퍼포먼스의 속성을 전형적으로 보여 준다. 연극은 극작가에 의해 창작된 희곡과 연출가에 의해 상연된 공연의 두 존재 양식으로 구성된다. 희곡, 대본의 창작이 시간적으로 선행하지만, 그렇다고 해서 공연이 대본에 나와 있는 대로 이루어지는 것만은 아니다. 희곡은 언어를 주 매체로 하나, 공연은 언어 이외에도 배우의 제스처, 목소리, 의상, 얼굴 표정 같은 다채널의 경로들을 매체로 현전하는 관객과 소통하기 때문에, 대본의 의미작용은 공연의 의미작용과 같다고 말할 수 없다. 바꾸어 말해 연극적 공연은 대본을 '반복하지만, 그대로 반복하지 않는다.' 연극 공간 속 배우와 관객의 소통 양상에 따라 희곡적 대본의 동일성의 의미는 언제나 차이성을 지니고서 달라질 수 있다. 즉 연극적 퍼포먼스의 의미는 관객과의 상호 작용 속에 놓인다. 연극적 퍼포먼스의 의미는 사이성(Betweeness)의 의미에서 비롯된다. 연극적 퍼포먼스에서 중요한 것은 희곡적 텍스트라는 고착된 의미를 얼마나 정확하게 복제하느냐 하는 점보다도 그 고정된 의미를 관객이 존재하는 상황과 함께, 이를테면 컨텍스트에 맞춰 얼마나 잘 표현하느냐 하는 점에 달려 있다. 결과적으로 배우와 공현전하는 관객 앞에서 전시되는 연극적 퍼포먼스의 의미는 항상 유동적이고, 가변적이다. 희곡적 대본의 의미를 공연으로 반복, 복원한다고 할지라도, 연극적 퍼포먼스는 그것의 기원인 희곡의 순수성을 그대로 반복, 복원할 수 없다. 해서 연극적 퍼포먼스의 주체는 통합적이기보다 파편적이다. 중심적이기보다 탈중심적이다. 실제적이기보다 가상적이다. 연극적 퍼포먼스의 대상 또한 고정적이기보다는 불안정하다. 모방적인 것 같지만 존재하는 것보다 더 훨씬 더 생생하게 인식되는 바, 시뮬라시옹적이다. 두 번째 행해진 행위이자, 재컨텍스트화된 행위로서, 연극적 퍼포먼스는 실제적인 것도 아니고, 그렇다고 해서 실제적인 것이 아닌 것도 아닌, 어떤 것 사이의 긴장 속에 있는 양시적(兩視的) 시각 혹은 이중적 관계를 형성한다.

연극적 퍼포먼스의 개념을 상호 행위 되는 모든 사건, 행동, 산물에까지 적용하고자 할 때, 반성성(reflexivity)의 개념이 화두로 떠오르게 되는 것은 그런 까닭에서다. 반성성은 자기 자신을 지시할 수 있는 능력을 일컫는다. 그러나 반성성은 유아론적 개인에게 되돌아가는 문제와는 완전히 다른 현상이다. 반성적이 되는 것은 자아에게만 몰입된 나르시시즘과 구별된다. 반성적이 되는 것은 자기 자신에게로 되돌아가, 자기 자신에게로 경사되되 자신 자체가 대상이 되는 것인바, '나' 자신에 대한 앎을 획득하기 위해서 '나' 자신에게서 거리를 취하고 '나' 자신의 외부에 서 있어야만 하는 과정을 함의한다. '나' 자신이 되기 위해 반드시 필요한 것은 '나'를 틀거리 지을 수 있는 과정이다. 그것은 '나' 안에서 오는 것이 아니라 '나'의 외부로부터 비롯된다. '나' 자신을 뛰어넘으려는 노력은 '나' 자신을 지시할 줄 아는 것에서 비롯되지만, 역설적이게도 '나' 자신을 지시할 줄 아는 능력은 '나' 자신의 외부 영역과의 만남에 의해서만이 가능하다. 연극적 퍼포먼스는 결국 경계선 상의 문턱(liminal)에 서서 변형을 거듭하게 되는 유목민의 화용론적 체험 자체이므로, 퍼포먼스적 존재론 한가운데에는 '나' 자신이 아닌 것도 아닌 것이 되는 경계의 혼합, 관계적 네트워크의 반성적 국면이 필연적으로 자리하고 있다.

한국 탈춤은 수용자의 향유적 측면을 강조해 일찍부터 '연행(演行)'이라 불렸고, 그 주체들은 '광대(廣大)'라 칭하여 왔다. 광대와 청관중의 소통에 따라 '멀리 흐르고 통해 스며들어 행해진다'는 '연행'의 의미와, 변형의 힘을 강조하고자 '넓히고 크게 하는 자'라는 의미가 함의된 광대만큼 현대의 퍼포먼스 개념, 곧 경계에 대한 반성적 인식을 잘 보여 주는 연극적 현상은 없으리라는 것이 필자가 탈춤을 공부하고 관람하면서 든 생각이었다. 이 점이 계기가 되어 필자는 박사논문 연구대상으로서 탈춤을 선택하였고, 퍼포먼스를 수행이 아닌 연행으로 번역하면서, 그것의 반성적 국면에 천착하게 되었다. 물론 이러한 연구 과정은 한국적 전통이 우수하다는 식의 국수주의적 사고방식에서 발로된 것도 아니고, 선도적 외국 이론을 한국 문학, 연극에 적용해서 자기 만족감을 얻으려는 식의 타율적인 연구 태도에서 기인한 것도 아니다. 그보다는 어릴 적부터 눈동냥, 귀동냥 몸의 습관으로 익힌 광대들의 연기와 그것에 즉흥적으로 대거리해 주는 마을 공동체 성원들의 자연스러운 흥심이 아직 잔존하는 탈춤이야말로, 박제화되었다는 비난을 받을지라도 상업적 현대 연극과 달리 상호 행위의 에너지 교환과 함께 변형의 체험을 몸의 주름처럼 시간적 두께로 간직한 문화적 기억의 풍부한 저장고이지 않겠는가 하는 생각에서 이 연구는 출발하였다. 그 결과 퍼포먼스 이론을 소화해서 그동안 리얼리즘론이나 뒤르켐의 사회적 기능주의 관점으로서만 파악된 탈춤 연구의 논의 가능성을 확대하고, 역으로 탈춤 연행의 반성적 국면을 고찰함으로써, 현대 퍼포먼스 이론의 담론적 확장 가능성을 탐문해 보는 것이 박사논문 집필 당시 필자의 욕망이 되었다.

이러한 연구 목적을 위해 먼저 반성성의 개념, 연행과 반성성의 관계에 대한 이론적 사항들을 정리하였다(2장). 이후 언어학적인 담화적 접근, 비언어학적인 체현의 양상들을 중심으로 국지적 상황 속 탈춤 내 상호 행위의 반성적 연행 양상을 살펴보고, 그것이 사회적 경험의 미시적 차원으로서 어떤 의미를 지니는지 탐문하였다(3장). 이어서 국지적 상황의 협소한 지평을 좀 더 거시적인 문화론적 논의로 넓히고자, 푸코의 담론 이론과 바흐친의 상호 텍스트성 이론을 바탕으로 탈춤 연행에서 권위적 담론과 탈권위적 담론이 어떻게 구심력과 원심력을 가지고서 반성적으로 틀 지어지는지를 검토하였다. 그리고 그것을 보편적인 문화적 기억의 문제로 끌어올려, 탈춤 연행을 통해 감정, 사고, 행동 등의 인류학적 저장 기억과 활성 기억이 교섭하여 어떠한 방식으로 개별적·보편적 경험의 대화적 양상을 전개시키는가를 최종적으로 고찰하였다(4장).

퍼포먼스, 연행되는 행위는 경계, 문턱에 자리하게 되는 행위다. 이 저서 또한 지금 시점에서 돌아보면 나에게 있어 삶의 여정상 또 하나의 문턱에 내딛으려는 몸짓이었다. 졸렬한 학문적 성과에 도취되지 않음을 공부한 보람으로 알고 살아가야 하는 것이 학문적 즐거움의 본성이라면, 나로서는 21세기 퍼포먼스 이론적 관점에서 탈춤연행을 현대적으로 규명하는 것을 목표로 하여 해바라기처럼 치열한 나날을 보낸 것으로 위안을 삼아야 할 것 같다.

해바라기는 만개할 때까지만 해를 바라보고 만개한 이후에는 해를 등진다고 한다. 어쩌면 해바라기에게 중요한 것은 해가 아니었을지도 모른다는 생각이 나는 든다. 그 같은 만개의 문턱으로 가고자 땡볕의 직사광선과 마주 대하며 '나' 자신과 거리를 두고 '나'를 변두리에 세우는 가난하지만 격정적인 몸부림침이야말로 해바라기가 추구한 열렬한 삶, 그 무엇의 실체가 아니었을까? 만개하면 기꺼이 해를 등져 이름의 중심을 저버리고 어둠 속으로 스스로 들어가 또 다른 문턱을 꿈꾸는 그런 시간들 말이다. 해서 이 책이 나오는 해 바라기의 시간까지 주장부터 하지 말고, 텍스트를 먼저 꼼꼼하게 읽으며, 항상 자신의 외부에 설 것을 가르쳐 주신 서강대 은사님들과 지도 교수님이신 이상란 교수님께 우선적으로 감사드려야 할 것 같다. 지금까지 나의

해 바라기를 견뎌 준 가족, 아버지, 어머니, 동생에 대한 감사는 이루 말로 할 수 없다. 부족한 논문을 선뜻 책으로 출판해 주신 한국학술정보 출판사에도 깊은 감사의 뜻을 표한다.

퍼포먼스, 연행되는 행위는 반복되되 그대로 반복되지 않는 행위다. 그것은 아버지 없는 아들과도 같다. 연행론적 관점에서 첫 번째 것은 반복을 통해 기원으로서 정초화된 것일 뿐 본질적인 것이라 할 수 없다. 역설적으로 모든 반복이야말로 기원 아닌 기원이다. 하여 저자라는 인간적 기원의 이름을 지우고 독자들의 반복에 의해 텍스트가 스스로 목소리를 낼 수 있는 힘을 지니거나 그렇지 못하면 시간의 흔적 속에서 마땅히 소멸되도록, 이제 이 책을 나는 놓아 주어야겠다.

2011년 8월
주현식

:: 목차

Part 01
서론

1.1. 연구목적 및 연구의 필요성

본고의 목적은 면대면 상호 작용과 문화적 실천 층위에서 탈춤 연행(performance)의 반성성에 주목하여 탈춤의 텍스트적 의미가 컨텍스트를 생산하는 역동적 과정을 분석하는 것이다. 다종다양한 연행론의 근간에는 자기 지시적 의미 구성 과정이 전제되는데, 이 연구에서는 반성성을 통해 그와 같은 자기 지시적 의미 구성 과정으로서 탈춤 연행의 커뮤니케이션 행위 자체를 드러내고자 한다. 바꾸어 말해서 탈춤 연행의 반성적 관점을 확인해, 연행 주체들이 자신을 연행의 참여자로서 인식할 수 있는 절차와 문화 자체를 탐구하고 코멘트하며 변형시키는 능동적 경험의 경로를 세밀히 읽어 내는 것이 본 연구의 과제다. 연행적 활동, 효과, 힘을, 탈춤 연행에 관한 반성성 논의에서 발견하여, 이러한 연구 성과를 좀 더 보편화하였을 때 논의가 다분한 연행 연구의 문제의식에 대한 지평정립 기여까지 가늠해 보는 것이 본고의 주제라 하겠다.

연행은 복원된 행위이며, 반복되지만 그대로 반복되지 않는 행위이다. 따라서 서로 같지 아니하고 다름의 정도나 상태를 인지할 수 있는 능력이 연행에는 반드시 요청된다. 차후 절에서 기술될 터이지만, '~

에 대한 담론하기'의 메타 커뮤니케이션 능력인 반성적 차원이 연행
이라는 연구 주제에 접근하는 핵심 열쇠로서 기능하는 까닭은 이 때
문이다. 즉 '~에 대한 담론'할 줄 아는 반성적 능력은 차이를 구별 짓
는 능력이므로, "이봐 나를 봐, 내가 나 자신을 얼마나 기술적으로 효
과적으로 표현하는지를 봐라"의 뜻을 함축한 전시 양식인 연행에는
무엇보다도 반성적인 의미작용의 전개가 요청된다고 볼 수 있다. 결과
적으로 반성성에 관한 관심을 토대로 탈춤 연행 주체가 능동적으로
구성되고, 새로운 잠재적인 사회 구조가 연행 현장에서 창발되는
(emergent) 과정의 문제가 일정 부분 답변될 수 있으리라 예상된다.

　다시 말해, 연행의 차원을 연구하는 것은 재생산되고 모방되는 것
을 연구하는 것이며, 그것은 곧 반복되는 것들이 텍스트화되는 과정
과 컨텍스트화되는 과정, 그래서 텍스트와 컨텍스트의 경계를 확정하
고 틀 짓는 과정을 연구하는 것이다. 반성성을 통해 지각적으로 상대
적인 위상을 지닌 텍스트와 컨텍스트가 동시에 형성되고, 그러한 이
유로 텍스트와 컨텍스트 구분의 개념이 절차적 과정으로 재정의될
수 있다. 그 때문에 반성적 차원의 규명은 탈춤에 관한 기존 논의의
장점과 한계를 분명히 하며 그와 차이를 두려는 본고의 논의에 중요
하다. 반성적 연행론의 접근을 취할 때, 텍스트와 컨텍스트의 구분은
탈춤과 관련한 참여자들이 진행시키는 해석적 틀과 사회적 상호 작
용에 의해 출현하는 것으로 문제제기가 가능해진다. 연행의 반성성
분석은 정태적 컨텍스트 개념에서 참여자가 텍스트를 생산할 경우
수반되는, 컨텍스트 직조의 역동적인 컨텍스트화 국면으로 탈춤의 구
조와 의미를 다시 검토하는 기회를 마련할 것이다. 그것은 산물이 아
닌 과정의 측면에서 탈춤의 심미적 경험을 정식화한다. 컨텍스트에서

컨텍스트화로의 문제 설정은 규범적·관습적·제도적 측면에서 상호 과정 외적 요인으로 인지되었던 탈춤의 컨텍스트가, 말하자면 환경적 요인을 초점화하고 배경화할 줄 아는 동작주(agent)의 컨텍스트화 능력에 의해 형태화된 것임을 암시할 터이다.

따라서 연행 예술인 탈춤의 언어와 비언어적 측면이 형식적으로 작동되는 방식에 관한 시학적 관심의 온당한 정립과 그것의 문화적 해석학을 위해서는, 텍스트 내부에서 사회문화적 궤적이 컨텍스트화되는 양상을 검토할 수 있는 반성적 관점의 정립이 반드시 필요하다. 연행이 텍스트화·컨텍스트화되는 행위인 한, 반성적 틀 짓기 과정을 검토하려는 탈춤 연행 연구는 텍스트 내재적/외재적 이분법의 연구 시각을 넘어 탈춤의 텍스트 형식에 사회문화적 세계가 구조화되는 국면의 메타언어를 제공할 것이다. 그러한 분석 결과 추출되는 탈춤 연행의 반성성은 수다한 이론들의 격차로 산견되는 연행 연구[1]의 일반적인 논의를 위해서도 긍정적인 가치를 지니리라 기대해 본다.

1.2. 연구의 이슈 및 용어의 번역 문제

그러므로 자아와 사회의 발전에 근원적인 경험을 형태화하는 반성성의 시각을 예각화하는 경우, 탈춤과 같은 연행예술의 논란이 되는

---

1) 연행 연구는 1950년대 중반에서 1970년대 후반에 이르는 사이에 일련의 문화적 실천과 연구에 걸친 일반적 움직임들의 징후와 관련하여 파생되었다. 산물에서 과정으로, 재현(representation)에서 제시(presentation)로, 부재에서 현전으로, 담론에서 몸으로, 매개된 표현에서 직접적 만남으로 같은 모토 등과 함께 연행 연구는 실제 연행의 목격자이자 참여자로서 나타났다. '리허설의', '〜를 향하는 되어 가는 경로의', '사이에 있는', '변형의', '경계론적인', '과정적' 수단을 찾아내고 그것을 명료화하는 것이 이들 연행 연구자의 주요 관심사였다. Simon Shepherd, and Mick Wallis, *Drama/theatre/performance*, London: Routledge, 2004, pp.103〜114 참조.

사안들이 보다 세밀하게 읽히리라 예상된다. 이를테면, '탈춤 연행은 이전에 존재하는 모델을 고수하고 유지하는 것인가 아니면 그와 같은 전통을 허물기 위해 사회 내에서 작동하고 있는가? 혹은 제의적 나침반이라는 사회적 기능주의의 답변을 넘어 탈춤 연행을 통해 달성되는 것은 무엇이고, 그 성취는 어떻게 접근될 수 있는가? 그리고 사회의 안정적인 제도적인 형태로서 탈춤 연행을 둘러싼 문화적 컨텍스트는 처방적인 구조로 선험적으로 모델화되는 것인가? 아니면 처방적인 것은 일시적인 것이고 어떤 새로운 요인들이 기존 문화적 형태와 체계를 개선하기 위해 탈춤 연행 과정에서 발생하는 것인가?' 같은 문제들이 그것이다. 연행이 반복에 토대해 있는 터라, 연행되는 행위는 사회적 공동체를 매개하고 개인의 정체성을 창조하는 데 필연적인 역할을 하는 까닭에서 이러한 연구 이슈들이 비롯된다.

즉 탈춤 연행 연구에서 가장 논란이 되는 것은 그것의 사회적 기능이 얼마나 탄력적인가 하는 점이다. 한마디로 말해 문화적 보수주의와 문화적 혁신주의는 연행론의 가장 핵심적인 이슈다. 결과적으로 사회적으로 고착된 결정적 형태로서의 문화 구조와 창발적 환경에 반응하는 연행적 형태로서의 문화 구조의 이분법적 대립이 유연하게 접속되고 유동적으로 해체되는 양상을 본고는 탈춤 연행을 시금석으로 삼아 판독해 보려 한다.[2]

한편 이 글에서는 탈춤의 퍼포먼스(Performance)를 '연행'으로 번역했음을 미리 밝혀 둔다. 동시에 퍼포먼스성(Performativity) 역시 '연행성'으로 옮겨 기술될 것이다. 사실 언어학자 오스틴(J. L. Austin)의 용

---

2) 이와 같은 논란은 Marvin A. Carlson, *Performance: a critical introduction. 2nd ed.* London: Routledge, 2004. pp.12~24 참조.

어인 Performativity는 '수행성'으로 번역된 실정이고 이에 맞추어 Performance 역시 '수행'으로 의역되어 왔다. '수행'이라는 용어를 사용하게 된 이론적 배경과 학문적 근거를 본고 또한 어느 정도 타당하다 생각한다. 그러나 오스틴의 수행성 개념에 역할연기, 환각, 거짓된 외관, 거짓 꾸밈, 가장, 인위적인 것, 진실하지 못한 것 같은 연극성의 해석모델이 도덕적 판단을 이유로 배제되었다는 점은 일정 부분 문제를 내포하는 것이라 판단된다. 본문의 내용을 통해 밝혀지겠지만, 변형의 행위를 창발시키는 중재적 연행과정은 행위의 흐름 속에서 페르소나의 해체, 분열, 정립, 통합을 관통한다. 모든 상호 관계의 표현은 반복하고, 반복되는 이중적 토대에서 연원되므로, 진실과 거짓, 확신과 불신, 진정성과 흉내 내기의 연극적 상황을 항상 묘사하는 셈이다. 본고에서 '수행'이나 수행성이 아닌 '연행(演行)'으로 퍼포먼스를 번역한 이유가 여기에 있다. 리얼리티를 새롭게 창조하려는 수행을 위해서는 언제나 연극적 심미성의 상황이 조성되어야 한다. 그럴 경우에만 상호 행위 중 반복된 행동은 반복하는 행동 속에서 '효과'로 옮겨지는 것이 가능하다. '연행'이라는 용어는 필자가 보기에 이러한 상황을 적확하게 나타내는 용어다. 왜냐하면 연기됨으로써(演), 행해져 특정 효력을 미치는(行) 조건을 '연행'은 지칭하기 때문이다. 서구 합리주의의 지적 전통에서 거짓된 가장의 연극성 개념은 쉽사리 수용되기 어려운 것이었다. 오스틴의 수행성 개념에 더하여 드라마의 심미성을 차용하는 주디스 버틀러(Judith Butler) 역시 마찬가지로 일상의 실천만을 지시할 목적에서 '수행적인 것'의 개념을 정의 내릴 뿐이다. 실제로 엄밀히 말해 극적인 심미적 과정에는 적극적인 관심을 가지지 않았던 태도는 그녀도 오스틴과 어느 정도 유사하다 할 수 있다.[3] 하지만 이와 달리 탈춤 연행 양상에는 탈춤의 심미적 연기와 일상 행위의 영역을 차별하지 않고 혼합해 구분 없이 인식하려는 전통이 구축되어 있었다. 그것이 '연행'이라는 용어 속에 온전히 남아 있는 것이라 판단된다. 탈춤의 연극적 연행 속에 내재된 사회문화적 연행의 연속성을 감안하려 한다면, 즉 극 중 세계와 실제 세계가 사회적 드라마로서 연동된다는 점을 강조하려 한다면, 연행이란 용어만큼 적절한 번역은 없지 않나 생각된다.[4]

물론 보편적 퍼포먼스 양상의 한국적인 국지적 양상을 강조한다 해서 그것을 편협한 전통 본질론으로 확장시키려는 의도를 본 연구자가 꾀한 것은 아니다. 단지 유전적이라기보다 사회적으로 프로그램화된 퍼포먼스 능력이 한국에서는 '연행'이라는 용어를 통해 각인되어 왔다는 사실을 강조하고 싶다.

1.3. 연구 대상의 선정과 그 이유

본론에서 다루어지는 자료는 필자의 관람 체험을 중심으로 하되 보충되어야 할 부분은 이두현의 『한국가면극선』에서 발췌하고, 관극 경험의 주관적 편견을 미연에 방지코자 다른 연구자들의 탈춤 관객으로서의 경험을 참조하였다.[5] 연행 연구에서는 현장 참여적인 인류

---

3) Erika Fischer-Lichte, *The transformative power of performance: a new aesthetics*, tr. Jain Saskya Iris. London: Routledge, 2008. p.28 참조.

4) "연행은 연극을 구성하는 요소들의 총합이자 표상 체계를 코드화하는 매체의 일종이며 나아가 한 시대의 문화를 구성하는 잠재력을 지닌다"는 지적도 이를 잘 뒷받침해 준다. 김기란, 「한국 근대 계몽기 신연극 형성 과정 연구: 연극성을 중심으로」(연대 국문과 박사학위논문, 2004), 9쪽.

5) 이두현, 『한국가면극선』, 서울: 교문사, 1997.
박전열, 『봉산탈춤』, 서울: 화산문화, 2001.

학적 접근이 중심을 이루어야 할 터이므로 연구자의 실제 연행 현장 참여가 근간이 되어야 할 것이다. 하지만 본 연구자를 비롯한 다른 연구자들까지의 현장론적 접근으로 채울 수 없는 내용은 습합된 탈춤을 꼼꼼하게 주해한 것으로 정평이 나 있는, 이두현의 주석을 통해 보완하려 한다.

다양한 탈춤 중 본고는 <하회별신굿탈놀이>, <수영야류>, <가산오광대>, <봉산탈춤>, <꼭두각시놀이>, <양주별산대놀이>를 연구대상으로 삼았다. 먼저 정착 주거형 반촌(班村) 지역의 부락제로서 시행된 <하회별신굿탈놀이>와 유랑 연희패에 의해 공연된 <꼭두각시놀이>는 사회문화적 컨텍스트상 분명한 대조를 이루고 있기 때문에, 탈춤의 컨텍스트화를 분석하려는 본고에 꼭 필요한 연구대상이라 할 만 하다. <양주별산대놀이>의 경우 <본산대놀이>의 직접적 영향을 받은 것으로 알려져 있다. 지리적 전파론의 입장에 전적으로 수긍할 수 없다 하더라도, <본산대놀이>가 행해진 서울 중심부와 거리가 가까웠던 행정구역에서 연행된 <양주별산대놀이>에 권위화, 전통, 그리고 권력의 문제가 여느 탈춤 이상으로 복잡하게 얽혀졌음은 쉬이 짐작되는 사실이다. 그러한 이유에서 <양주별산대놀이>의 분석은 본 연구의 주제적 접근에 유용할 것으로 판단되었다. 해서 지방의 탈춤 중 가장 대표적인 탈춤은 <봉산탈춤>이 되리라는 점은 이의가 없을 것 같다. 경제적 여건이 다른 고을보다도 유리했던 <봉산탈춤>의 고찰은 황해도 탈춤의 컨텍스트화 국면을 전형적으로 보여

심우성. 『남사당놀이』. 서울: 화산문화, 2000.
이훈상. 『가산오광대』. 대전: 국립문화재연구소, 2004.
임재해. 『하회탈 하회탈춤』. 서울: 지식산업사, 1999.
정상박. 『수영야류』. 서울: 화산문화, 2001
정형호. 『양주별산대놀이』. 서울: 화산문화, 2000.

줄 것이다. 행정구역상 경상좌도 수군절도사영이 자리 잡고 있는 수영에서 처음 연행되기 시작한 들놀이, <수영야류> 또한 야류 중 대표적 위상을 점하는 탈춤이기에 본고의 탐색 방향에 도움을 주리라 예상된다. 오광대 탈춤 중 독특하게도 조창에서 근무한 이서 계급들에 의해 연행되었던 <가산오광대>는 다른 탈춤들과는 달리 할미와 영감의 싸움 도중 영감이 죽는 등 19세기 후반 경남 지역의 고유한 문화적 양상을 잘 표현하는 셈이라 본고의 논의 대상으로 설정하였다.

　연구자의 관람 체험은 <2008 안동 탈춤 축제>에서 시작되었다. 위에서 기술된 각 탈춤의 관극 체험이 단편적이나마 여기서 이루어졌다. 연구자가 관심을 가지고 본 탈춤은 2008년 7월 19일, 7월 26일, 8월 2일의 <하회별신굿탈놀이> 상설공연과 2008년 5월 18일, 2009년 5월 16일 <봉산탈춤> 정기공연 그리고 2009년 9월 6일부터 10월 31일까지 총 8회에 걸친 <양주별산대놀이>의 상설공연이다. 한정된 관람 체험에서 비롯된 한계는 보조 자료인 연행 현장이 담긴 동영상을 동원해 보완하고자 하였다. 그 목록은 다음과 같다.

하회별신굿탈놀이보존회 http://www.hahoemask.co.kr/
수영고적민속예술보존회 http://www.suyoungminsok.or.kr/
사천가산오광대보존회 http://www.gsokwangdae.com/home4－5.php
봉산탈춤갈무리 http://cafe.daum.net/bongsantalmuri
남사당놀이보존회 http://www.namsadang.or.kr/movepic.htm
양주별산대놀이보존회 http://www.yangjutal.com/

　물론 동영상이나 가면극대본이 연행 현장의 생생한 목소릴 대신해 주지 못한다는 문제 제기는 너무나 당연한 것이다. 본고에서는 필자의 탈춤 관극 체험을 최대한 조명하면서 거기서 나온 성과들이 부족했을 때만이 이들 보조 자료를 함께 활용했음을 미리 밝혀 둔다.

1.4. 선행 연구의 검토

넓게 봤을 때, 본고가 논구하려는 탈춤 연행에 대한 선행 연구로 정병욱의 연구를 우선 거론할 수 있다. 고전 국문문학은 연행성이 강한 것이고 그 의미와 가치는 연행되는 현장에의 참여와 그 현장론적 맥락의 수용을 통해서만 실현된다고 그는 보았다.[6]

본 연구의 대상인 탈춤은 조선 후기 전통 연행 예술 영역 중 연극의 형태로 남아 있는 대표적 것으로 고대 희랍극과 같은 서양 연극과의 비교를 통해 비상한 주목을 받아 온 장르다. 그만큼 탈춤 연구에 대한 논의는 상당히 축적되어 있는 편이다. 때문에 이 글에서 탈춤 연구의 모든 기존 경향을 총체적으로 조망하기에는 무리가 있어 보인다. 다만 탈춤 연행의 반성성을 모색하는 본고의 탐색 방향에 논의의 배경으로서 상호 보완적 관계를 형성하였던 대표적 연구 성과들을 아래에서는 살펴보려 한다. 그런 연후, 기존 논의들의 공헌에도 불구하고 탈춤 연행론의 관점 정립에 있어 미처 드러나지 않았던 내용을 추출해 본고의 주제로 나아갈 수 있는 토대를 또한 마련해 볼 계획이다. 탈춤에 관한 연구 경향이나 시각은 대체적으로 (1) 역사적 관점, (2) 미학적 관점, (3) 민속학적 관점 등으로 나누어 볼 수 있다.

---

6) 정병욱. 『한국의 판소리』. 서울: 신구문화사, 1999.
　서대석. 「백영 선생의 판소리 연구」. 『백영 정병욱의 인간과 학문: 백영 정병욱선생 추모문집』. 백영 정병욱 선생 추모문집 간행위원회 편. 서울: 신구문화사, 1997. 450~460쪽.

우선 탈춤을 연극사적인 역사적 관점에서 이해함으로써, 탈춤의 의의를 밝히려는 논의들을 검토해 보자. 탈춤의 기원론부터 시작해 조선 후기 탈춤의 기능에 이르기까지 공연예술의 역사적 전개와의 상관관계하에서 탈춤의 특성을 포착하려는 통시적 연구들이 이에 해당한다.

김재철은 실증주의적 문헌 접근의 방법론을 통하여 산대희기원설(山臺戲起源設)을 제기해, 탈춤에 대한 역사적 연구의 선편을 잡았다. 그에 따르면 가면극은 고대의 제의에서 출발하여 신라의 연희와 고려의 산대잡극을 거쳐 조선의 산대도감극으로 발전하여 왔다.[7] 이두현은 산대희기원설을 더욱 발전시켜, 서낭제 탈놀이와 산대도감계통극으로 나누어 논의했다. 구체적으로, 그는 한국탈춤의 역사를 상고시대의 탈춤, 삼국시대의 탈춤, 고려시대의 산대잡극과 나희, 조선시대의 산대나희와 학연화대처용무합설, 사자춤으로 기술하였다. 그런 연후 이두현은 서낭제 탈춤, 산대도감 계통의 탈춤, 경기지방의 탈춤, 해서지방의 탈춤, 영남지방의 탈춤, 북청 사자놀음으로 한국탈춤의 전승 양상에 관한 서술을 시도한다.[8] 전경욱은 가면극을 마을굿 계통 가면극과 본산대 놀이 계통 가면극으로 나누어 가면극의 기원과 발전과정을 고찰했다. 마을굿 계통 가면극은 하회별신굿놀이나 강릉관노가면극처럼 마을굿에서 유래한 가면극이고, 본산대 놀이 계통 가면극은 전문적 놀이꾼들이 전승하던 산악잡희가 발전하여 성립된 가면극이라고 그는 주장한다. 이는 이두현이 한국가면극의 계통을 산대도감계통극과 서낭제탈놀이로 나눈 견해를 이어받으면서, 새로 발견된

---

7) 김재철, 『朝鮮演劇史』, 京城: 朝鮮語文學會, 1933.
8) 이두현, 『韓國의 탈춤』, 서울: 一志社, 1981.

자료들을 가지고 보완한 것이다. 산악(散樂) 또는 산악잡희(散樂雜戱)라고 부르는 놀이들은 삼국시대에 중국으로부터 유입되었고, 결국 고려시대와 조선시대에 산대희라고 불리던 놀이들도 바로 이 산악잡희라는 점을 전경욱은 강조한다. 그리고 중국에서는 산악잡희를 놀던 사람들이 이 놀이들을 발전시켜 '나희(儺戱)'라는 가면극을 성립시켰고, 일본에서는 산악잡희를 놀던 사람들이 '노오(能)'라는 가면극을 성립시킨 것에 그는 관심을 기울인다. 그리고 이와 유사하게, 한국에서도 18세기 전반기에 중국 사신 영접 시 나례도감에 동원되어 놀이를 펼치던 반인(泮人)들이 산악잡희 계통의 연희와 가면희들을 바탕으로 재창조해 낸 것이 본산대놀이임을 그는 기술하고 있다.[9]

기악기원설은 이혜구와 서연호에 의하여 제기되었다. 기악은 실크로드에 관련된 여러 나라에서 다양하게 발전된 탈놀이의 일종인데, 고려와 백제에서도 지역적인 특성을 지닌 채 발달했다. 6세기 중엽에 일본에 귀화한 고구려의 승려 지총이 기악의 탈을 비롯한 모든 도구를 일본에 전하였고, 뒤이어 612년 백제인 미마지가 일본에 귀화하여 그곳 사람들에게 기악을 전파시켜 전국적으로 공연하게 되었음이 『일본서기』에 기록되어 있다. 그러한 까닭에서 이혜구는 기악을 양주별산대놀이 및 봉산탈춤의 각 과장과 등장인물과 비교하여 유사점을 추출하고 전승 경로를 설명하려 하였다.[10] 서연호 역시 5세기 중엽에 고구려와 백제의 기악이 중국에서 공연될 정도로 발달하였고, 이는 5세기 초엽에 이미 한반도에서 기악이 완성되었음을 시사한다고 언급한다. 그는 현재 일본에서 2백30여 개의 기악탈이 국보로 지정되어 전한다

<hr>

9) 전경욱, 『한국 가면극: 그 역사와 원리』, 서울: 열화당, 1998.
　　전경욱, 『한국의 전통연희』, 서울: 학고재, 2004.
10) 이혜구, 「산대극과 기악」, 『연희춘추 1953』(한국음악연구, 국민음악연구회, 1957).

는 것은, 한반도에서 일찍부터 탈문화가 발달했다는 사실을 입증하는 것이라 보았다.[11]

한편 조동일은 풍물굿 기원설을 바탕으로 조선 후기 탈춤을 농촌탈춤과 도시탈춤으로 분류할 수 있다고 보았다. 조선 후기의 맥락은 민중성장의 역사적 시기이며, 따라서 이러한 역사적 흐름이 탈춤에도 투영되어 있고 탈춤의 본질로서 기능한다는 것이 그의 주된 논지였다. 즉 양반에 대한 항거의식이 강해짐에 따라 농촌탈춤도 주제적으로 성장하게 되고, 양반, 선비, 초랭이, 이매 장면같이 등장인물 사이의 대화가 극 진행상 더욱 중요한 역할을 하는 방향으로 발전을 이루기도 했다. 그러나 조선 후기에 이루어진 도시탈춤에 비한다면 아직 저급한 단계의 연극에 불과했다고 조동일은 해석한다. 반면 도시탈춤에서는 양반에 대한 공격이 한층 더 대담해진다고 그는 파악하였다. 도시에서는 양반의 지배력이 농촌만큼 강하지 않았고, 더불어 도시의 상인과 이속은 양반과 대항할 수 있는 사회적 정신적 능력에서 농민보다 앞섰기 때문이다.[12] 조동일의 시각을 이어받았던 사진실은 도시탈춤이라 할 수 있는 조선시대 서울 지역 연극의 공연상황을 연구하였다. 서울의 공연문화의 특성을 고찰하고 역사적 전개 과정을 밝히는 한편 그 동인으로서 사회사적 기반과 병행하는 공연상황의 문제를 이 연구에서 사진실은 다루고 있다. 즉 배우의 활동 유형과 공연 관리 기구의 기능, 공연의 재정적 기반과 작품의 생산 과정 등과 그러한 공연상황에서 궁정연극인 소학지희와 민간연극인 본산대 탈춤이 어떻게 조선 전기와 후기에 변천하게 되는지를 사진실은 살펴

---

11) 서연호, 『한국전승연희의 현장 연구』, 서울: 집문당, 1997.
12) 조동일, 『탈춤의 역사와 원리』, 서울: 弘盛社, 1979.

보았다.13) 박진태는 하회탈놀이를 통해서 가면극의 기원이 되는 굿과 그것의 발생 원리에 접근한다. 비극적 성향을 보이는 가면극은 그 갈등구조의 분석에 역점을 두는 반면 희극적 가면극에 대해선 지역적 차이를 이본관계로 보아 극작술을 통해 가면극사의 원리를 도출하려 했으며, 또한 가면극을 판소리, 고전소설과 연계시켜 유형적 특징을 이 연구에서 구명하고 있다. 그는 굿이 놀이이고 놀이가 굿인 단계에서 신성성과 주술성은 사라지고 굿의 구조와 원리만 잔존하는 단계를 거쳐, 굿의 흔적을 완전히 청산하고 놀이 자체의 독자적인 극작술을 개발하는 단계로 진보해 왔을 것이라 가정하였다. 이러한 전제 아래, 박진태는 가면극과 인형극 및 무당굿놀이를 대비시켜 연극사의 원리를 추출하였다.14)

박종성과 정형호는 각 탈춤의 연행 내용을 연행 주체들의 사회역사적 관계별로 유형화한다. 이들의 의견은 각 지역 탈춤이 지배층과 기층집단, 향리, 관속의 상호 관계 속에서 자신만의 고유한 특성을 지니게 되었다는 것으로 요약된다. 박종성은, 향권의 장악과 관련된 각 계층의 양상은 기실 민을 전제하지 않고서는 성립될 수 없었던 것임을 다시 한 번 상기할 필요가 있다고 설명한다. 결국은 민의 통제와 지배의 문제에 귀착하는 것이기에 儒, 鄕의 대민 통제 방식과, 吏, 鄕의 대민 통제방식 그리고 수령의 대민 통제 방식을 굿이나 탈춤 등과 함께 재검토해야 할 것이라 그는 주장한다. 예컨대 첫째, 儒의 입장에서 향권을 유지하기 위하여 수령이나 서리를 견제하고 민을 자기 세

---

13) 사진실, 『한국연극사 연구』. 서울: 태학사, 1997.
14) 박진태, 『韓國假面劇 研究』. 서울: 새문社, 1985.
    박진태, 『河回別神굿탈놀이의 形成과 構造研究』(고려대 국문과 박사학위논문, 1988).
    박진태, 『한국 민속극 연구』. 서울: 새문사, 1998.

력화하는 방편으로 굿이나 탈춤의 유지전승에 관여하는 경우가 있을 수 있다. 하회별신굿탈놀이는 이러한 흐름 속에서 그 성격을 재음미할 필요가 있다고 그는 지적한다. 둘째, 서리층이 對儒 배제 및 견제의 차원에서 촌계류 조직을 운용하면서 동시에 수령권과의 결탁을 통하여 중앙 정부의 의도를 거스르지 않는 방편으로 굿과 탈춤에 관여하고 후원하는 경우를 들 수 있다. 그래서 부락제에 의한 굿이 하회의 경우보다 상당히 약화되는 대신 탈춤이 굿의 전통을 이어서 적극적인 변화를 일으킨 사정을 박종성은 야류·오광대에서 찾는다. 셋째, 사족지향이 아닌 지역에서 서리층이 오직 수령권과의 관계 속에서 대민 통제 및 그 지역의 특수한 경제적 여건을 고려하여 탈춤의 발전에 기여하는 경우를 들 수 있다. 황해도의 경우 이들은 부민층과의 결탁을 통해 자신들의 경제적 부담을 해결하려 했을 것이며 부민층은 이들의 탈춤 연행이 자신들의 이윤추구에 유리했기 때문에 적극적으로 후원했을 것이다. 황해도 탈춤의 성격은 이런 측면에서 야류, 오광대와 차별적임을 그는 지적한다.[15] 반면 정형호는 읍치가면극을 먼저 유형화하는데, 그에 따르면 읍치가면극은 관청 소재지에서 전승되는 형태로 서리나 관속들이 전승에 주도적인 역할을 한다. 그동안 현존 가면극을 대부분 도시가면극(도시탈춤)이라 하여 서낭제가면극 계통의 농촌가면극과 구별해서 사용하였다. 그러나 18~19세기에 상업이 발달하고 화폐경제가 형성되었지만, 근대적인 도시의 형태가 갖추었다고 보기 어렵다고 그는 비판한다. 그러기 때문에 정형호는 지역적 배경을 중심으로 읍치가면극, 시장가면극, 농촌가면극으로

---

15) 박종성, 「朝鮮後期 탈춤의 浮上과 鄕村社會構造」, 『韓國文化』 Vol.20(서울대학교 한국문화연구소, 1997), 49~77쪽 참조.

구분하였다. 그리고 덧붙여 주요 전승집단을 중심으로 상민주도형(농민주도형, 상인주도형 세분), 향리주도형, 천민주도형으로 탈춤을 세분하고 있다.[16]

탈춤 연구의 두 번째 논의의 방향은 미학적 양상을 중심으로 연구하려는 움직임들이다. 경험적으로 관찰되는 탈춤의 역사적 의미보다는 탈춤의 미적 현상이나 미적 체험, 그리고 심미적 가치를 모색하는 방법론들이 이 두 번째 부류에 속한다.

김열규는 탈춤의 현실적 배경으로 기능하였던 굿과 탈춤의 관계를 논의하면서, 부락적 공동체가 갖는 긴장과 불안, 상처적인 어둠을 딛고 일어서야 한다는 심리적 이유에서 제의적 난장과 광란의 욕구 충족 장치가 바로 탈춤을 통해 마련되었음을 역설한다. 양반에 대한 야유나 재담 같은 욕설의 예찬적 성격은 이러한 탈춤의 제의적 배경에서 비롯된 것으로서 탈춤은 제의의 경과 속에서 이루어지는 자연적 유희임을 논급하며, 그는 사회적 질서를 갱신하기 위해 효능을 다하는 탈춤의 현장성을 강조하였다.[17] 조만호는 탈 자체가 발휘하는 제의성, 제의적 상징에 접근하여 탈춤 사설의 제식적 미학을 불림을 중심으로 설명한다. 그는 탈춤 사설을 제의의 구술 상관물에 기원을 둔 텍스트로 바라보고 그것의 미적 특성을 규명하는 작업을 진행시켰다.[18]

반면 유민영은 모든 가면극이 순전히 자생적인 굿 기원과 갈등 구조라는 각도로 분석될 수 있는지를 질문한다. 그는 발생사, 기원사에 기울어진 탈춤 연구를 비판하고 한국의 가면이 지닌 심미성을 고찰

---

16) 정형호, 「가면극과 정치: 전승집단과 연희 내용의 관련성을 중심으로」, 『비교민속학』26집(비교민속학회, 2004), 195쪽.
17) 김열규, 「현실 문맥 속의 탈춤」, 『古典文學을 찾아서』, 김열규 외 공저. 서울: 문학과 지성사, 1976, 383~407쪽.
18) 조만호, 『전통희곡의 제식적 미학』, 서울: 태학사, 1995.

하거나 가면극과 인형극의 미의식을 살펴보는 등 하나의 완성된 연극작품으로서 탈춤의 연극적 세계를 밝히려 하고 있다.[19] 그는 전통극이 지니고 있던 극작술적인 내재원리에 주목하여 전통적 존재방식이라든가 생활 예지를 가면극에서 찾아낸다. 유민영에 따르면 그것은 한을 밑에 깔은 관용이고 현세초월의 낙관적 세계관이다.[20] 김방옥 역시 가면극을 연극으로 정의하고 논의를 시작해야 한다고 주장한다. 김방옥은 가면극을 서구적 근거에서 비연극이라 본 것을 정당치 못한 평가로 생각하고 극적 환상이 거부되는 브레히트식 소외효과의 발생을 한국가면극의 양식이나 현실인식과 밀접한 관련이 있는 것으로 파악하였다. 더불어 다양한 도입부의 유형, 축약 같은 시간과 거리 표현의 특수한 시각, 극 진행 중의 비합리적 등퇴장, 춤과 음악의 극적 기능 등을 골자로 한국가면극의 연극 미학을 김방옥은 고찰해 나간다.[21] 산대놀이의 무대 등을 비롯해 한국 가면극의 연희의 장(場)을 분석하는 김우탁의 논의도 탈춤을 미학적 차원에서 접근하고 있다. 무대와 객석의 높이에 차이가 있고, 원형 또는 깊은 반원형의 무대가 가운데 있으며 객석이 그 둘레에 완만한 경사를 지어 원형 경기장처럼 둘러 있는 것이 탈춤의 무대요건이 되리라고 그는 예측한다.[22] 하회의 마을살이 속에서 문화생산력의 복원, 한국적 삶 속에서 문화생산력의 복원을 목표로 하회탈의 가치를 조감하려는 임재해의 시도 등도 이러한 미학적 접근의 일환이라 할 수 있다.[23]

---

19) 유민영, 『한국연극의 미학』, 서울: 단대출판부, 1982.
20) 유민영, 「韓國傳統演劇에 나타난 韓國人의 美意識 - 〈鳳山탈춤〉과 〈꼭두각시 놀음〉을 중심으로」, 『도솔어문』1권(단국대학교 인문대학 국어국문학과, 1985), 45~61쪽.
21) 김방옥, 「한국 가면극의 연극미학」(이대 국문과 석사논문, 1977).
22) 김우탁, 「韓國民俗假面劇의 固有舞臺構造에 關한 研究」, 『大東文化研究』Vol.10(성균관대학교대동문화연구원, 1975), 93~111쪽.
23) 임재해, 『하회탈 하회탈춤』, 서울: 지식산업사, 1999.

한편 탈춤이나 판소리를 대상으로 '한국연극이론'의 정립을 시도[24]하였던 김익두는 연극미학의 연장선상에서 리차드 쉐크너(Richard Schechner)가 제시한 공연학의 6가지 관점을 통해 동래 들놀음을 중심으로 한국 탈놀음의 공연학적 특성을 살펴보았다. 그 결과 김익두는 첫째, 전통 탈춤은 대동굿 전체의 과정 일부분으로 전승된 것이므로, 탈춤 자체에 관한 시각을 바꾸어 대동굿 공연과정 전체를 하나의 탈놀이 공연과정으로 다루어야 한다고 언급한다. 둘째, 긴장성 구축 방법으로는 동화, 이화의 반복, 축적, 순환의 원리가 있다고 그는 지적한다. 셋째, 그래서 공연 세계에 적극적으로 끼어들도록 하는 동화의 원리와 공연 세계를 청관중이 관망하는 이화의 원리가 조화됨으로써, 탈춤은 일종의 사회비판적인 공연 예술양식으로 발전되어 갈 수 있었다고 그는 설명하였다.[25]

마지막으로 탈춤 연구의 세 번째 연구 동향은 송석하의 연구[26]를 출발점으로 시작되었던 민속학적 접근을 들 수 있다. 지속적인 현장 조사를 통해 각 탈춤의 연행 현장 상황을 담으려고 한 연구들은 주로 탈춤이 갖는 지역 문화의 민속학적 특성을 밝히려는 데 주력하였다.

심우성은 풍물놀이, 버나, 살판, 어름, 덧뵈기, 덜미 등 남사당패 연희의 특징을 정리하고 여러 전통극을 현지 답사하여 대본작성을 꾀함과 함께 민속자료 채록을 더욱 효과 있게 하는 방법을 모색하였다.[27] 최상수는 황해도 지방과 경상도 지방의 가면극을 내용 의식, 형

안동문화연구소 편. 『하회탈과 하회탈춤의 미학』서울: 사계절, 1999.
24) 김익두, 「한국 희곡/연극 이론 수립을 위한 기초 연구」, 『한국극예술연구』Vol.15(한국극예술학회, 2002), 11~53쪽.
25) 김익두, 「한국 탈놀음의 공연학적 해석－"동래 들놀음"을 중심으로」, 『공연문화연구』Vol.13(한국공연문화학회, 2006), 51~98쪽.
26) 송석하, 『韓國民俗考』, 서울: 日新社, 1960.
27) 심우성, 『韓國의 民俗劇』, 서울: 創作과 批評社, 1975.

성과 전승 경로에 주목해 기술하고서는, 각 지방의 발견되지 않은 탈춤 대본을 발굴하여 기재하고 있다.[28] 정상박의 경우 지역적 분포의 갈래, 놀이의 과정, 놀이 단위의 구성, 대사의 전승 양상에 집중하여 오광대, 야류를 연구하고, <학산오광대>나 <도동오광대> 같은 새 자료를 발굴하였다.[29] 서연호는 각 탈놀이의 계통별로 놀이의 전반적 성격, 놀이의 환경, 놀이패와 놀이꾼 등 연행 양상을 기술한 바 있다.[30] 정형호의 연구 또한 가면극에 나타난 인물의 성격을 고찰하고 가면극의 전개 원리를 해명해, 그것에 담긴 기층문화의 토속적 의미를 파악하려 했던 민속학적 연구의 한 사례라 할 수 있다.[31]

이상의 선행 연구들이 탈춤 연구에 기여한 바를 충분히 인정하지만, 탈춤 연행에 관해 극단적으로 외재적이거나 내재적인 접근에 머물고 말 소지를 내포하고 있었다는 점은 분명하다. 먼저 역사적 관점 중 산대희설, 기악기원설, 풍농굿의 농경의식설 등 계보학적 기원설은 탈춤의 성질이 무엇인가에 대한 것보다는 어떻게 역사적·지리적으로 각 탈춤이 상호 연관되는지 비교 단위를 설정하는 데 주력하였다. 예컨대 젊음과 늙음의 대결, 여름과 겨울의 싸움 등의 비교 분석 단위가 그와 같은 것으로, 모티프 단위가 더 큰 단위로 합쳐질 수도 있고 혹은 더 작은 단위로 분해될 수 있다는 사실은 자의적 단위 설정의 문제점으로서 노출되었다. 또 다른 역사적 시각인 비판적 리얼

심우성, 『男寺黨牌 研究』. 서울: 同和出版公社, 1974.
28) 최상수, 『海西假面劇의 研究』. 서울: 正東, 1983.
　　최상수, 『野遊·五廣大假面劇의 研究』. 서울: 성문각, 1984.
29) 정상박. 『오광대와 들놀음 연구』. 서울: 집문당, 1986.
30) 서연호, 『黃海道탈놀이』. 서울: 열화당, 1987.
　　서연호, 『山臺탈놀이』. 서울: 열화당, 1987.
　　서연호, 『꼭두각시놀이』. 서울: 열화당, 1987.
　　서연호, 『野遊·五廣大탈놀이』. 서울: 열화당, 1987.
31) 정형호, 「韓國假面劇에 類型과 傳承原理 研究」(중앙대 국문과 박사논문, 1994).

리즘에 치중한 논의 역시 계층 간 갈등 이론을 단서 삼아 이데올로기적 의식이 투영된 산물로서 탈춤을 일정 정도 정형화한다. 다양한 계층 간 정치적 의식이 반영되었다는 문제의식을 너무 앞세운 나머지 그 또한 예술과 현실의 복잡적인 관계를 깊이 있게 읽어 내는 데 부정적인 역효과를 낳을 우려가 있다. 미학적 관점의 경우 예술작품으로서 탈춤이 어떻게 형식적으로 작동하는지 고찰하는 것에는 주의를 기울이지만 극 중 세계와 현실 세계의 연결점이 갖는 의미를 온전히 밝힌 것은 아니라고 생각된다. 민속학적 입장 역시, 탈춤 연구의 토대 연구로서 기여한 공헌에도 불구하고 비교적인 입장에서 원형이 되는 극 양식의 보급 경로와 발전과정의 설명에 치중하였다. 결과적으로 지역 문화유산이라는 탈춤의 원론적·일반적 논의 이외에 탈춤 연구의 새로운 지평을 확보하는 데에는 소홀하였다.

탈춤 연행에 관한 반성성의 분석이 필요한 것은 이 때문이다. 즉 탈춤 텍스트가 가변적인 컨텍스트의 국면에 따라 직조되는 역동적인 국면이 반성성을 통해 포착 가능해지므로, 탈춤 연행의 반성성 분석은 텍스트 내재적·외재적 어느 한편으로 경사되지 않고서도 탈춤 연행을 고찰할 수 있다는 점에서 긍정적 가치를 지닌다. 그런 연유로 이 글은 반성성의 측면에 연구의 초점을 맞추고자 한다. 반성성 중심의 분석은 텍스트에 대환 관심과 컨텍스트에 대한 관심을 연계하여 탈춤 연행의 연구 시각을 새롭게 모색하는 일을 가능하게 할 것이다.[32]

---

32) 연극학적 관점에서 퍼포먼스론 또한 본고의 고찰에 유용하게 활용될 것이다.
　　김방옥, 「퍼포먼스 론」, 『한국연극학』Vol.13 No.1, (한국연극학회, 1999), 263~308쪽.
　　이경미, 「현대공연예술의 수행성과 그 의미 – 사건으로서의 "몸"과 "공간" – 」, 『한국연극학』Vol.31(한국연극학회, 2007), 135~167쪽.
　　이미원, 『연극과 인류학』, 서울: 연극과 인간, 2005.

1.5. 논의의 구성과 내용

이 연구는 크게 보아 '연행적 중재 과정의 특징으로서 반성성의 시각'을 살펴보는 2장과 '탈춤의 면대면 상호 작용과 의미작용의 반성성'을 고찰하는 3장 그리고 '탈춤의 문화적 담론실천의 반성성'을 확인하는 4장으로 구성되었다. 말하자면 2장에서 연구 방법론으로서 반성성의 시각에 대한 체계를 세운 후, 그것을 탈춤의 면대면 상호 작용 차원에서 문제 제기해 보고, 이를 확장하여 문화적 가치를 실행하는 탈춤 연행의 과정에 대한 고찰에까지 나아가 보려는 것이 이 연구의 편집 체제라 할 수 있다. 반성성의 포괄적·이론적인 논의를 탈춤의 면대면 상호 작용과 문화적 담론 실천의 측면에 정립해 봄으로써, 탈춤 연행의 반성성이 기능하는 역동적 과정들에 관한 정당한 연구 시각을 확보할 수 있으리라는 생각을 이러한 편집 구성은 내포하는 셈이다. 결과적으로 반성성과 관련된 제반 층위들을 관류하는 탈춤의 연행 현상들을 파악하고, 그것의 연행론적 형식, 의미, 기능을 적절히 평가하는 가운데, 연행 연구의 인식적 지평을 새롭게 할 수 있으리라 판단된다.

구체적으로 보자면, 2장 1절에서는 메타 커뮤니케이션적 틀거리 짓기로서 반성성을 정의하는 작업이 먼저 이루어질 것이다. 국지적으로 면대면 상호 작용과 보편적으로는 문화적 현상의 층위에서 이 같은 반성성이 어떻게 유용한 논의를 도출할 것인가가 뒤이어 다루어진다. 한편 2장 2절에서는 그렇다면 연행론적 관점에서 반성적 차원이 어떠한 의미를 지닐 수 있는지를 살펴보려 한다. 연극에서 연행으로의 패러다임 전환에 주목하면서 텍스트화·컨텍스트화로서 중재적 과정의 메타 커뮤니케이션적 틀거리 짓기 행위의 반성적 능력을 연행적 행위의 중요한 특성으로 설정하는 작업이 이 논의에서는 우선시된다. 이후 연행되는 면대면 상호 작용으로서 의미작용의 탈컨텍스트화·재컨텍스트화와 연행되는 문화로서 담론의 탈컨텍스트화·재컨텍스트화가 세밀하게 기술되어, 반성적 행위가 연행론의 지평정립에 기여할 수 있는 구조적 틀을 세워 보려 하였다.

3장부터는 탈춤 연행의 면대면 상호 작용에 관한 반성적 관점을 진행시켰다. 3장은 '담화의 연행과 언어적 틀 짓기'를 출발점으로 삼고 있다. 담화적 연행론의 분석은 메시지에 대한 메시지의 틀 짓기, 코드에 대한 코드의 틀 짓기, 코드에 대한 메시지의 틀 짓기, 메시지에 대한 코드의 틀 짓기 등 네 가지 언어학적 이중구조의 기능을 검토한다. 그래서 언어 사용에 관한 사용으로서 그것의 메타 커뮤니케이션적 특징이 접근될 것이다. 문법적·서사적으로 봤을 때, 이들 이중구조의 연행 과정은 보고 발화 및 인용, 사회적 의미의 고유명사 사용 및 한자/우리말의 교체 현상, 스토리텔링의 상호조절을 위한 메타 서술, 그리고 연행 현장 환기 성격의 전환사를 취급하는 문제와 연계된다.

3장 2절 '체현의 연행과 비언어적 틀 짓기', 분석은 담화적 접근과 함께 연행론적 중재 과정의 고찰을 비언어적 차원에서 같이 한다. 이를테면, 그것은 반복되고 인용되는 몸 되기와 몸 가지기의 변증법적 과정인 체현 과정에서, 채널의 메시지화를 결과 해 내는 반성성을 조망할 것이다. 환언하자면, 후각적 물질성의 지각과 채널의 메시지화에 의한 연대적 공간의 틀 짓기, 촉각적 물질성의 지각과 유희적 공간의 틀 짓기, 미각적 물질성의 지각과 향연적 공간의 틀 짓기, 시청각적 물질성의 지각과 비재현적 공간의 틀 짓기가 순차적으로 파악된다. 이 절들의 분석을 통해 반성적 연행론의 국면을 몸의 차원에서 방향 설정하는 것이 가능해진다.

3장 3절은 3장 1절과 3장 2절을 종합하여 미시적 경험의 변형 과정을 확인해 볼 작정이다. 이 같은 변형 과정에 수사적 메타 지침들이 신호된다는 점에 착안, 병행 구문 등의 조율하기 과정(Keying) 수단들이 먼저 평가될 것이다. 이후 조율하기(Key), 조작하기(Fabrication), 틀의 붕괴로 차이를 두어 탈춤의 변형적 경험을 미시적으로 고찰해 나가는 장이 마련되었다.

4장에 와서는 탈춤의 문화적 실천이 산출하는 담론의 반성적 국면에 접근한다. 4장 1절에서는 권위적 담론의 생산이 다루어지고 4장 2절에서는 탈권위적 담론이 만들어지는 과정을 밝히고 있는 까닭에 탈춤 연행을 통해 사회문화적 메타 논평이 형성되는 계기가 초점화될 수 있으리라고 본다. 특히나 그것은 반복되는 텍스트, 즉 상호 텍스트적 간격 조절의 연행적 중재과정과 일맥상통하는 것이라서 4장 1절은 '장르의 연행과 최소화된 상호 텍스트적 간격의 틀 짓기'를 거쳐 수렴되는 권위화의 양상을 다룬다. 반면 4장 2절은 '장르의 연행과 최대화된 상호 텍스트적 간격의 틀 짓기'를 거쳐 전개되는 탈권위화의 양상을 탐색한다.

4장 1절에서는 텍스트적 사용의 합법성, 텍스트적 접근의 차별성, 텍스트적 능력의 우월성, 텍스트적 가치의 위계성을 중심으로 논의를 펼쳐, '권위적' 담론이 틀 지어지는 양상을 더욱 분명하게 논의할 것이다. 의미가 직조되는 텍스트화·컨텍스트화의 실천에는 항상 사회정치적인 의례적(ritualistic) 통제의 지속성이 뒤따르기 때문에 이 같은 항들의 배열이 시도되었다.

4장 2절에서는 역전·전도의 놀이, 동시성의 놀이, 무한성의 놀이, 재배열의 놀이를 중심으로 연구해서, '탈권위적' 담론이 틀 지어지는 과정을 명백히 하려 한다. 놀이적(playful) 비의미 영역들에 의해 탈춤 연행에서 혁신과 창조가 가능해지는 양상의 분석에 그것의 목적이 있다.

마지막으로 4장 3절에서는 이전 절들에서 나온 성과에 비추어 탈춤 연행이 지닌 문화적 연행의 가치를 문화적 보편성과 비교하고자 한다. 그래서 이 절에서 설정된 것이 상호 텍스트성으로서 예견되는 텍스트의 기억, 즉 '문화적 기억'이다. 문화적 기억은 과거에 '저장'되었던 것이 현재적 시점에서 선택되어 '활성'화될 수 있는 성격의 것이다. 그러므로 옛것과 새것이 변증법적으로 교환과 교류를 지속하는 와중에, 집단적 보편성에 대한 개인의 참여, 개인적 특수성에 대한 집단의 자각이 함의한 반성적 국면을 그것은 적절히 보여 줄 것으로 예상된다. 표준화된 '감정'의 저장 기억과 이에 대한 참여로서 탈춤 활성 기억 틀 짓기, 표준화된 '사고'의 저장 기억과 이에 대한 참여로서 탈춤 활성 기억 틀 짓기, 표준화된 '행동'의 저장 기억과 이에 대한 참여로서 탈춤 활성 기억 틀 짓기가 이 장에서 다루어진다. 그럼으로써, 집단적 과거의 재구에 개별 탈춤 연행과 참여자 개인이 개입하는 양상이 제공된다. 반면 이상의 내용들을 포괄하여, '탈'을 중심으로 한 표준화된 '소통'의 저장 기억과 이에 대한 창발적 사건으로서 탈춤 활성 기억 틀 짓기는, 저장하면서 동시에 재창조할 수 있는 문화적 기억의 특별한 자질을, 실제 관객과의 상호 작용을 통해 드러낼 수 있을 것이다.

이와 같은 논의가 깊이 있게 이루어질 수 있을 때, 앞서 제기한 연행론의 이슈, 즉 문화적 보수주의와 문화적 혁신주의에 얽힌 탈춤 연행의 기능에 관한 문제의식이 보편타당하게 해명되리라 생각한다.

1.6. 주요 개념의 정의

본격적인 논의에 앞서 연구의 주제를 좀 더 명료히 기술해 낼 수 있기 위해 본고에서 사용되는 '반성성', '틀 짓기 과정', '메타 커뮤니케이션적 능력', '텍스트/컨텍스트', '재컨텍스트화', '텍스트화', '탈컨텍스트화' 등 중요 용어들의 개념을 간략히 정의해 보겠다.[33]

우선 '반성성'은 자기 지시성, 자기의식에 대한 의식으로 정의된다. 그러나 반성성은 역설적 개념이다. 자기 자신에게 되돌아가, 자기 자신에게로 경사되는 경로는 자아가 자신 자체 바깥에 설 줄 알아야 하기 때문이다. 자아 자체를 알기 위해서, 자아 자체를 대상으로 구성하기 위해서 자아는 그 자신으로부터 부재해야만 한다. 모든 타자적인 경험에 '관한' 대면은 반성성을 함축하며, 의미를 만드는 과정 자체인 것이다. 즉 사건을 의미 있게 만들고, 상황을 구성할 수 있는 원칙은 타자적 삶과의 만남을 통해 이루어진다. 바꾸어 말해 반성적인 것은 차이 있는 것과의 조우를 거쳐 개인이 경계를 만드는 행위다.

비단 자아의 측면에서뿐만 아니라 언어 체계나 비언어 체계 등 의미작용 체계 면에서 경계를 구성하고, 의미를 만드는 것은 모두 반성

---

33) 이 개념들은 대부분 본론의 관련된 내용들이 출처로 하는 문헌 등을 참조해 작성되었다. 지면의 한계상 이 절의 각주에 관한 기술은 본론의 각주로 대신한다.

적 과정이라 할 수 있다. 해서 반성적 과정은 경험을 의미 있게 제시하는 과정이다. 다시 말하자면, 특별한 사건과 접할 때, 그것에 대한 반응 속에는 일종의 해석적 도식(schemata)이 생겨나는데, 그와 같은 것을 '틀(frame)'이라 하는 경우, 반성적인 것은 '틀 짓는 과정(framing)'을 함축한다. 통과의례상 분리—전이—통합을 거쳐 새로운 사회 구조가 생겨날 때, 전이 단계의 리미널한 반성적 반구조가 핵심역할을 하듯이, 하나의 경험이 구성되고, 틀 지어지기 위해서는 반성적 과정이 필연적으로 요청된다 하겠다. 역으로, 기존 정식화된 모든 의미와 사회구조도 이러한 반성적 틀 짓기 과정을 거쳐 정형화된 것으로 볼 수 있다.

한편 '메타 커뮤니케이션 능력'도 의미와 경계를 확립하는 틀 짓기 과정을 내포한다. 메타란 말은 원래 '~보다 위에' 그래서 '구별하기'이며 동시에 '~에 관하여(담론하기)'라는 뜻을 가지고 있다. 그러므로 메타 커뮤니케이션 능력은 두 세계를 구별하는 능력이다. 주체와 대상, 개인적 자아와 사회적 세계같이 두 개의 다른 세계를 구별하는 것, 즉 차이를 인식하는 능력을 그것은 의미한다. 결국 자기와 자기가 아닌 것을 구별하는 메타 커뮤니케이션 능력을 위해서는 자기와 자기가 아닌 것의 대화를 전개해야 한다. 그럴 때, 비로소 '~에 관한' 담론하기가 가능하다. 요컨대 메타 커뮤니케이션적 틀 짓기 과정은 근본적으로 반성성을 함축한다.

결과적으로 메타 커뮤니케이션적 틀, 다시 말해서, 테두리를 치는 것은 상호 작용의 리얼리티를 주의의 대상으로 존재하는 것과 주의되지 않는 것으로 분리한다. 여기서 초점화된 대상은 의미, 곧 '텍스트'다. 반면 초점화된 대상의 배경이 되는 것 혹은 초점화된 주의의 효과로서만이 감지될 수 있는 것이 '컨텍스트'라 할 수 있다. 메타 커뮤니케이션적 틀을 만드는 것 자체는 텍스트와 컨텍스트의 변별적 자질을 장착하는 과정이자 지각적으로 형상과 기반, 전경화된 것과 배경화된 것 사이의 필연적인 구별을 유지하는 과정인 셈이다.

이러한 메타 커뮤니케이션적 틀 짓기의 반성적 능력에서 가장 중요한 것은 무엇보다도 '재컨텍스트화 과정'이다. 재컨텍스트화는 어떤 이전 텍스트에 '관하여' 다른 방식으로 의미를 만들고, 경계를 구성하는 과정의 배경을 이루는 까닭에서다. 그래서 재컨텍스트화는 변형의 핵심적 차원을 내포한다. 재컨텍스트화된 것들은 두 번째 전개된(twice twisted) 것으로서, 일종의 복원된 행위(restored behavior)이지만, 그것은 원본의 재현보다는 구성 행위 자체에 초점이 맞춰져 있다.

이때 반성적 재컨텍스트화 과정을 거쳐 소통되는 것은 메타 커뮤니케이션적으로 소통된 텍스트다. 바꾸어 말해 재컨텍스트화의 과정은 '텍스트화' 과정을 동시에 함의한다. 즉 연행의 관점에서 텍스트와 컨텍스트는 텍스트화와 컨텍스트화라는, 함께 직조되는 다소 복잡한 사건의 역동적인 실천 과정으로 재정의된다. 따라서 계층, 젠더, 권력 같은 사회생활의 질서와 제도적 요인의 실증적 컨텍스트가 일종의 상호 행위 '외적'인 환경으로서 자리한다면, 실제 상호 행위 참여자에 의해 그것이 접근되고, 관련된 것으로 이해되는 방식은 연행의 과정 중에 의해서만이 달성될 수 있다. 종국적으로 연행은 컨텍스트를 상호 행위 '내적'인 차원에서 생산하는 과정이고, 이를 통해 언어학적이든, 비언어학적이든 컨텍스트를 형성하면서 동시에 텍스트적 의미가 변형되는 메커니즘이 관찰 가능해진다.

그러나 재컨텍스트화된 텍스트는 이전의 상황 맥락으로부터 탈중심화, 곧 '탈컨텍스트화'될 수 있는 것이어야 한다. 탈컨텍스트화되는 것은 이전 맥락으로부터의 밀착을 상실한 것이다. 역으로 보자면, 탈컨텍스트화될 수 있는 것은 기본적으로 텍스트화될 수 있는 것들이다.

이상의 기본적 정의들을 바탕으로 탈춤 연행의 반성성에 대한 체계적인 규명을 다음 장들에서는 진행시켜 보도록 하겠다.

Part 02

연행적 중재 과정의 특징으로서 반성성의 시각

2.1. 반성성의 개념과 관련된 층위들

2.1.1. 반성성의 정의: 메타 커뮤니케이션적 틀거리 짓기

미국 구술 연행 예술 연구의 대표적 학자인 리차드 바우만(Richard Bauman)에 따르면 반성성(reflexivity)의 개념은 메타 커뮤니케이션적 틀거리 짓기(framing)를 근본적으로 함축한다.[34] 따라서 반성성에 관한 이해를 위해서는 '메타 커뮤니케이션'과 '틀거리 짓기'라는 용어를 좀 더 분명하게 정의해야 할 필요가 있다. 이러한 예비 작업은 연행적 중재 과정의 메타 커뮤니케이션적 특징을 다음 장에서 규명하는 데 유용하게 활용될 것이다.

메타 커뮤니케이션에 대한 연구는 침팬지의 유희 활동을 관찰했던 그레고리 베이트슨(Gregory Bateson)의 관심에 의하여 예각화된다.[35] 베이트슨에 따르면 유희 활동은 '이것은 놀이이다'라는 메시지가 담긴 신호를 교환한다. 침팬지 집단 내 싸움이 벌어진 이후, 싸우는 것

---

34) Richard Bauman. "Disciplinarity, Reflexivity and Power in Verbal Art as performance: A Response", *The Journal of American Folklore*, Vol.115, No.455, (Winter, 2002), p.94.
35) 이하 베이트슨의 유희에 대한 논의는 Gregory Bateson, "A theory of play and fantasy", In *The performance studies reader*, ed. Henry Bial. London: Routledge, 2004. pp.121~130 참조.

을 흉내 내는 것 같지만 정작 상대방에게 실질적인 해를 끼치지는 않는 장난기 어린 침팬지의 행동들을 주목하면서, 베이트슨은 유희 활동을 패턴화된 행위라 인식하게 된다. 즉 침팬지의 실제 싸움이 모델이 되고, 그것을 모방하는 행동 양식이 그 뒤를 따르게 된다. 하지만 실제 싸움과 똑같은 행위 패턴이 뒤따르는 것이 아니라, 특정 국면에서 체계적으로 변화된 행동이 반복되고 있음이 밝혀졌다. 싸움 행위는 일련의 행위 조각들로 전위되고, 전사되어 재현되었다. 실제 싸움은 후속되었던 유희적 활동의 형식화를 위한 토대로서 기능하였던 것이다. '이것은 놀이이다'라는 메시지를 신호화하기 위해 침팬지들은 특정 행위를 과장하고, 일상적으로 실행되지 않는 행동을 시현하거나, 유희의 시작과 멈추기, 반복을 나타낼 수 있는 의도적·인위적 제스처를 취하였다. 즉 어떤 목적하에서 행해지는 현실적 행동이 아니라는 것을 표시할 수 있도록 다양한 액션을 구성하였다. 여기서 놀이의 행동은 이전의 싸움과 관련하여 인식된다. 이를테면 '이것은 놀이이다'라는 메시지는 테두리를 형성한다. 원본이 되는 실제 싸움 행위를 동일하게 따라하는 것 같지만, 그와 달리 이것은 단지 놀이일 뿐이라는 메시지를 테두리 내에 포함함으로써, 놀이 현상은 '이것은 놀이이다'라는 메시지의 형상을 경계 짓는다. 유희 활동을 만드는 테두리는 등가와 차별화의 과정을 내재화한다. 그것은 '이것은 놀이이다'라는 메시지 자체에 되돌아감으로써, 동시에 '이 밖의 것은 놀이가 아니다'라는 메시지를 동시에 공유하는 셈이다.

그러므로 유희에서 교환되는 메시지 또는 신호는 일종의 메타진술이라 할 수 있다. "메타~라는 말은 원래 '~보다 위에' 그래서 '구별하기'이며 동시에 '~에 관하여(담론하기)'라는 뜻"[36]을 함축한다. '~

에 관하여'라는 뜻으로 사용되는 메타 행위의 능력은 두 세계를 구별하는 능력이다. 메타 행위의 능력을 통해 우리는 동일자와 타자, 주체와 객체, 자아와 사회와 같은 두 개의 다른 세계를 분별하며 차이를 인식한다. 이점에 비춰 볼 때, '이것은 놀이이다'라는 침팬지들의 메시지는 이전에 행해진 실제 싸움과 비교해 '이것은 아무것도 아니다'라는 부정적 진술의 구별을 전제한 메타 커뮤니케이션적 메시지에 해당된다고 볼 수 있다. 모든 메타 소통적 메시지는 행동의 차별화를 정의 내린다. 그것은 '이것은 놀이이다'와 같은 테두리 안에 포함된 메시지가 이해되도록 조력하고, 테두리 밖의 메시지는 그것과 다른 것이라는 '형상'의 지각을 긍정적으로 고양시킨다. 그래서 베이트슨은 놀이의 진화는 커뮤니케이션 진화의 중요한 단계라고 주장한다. 일상적으로 발생하는 지시적 커뮤니케이션은 실상 말과 문장이 대상에 관련되는 방식을 유희의 신호처럼 메타적으로 통제하는 규칙의 진화 이후에나 가능하기 때문이다.

지금까지의 기술에서 메타 커뮤니케이션의 형식적 장치로서 본 연구에서는 '테두리'라는 말을 활용하였지만, 기실 그것은 일종의 틀거리가 만들어지는 과정이기도 하다. 틀은 "상황을 정의하는 구성 원칙"이며, "개인이 사회적 삶의 순간에 가질 수 있는 경험의 구조"로서 "장면의 의미 없는 요소를 의미 있게 만드는 등 특별한 사건을 인지할 때의 반응 속에서 생성되는 일종의 해석적 도식(schemata)"[37]이다. 개인은 상황에 참여할 때 여기서 벌어지고 있는 것은 무엇인가라는 질문에 직면하게 된다. "리얼리티에서 중요한 것은 리얼함에 대한

---

36) 서명수, 「기호와 재현」, 『기호학연구』Vol.3 No.1, (한국기호학회, 1997), 427쪽.
37) Erving Goffman, *Frame analysis: an essay on the organization of experience*, Mass: Harvard University Press, 1974, p.10, p.13, p.21.

우리의 지각"[38]인 것이다. 바꾸어 말해 실제 상황에서 취해진 참여자의 행동은 그 상황 내에서 진행된 것이 '무엇인지에 관한' 이해로부터 비롯된다. 개인의 행동은 이와 같은 이해에 맞게 조절되며, 구성되고, 조직된다. 그래서 진행되는 주변 환경의 리얼리티 속에 어떻게 행위가 취해질 것인가의 문제 혹은 틀거리 지어질 것인가의 문제는 항상 '~에 관하여 담론하기'라는 메타 행위 능력을 수반한다. 메타적 메시지를 형성하는 과정은 틀을 만드는 과정이다. 틀을 만드는 과정이 없다면 세계를 구별하는 일이 불가능해진다. 더불어 차이를 인식하는 능력의 부족은 실제 세계와 환각 세계를 구별 못 하는 정신병적 현상과 마찬가지로 소통 자체의 원천적인 봉쇄를 의미한다. 메타 커뮤니케이션적 메시지는 소통상의 모든 의미작용 체계를 규정하는 틀거리 짓기의 과정이자 인간의 의사소통을 위해서는 반드시 필요한 커뮤니케이션에 대한 커뮤니케이션이라 할 수 있다.

그렇다면 이러한 메타 커뮤니케이션적 틀거리 짓기 과정은 반성성과 어떠한 관계인가? 우선 반성성은 자기 자신을 지시할 수 있는 능력을 일컫는다. 그러나 반성성은 유아론적 개인에게 되돌아가는 문제와는 완전히 다른 현상이다. 반성적이 되는 것은 자아에만 몰입된 나르시시즘이나 사적 자기의식으로 점철된 자서전적 자아도 아니고, 신이나 절대적인 앎과 같은 초월적 자아와 의식을 지칭하는 것도 아니다. 반성적이 되는 것은 자기 자신에게로 되돌아가, 자기 자신에게로 경사되되 자신 자체가 대상이 되는 것인 바, '사고과정 그 자체에 대해' 생각하는 과정을 함의한다. 때문에 반성성은 단지 어떤 것에 대해 생각하는 반영(reflection)과는 구분된다.[39]

---

38) Ibid, p.2.

나 자신에 대한 앎을 획득하기 위해서 나는 나 자신에게서 거리를 취하고 나 자신의 외부에 서 있어야만 한다. 나 자신을 대상화·타자화할수록 나는 자아에 근접할 수 있다. 따라서 자기 지시적인 반성적 행위는 "개인적 나(I)와 사회적 나(me) 사이의 대화를 전개하고 그것들을 차별화하려는 노력"이자 자아로부터 떼어져 "탈중심화되고, 분리되어, 자기 자신을 넘어 자신을 고양시킬 수 있는 능력"[40]을 함의한다. 즉 "반성성이란 어떤 것을 경계 지으면서 틀거리를 만드는 것"[41]이고 "경험을 의미 있게 제시하는 과정"[42]인 메타 커뮤니케이션적 능력이다. '나' 자신이 되기 위해 반드시 필요한 것은 '나'를 틀거리 지을 수 있는 과정이다. 그것은 '나' 안에서 오는 것이 아니라 '나'의 외부로부터 비롯된다. '나' 자신을 뛰어넘으려는 노력은 '나' 자신을 지시할 줄 아는 것에서 비롯되지만, 역설적이게도 나 자신을 지시할 줄 아는 능력은 '나' 자신의 외부 영역과의 만남에 의해서만이 가능하다. '나' 자신을 변환시킬 수 있는 능력은 이렇듯 자신에 주의를 기울이는 자기 지시적인 '시적 기능'과 그것을 나 아닌 타자적인 것으로 연결하여 자신을 토픽으로 삼아 자신에 '관해' 조작할 수 있는 '메타적인 기능'의 실천으로부터 연원하는 것이다.[43] 반성적 행

---

39) 바바라 밥콕(Barbara Babcock)이 지적하듯, 반성성은 자기 지시적이거나 2차적인 중개적 특성이 결여된 단순한 반영과도 구분되며, 부정적 함의를 담은 유아적 자기 의식성이나, 형이상학적 철학에서 의식의 고차원적 형태로 간주되어 온 초월적인 것들과도 구별된다. 반성성은 이와는 달리 그 자신의 작용에 의해 그 자신의 작용을 말하고자 하는 시도다. Barbara Babcock, "Reflexivity", In *The Encyclopedia of Religion, vol.12*, ed. M. Eliade, New Work: Macmillan, 1987, p.234.

40) Barbara Babcock, "Reflexivity: definitions and discriminations", *Semiotica*, Vol.30, 1980, p.1, p.2.

41) 송효섭, 『문화기호학』, 서울: 아르케, 2000, 300쪽.

42) Babcock, (1987), op.cit, p.235.

43) 로만 야콥슨(Roman Jakobson)은 메타 언어학적 기능과 시적 기능이 언어적 메시지를 예술 작품으로 만드는 데 중요한 기능을 한다고 평가한다. 그에 따르면, 메타 언어학적 기능은 언어를 대상으로 언어 자체에 대해 말하는 언어로서 메타 언어학적 기능의 발화는 코드에 초점이 맞춰진다. 반면 시적 기능의 영역은 메시지 자체에 초점이 맞춰지며 시적 기능의 구술 예술에서 지배적·결정적 기능을 한다. 이러한 야콥슨의 메타 언어학적 기능과 시적 기능이 자기 지시적이면서도 보편적인 타자의 영역에 접목함으로써 자

위는 곧 시학적으로, 메타적으로 틀을 만드는 과정이다.

그러나 반성적 틀거리 짓기의 과정은 정적인 구조적 '산물'이라 할 수 없다. 왜냐하면 또한 "반성적인 것은 비결정성의 리미널한 과정을 함의"[44]하는 까닭에서다. 반성적 순간에는 '~에 관하여 담론하기'의 메타 커뮤니케이션적 과정이 발생한다. 때문에 항상 자아/타자, 주체/객체, 개인/세계 사이의 전이적 상태 속에 반성적 자아는 위치된다. 자기 자신을 타자로서 여기고, 자아라는 주체를 관찰의 대상으로 인식할 때, 거기에는 자아/타자의 대립적 경계가 무너져 비분절적 차원이 전개되는 것이다. 결과적으로 반성적 틀 짓기 행위를 통해 주체는 정체성의 잠재적인 다층성을 확보하며 개인과 세계의 다양한 이미지들 속에서 주체를 전환시키고, 이전 행위를 모방하는 '다시 하기(re-doing)'를 실현한다.

이상에서 기술된 반성성의 자기 지시적 역동적 조작이 비단 자아의 차원에만 국한되는 것은 아니다. 모든 의미작용 체계는 반성적이다. 이점은 면대면 상호 행위 층위와 그것이 확장된 문화적 활동의 층위에서도 확인될 수 있는 사실이다.

2.1.2. 면대면 상호 작용의 구성과 반성적 틀거리 짓기

면대면 상호 작용(face to face interaction)은 지금, 여기에 함께 자리한 복수의 참여자들 간에 발생하는 상호 행위다. 상호 작용은 개인의

기 자신이 되려는 반성적 능력에 필수적으로 요청된다 하겠다. Roman Jakobson, "Closing Statement: Linguistics and Poetics", In *Style in language*, ed. Thomas A. Sebeok. Cambridge: Technology Press of Massachusetts Institute of Technology, 1960. pp.355~356. 신현숙, 『희곡의 구조』. 서울: 문학과지성사, 1990. 83~85 참조.

44) Babcock. (1980). op.cit. p.5.

경험을 배태시키는 하부구조라 할 수 있다. 상호 작용 내 발생하는 이러한 소통적 작업이 원활하게 이루어지려면, 참여자들 간에 소통적 틀이 확립되어 있어야 한다. 즉 '나'는 '나'이고, '당신'은 '당신'이며 차별화된 우리 둘이서 지금 메시지를 교환하고 있는 것이라는 전제가 공유될 때, 소통적 사건이 발생할 수 있는 것이다. 이것은 '당신'을 통해서 '나'를 보며, '나'가 '당신'에게 보이고 있다는 반성적 인식이 없다면 불가능한 사건이다.

언어는 면대면 소통 사건의 반성적 틀을 획정하는 데 특권적 위상을 지닌다. 언어의 자립성과 분절성 그리고 그로 인한 수많은 조합 가능성은 소통 맥락을 확립하고 조정하는 틀거리 짓기 과정상에 다양한 장치들을 제공한다. 언어 사용에 관해 소통하고자 하는 언어 사용의 용례들은 모두 메타적 언어 행위, 곧 반성적 언어에 귀속된다고 볼 수 있다. "발화가 일어나는 과정에서 그 발화 자체에 대한 지시 혹은 인식이 발화에 반영"되며, "어떤 형식을 가진 언어가 그 내용을 담고 있지만 그 내용에는 바로 자신의 형식에 대한 것이 포함"[45]되는 반성적 능력은 담화에서 보다 뚜렷하게 드러난다.

일례로 언어 사용의 구조나 기능에 대해 언급하는 것은 메타적 틀 짓기의 한 유형이다. "A는 비규칙 동사이다." "A는 B의 다른 이름이다." "우리는 아이 앞에서 욕하지 말아야만 한다." "A언어의 자음은 모언어보다 더 가볍게 발음한다." "농담은 우스운 이야기다." "나는 당신을 A라고 명한다." "대명사는 사회적 계층 차이를 예시한다" 같은 것들이 그 예다.

모든 언어의 지표적 형태들도 반성적 유형의 언어들이다. 시공간

---

45) 송효섭, 『해체의 설화학』, 서울: 서강대학교 출판부, 2009, 103쪽.

의 대명사나 부사, 인칭 대명사, 시제를 나타내는 용언의 표지 등 특별한 환경, 시공간, 특정 청자와 화자와 관련된 발화의 내용과 그것들의 지시대상을 구성하는 직시소들이 이러한 범주에 속한다. 직시소에 의해 통어되는 어휘, 문법의 진술은 실제 발화 상황의 발생을 그대로 반영하는 것이 아니라 인지적 관여성에 따라 발화 상황의 틀을 창조하고 조탁하는 장치라 봄이 더 타당할 것이다. 즉 '나'라는 화자의 대명사를 통해 화자는 타자로서의 '나(me)'를 구성하게 되고, 마찬가지로 청자는 화자의 '나'의 발화를 통해 타자로서 '나(me)'의 목소리를 수신하게 된다.

청자가 수신하는 발화를 그들로 하여금 어떻게 해석해야 할지 말해 주는 다양한 형식적 표지 또한 반성적이다. 형식이 등가적으로 반복되지만 거기에 새로운 내용이 발현되는 병행주의(parallelism)나 규칙적으로 배열된 단어의 질서 같은 것들은 의미의 유사성과 강력한 감정적 효과를 유발하며 기억의 도구로서 다양한 지시 대상 사이의 연결을 창조한다.

"예를 들어~," "만일~라면", "당신이~을 가정했기 때문에", "~말해 봅시다, ~설명해 봅시다"처럼 실제 발화 앞뒤에 배치되는 가언적(hypothetical) 발화 역시 현재 상호 작용에서 확인되지 않는 상상적으로 서술된 사건을 틀 짓는다는 점에서 반성적 언어의 한 유형이다. "나는 당신의 아내가 되었습니다." "당신은 무죄임을 선포합니다"와 같은 연행적 발화(performative utterance)도 화자가 언어학적 행동의 발화 내적 힘을 통해 자기 자신과 타인의 행위를 지시하며 재구성하게 되므로 반성적이다.

게다가 발화된 진술 내 삽입(embedding) 구문들은 반성적 틀거리 짓기의 전형적인 예들을 수다하게 제시한다. '그러나', '말하자면', '이와 달리', 같은 접속의 표지부터 시작하여, "~을 인용하다", "~라고 말하였다", "~을 보았다" 같은 보고하는 발화 동사 구문들, 그리고 "너는 내가 생각하는 것을 아느냐?" "무엇이 일어났는지 아느냐?" "잘 들어봐" 등이 그러하다. 원활한 대화 진행을 위해 인위적으로 시퀀스를 분절하는 이러한 삽입구들은 담화상에 여러 의미 층위의 틀을 정초한다. 그래서 이 같은 언어학적 꼬리표가 붙은 경험들은 화자와 청자가 각자의 경험을 달리 재경험하거나 서사적으로 재생하는 (replaying) 메타적 장치가 된다.[46]

그러나 비단 언어학적 도구들만이 반성적 의식을 촉발하는 것은 아니다. 상호 행위 자체를 신호화하는 면대면 상황의 비언어적 표지들에 의해서도 소통되는 지시 대상은 메타적으로 유표화되고 고양될 수 있다. 즉 얼굴 표정이나 가면, 시선, 의상, 음악, 제스처, 냄새, 음식에 따라 채널 상의 기호들이 유발하는 감각적 스타일의 과잉과 결핍 현상은 지각적 불안정성과 복합성을 창조하여, 몸 자체에 주의를 기울이게 하는 기능을 한다.

목소리의 고저·강세·리듬·공명·속도·빈도는 준언어적 측면에서 반성성의 장치가 된다. 눈썹과 이마·눈과 눈꺼풀·얼굴 하단부의 볼·코·입·턱을 활용해 행복·공포·슬픔·짜증 같은 다양한 의미를 분배하는 얼굴의 표정도 반성적 수단으로 기능할 수 있다. 강

---

46) 반성적 언어의 유형들은 다음 논문을 참조하였다.
John A. Lucy, "General introduction", In *Reflexive language: reported speech and metapragmatics*, ed. John A. Lucy, Cambridge: Cambridge University Press, 1993. pp.1~4.
Steve C. Caton, "The importance of reflexive language In George H. Mead's theory of self and communication", In Ibid. pp.315~337.
W. F. Hanks, "Metalanguage and pragmatics of deixis", In Ibid. pp.127~157.
Goffman, op.cit. pp.502~506.

도·방향·자세 등의 변별적 자질로써 나이·성·사회적 직업과 지위·사회적 역할·육체적 상태나 정신적 상태 혹은 분위기와 같은 의미 체계를 기술하고 표현하며 은폐하는 제스처나 근접 공간의 움직임 또한 반성적 틀을 출현시킨다. 패션·메이크업과 가면·머리 스타일에서 비롯된 외모, 그리고 사람·식물·동물 등에서 방출되는 강렬한 향기나 음식의 요리하기에 관한 다양한 감각적 경험도 면대면의 과정에서 현전하는 몸에 최대한 집중하게 하면서, 그것을 주변 환경으로부터 떼어 내어 고양한다.

결과적으로 끊임없이 활성화되고, 억압되고, 재생산된 감각적 체험은, 현전하는 몸과 긴장 관계를 이루어 자아와 타자의 현상학적 몸을 의미화하는 과정을 제시한다. 다른 의미작용 체계와 마찬가지로 항상 그 자신에게 주의를 기울인다는 점 때문에 몸은 본질적으로 반성적이다. 물론 채널상의 감각적 역동성, 에너지는 추상적 사고로 대상화할 수 없는 순수한 물질적 활력을 전경화한다. 하지만 이러한 현상학적 몸의 자연적인 지각과 감각은 다시 주체와 세계가 관련되는 소통 방식을 재정의하는 데 사용된다.[47] 왜냐하면 자아와 타자의 경계적 틀은 타자의 몸이 침범될 수 없는 불투명한 매체일 때 오히려 가능하기 때문이다. 즉 신체 생리학적 존재로서의 현상학적 몸(Being-Body)

---

47) 순수 현상학적 몸의 초월적 형상은 몸과 정신의 극단적인 이분법과 마찬가지로 또 다른 본질주의라는 혐의를 벗을 수 없을 것 같다. 몸의 현상학적 차원과 담론적 차원의 의미론적 세계가 어떠한 방식으로 교차하여 어떤 효과를 불러일으키는지가 분석될 수 있을 때 보다 생산적인 논의가 가능해지리라 본다. 이와 같은 입장에서 샐리 베인(Sally Banes) 등의 논의는 시사하는 바가 크다. 그들에 따르면 "몸은 역사적 권력의 장 내에서 필수적인 변형을 위해 투여될 때보다 중요한 역할을 부여받는다… 즉 지각과 감각은 더 이상 인류학적으로 안정적인 것으로, 역사적으로 중립적인 것으로, 문화적으로 수동적인 신경 생리학적 토대로서 인식될 수 없다. 그보다 그것은 역사를 드러내고, 실천을 제안하며, 사회적 상황을 반영하고, 사회적·문화적 변화와 관련해 변형된다는 점에서, 역사적으로 구속된 문화적 동작주(agent)로서 이해되어야 할 필요가 있다."
Sally Banes and Andre Lepecki, "Introduction: the performance of senses", In *The senses in performance*, ed. Sally Banes and Andre Lepecki, London: Routledge, 2007, p.1.

을 경유하여 몸 형상의 현실적 되기로서 소유된 몸(Having－Body)의 실천이 면대면 상호 작용 내에서 채널 상의 물리적 감각들의 반성적 기능을 통해 재의미화된다. 말하자면 자아가 몸속에 삽입된 체현된 (embodied) 몸이 상호 행위의 참여자에게 의미작용의 효력을 발휘하게 되는 것은 물질적 감각성이 메타적·반성적으로 신호화·재의미화될 때이다.[48] 이때 상호 작용의 참여자가 자신들의 감각적 몸을 배열하는 방식은 공간 내에서 발생하므로, "각자가 다른 사람에게 갖는 접촉의 결과, 특정 종류의 공간을 택하는 것은 특정 종류의 틀을 선택하는 방식"[49]이 된다. 몸을 달리 위치화하고, 포즈를 재조정함으로써 조정되는 공간상의 변화는 비언어적 차원에서 감각적 표현과 연루된 반성적 틀의 조율과정이라 할 수 있다.

2.1.3. 문화적 현상으로서 반성적 틀거리 짓기

면대면 상호 작용의 국면은 인간의 사회적 실천 과정이 미시적으로 드러나는 방식을 지표화하지만, 그것은 뚜렷한 국지적 한계 내에서 이루어진다. 인간 사이의 보다 복잡한 상호 작용을 관찰하고 면대면 국지적 상호 행위의 과정에 내접한 다양한 사회적 활동들과 시공간의 관계를 인지하기 위해서는 문화적 차원의 통시적·생산적 활동에 대한 관찰이 필요할 것이다.

---

48) "몸에 대한 도구적·반성적 처리는 몸 갖기의 수령을 통해 즉 몸 형상의 현실적 되기를 통해 이루어진다." Gabriele Klein, "Korper und theatralitat", In *Diskurse des Theatralen*, herausgegeben von Erika Fischer－Lichte, Tubingen: A. Francke, 2005. p.44.

49) Adam Kendon, "The negotiation of context in face－to－face interaction", In *Rethinking context: language as an interactive phenomenon*, ed. Charles Goodwin and Alessandro Duranti, Cambridge: Cambridge University Press, 1992. p.330.

인류학적인 접근에서 문화는 삶의 총체적인 방식으로 기술된다. 문화는 복합적 총체로서, 사회 구성원에 의해 획득된 지식, 믿음, 도덕, 관습 그리고 많은 다른 가능성과 습관을 포함한다. 문화는 포괄적이며 보편적인 것이다. 그래서 문화는 어떤 사람들에게 과정보다는 이상적 상태 그 자체로 받아들여졌다. 곧잘 집단의 독특한 성취로 간주되어, 민족적 자부심이나 엘리트적 순수성으로 추구된 바, 세계에서 사고된 것 중에서 가장 훌륭한 것이라거나, 상징, 문학, 예술, 음악을 통한 특수한 사회의 창조적 표현이며, 전승되어야 할 고급 유산이라는 구호들이 그 예라 할 수 있다.[50]

그러나 문화는 무엇보다도 인간 그 자신이 쳐 놓은 의미망이다. 즉 문화는 추측할 수 있는 기호들이 상호 작동되는 체계이다. 문화는 사회적 사건, 제도 혹은 과정이 인과적으로 귀속될 수 있는 어떤 것도 아니고, 단지 해명을 필요로 하는 주어진 대상도 아니다. 문화는 다양하고 복잡한 개념적 구조의 요소들이 상위 부과되거나 연결되어 중층으로 이해되고 기술되어야 할 사건의 '맥락(context)'이다. 따라서 문화에는 복합적 의미 뒤에 해독해야 할 의미 형상들이 놓여 있다.[51]

의미와 의미를 성립시키는 객관적 배경으로 치부되는 맥락에 대한 인식은 언제나 자의적이다. 의미를 자연스럽게 받아들이려는 데에는 사회적 합의와 인가, 그리고 그로부터 배태된 일정 정도의 이데올로기적 허위의식이 요청된다. 그래서 일견 문화는 미리 확립된 모종의

---

50) Asa Briggs, "Culture", In *Folklore, cultural performances, and popular entertainments: a communications-centered handbook*, ed. Richard Bauman, New York: Oxford University Press, 1992, pp.3~11 참조.
51) 이러한 입장의 대표적인 학자는 클리포드 기어츠(Clifford Geertz)이다. 그에 따르면 문화의 분석은 법칙을 추구하는 실험 과학적인 것이 아니라 의미를 추구하는 해석학적인 것이다. 상징적 형태의 분석을 구체적 사회적 사건과 밀접하게 연관시켜야 하며 그것을 해석하는 것은 사회적 담론으로부터 말해진 것을 구제하려는 시도라는 기어츠의 견해는 문화의 심층적인 기술에 대한 기반을 제공한다. Clifford Geertz, *The interpretation of cultures: selected essays*, New York: Basic Books, 1973, pp.5~29 참조.

질서로서 신성한 기원을 지니는 것처럼 보인다. 그것은 무질서한 것으로 간주되고, 선대의 행위규범을 따르지 않으며, 구조적 특성이 부재한 것으로 여겨지는 비조직적인 것, 자연적인 것들과의 대립 속에서 등장한다. 결혼, 장례 같은 다양한 조직화의 형식은 문화적인 것들을 규정하고, 문화를 인간적 경험이 응축된 단일한 질서 체계로 신화화하는 대표적 수단이다.[52]

하지만 문화 대 비문화라는 의미망의 유형학적 기술에 대한 규정은 문화적인 것에서 비롯되는 것이 아니라, 자연적인 것에서 연원한다. 문화의 정의에는 문화가 표준적인 것이라는 믿음이 깔려 있지만, 문화는 특정한 방식으로 제한된 영역만을 설정할 뿐이지, 결코 자신 안에 모든 것을 포함할 수는 없다. 문화는 비문화를 배경으로 하는 닫힌 영역으로서 항상 부분으로만 사유된다.[53] 문화 내부의 통일성과 규범은 단지 문화 외측의 카오스적인 비구조화된 영역을 조건으로 하여서만이 정의될 수 있다. 역으로 자연적인 것은 문화적인 것의 갱신과 변형을 유도하는 잠재적 의미의 저장고이다.

따라서 문화가 자신 안에 있는 것을 농축, 보존하면서도 그것을 재구성할 수 있는 능력은 문화에 대한 문화, 즉 그것의 메타 주석적 비평인 문화적 반성성에서 가능해진다. 사회문화적 그룹과 성원들이 그들 자신에 대해 주의를 기울이면서 공적인 자아와 질서화된 문화의 영역을 구성하는 의미 요소에 주의를 기울이게 될 때, 문화의 자동성과 습관성은 심사숙고의 대상이 된다. 문화적 반성성의 영역에서 자아는 중간으로 갈라지고 분열되며 마치 다른 사람처럼 연기한다. 그

---

52) 문화 대 비문화의 유형학적 기술에 관한 논의는 유리 로트만(IU M. Lotman)의 논급을 따랐다. IU M. Lotman, *Semiosfera*, 김수환 역, 『기호계: 문화연구와 문화기호학』, 서울: 문학과지성사, 2008, 11~20쪽.
53) 위의 책 63쪽.

것은 자아를 불변적으로 투사하고 고정시키는 상황이 아니라 변형과 같은 과정으로 타자로 만들어진 나를 연기하는 것이다. '자아'는 여기서 사회적 현상으로 취급되는 복수적 '자아들'이 된다. 그러므로 문화적 반성성의 현상은 자아/타자, 주체/대상, 개인/사회의 대립들이 뒤죽박죽 전도된 상태의 리미널한 시공간을 발생시키지만, 그것은 이미 존재하는 문화적 틀에 대한 메타적 소통을 위해 틀에 대한 틀을 구성하는 과정이기도 하다. 요컨대 문화적 반성성의 영역은 문화 자체를 객관화하고 검토하며 개방하는 메타 커뮤니케이션적 틀 짓기가 발생하는 장소라 할 수 있다.[54] 역으로 보자면 사회문화적으로 관습화된 실천의 의미들 또한 애초에 이러한 반성적 메타 커뮤니케이션의 틀 짓기 과정을 통해 구조화된 것인 까닭에, 모든 문화적 활동은 반성적 과정의 관점에서 확인 가능한 것이 된다.

2.2. 연행의 특징과 반성적 차원

2.2.1. 연극에서 연행으로: 텍스트화 · 컨텍스트화로서 중재적 '과정'의 메타 커뮤니케이션적 틀거리 짓기 행위

지금까지 '~에 관한' 메타 커뮤니케이션적 틀 짓기로서 반성성의

---

54) 빅터 터너(Victor Turner)는 고양된 의식과 가능성의 창조적 강도로서 우리를 습관과 관습에서 자유롭게 해 주는 반성성의 역할을 문화적 영역에서 크게 강조한다. 왜냐하면 그러한 반성적 앎을 통해서만이 일상적으로 표준화된 질서가 어떻게 만들어졌는지에 관한 과정이 반추될 수 있기 때문이다. Victor Turner, *The Anthropology of performance*, New York: PAJ Publication, 1987. pp.21~28과 Victor Turner, "Dramatic Ritual / Ritual Drama: performative and reflexive anthropology", In *A crack in the mirrors: reflexive perspectives in anthropology*, ed. Jay Ruby, Philadelphia: University of pennsylvania press, 1982. pp.83~97 참조.

개념과 그것이 적용될 수 있는 층위에 대해 살펴보았다. 상론된 반성성의 역할과 중요성은 본고가 다루고자 하는 탈춤 연행론에서도 긍정적인 가치를 지닌다. 이를 밝히기 위해서는 연극의 장르적 특징으로서 반성성을 먼저 염두에 두어야 할 필요가 있다. 본고는 탈춤의 연극적 연구가 아닌 연행적 연구이지만, 연극적 반성성의 해명은 탈춤에 관한 반성적 연행론의 관점 정립에 일정 부분 해답의 암시를 주리라 생각된다.

연극은 "관객이 지켜보는 가운데 X라는 캐릭터를 묘사하기 위해 배우 A가 특별한 공간에서 특별한 외양을 하고 특별하게 행위 하는 예술 장르"[55]이다. 따라서 연극적 소통 체계는 두 명의 표현적 주체를 갖는다는 점에서 의미론적 복합성을 지닌다. 드라마적 허구 공간 속 표현 주체인 등장인물과 무대 위 실제 표현 주체인 배우는 수신자와 발신자의 축을 내적/외적 커뮤니케이션 시스템으로 이중화하는 구조적 요소이다. 허구적 가상 세계의 개연성은 오로지 현실적 존재인 배우가 조사(照射)하는 연기술에 의해서만이 정의될 수 있다. 더불어 이러한 코드화된 규약에 따라 실제 공연 장소(외적 커뮤니케이션 시스템)는 스토리가 펼쳐지는 허구적 공간(내적 커뮤니케이션 시스템)에 상응하게 된다. 더불어 공연자와 관객의 실제시간 역시 스토리가 전개되는 허구적 시간 축에 일치하게 된다. 따라서 "연극의 가장 중요하고 기본적인 특징은 변형"[56]이다. 리얼리티와 허구성이 오버랩된다는 약속이 깨어지지 않는 한 배우는 허구적 등장인물에, 무대는

---

55) Erika Fischer-Lichte, *The semiotics of theater*, tr. Jeremy Gaines and Doris L. Jones, Bloomington: Indiana University Press, 1992. p.7.
56) Petr Bogatyrev, "Forms and functions of folk theater", IN *Semiotics of art: Prague School contributions*, ed. Matejka Ladislav and Titunik Irwin R. Cambridge, Mass.: MIT Press, 1976. p.51.

허구적 무대에, 소도구와 의상은 허구적 세계의 오브제로 변환된다. 그리고 이러한 환각의 외장으로 인해 극적 세계는 관객에게 재현된 (represented) 세계로서의 해석력을 환류시킨다. 이것을 도표화해 기술해 보면 다음과 같다.

〈표 2-1〉 연극적 의사소통 체계

실제작가 → R1	이상적 → 작가 I1	서술자 → N1	허구적 → 인물 C1	허구적 ← 인물 C2	피서술자 ← N2	이상적 ← 관객 I1	실제관객 ← R1

실제 세계와 허구 세계의 중재적 역할을 위해 서술자와 피서술자가 상정되는 서사와는 달리 연극에서는 매개적 의사소통이 생략되어 있다. 중재적 소통 양식이 빠진 결과, 실제작가와 실제 관객의 외적 커뮤니케이션 시스템, 허구적 인물들 간의 내적 커뮤니케이션이 직접적으로 조응된다. 쉽게 말해서 배우가 등장인물로 분장하여 서로 대화를 나누더라도 그 대사는 다른 허구적 등장인물에게 건네는 말이 아니라 작가가 등장인물의 입을 빌려 관객에게 전달하는 메시지이다.[57] 의미 구성자로서 생산자와 수용자, 즉 배우와 관객은 서술자와 피서술자 같은 허구적 장치의 매개 작용 없이 동시에 직접적으로 서로를 대면한다. 더불어 공유된 한 공간 내에서 배우와 관객이 물리적 채널을 통해 다매체적 정보를 서로 주고받게 되는 것도 단일 매체인 문자 중심의 서사와 구별되는 연극적 의사소통의 이중화된 특징에서 비롯된다. 말하자면 연극은 등장인물 사이에서 재현되는 허구의 의사

---

57) 매개적 의사소통이 생략된 연극의 절대성과 내부와 외부의 이중적 의사소통이 기능하는 미학적 효과에 대해서는 이상란, 『희곡과 연극의 담론』, 서울: 연극과인간, 2003, 41~44쪽 참조.

소통을 매개로 이보다는 상위의 층위에서 실제 작가와 실제 관객이 의사소통하는 이중 의사소통 체계를 구성한다. 이런 이유에서 "연극에서 테두리 설정, 다른 말로 메타적 기능은 근본적"58)이다. 내적 의사소통 체계의 무조건적인 허구적 환상의 생산은 관객을 수동적 존재로 전락시킬 수 있기에, 극적 환상에 테두리를 짓고 허구적. 실제적 의사소통의 차이에서 발생하는 코드와 메시지 차원의 여러 혼란을 해결하려는 전략이 연극에는 반드시 요청되기 때문이다.59) 실제 관객의 반응을 고려하지 않고, 관객과의 상호 작용에 따르는 긴장감을 배제한 채 진행되는 연극이란 그것의 이중적 의사소통 체계의 특성상 존재할 수 없다. 연극에서는 등장인물과 관객, 등장인물과 배우, 관객과 등장인물 등 다양한 층위에서의 이중적 의사소통을 조정하고 오류를 방지하며 진정한 의미를 전달하기 위한 메타적 틀거리 짓기의 과정이 끊임없이 발생한다.

작가에 의해 창작된 희곡적 드라마와 무대 위에서 배우에 의해 상연되어 공연물의 중복적 형태로 존재하는 연극의 특수성 역시 연극에서 메타적 틀거리 짓기를 중요하게 부각시키는 요인이 된다. 극 텍스트의 특수성은 그것이 희곡과 상연의 이중적 형태로 구성된다는 사실에서 기인한다. 연극은 역설적 예술이다. 연극은 "문학적 산물이자 구체적 상연물이며, 재생산이 가능하고 무한히 갱신되는 영속적 텍스트이자 동일한 공연물을 다음번에는 올릴 수 없는 순간적인 것"60)이기도 하다. 그래서 희곡과 상연 중 어느 영역에 특권화된 지

---

58) 서명수, 「연극에서의 메타 의사 소통」, 『기호학연구』Vol.4 No.1, (한국기호학회, 1998), 187쪽.
59) 연극에서 프롤로그의 서술적 사용, 브레히트 식의 소외 효과, 조명 및 음향의 변화를 통한 제4의 벽 허물기 같은 전략들이 그와 같은 대표적인 예이다. 서명수, (1998), 앞의 논문, 172쪽. 187쪽.
60) Anne Ubersfeld, Lire le th tre, 신현숙 역, 『연극기호학』, 서울: 문학과지성사, 1988. 16쪽.

위를 부여할 것이냐 하는 논란은 연극 연구에 있어 항상 이슈 거리였다. 희곡에 방점을 둘 때, 극작가의 낭만주의적 개성과 천재성을 예시하고, 글을 모르는 무지한 사회계층을 교화하기 위한 수단으로 공연물이 무대 위에 올려졌다. 혹은 대본에 나와 있는 권위적 내용을 의상, 음악, 무대 장치 등의 공연적인 부가적 요소로 번역한 결과물로서만 상연은 치부되기도 하였다. 반면 20세기에 나타난 아방가르드적 연극 운동은 희곡 텍스트의 언어중심주의와의 결별을 선언하며 공연물 자체를 자가 충족적인 것으로 인식하고 오히려 기술된 희곡 텍스트를 불완전한 인공물로 공격하였다. 해체주의의 영향을 받은 논의에서는 이전의 주장들을 희곡과 상연 어느 편으로든 한쪽을 본질화하려는 이성 중심주의의 소산으로 비판하고, 희곡과 상연의 존재적 위상을 분리시킬 수 없는 상호 보충물로 관련지었다.[61]

결과적으로 연극적 주체로서 연극의 생산과 수용에 관여하는 작업은 희곡과 상연 텍스트 중 어느 쪽에 더 참여하느냐에 따라 그것을 자기 지시적으로 조정하는 메타 작업이 필수적으로 요청된다. 극작가는 문학적 구성물의 창작에 더 완결성의 비중을 두기도 하고 혹은 무대 상연을 감안하면서 연출가의 입장에 서서 창작을 하기도 한다. 연출가 또한 극작가의 의도를 감안해 희곡 텍스트를 충실히 연출할 수 있고, 과감히 개작과 번안을 감행할 수도 있다. 음악가, 무대 미술가, 배우, 관객도 마찬가지로 희곡 텍스트 영역에 속하는 것과 상연 영역에 속하는 것을 결정하고 재량적으로 그것을 변환시켜 극적 요소로 의식해야 할 상황에 언제나 위치한다. 희곡과 상연의 이중적 존재 양

---

61) Marvin Carlson, "Theatrical performance: illustration, translation, fulfillment or supplement?", In *performance: critical concepts in literary and cultural studies Ⅱ*, ed. Philip Auslander, London: Routledge, 2003, pp.79~85 참조.

식, 그것의 상호 매체성과 상호 텍스트성은 연극 주체들에게 '희곡에 관한', '상연에 관한' 틀거리 짓기의 메타적 능력을 요구하는 또 다른 이유인 셈이다.

본질적으로 연극 기호는 기호에 관한 기호다. 즉 무대 위에 재현되는 기호는 현실적 지시대상과 동일한 외관을 갖추고 있지만 동시에 다른 한편 현실적 대상이 아니라 그것의 부재를 메우는 기호이다. 일례로 무대 위에 '빈 식탁'이라는 무대 장치가 놓여 있다고 생각해 보자. 무대 위의 '빈 식탁'은 극 외부 현실 맥락의 지시 대상인 '식탁'과 동일한 것이고, 그것과는 또 달리 지시 대상인 '식탁'을 무대 위에 재현한 도상 기호이기도 하다. 극 외부에서의 일상적 '식탁'의 기능과는 다르게 무대상 오브제로 기능하는 '빈 식탁'은 가족 간의 단절이나 개인의 고독이라는 주제를 전달할 수도 있다. 또한 등장인물의 신경질적인 청결 강박증을 암시할 수도 있으며, 풍족했던 어린 시절의 과거 모습을 회상하는 매개체나 새로운 만남을 기대하게 하는 시공간적 지표로서도 의미화될 수 있다. '식탁'이 무대 공간의 재현을 위해 있는 그대로 제시되어야 할 필요도 없다. 다른 예술 장르와는 달리 연극적 기호의 특수성은 물질적인 것들의 유동성에서 찾을 수 있기 때문이다. 예컨대, 식탁을 무대 위에 갖다 놓지 않더라도 등장인물의 대사에 의해 식탁의 존재를 상정할 수 있다. 혹은 배우가 앉아서 저녁을 먹는 판토마임을 통해서도 그것을 드러낼 수 있고, 간단한 영상 이미지나, 숟가락, 젓가락의 덜그럭거리는 소리에 따라서도 오브제의 의미작용이 얼마든지 파생될 수 있다.

따라서 연극은 그것이 기원한 문화의 리얼리티를 반영하기보다 반성적 사고로 그러한 리얼리티를 재구성한다. 연극 기호는 문화 체계

에 의해 파생된 기호에 거리를 두고서 문화적 지층을 탐구하는 기호
이며, 그것의 무대화를 통해 묘사하는 문화와 묘사되는 문화로 문화
에 대한 메타주석을 가하는 예술 장르다. 연극을 경유하여 문화는 자
기 재현과 자기 반성적 틀거리 짓기의 한 행위를 실현하게 된다. 그
과정은 현실적 지시대상이지만 한편으로는 대상과 유사한 도상 기호
로서 지시 대상을 재현하는 연극적 기호의 이중적 성격에서 비롯된
다. 연극적 기호는 지시대상과 기호와의 대립과 긴장 관계를 항상 염
두에 두고 있다. 연극적 지시대상과 기호가 견인하는 동화와 차이의
메커니즘은 메타 커뮤니이션적 틀의 반성적 거리를 획득하고 문화적
페르소나의 이중성을 전경화한다고 볼 수 있다.[62]

연극의 반성적 기능을 재평가함으로써, 우리는 이제 탈춤의 연극
적 특성을 무력화시키지 않고서 그것의 연행적 가능성을 탐구할 수
있는 지점에 다다르게 되었다. 즉 반성성의 개념을 단서로 연극적 행
위인 탈춤을 연행적인 것으로 전유하는 일이 가능해진다. 무엇보다도
삶의 행위로서 행위의 조각들을 재배열·재구성하는 복원된 행위
(restored behavior)를 연행의 주요 특징이라 할 때, 다시 행해진 복원된
행위의 본질적 요소는 반성적인 것에서 찾을 수 있다.[63] 이 연구에서
는 반성적 연행의 차원을 연행적 중재과정[64]으로 명명할 것이다. 그

---

62) 연극적 반성성의 모델에 대해서는 Erika Fischer-Lichte, (1992), op.cit, p.10, pp.140~141과 Maria
    Voda Capusan, "Theatre and reflexivity", *Poetics* (13), 1984, pp.101~109 참조.
63) "복원되는 행위는 연행의 주요 특징이다. 복원되는 행위는 저장되고, 전해지고, 조절되며, 변형된다… 복
    원된 행위는 저기에 있는 것, 나(me)로부터 떨어져 있는 것이다… 복원된 행위는 상징적·반성적이며 비
    어 있는 것이 아니라 다성적으로 의미작용을 방출할 수 있는 행위를 적하한다. 이때 자아는 다른 사람으
    로서, 다른 사람처럼 행동하게 된다." Richard Schechner, *Between theater anthropology*, Philadelphia:
    University of Pennsylvania Press, 1985, pp.35~37 참조.
64) 연행의 중재적 과정의 모델은 한국 탈춤의 연행적 패턴을 살펴보려는 본 논의의 성격에 맞게 리차드 바우
    만의 중재 구조에 기반을 둔 연행의 도식을 수정한 것이다. 연행으로 중재화된 일상의 '원천-원천 메시
    지-중재자-목표 메시지-목표' 간 발생하는 상호 행위의 과정과 효과에 대한 상세한 설명은 Richard
    Bauman, *A World of others' words: cross-cultural perspectives on intertextuality*, Malden: Blackwell

것의 전체적인 윤곽은 다음과 같이 도식화될 수 있으리라 생각된다.

〈표 2-2〉 연행적 중재 과정

| 원천 | → | 연행적
중재 행위 | → | 목표 |

복원된 행위는 과거의 행위들을 복구하는 것을 말하지만, 그러나 연행은 반복된 행위로만 구성되지 않는다. 어떤 연행적 과정도 원본이 되는 행위를 똑같이 복원하지 않는다. 반복하기의 재행위에는 언제나 변형의 과정이 결과 되고, 그것의 주된 동력은 반성성의 메타커뮤니케이션적 틀거리 짓기 속에 행위의 조각들이 만들어지며, 발견되고, 발전되는 데서 연원한다. 연행적 중재 과정은 이러한 흐름을 잘 보여 준다.

반복되는 재행위 양식으로 특징지을 수 있는 연행의 행위 범주는 '사이성(in-betweeness)'에 있다고 볼 수 있다. 연행의 행위 양식은 '원천'이 되는 발화, 행동, 몸의 스타일, 사건, 사회문화적 담론 등을 중재하여, '목표'가 되는 발화, 행동, 몸의 스타일, 사건, 사회문화적 담론으로 변환시키는 이중구조를 체화한다. 반복되는 연행적 행위 양식은 원천이 되는 이전의 것들을 과거의 맥락에서 분리시켜 들어 올리면서 동시에 그것들을 목표된 맥락에 효과 있게 옮기는 과정이다. 재생산되고 모방되는 선행적 요소들에 관심을 가지면서도 그것을 어떻게 창조적으로 운용하여 대체화, 변형된 형태로 출현시킬 수 있을까 고민하는 것이 연행의 행위 양식이 갖는 고유한 속성이라 할 수 있

Pub. 2004. pp.128~158 참조.

다.[65] 때문에 연행적 중재 과정의 행위들은 대단히 유표화된 행동 양식으로 이해된다. 소통 행위에 대한 특별한 인식과 고양된 의식을 지니고 있어야만 원천이 되는 것들과 목표가 되는 것들의 중재와 그것들의 관계에 대한 설명이 가능해지는 까닭에서다. 결과적으로 연행적 행위 양식은 특수한 방식으로 틀거리 지어지고 상호 행위자를 위해 전시되어 심미적으로 고양된 소통 양식이라 할 수 있다.[66]

이상의 과정은 연행적 중재과정이 반성적 메타 커뮤니케이션의 틀거리 짓기 과정을 고도로 특성화한다는 점을 말해 준다. 바꾸어 말해서 그 무엇이건 반복이 되지만 똑같이 반복되지 않는 이유는 반복의 시점에 중재자가 원천이 되는 것들과 목표 되는 것들에 관심을 가지면서도 동시에 중재자 자신이 반복하기의 실연(enactment) 양식에 주의를 기울이는 데서 비롯한다. 연행은 결국 세계의 이중구조에 주의를 기울이면서 틀을 만들어 나가는 실천 행위인 것이다. 이를테면 중재자는 반복되고, 반복하는 행위의 과정 속에서 자기 자신을 되돌려 가리키되 자신을 탈각하여 자신을 메타적으로 전환시켜 사고할 수 있는 과정을 전개한다. 즉 변형은 언제나 반복하는 행위 속에서 체화되어 나타난다. 반복하는 행위는 반복이 진행되는 컨텍스트에 따라 반복되는 대상과 필연적으로 다르게 다종다양한 형상을 결과물로 생산하기 때문이다. 이 말은 연행자가 반복되는 것들의 의미와 그것을 둘러싸고 있을 컨텍스트에 '대한' 해석적 결과로서 지금 시점의 컨텍

---

65) "연행은 행위 패턴, 말하기 방식, 몸의 처신 방식 등으로 나타나는 심미적 실천으로서 연행의 반복은 행위자를 시공간 속에 위치시킨다… 연행하는 것은 어떤 것을 효과 속으로 옮기는 것이다." Deborah A. Kapchan, "Performance", *The Journal of American Folklore*, Vol.108, No.430, Autumn, 1995, p.479.

66) "연행은 특별히 유표화된 행동양식이다…. 그것의 표현과 기술 효과는 소통 행위에 소용되는 다양한 기능 중에 상대적으로 돌출된다." Richard Bauman, "Performance", In *International Encyclopedia of Communications, Vol.3*, ed. Erik Barnouw, New York: Oxford University Press, 1989, p.263.

스트에 맞게 반복하기 행위양식의 고양된 틀을 만든다는 사실을 함의한다.

이 지점에서 우리는 반복되고, 반복하는 것은 무엇이며 모방되고 재생산의 결과 산출되는 것은 과연 또 무엇인지 질문을 해야 할 시점에 이르렀다. 그것은 한마디로 말해서 '텍스트'다. 직조된 의미 체계로서 텍스트가 갖는 형식적 정형성과 엄격성은 지금까지 연행적 차원의 생생함을 훼손하는 것처럼 보였기에 대부분의 연행론자와 연극적 연행의 아방가르드적 주창자들은 텍스트라는 용어를 혐오하였다. 하지만 우리는 문학적 기술로서 협소하게 텍스트를 정의 내리는 타성화된 습관에서 벗어나 텍스트의 개념을 좀 더 광범위하게 개진해야 할 필요가 있다. 그런 이후에만이 인간 행위의 보편적인 양식을 다루려는 연행 연구의 생산성이 확보될 수 있으리라 생각된다. 넓은 의미에서 텍스트는 "인간이 구성한 대상이자, 사물이다. 텍스트는 꼭 말이나 언어일 필요가 없다. 텍스트는 액션이나 사건이 될 수도 있고 또는 사람이나 인간 집단"[67])이 될 수도 있다. '텍스트는 모든 인간 커뮤니케이션의 산물'로서 텍스트는 다양한 언술들을 규범화하는 실천인 '담론이 실현된 장 혹은 담론이 형성된 텃밭'[68])이다.

이렇게 본다면 연행적 중재과정의 행위 양식은 텍스트를 만드는 역동적인 과정이다. 텍스트화의 과정은 연행 상황에서 참여자가, 원

---

67) Jeff Todd Titon, "Text", *The Journal of American Folklore*, Vol.108, No.430, (Autumn,1995), p.434. 인류학적인 차원에서 텍스트는 사회문화적 산물과 과정으로서 위상을 점한다는 지적도 이를 뒷받침한다. 윌리엄 행크스(W. F. Hanks)에 따르면, 텍스트는 일단 상호 연관된 문장으로 구성된 것이지만 넓게 보자면 텍스트는 기호의 형상집합으로 구성되어, 특정 사용자의 공동체에 의해 결속적인 것으로 해석될 수 있는 구성단위다. 따라서 텍스트는 담론이 생산되고 이해되는 사회적 매트릭스다. 텍스트는 소통적 현상으로서 그것이 무엇이든지 간에 사회적 지향성을 신호화한다고 볼 수 있다. W. F. Hanks, "Text and Textuality", *Annual Review of Anthropology*, Vol.18, (1989), pp.95~127 참조.
68) 송효섭, 『초월의 기호학: 뮈토스와 로고스로 읽는 삼국유사』, 서울: 소나무, 2002. 각각 16쪽, 17쪽.

천이 되는 것들, 즉 원천 텍스트를 그것의 컨텍스트로부터 분리시키고 들어 올린다. 그래서 목표가 되는 것들, 곧 목표 텍스트의 컨텍스트에 맞게 지금 이 시점에 반복되는 것들을 조정하여 새로운 의미작용의 틀을 생산하게 된다. 곧 텍스트화의 과정은 반성적 메타 커뮤니케이션의 과정인 것이다. 이 과정에서 원천 텍스트와 중재자 간에 원천 텍스트를 탈컨텍스트화하는 대화가 전개된다. 반면 중재자와 목표 텍스트 간에는 탈컨텍스트화된 원천 텍스트를 재컨텍스트화하는 대화적 양상이 장착된다. 시퀀스상 선행하는 원천 대화가 사회적 과정의 기원으로부터 텍스트를 분리하는 과정이라면, 후행하는 목표 대화는 분리된 텍스트를 연행 과정 속에서 신중하게 조절하여 재배열하는 과정이다. 물론 두 대화는 명료하게 구분되는 것은 아니다. 탈컨텍스트화되고 재컨텍스트화되는 과정은 텍스트가 만들어지는 과정, 텍스트화의 또 다른 이름이기 때문이다.

결과적으로 텍스트화는 탈컨텍스트화되고 재컨텍스트화되는 과정이다. 바꾸어 말해 텍스트를 만드는 연행적 중재 과정의 절차상에 컨텍스트 또한 반영되는 것이 아니라 과정적으로 생산된다. 지금까지 컨텍스트는 텍스트와 독립적으로 존재하는바, 선험적이면서도 객관적이며 포괄적이고, 실증적인 배경적 요소들로 간주되어 왔다. 하지만 텍스트를 둘러싼 컨텍스트가 어디서부터 어디까지인지, 그리고 그것이 텍스트적 의미와 실제로 얼마만큼 관련되는지 보편타당하게 기술되는 데에는 아무래도 어려움이 있어 보인다. 무한히 많은 잠재적인 컨텍스트적 요소를 보다 합리적으로 텍스트적 의미망과 연계시키기 위해서는 텍스트를 만드는 상호 행위의 과정에 대한 고려가 필요하다. 바꾸어 말해 연행적 중재과정의 내부에서 중재자에 의해 실현되는 텍스트화 과정과 함께, 역동적으로 컨텍스트가 만들어지는 과정, 즉 참여자적 시점에서 탈컨텍스트화·재컨텍스트화되는 과정으로서 컨텍스트화라는 동적인 개념을 설정하는 것이 요청될 터이다.[69] 연행을 통해 생산되는 것은 결코 영속적으로 존재하는 본질적 대상이 아니다. 연행적 중재과정을 통해 행위자는 의미와 실체, 필연성의 텍스트를 만들며 아울러 배경이 되는 주변 환경적 요소들의 컨텍스트를 능동적으로 구성해 나간다. 연행적 행위 양식에서 텍스트와 컨텍스트의 실체가 따로 존재한다는 이분법과 이중적 접근은 해체된다.

결과적으로 허구적 의사소통과 실제적 의사소통의 이중적 의사소통 양식으로 구성되고, 희곡과 상연의 이중적 양태로 존재하며, 지시대상과 기호의 이중적 양식을 드러내는 연극적 반성성의 모델은 연행적 중재 양식에도 그대로 이어진다. 연극적 상연은 매번 순간순간마다 달라진다. 배우와 관객과의 관계가 상황 상황에 따라 달라지기 때문에, 희곡과 상연의 비중을 달리하는 각 연극 주체들의 다른 연극적 행위 때문에, 그리고 현실적 지시대상을 유동적이면서도 가변적으로 표상하는 연극적 기호의 특수성 때문에 연극은 언제나 새롭다. 즉 이러한 요인들로 인하여 상연된 텍스트적 의미와 컨텍스트적 요소는 언제나 차별화되고 유표화되며 고양된 공연을 전시한다. 마찬가지로

---

69) 기존 컨텍스트의 논의는 컨텍스트적 요소가 신뢰할 만한 객관적 사실성을 담지한다는 방향 쪽으로 대부분 이루어져 왔다. 컨텍스트적 요소는 텍스트의 진실한 의미 분석을 위해 최종적으로 환기되고 자극되어야 할 요소로 당연하게 취급되어 왔던 것이다. 하지만 우리는 컨텍스트적 요소가 이미 이해된 사실로서 정의되며 텍스트적 의미를 그와 같은 컨텍스트 내에 둠으로써 적절한, 옳은 텍스트적 의미가 획득된다는 당연한 가정이 이미 이데올로기적으로 구성된 전략은 아닌지 의심해야 할 필요가 있다. 실질적으로 컨텍스트의 해석은 그것이 텍스트적 의미망 속에서 관여적으로 새롭게 사용되고 산출되는 과정을 이해하기 위한 과정에 대한 분석이어야 하지 않을까? 이러한 의문점은 일군의 사회 언어학자들에 의해 제기되고 있는 상태이고, 그것은 연행 연구에도 시사하는 바가 크다. '정적인 컨텍스트'에서 텍스트화 과정과 얽힌 '역동적인 컨텍스트화'로의 전환에 대해서는 Alessandro Duranti and Charles Goodwin, "Rethinking context: introduction", In *Rethinking context: language as an interactive phenomenon*, ed. Alessandro Duranti and Charles Goodwin, Cambridge: Cambridge University Press, 1992, pp.1~32 참조.

이전의 것과 출현될 것을 중재하는 연행적 중재과정의 반복하기 양식은 텍스트적 의미와 컨텍스트적 요소를 참여자의 관점에 따라 상호 연관 짓고 변전시키는 과정이라 할 수 있다. 요컨대 연행적 중재양식은 텍스트화·컨텍스트화 '과정'으로서 중재적 과정의 메타 커뮤니케이션적 틀거리 짓기 행위라 정의된다. 이 연구에서 밝히려는 주제는 탈춤에 체화된 그 같은 연행적 양식들의 요소들과 그것의 문화학적 의미다.

2.2.2. 연행되는 면대면 상호 작용으로서 의미작용의 탈컨텍스트화 · 재컨텍스트화

지금까지의 기술을 통해 중재적 연행 과정을 형성하는 데 반성성이 중요한 역할을 한다는 사실이 밝혀졌다. 탈춤 연행의 반성성을 탐색하기에 앞서 좀 더 분석적인 논의가 될 수 있기 위해 이 절과 다음 절에서는 반성적 연행의 개념에 부합되는 소통 층위들에 차이를 두어 보고자 한다. 간단히 말해 연행 사건의 차원은 미시적인 면대면 상호 작용에서 구성되는 틀과 거시적으로 구성되는 문화적 모델들의 틀에 걸쳐져 있다. 먼저 국지적인 상호 행위의 텍스트화·컨텍스트화 과정을 출발점으로 논의의 단서를 진행시켜 보자.

이전에 설명된 대로 면대면 상호 작용의 소통이 이루어지고 메시지의 교환이 이루어지기 위해서는 연행적 중재과정을 거쳐 틀이 확정되어야 한다. 의사소통의 관점에서 연행된 상호 작용의 사건이란 틀거리 지어진 실천에 다름 아니기 때문이다. 틀, 다시 말해서, 테두리를 치는 것은 상호 작용의 리얼리티를 주의의 대상으로 존재하는 것과 주의되지 않는 것으로 분리한다. 여기서 초점화된 대상은 의미, 곧 텍스트다. 반면 초점화된 대상의 배경이 되는 것 혹은 초점화된 주의의 효과로서만이 감지될 수 있는 것이 컨텍스트라 할 수 있다. 틀을 만드는 것 자체는 텍스트와 컨텍스트의 변별적 자질을 장착하는 과정이자 지각적으로 형상과 기반, 전경화된 것과 배경화된 것 사이의 필연적인 구별을 유지하는 과정인 셈이다.[70] 텍스트적 형상의 전형적인 특징은 분리된 것으로서, 개별적인 것이며, 한계가 있는 것이고 특이성을 지향한다는 점에 있다. 반면 텍스트적 형상이 정의되는 토대로서 컨텍스트적 기반이 되는 것들은 통합된 것이며, 집단적으로 존재하고, 확산성과 가변성을 특징으로 한다. 즉 텍스트와 컨텍스트는 상대적으로 구별되는 지시대상을 지닌다고 볼 수 있다. 텍스트적 형상이 더 작은 것이라면, 컨텍스트적 기반은 더 큰 것이고, 텍스트적 형상이 더 단순한 것이라면, 컨텍스트적 기반은 더 복잡한 것이다. 텍스트적 형상은 돌출된 것이고, 컨텍스트적 기반은 배경화된 것이며, 텍스트적 형상이 좀 더 인식적으로 최근의 것이거나 기대되는 것이라 할 때, 컨텍스트적 기반은 이를 감싸고서 회상되는 것들이다.[71] 결과적으로, 면대면 상호 작용의 컨텍스트는 객관적으로 확인되는 상황적 환경의 문제 그 이상의 것이 된다. 컨텍스트는 단순히 물리적 시공간적 요소라거나 주변 환경에서 행위자가 느끼는 분위기와 같은 심리적 구성물이라 할 수 없다. 컨텍스트적 특징은 그것이 틀에 의해 규제되는 가능성의 집합, 인지적으로 추측될 수 있는 '관

---

70) Mary Hufford, "Context", *The Journal of American Folklore*, Vol.108, No.430, Autumn, 1995, pp.531~532 참조.
71) W. F. Hanks, "The indexical ground of deictic reference", In *Rethinking context: language as an interactive phenomenon*, ed. Alessandro Duranti and Charles Goodwin, Cambridge: Cambridge University Press, 1992, pp.60~61 참조.

여'된 것들의 집합이라는 점에서 찾아진다.[72] "텍스트와 컨텍스트의 관계는 부분과 전체로 '연결된' 관계와 등가적이다. 텍스트를 만드는 것은 컨텍스트라는 전체 내에 부분을 '재위치화' 시키는 것으로서, 연행을 통해 구성되는 진행적 관계"[73]다.

일례로 일상의 대화 중 대화 상대방에게, 친구로부터 들었던 일화를 전달하거나, 목도했던 누군가의 움직임을 흉내 내는 제스처를 보여 준다면, 그것은 틀을 만드는 연행 사건이 된다. 여기서 화자가 이야기를 들려주고, 몸짓을 취하는 것은 전경화된 텍스트적 의미를 만드는 과정이라 할 수 있다. 그러나 스토리를 상기하고, 기억되었던 모습을 모방함으로써 화자는 또한 친구로부터 일화를 들었던 과거의 시점과 누군가를 보았던 당시 그 사건의 발생 장소를 배경화·컨텍스트화한다. 텍스트화 과정과 컨텍스트화 과정은 별개로 존재하는 것이 아니라 긴밀하게 연루되어 있다. 지금 여기서 화자가 말하는 방식과 몸짓을 취하는 태도에 따라 서술되는 이야기 및 모방된 움직임과 관련된 여러 지표적 요소들은 과정적으로 생산되는 것이다. 바꾸어 말해 실제 화자가 친구로부터 들었던 일화와 목도했던 누군가의 움직임이 정확히 어떠했는지, 그것이 어떤 상황 하에서 다루어진 것인지 청자는 객관적으로, 실증적으로 확인할 수 없다. 단지 지금 여기 그것을 원래의 상황에서 탈컨텍스트화하여 재컨텍스트화한 화자의 이야기 방식과 몸짓의 표현을 통해 대화 상대방은 소통 사건의 배경적 요인들을 지각하고 관련시킬 수 있을 뿐이다. 서술하는 사건, 모방

---

72) 언어학에서 화용론적 원리로서 활발히 논의되고 있는 관여성(relevance)은 틀이 확립되고 텍스트와 컨텍스트가 만들어지는 커뮤니케이션의 양상을 설명해 주는 이론적 도구가 된다.
  Kaith Green, "Deixis: a revaluation of concepts and categories", In *New essays in deixis: discourse, narrative, literature.* ed. Kaith Green, Amsterdam – Atlanta, GA, 1995, pp.20~21 참조.
73) Hufford, op.cit. p.537.

하는 사건에 의해 서술되는 사건, 모방되는 사건의 텍스트적 의미를 회복하는 작업은 탈컨텍스트화-재컨텍스트화로 이루어진 컨텍스트화 작업 그 자체라 할 수 있다. 요컨대 화자가 말하는 방식과 행동하는 양식은 상기되며, 반복되는 것에 '대하여' 틀을 확립하는 반성적 메타 행위의 일종으로서, 텍스트화와 컨텍스트화는 상호 연관적으로 틀거리를 구성한다.

틀을 만드는 것은 타자와의 관계 속에서 상호 작용으로부터 경험을 만들고 자아를 변형시킬 수 있는 기회를 제공한다. 그것은 메타 커뮤니케이션적인 반성적 시각에서만 이용 가능하다. 면대면 상황 아래 틀거리 지어진 언어적·비언어적 의미작용의 패턴을 고찰함으로써 우리는 미시적인 연행적 중재 과정에 의해 구성되는 탈춤 내 경험 양상의 의미, 형식, 기능을 예각화할 수 있을 것이다.

2.2.3. 연행되는 문화로서 담론의 탈컨텍스트화·재컨텍스트화

문화적 의미의 컨텍스트에서 가장 중요한 요소는 담론이다. 담론은 "다수 언술들의 설명 근거가 되는 규칙에 지배받는 실천"으로 "이 정의에서 가장 중요한 것은 규칙에 지배받는다는 담론의 본성"[74]이라 할 수 있다. 계급 담론, 인종 담론, 성 담론의 명칭에서 알 수 있듯이 담론적 규칙들의 효과는 사회문화적·정치적·경제적 리얼리티와 환경에 영향력과 압박을 가하는 주요 작동 원리가 된다. 담론은 제도화된 힘을 갖는 언술들의 집합이다. 즉 담론은 "어떤 관념이나 사물에 대한 논리적 구성물 또는 사유체계"[75]로 정의 내려진다.

---

74) Sara Mills, *Discourse*. 김부용 역. 『담론』. 고양: 인간사랑, 2001. 20쪽.

앞서 설명한 연행적 양식의 텍스트화·컨텍스트화 과정은 담론적 실천과 관련지어질 때, 면대면 상호 작용의 협소한 국면을 뛰어넘는 분석적 이점을 제공한다. 연행적 상호 행위의 성취로서 탈컨텍스트화·재컨텍스트화되는 담론과의 연계 과정에 의해 권력의 실행, 권위의 형성, 전통의 보수, 그리고 전형적 지식의 학습과 같은 더 큰 사회정치학적 현상의 포착이 가능해지기 때문이다.[76] 연행적 중재 과정의 고양된 경험은 이미 만들어진 담론을 한 담론에서 추출하여 다른 담론으로 옮기고 순환시키는 사회문화적인 역동적 과정을 잘 보여 준다.

먼저, 공시적 차원에서 '담론은 텍스트로 양식화'[77]되고 더 나아가 텍스트화를 거쳐 새로운 담론이 생성된다. 담론 자체의 고유한 내적 규칙은 텍스트의 생산과 의미작용의 체계를 지배하는 규칙이면서 한 편으로는 텍스트화 과정에 의해서도 역으로 영향받는 까닭에서다. 통시적으로 봤을 때, '이전 시점에 텍스트'화된 담론은 지금 여기와 연결된 연행적 중재 과정의 조건과 지각하에서 탈컨텍스화·재컨텍스트화의 과정과 결합한다. 일련의 이전 담론의 텍스트라도 기대 집합을 유발하면서 연행적 행위 과정 내 지시되고, 기술되며, 인용되어, 전시될 수 있는 '새로운 텍스트'로서 취급되고 재생산되는 것이다. 즉 연행적 과정은 언어 사용의 양식, 행동의 처신 방식, 몸의 패턴 이상의 것이기도 하다. 그것은 소통적 행위 속에서 이전 텍스트와 지금 텍스트 간의 상호 텍스트성을 성취한다. 바꾸어 말해 텍스트 간의 연결 관계를 통해 텍스트에 기입되었던 담론이 재수용, 조절되면서, 담

---

75) 김현주. 『고전서사체 담화분석』. 서울: 보고사, 2006. 86쪽.
76) 담론 분석은 문학텍스트를 해석하거나 설명하는 것이 아니라 권력에 대한 경험적 연구방법이다. 그것은 작품이 어떠한 담론 연합체로 조직되는가를 연구한다. 문학이론연구회 엮음. 『담론분석의 이론과 실제』. 서울: 문학과지성사, 2002. 10쪽 참조.
77) Bauman. (2002), op.cit. p.97.

론적 실천이 이루어지게 된다. 반복되는 텍스트 간의 상호 텍스트적 간격 조정과 치환적 생산은 단순히 텍스트가 상호 교차되는 중립적인 과정이 아니다. 이전 텍스트를 유지할 것인가? 변형시킬 것인가? 와 같은 텍스트들의 관계에 '관한' 해석적 틀의 조정이 여기서 이루어진다. 아울러 그것은 상호 텍스트성으로 읽히는 상호 담론적 관계가 틀 지어지는 과정이라고도 볼 수 있다.

담론의 텍스트화 과정은 담론의 컨텍스트화 과정에 대해서도 설명해 준다. 텍스트화·컨텍스트화 과정과 마찬가지로 담론의 텍스트화, 담론의 컨텍스트화는 다른 별개의 실체들이 아니라 동시에 발생하는 관여적 관계를 형성한다. 즉 담론적 컨텍스트화는 "참여자의 상호 작용을 제어하는 문화적 규칙, 조건, 실천의 집합"78)을 만들어 나간다. 그것은 "행위나 진술을 하는 화자의 자격과 기회를 부여하고, 그 진술과 행위가 진실한 것 또는 진정성으로 들릴 수 있는 절차와 조건의 집합을 정의"79)하는 과정이기도 하다. 담론적 질서로서 컨텍스트가 만들어질 때, 권력 관계의 장(場)으로서 컨텍스트가 장착된다고 볼 수 있다.

예를 들어 불경을 염불하는 스님이 있다고 해 보자. 그가 불교 경전을 소리 내어 읽는 것은 연행적 행위 양식이다. 이미 정전화된 불교 교리를 반복함으로써 그가 목표하는 바, 수도의 정진을 달성하고자 하므로 그는 단순히 행위를 하는 것이 아니라 중재적 연행 사건을 전시하는 것이다. 여기서 그가 암송하는 불경은 불교라는 종교 담론

---

78) Lamont Lindstrom,, "Context contests: debatable truth statements on Tanna (Vanuatu)", In *Rethinking context: language as an interactive phenomenon*, ed. Charles Goodwin and Alessandro Duranti, Cambridge: Cambridge University Press, 1992. pp.102.
79) Ibid. p.105.

이 텍스트화된 것이다. 즉 그 이전 선사들의 염불을 따라하는 행위일 것이므로, 스님의 염불하기는 그로부터 탈컨텍스트화·재컨텍스화를 거친 상호 텍스트적 간격의 조절 과정이자, 담론적 실천의 과정이라 추측될 수 있다. 물론 여기서 스님의 암송은 이전 텍스트적 권위의 투명성을 보수하고 있는 이유에서, 상호 텍스트적 간격이 그만큼 최소화된 매개 행위다. 한편 어떻게 읽어야만 수도승으로서 인정을 받을 수 있는 것인가? 어떤 행위를 했을 때 불가의 계율을 어기게 되는가? 이 불경을 읽은 이후에는 또 무엇을 읽어야만 하는가? 같은 질문들이 염불하는 와중에도 스님의 머릿속을 끊임없이 맴돌고 있을 것이다. 이러한 질문들이 생성되는 장면은 불경 외는 일의 절차와 진리 조건들을, 불교적 담론의 질서가 규제하고 있다는 점에서, 담론적 컨텍스트화가 진행되는 과정을 예시한다.

지금까지 계급, 인종, 젠더, 지역적·국가적 이데올로기 같은 자질들은 객관적 컨텍스트의 요소로서 면대면 상호 행위의 적절한 이해를 위해 환기되어야 할 실증적 기반으로 이해되어 왔다. 하지만 연행적 양식의 상호 텍스트적 전략에 의해 컨텍스트화되는 담론적 실천에 초점을 맞춤으로써 우리는 그 같은 상호 행위 외적인 컨텍스트의 집합들이 사실 어떻게 해서 상호 작용하는 실제적 행위자들에 의해 이해되고 그들에게 효력을 미치는지 밝힐 수 있게 된다. 앞에서도 지적하였듯 상호 행위를 둘러싸고 발생하는 것으로 기술되는 상황의 측면은 무한하다. 그러므로 상호 작용 내 발생한 것을 이해하고 지각한 결과 텍스트와 컨텍스트를 만들어 나가려는 참여자적 시각이 컨텍스트 분석의 출발점이 되어야 한다. "컨텍스트가 상호 행위 외부적인 거시적인 지표로만 취급될 때의 위험성은 그것이 둘러싸고 있는 대상과 어떻게 상호 작용하는지, 컨텍스트 내에 배치된 행위자가 또한 컨텍스트에 어떻게 접근하는지 정확히 알 수 없"[80]다는 점이다.

탈춤에 표상된 사회문화적 담론 차원이 상호 작용 내 발생하는 연행적 중재 과정에 따른 절차적 생산물이라는 입장을 취함으로써 우리는 탈춤에서 조선 후기의 문화 현상이 어떻게 반성적으로 틀 지어지고 있는지 밝힐 수 있을 것이다. 탈춤 같은 예술적 텍스트에 나타난 문화적 요소들은 현실 반영적 문화가 아니라, 문화에 '관한' 문화, 깨어진 거울이라는 점이 분석 결과 확인될 수 있으리라 본다.

---

80) Emanuel A. Schegloff, "In another context", In *Rethinking context: language as an interactive phenomenon*, ed. Alessandro Duranti and Charles Goodwin. Cambridge: Cambridge University Press, 1992. p.198.

탈출의 면대면 상호 작용과 의미작용의 반성성

반성성은 메타 커뮤니케이션적 틀 짓기를 함의한다. '어떤 것'과 이 어떤 것보다 '상위의 것'을 구분하면서 '어떤 것에 대해 담론하기' 기능을 반성성은 구성한다. 그러므로 반복되는 행위와 반복하는 행위를 중재하는 연행적 실천에는 두 세계의 서로 다른 층위를 구별하는 능력이 동반된다. 이런 시도는 이전 컨텍스트로부터 반복되는 의미 체계인 텍스트를 벗어나게 하여(탈컨텍스트화) 새로운 컨텍스트에서 그것을 틀 짓는다(재컨텍스트화). 연행적 중재 과정의 반성적 행위가 단지 층위를 구분하는 것만은 아니다. 그것은 텍스트의 의미망을 조정하며 컨텍스트 또한 참여자의 관점에서 기대하는 방향으로 이끌어 지도록 생산하는 역동적 과정이라 정의될 수 있다.

변형이 생산되는 조건은 연행적 중재 행위를 거쳐 구체화되는 반복 행위로부터 비롯된다. 반복되는 의미작용은 정확하지 않다. 왜냐하면 반복하는 컨텍스트에 관한 행위자의 새로운 해석에 따라, 테두리, 다시 말해 반성적 틀이 만들어지기 때문이다. 반복 행위에 의해 갖게 되는 탈춤의 틀 형성 국면을 이 장에서는 말하기의 독특한 방식과 다양한 행동들에서 비롯된 몸의 스타일을 통해 살펴볼 것이다. 이후 언어적·비언어적 다종다양한 반복하기의 가능성 속에서 발견되는 경험적 틀 짓기의 능동적 과정을 고찰하여, 탈춤의 면대면 상호

과정에서 리얼리티의 의미가 구성되는 국면을 세밀히 밝혀 보기로
한다.

3.1. 담화의 연행과 언어적 틀 짓기

　발화 방식은 컨텍스트에서 언어적 의미가 어떻게 사용되느냐에 의
존하여 결정된다. 말하기에 의해 재현되는 언어적 커뮤니케이션의 양
상은 코드화된 메시지를 교환하는 과정이라 할 수 있다. 메시지는 전
달되는 의미다. 반면 코드 자체는 "기호와 의미가 연계되는 규칙 체
계, 상응 체계"[81]다. 의미, 곧 메시지를 만드는 과정은 발성 원리, 음
운 규칙, 통사적 조합 같은 공유된 코드의 준수에 의해 전개된다. 게
다가 공손함의 코드, 발화 사용의 제도적 코드, 에티켓의 코드 같은
사회 문화적 규범과 관습의 코드도 메시지의 교환에 영향을 미친다.
언어적 커뮤니케이션은 코드화된 의미를 컨텍스트에 따라 체계적으
로 재현하는 과정이라 할 수 있는 셈이다.
　메시지와 코드는 언어학적 커뮤니케이션의 매체로서 네 가지 이중
구조를 유형화한다. 먼저 두 가지 종류의 순환적 구조가 있다. 메시지
를 지시하는 메시지, 코드를 지시하는 코드가 그것이다. 반면 두 가지
종류의 오버랩 구조도 존재한다. 메시지를 지시하는 코드, 코드를 지
시하는 메시지가 여기에 속한다.[82]
　메시지와 코드 간에 구성되는 이중구조는 네 가지 언어적 반성성

---

81) "Code", In *The Routledge companion to semiotics*, ed. Paul Cobley, London: Routledge, 2010, p.188.
82) Roman Jakobson, "Shifters, verbal categories, and the russian verb"(1957) In *Selected writings Ⅱ ; Word and language*, Hague: Mouton, 1971, pp.130~133.

의 기능을 발현시키는 것이라 말할 수 있다. 즉 메시지에 관한 틀을 만드는 메시지, 코드에 관한 틀을 만드는 코드, 메시지에 관한 틀을 만드는 코드, 코드에 관한 틀을 만드는 메시지를 그것들은 강조한다. 풀어 말하자면 이러한 반성적 활동들에 의하여 메시지 사용에 대한 메시지 사용, 코드 사용에 대한 코드 사용, 메시지 사용에 대한 코드 사용, 코드 사용에 대한 메시지 사용이 신호화된다. 일반적으로 화용론적 언어활동은 맥락에서의 언어 사용을 일컫는다. 하지만 메시지와 코드의 이중구조에 접근함으로써, 탈춤 내 '연행'되는 '언어 사용에 대한 사용'의 메타 화용론적 국면을 다루는 것이 가능해진다.[83] 물론 이 네 가지 반성적 언어의 유형들이 명료하게 구분되는 것은 아니다. 그보다는 소통 행위를 조절할 목적에서 공유되어 사용된다고 봄이 옳을 것이다. 다만 분석의 편의상 네 유형의 언어적 반성성에 상응하도록 본문의 절을 구성하여 본고에서는 탈춤의 언어적 연행 과정을 살펴보겠다.

3.1.1. "내가 가서 자세히 보고 온즉~": 보고 발화 및 인용과 메시지에 대한 메시지의 틀 짓기

서사적 텍스트에서와는 달리 탈춤과 같은 연극 텍스트에서는 원칙적으로 허구적 서술자의 매개적 의사소통 구조가 제거된다. 상호 대면의 상황 속에서 직간접적으로 환기되는 의미형상물이 아닌 원심적

---

83) "기호학적 기능적 접근에서 야콥슨이 분석하였던 메시지와 코드로 구성되는 이중구조는 네 가지 타입의 반성성을 예시한다… 그것들은 컨텍스트상 언어 사용의 화용론적 형태가 적절히 해석될 수 있는지를 신호화하는 메타 소통적·메타 화용론적 활동을 진행시키는 활동이다." John A. Lucy, "Reflexive language and the human disciplines", In *Reflexive language: reported speech and metapragmatics*, ed. John A. Lucy, Cambridge: Cambridge University Press, 1993, pp.16~17.

시공에서 발생한 사건과 액션의 의미는 원천적으로 플롯의 긴장감 있는 전개를 위해 제거된다고 볼 수 있다.[84] 그렇다 하더라도 이와 같은 매개적 의사소통의 결핍은 과거 어느 때, 미래 어느 시점의 저기에 대한 내러티브적 기능이 극의 내적 의사소통 체계로 전향됨으로써 보완이 가능하다. 다시 말해 배우가 가진 몸의 현전성은 구체적이면서도 물질적인 시공간 구속적인 상황의 매트릭스를 투시한다. 반면 극에서 생성되는 내러티브적 중재의 재현 테크닉은 비가시적·비장면적인 정보들을 전달한다는 점에서, 극에 다종다양한 행위 및 사건에 관한 의미와 정감, 그리고 의식들을 여과한다. 연극의 장르적 특징은 "일련의 무대 밖 행동을 변형"[85]한다는 사실에서도 찾아지는 것이다. 이러한 무대 밖 공간과 무대 위 공간이 입상화하는 다층적 다변적 굴곡과 지층들은 '보고되는 발화(reported speech)'에서 무엇보다 잘 드러난다. 보고 발화는 중재과정인 연행의 특징을 잘 보여 주는 언어 패턴이라 할 수 있다.

> **목중** 아들 손주 증손주, 내까정 사대가 나왔는데…
> **완보** 너까지 사대가 나왔어?
> **목중** 그래. 띵궁하는 바람에 구경을 나왔더니 이 녀석들이 배가 고프다고 하길래 돈냥이나 줬더나 뭐를 사먹었는지 관격(關格)이 되었는지 이 녀석들이 급살로 죽은 모양이니 너는 아는 게 많고 하니 이제 가서 보면 날듯해서 널 찾지 못했더니 마침내 너를 만났으니 참 다행이다.

【양주별산대놀이 ＜침과장＞】

---

84) 고전주의 극작술에서 극 중 시간과 공연 시간, 극 중 공간과 공연 공간의 두 시간성, 공간성들을 한 점으로 수렴시키고, 이를 통해 극 행동의 전개를 연속적이고 유기적인 것으로 만들려는 삼일치법칙을 추구한 까닭도 매개 소통이 생략된 연극적 의사소통의 직접성에서 기인한다.

85) Erving Goffman, *Frame analysis: an essay on the organization of experience*, Mass.: Harvard University Press, 1974, p.138.

목중은 아들, 손주, 증손주와 함께 서울 구경을 나왔다. 그러나 즐거운 서울 나들이는 먹은 음식 때문에 그의 자식들이 갑자기 쓰러지게 되자 죽음의 분위기가 감도는 파국의 상황으로 치닫는다. 그래서 목중은 자식들을 살리려 친구인 완보에게 용한 의원을 부탁한다. 동시에 사색이 되어 그는 자식들이 졸도한 경위에 대한 자초지종을 완보에게 '보고'하고 있다. 목중은 맛있는 음식이나 사 먹으라고 아들, 손자, 증손자에게 돈을 주었지만, 음식을 사 먹고 나서는, 자손들이 갑작스레 체해 가슴이 꽉 막힌 것같이 위급한 지경에 이르게 되었다는 것이 보고의 주된 내용이다.

이때 목중의 보고는 발화 사건을 이야기되는 사건과 이야기하는 사건의 이중구조로 테두리 치는 일종의 틀이 된다. 서술되는 사건은 자식들의 생명이 경각에 처하게 된 경로이다. 그리고 서술하는 사건은 목중이 완보에게 그 내용을 들려주는 이야기하기 행위 자체라 할 수 있다. 여기서 목중은 자식들에게 일어날 일을 있는 사실 그대로 보고한다고 말할 수 있을까? 물론 그렇지 않다. 목중은 자식들에게 돈만 줬을 뿐 그들이 어디서, 무엇을, 어떻게 요기를 한 것인지 모른다. 즉 보고의 메신저로서 목중은 공간적으로 제약되어 있고, 발생한 사건에 접근할 수 있는 가능성 또한 제약되어 있다. 그 결과 가족들이 쓰러지게 된 원인에 대해서도 목중의 이해는 제약이 뒤따른다. 이러한 한계를 피하기 위해 그는 사태가 이 지경까지 벌어진 원인에 대해 추론하기 시작한다. '자식들이 배가 고프다고 해서 돈을 줬으므로 그들은 분명 음식을 사 먹었을 것이다. 그런데 지금 그들은 죽을 것처럼 해서 돌아왔다. 그렇다면 그들은 음식을 사 먹고 이렇게 되었을 것이다'와 같은 사고가 그것이다.

하지만 추론은 추론일 뿐 사실이 아니다. 그래서 그의 추론에 확증을 구하기 위해 그는 '관격'이라는 위급한 병에 대한 사건 외부적 지식을 동원한다. 아이들의 형색을 보니 이것은 꼭 의학적 지식으로 회자되는 '관격'의 증세와 똑같으므로, 그들이 음식을 잘못 먹고 그렇게 된 것이 확실하다는 것이 그의 머릿속에 자연스럽게 연상되었던 것이다. 해서 목중의 보고에는 메신저로서 자식들을 위험에 처하게 한 실제 '그때' 상황의 경험보다도, '지금' 여기서의 1인칭 서술자로서 사건을 초점화하는 '서술적 자아'가 유표화되어 드러난다.[86] 바꾸어 말해 그가 알기에 발생했으리라는 사건에 대해 추론되고, 덧붙여진 의미가 그의 보고 발화 내용의 대부분을 이룬다. "뭐를 사 먹었는지", "관격(關格)이 되었는지", "~급살로 죽은 모양이니" 같은 추측성의 선택형 어미로 반복 회기[87]되는 발화 스타일은 목중이 가시적 상황을 '보는 자'로서보다 비가시적 상황을 '말하는 자'로서 자신을 초점화하고 있다는 증거가 된다. 이를테면, 목중은 자식들에게 닥친 과거 사건을 그 당시 상황에서 탈컨텍스트화하여, 발생 경위의 추론과 자식들의 위급함에 따른 불안감으로 착색된 표현에 따라 그것을 지금 이 시점에서 재컨텍스트화한다. 그래서 그는 단순히 있는 그대로 보고되는 사건의 의미를 전달하는 자가 아니라, 역으로 보고하는 사건의 초점화를 통해, 아들 등에게 벌어진 일, 곧 이야기되는 사건의 텍스트적 의미를 구성한다. 따라서 목중의 보고에는 서술되는 메시지를 서술하

---

86) "드라마에서 메신저의 보고는 경험한 사건을 초점화하는 경험적 자아의 보고(Erlebendes Ich)와 이해한 사건을 서술하는 서술적 자아의 보고(Erzahlendes Ich)로 유형화할 수 있다." Irene J. F. de Jong, *Narrative in drama: the art of the Euripidean messenger-speech*, Leiden: E. J. Brill, 1991. p.1.
87) "언어적 요소의 반복은 구성요소와 구조적 틀이 단순히 반복되는 회기(rekurrenz)와 언어부류의 변화를 동반한 채 언어구성 요소들이 반복되는 부분적 회기로 구분된다." De Beaugrande Robert-Alain. und Wolfgang Ulrich Dressler. *Einfuehrung in die Textlinguistik*. Tuebingen: Max Niemeyer, 1981. p.51.

는 메시지가 틀 짓는 연행적 중재과정이 형식화되어 나타난다. 보고 형태의 "서술하는 사건은 경험의 흐름을 이해가능하게 만드는 주요 인지적 도구"[88]로서, 연행적 중재 속에서 출현한다. 그것은 죽어 가는 자식들을 바라봐야 하는 아버지라는 정체성으로 목중의 심적 상태를 변형시키는 발화 액션인 셈이다.

이에 반응하여 구성되는 상호 작용의 상황은 한층 소통되는 메시지를 효율적으로 전시한다고 볼 수 있다. 즉 아들, 손자, 증손자 역할의 또 다른 목중, 옴중, 상좌가 일렬로 늘어서 목중과 완보의 대화를 지켜보는 것은 장면에 대한 관객의 집중력을 높이는 역할을 한다. 목중과 완보가 서로를 호칭하며 한쪽 발로 땅을 치는 모습이나 '너', '나', '이 녀석들', '이제' 같은 대명사와 시공간적 지시 부사의 발화에 덧붙여 상대방을 향해 자신의 몸을 밀착시키면서 과장된 동작을 취하는 것 역시 보고 발화의 틀 구성 과정을 신호하고 있다. 이것들은 결과적으로 메시지 해석의 범위를 암시적으로 조정하는 컨텍스트화 과정을 잘 보여 준다.

서술되는 사건과 서술하는 사건이 혼합되어 틀거리 지어지는 보고 발화의 형태는 미시적으로 봤을 때, 일종의 인용하기가 작동하는 방식이라 평가된다. 보고하기와 마찬가지로 인용의 발화는 인용되는 말들을 특별한 수준으로 고양시킨다. 탈춤은 적층적으로 형성된 구술문학[89]의 특성상 창조적 기원이 되는 텍스트를 분별하는 것이 애초

---

88) Richard Bauman, *Story, performance, and event: contextual studies of oral narrative*, Cambridge: Cambridge University Press, 1986. p.6.

89) 탈춤 대사에 있어 구술적 자질은 탈춤의 텍스트적 의미망을 결정하는 데 대단히 중요한 자질이라 생각된다. 왜냐하면 "구술 또는 기술되는 상황, 즉 발화 맥락이 갖추고 있는 조건이 그 언어 구성체의 언표적인 자질의 상황 상당 부분을 결정"하기에 그러하다. 이런 면에서 보자면, 빈번한 인용하기의 발화 형태는 탈춤의 발화맥락과 구술적 언어자질을 판단할 때, 가장 많이 등장하는 형식으로서 탈춤의 구술 연행 측면을 해명할 수 있는 열쇠라 하겠다. 구술성과 기술성의 언어 자질에 관한 상세한 논의는 김현주, 『구술성과 한

부터 불가능하다. 현실문맥 속의 수많은 민간 화술이 인용, 보고되어 대부분 전승되었다는 것이 탈춤 장르의 본질적 특성이다.[90] 보고되는 발화가 서사에서 가장 이야기될 만한 내용을 틀거리 짓는 행위라는 점을 감안할 때, 인용된 발화[91] 또한 바로 이야기의 초점을 이루리라는 것은 어렵지 않게 짐작할 수 있다.

> **목중들** 짐승 났소! / **마부** 쉬이 짐승이라니, 이 무슨 짐승이냐? 노루, 사슴도 아니고 범도 아니로구나. 그러면 어디 한 번 물어보자…. (필자 생략)
> **마부** 그러면 도대체 무슨 짐승이냐. 옳다 이제야 알것다. <u>예로부터 성현이 나면 기린이 나고 군자가 나면 봉이 난다더니</u> 우리 시님이 나셨으니 네가 기린이냐…

【봉산탈춤 <사자춤>】

> **꼭두각시** 젊어 소시적에는 어여쁘고 예쁘든 그 얼굴이 부엉이가 맛빡을 쳤소. 웬 털이 그렇게 수북이 났소
> **박 첨지** 야야 이거봐 / **꼭두각시** 뭐얼 봐요.
> **박 첨지** <u>사내 대장부라 하는 것은 위엄지세가 우붓해야 오복이 두레두레 하는 법이여.</u>

【꼭두각시놀이 <꼭두각시막>】

국서사전통』. 서울: 월인, 2003. 43~66쪽 참조.

90) 김열규가 지적하고 있듯이 민간화술에서 유래한 대사의 유형성은 관객을 쉽게 탈춤의 진행 속으로 참여하도록 동기를 부여하는 기제를 형성한다. 즉 모든 민간예술에는 작품이 없고 현장적인 행위와 현장에 있어 전승되는 것이 있을 뿐이다. 김열규, 「현실 문맥 속의 탈춤」, 『古典文學을 찾아서』. 김열규 외 공저. 서울: 문학과지성사, 1976, 402~406쪽.

91) 인용의 문제와 컨텍스트의 관련성, 즉 타인의 말로 이루어진 나의 말을 집중적으로 파헤친 것은 러시아 문예학자 바흐친(M. M. Bakhtin)의 공로다. "인용의 문제는 컨텍스트에 의한 틀 짓기 형식과 직접적으로 연결된다. '다른 사람의 말에 동화하는가? 거리를 두는가? 존경을 가지고 대하는가? 아이러니를 가지고 접근하는가?'처럼 인용의 문제는 유연하고, 모호하며, 고의로 왜곡되고 혼합되어 있는 타인의 말과 자신의 말의 경계를 표시한다." M. M. Bakhtin, *The dialogic imagination: four essays.* ed. Michael Holquist; tr. Caryl Emerson, Michael Holquist. Austin: University of Texas Press, 1981. p.69.

봉산탈춤의 <사자춤>에서 목중들이 짐승 났소라고 놀라 외치며 뿔뿔이 흩어진 후 마부는 도대체 무슨 짐승이 났기에 요란법석인지 확인한다. 그는 "~네가 기린이냐?" "~소냐?" "~사자냐?" 같은 의문문의 추측적 발화를 통해 괴동물의 정체를 확인하려 애쓴다. 그래서 그는 ≪시경≫ 등에 등장하는 상상의 동물인 기린과 상서로움의 새인 봉황이나, ≪사기≫에서 연나라 군사들에게 큰 피해를 입혔다던 소, 그리고 ≪서유기≫의 주인공 손오공에게 격퇴되었다가 문수보살에게 보호받은 것으로 그려진 사자가 아니냐고 재차 묻는다. 당연히 피질문자인 사자는 그 질문의 답을 이미 알고 있지만, 상대에 대해 정보량이 부족한 마부는 동물의 정체에 관한 특수한 내용을 획득하기 위해 이런 질문들을 던지는 것이다.

다시 말해서, 마부의 질문하기는 단지 기술적(descriptive)인 것이 아니라 마부가 관련된 대답을 얻고자 해석적으로 사용하는 발화 행위다. 마부는 의문문의 발화에 의해 괴동물의 주의를 끌면서 관련성 있는 답변의 의미를 추출하려 애쓴다. 의문문이 제시되는 상황은 답변이 결여된 상태에서 행해지는 비결정적 상황이다.[92] 하지만 마부는 각종 고사와 문학 작품들의 내용을 인용함으로써, 그러한 불완전한 비결정의 상황을 타개하고 관련된 의미를 확보해 가고 있다. 여기서 인용하는 발화 행위는 ≪시경(詩經)≫, ≪사기(史記)≫ 그리고 ≪서유기≫의 권위 있는 인가된 말들의 재언급이지만, 그것들은 괴동물의 정체 확인과 관련된 컨텍스트를 수용하고 여과하는 장치들이 된다. 말하자면,

---

92) "의문문의 발화는 이중적으로 해석적이다. 그것은 화자의 사고를 해석적으로 재현하지만 한편으로는 그것 자체가 바람직한 사고를 재현하기 위해, 적절하게 관련성 있는 것을 재현하기 위해 사용된다." Deirdre Wilson and Dan Sperber, "Mood and analysis of non-declarative sentences", In *Pragmatics Ⅱ : critical concepts*, ed. Asa Kasher, London: Routledge, 1997, p.282.

마부는 각종 고서의 내용들을 인용의 형식으로 탈컨텍스트화시켜 지금 여기서 벌어지는 모호한 상황의 의미를 해석하고, 논의하며, 평가, 반박코자 재컨텍스트화한다. 인용하는 발화는 인용되는 발화를 고서(古書)의 컨텍스트에서 들어 올려 전시함으로써, 괴동물과 마주 한 상황의 불확실성을 감소시키고 대안의 해석적 의미를 생산하므로, 연행적 중재 행위의 틀이 이 과정을 통해 조직되고 있는 것이다.

이 장면의 처음에 사자와 마부는 거리를 두고 떨어져 서 있다, 그러다가 질문, 답변의 언급이 오간 후 '낙양동천 이화정'의 불림을 신호로 타령 장단에 맞춰 동물모의적인 사자춤과 폭이 크고 활달하며 운동량이 큰 연풍대의 춤사위를 추게 되는데, 이는 인용의 틀을 전경화하고 그것의 컨텍스트를 구성하는 형식적 장치라 하겠다.

꼭두각시놀음에서 꼭두각시는 늙은 남편인 박 첨지에게 왜 이렇게 인물이 못나졌느냐고 핀잔을 준다. 젊은 날의 훤칠한 생김새에 비해 털만 부석부석 많아진 지금의 남편 모습은 그녀에게 아쉬운 대목이었던 것이다. 하지만 박 첨지는 이에 굴하지 않고 "사내대장부라 하는 것은 위엄지세가 우붓해야 오복이 두레두레 하는 법"이라며 그런 불평을 가당치 않은 것으로 받아들인다. 한마디로 남자는 무게가 나가면 그것이 남자다운 생김새라는 격언의 일반 상식을 박 첨지는 인용하고 있는 셈이다.

이러한 인용된 형식의 단언(assertion)은 컨텍스트를 만들어 나가는 데 큰 역할[93]을 한다. 꼭두각시의 타박에 박 첨지는 남자다운 외양의

---

93) "단언은 그것이 만들어지는 컨텍스트에 영향을 미친다. 화자의 명제가 그것의 전제를 재현하는 가장 기본적인 방식 중 한 가지는 가능 세계의 집합에 의해서이다. 이 집합은 화자에 의해 대화와 관련되어 선택될 수 있는 대안적 세계의 집합으로서 컨텍스트의 집합을 구성한다. 따라서 대화에 참여하고 단언을 하는 것은 대안적 가능 세계의 방식을 구별하는 것이 된다."
Robert C. Stalnaker, "Assertion", In *Pragmatics II : critical concepts*, ed. Asa Kasher, London:

가능 집합에 관해 고심했을 것이다. 그것은 이목구비가 바른 모습이 될 수도 있고, 내면이 잘 체화된 모습이 될 수도 있으며, 늙으면 늙은 대로 자연스럽게 근엄한 가장의 모습을 하고 있으면 그만일 수도 있다. 하지만 박 첨지는 "사내대장부라 하는 것은 위엄지세가 우붓해야 오복이 두레두레 하는 법"이라는 말을 인용함으로써 이 모든 가능 집합의 한계를 결정하고 관련된 컨텍스트를 조정한다. 이를테면, 일정한 대장부로서 남성상의 지표와 그것이 속해 있을 사회문화적 지표의 컨텍스트가, 인용되고/인용하는 틀의 테두리를 통해 탈컨텍스트화·재컨텍스트화된다. 물론 보편적인 측면에서 볼 때, 위엄 있는 모습이 남성상의 유일한 모습만은 아니다. 따라서 박 첨지는 일반 상식적인 발화의 인용을 수단으로 자신이 지닌 남성상에 관한 주관적인 믿음 체계를 절대화한다고 우리는 평가 내릴 수 있다. 그것은 자신의 가치 체계를 담은 주관적 발화상에 '의사─객관적인' 동기를 부여[94]하는 말하기 방식이다. 일례로, 강조되어 사용되는 어휘 '~하는 법'의 배치는, 모든 사람도 남성상에 대해 일반적으로 그렇게 알고 있다는 객관적 어조를 박 첨지의 발화에 부여한다. "남자가 위엄이 있어야 한다. / 그래야 온갖 복이 다 들어올 것이라"라는 주절, 종속적의 구조 또한 일반 상식적 믿음과 박 첨지의 발화를 오버랩시켜 논쟁 불가능한 진리로 여기게끔 만드는 연결 구문이다.

간단히 말해 인용은 항상 그 의미를 정확하게 전달하는 것이 아니다. 그보다 인용은 언제나 부정확하다. 왜냐하면 인용하기의 이중구

Routledge, 1997. pp.233~237.

94) "의사 객관적 동기화는 소설 스타일의 일반적 특징이다… 그것은 일반 의견으로부터 나온 내용이 널리 이해된다는 객관성을 강조해 거기에 덧붙여진 주관적 의견을 은폐하는 혼성(Hybrid)적 발화의 주요 형태다." Bakhtin, op.cit. pp.305~306.

조로 된 연행적 중개의 국면은 새로운 텍스트적 의미와 컨텍스트를 창조하는 틀 짓기 과정이기 때문이다. 이점을 박 첨지의 인용은 잘 예시하고 있다. 여기서 고상한 말투인 듯 싶지만 코믹한 허풍의 어조로 "오복이 두레두레 하는 법"이라는 말을 영감이 발화하는 것은 틀을 통해 차별적인 의미층과 컨텍스트가 형성되는 과정을 신호한다. 꼭두각시가 남편의 추한 얼굴을 "부엉이가 맞빡을 친" 형상으로 비유하는 등 수다스럽게 재잘거리는 것도 인용 메시지의 의미에 대한 메타적인 조정 장치로 이해될 수 있을 것이다.

그렇다면 이와 같은 보고 발화나 인용하기 방식이 탈춤에서 하는 기능은 무엇일까? 그것은 틀거리 짓기 과정이 "내재적으로 행동을 범주화하고, 미세한 수많은 차이점을 수반"[95]하게 된다는 점에서 단서가 찾아진다. 바꾸어 말하자면, 보고 발화와 같은 메시지에 관한 메시지의 틀의 형성은 서사 형식에서 발화 행위에 따라 의미가 얼마나 차별적으로 형성될 수 있는지를 가늠하게 해 준다.[96] 즉 보고나 인용의 발화자는 보고되며 인용되는 메시지와 보고하고 인용하는 메시지 등 복합적 층위의 발화를 전개한다. 여기에는 다양한 메시지 형성과 해석의 과정이 수반된다. 그로 인하여 그것을 듣는 수용자 역시 좀 더 역동적으로 반응한다. 탈춤의 보고 발화는 이점을 잘 나타낸다. 탈춤의 연행 텍스트에서 보고하기는 관객과의 상호 작용을 통해 수용자의 흥미와 호기심을 증폭시키는 데 중요한 비중을 차지하는 담화 장치이기 때문이다.[97]

---

95) Elizabeth Mertz, "Learning what to ask: metapragmatic factors and methodological reification", In *Reflexive language: reported speech and metapragmatics*, ed. John A. Lucy, Cambridge: Cambridge University Press, 1993, p.154.
96) Bauman, (1986), op.cit, p.54.
97) "고도의 결말 지향적 이야기의 구성은 그것이 절정의 보고 발화를 확립한다는 측면에서 검토될 수 있다."

둘째 목중 그러면 노장님 간 곳을 찾아봐야 안되겠느냐? 내가 찾아보고 오려든… (흑운이 만천천불견…) (타령곡으로 추면서 노장이 있는 데까지 가까이 갔다가 돌아온다. 다른 목중들도 제자리에서 같이 춤춘다. 다음 목중들도 이와 같이 되풀이하여 노장 있는 곳에 다녀온다.)

둘째 목중 쉬이, 아나야아 / **목중들** 그래애이

둘째 목중 노장님을 찾으랴고 동편을 갔더니 비가 오실려는지 날이 흐렸더라.

셋째 목중 아나야아 / **목중들** 그래애이

셋째 목중 내가 가서 자세히 보고 오마… (필자 생략)

셋째 목중 쉬이. (장단과 춤 멎는다.) 아나야 / **목중들** 그래애이.

셋째 목중 내가 이제 가보니 날이 흐린 것이 아니라 옹기장사가 옹기짐을 벗어놓았더라… (필자 생략)

넷째 목중 내가 가서 자세히 보고 온즉, 숯장사 숯짐을 벗어 놓았더라… (필자 생략)

다섯째 목중 내가 자세히 보고 왔는데, 날이 흐려서 대망이 나왔더라.

【봉산탈춤 <노장춤>】

목중들은 잠깐 한눈 판 사이 사라진 노장을 찾아다니게 된다. 여기서 노장에 대한 재현은 언어적으로 제약되어 있다. 지금 이곳에 부재하는 노장의 모습은 각각 목중들이 저마다 가진 관점에 따라 재컨텍스트화되어 보고의 형태로 나타난다. 노장의 행색이 '옹기짐', '숯장사', '대망이' 등으로 다변적으로 나타난다는 사실은 언어적 보고가 객관적이지 못하다는 점을 증명한다. 장면적 재현의 개방적 액션은 다매체적으로 운송되어 등장인물의 시각에 의존하지 않고서도 관객이 목격자로서 관객 스스로 그 자신만의 해석을 가할 수 있다, 반면

Ibid. p.59.

위와 같은 서사적 보고의 유형은 등장인물에 의해 '보고되는 사건'과 '보고하는 사건' 사이 해석상의 일정한 간격과 낙차를 함의한 채 직접적 액션을 은폐하는 언어적·이차적 정보에 의존해 좀 더 추상화되어 전달된다.[98]

즉 노장과장의 초반부에는 노장에 대한 아무런 정보가 주어져 있지 않으므로 관객은 실질적으로 노장에게 주의를 기울이지 않는다. 그러나 목중들이 차례로 무대 밖 공간에서 발생한 사건을 보고하면서 노장에 대한 정보적 가치는 '옹기짐', '숯장사', '대망이' 등과 같은 다채로운 비유만큼이나 생생한 표현력을 획득하고 강렬한 인상을 확정하며 환기하게 된다. 이와 같은 정보수준의 변화는 관객이 무대에 집중하고 주의를 기울이게 되는 연속성의 미감을 부여하는 효과를 산출한다고 볼 수 있다. 그래서 흡인력 있는 노장에 대한 생동감 있는 묘사는 단지 무대 밖 상황에 대한 단순한 보고에서 끝나는 것만이 아닌 것이 된다. 무대 밖 공간의 상황은 목중들이 구유한 다양한 해석력에 따라 차별적으로 텍스트화되며, 컨텍스트화된다.[99] 비가 오는 곳, 옹기짐을 벗어 놓은 곳, 숯짐을 벗어 놓은 곳, 날이 흐려서 대망이가 나오는 곳 등 무대 밖은 목중들이 저마다 가진 보고하기의 틀에 의하여, 개방적인 복수성의 장소들의 지표로 재컨텍스트화되는 것이다. 그래서 목중들의 보고 발화는 노장의 행색과 그가 처한 상황을 사실적으로 설명하는 목적에서 벗어난다. 그보다 목중들의 발화는 심

---

98) 스토리 재현의 테크닉으로서 장면적 재현 기법과 내러티브 중재 기법의 차이는 Manfred Pfister, *The theory and analysis of drama*, tr. John Halliday, New York: Cambridge University Press, 1977, pp.204~205 참조.

99) 즉 등장인물들 담화의 텍스트적 이질성이 실현되고 있다. 목중들의 담화는 노장의 모습에 관해 각각 다른 텍스트적 단면들을 배치, 병치하는 셈이다. Anne Ubersfeld, *Lire le thtre*, 신현숙 역, 『연극기호학』, 서울: 문학과지성사, 1988, 256~257쪽 참조.

각하고 관념적인 노장의 공식적인 마스크를 '옹기짐', '숯장사', '대망이' 등으로 비유해 벗겨 내고 그가 지녔던 권위적 관습의 거짓된 본성을 노출시켜 삶을 희화화할 권리와 일상적 규범을 재조정할 권한을 웃음과 함께 관객에게 선사한다.

결과적으로 목중들의 보고하기가 틀 짓는 연행적 중재과정은 종교적 엄숙성의 담론과 같은 제도적이며 공식적인 규범과 가치로 포박되었던 일상의 형상기억에 막간극을 마련하면서 공연 상황의 흥을 돋우는 책략적 발화 형태라 할 수 있다. '흑운이만천 천불견' 등의 불림과 함께 타령 장단이 반복되면서 다리와 팔을 큼직큼직하게 높이 하여 까치걸음 춤을 되풀이해 표현하는 것도 보고 발화에 의해 연행자가 관객과 상호 소통하는 상황의 흥청거리는 분위기를 컨텍스트화하는 데 일조하게 된다. 실제 공연에서도 관객들은 "노장 여기 있잖아~, 저기 있잖아~"라며 주관적 층위에서 다양한 수용적 조작을 가하고 등장인물에게 액션을 지시하는 등 능동적 지각과 해석적 반응을 보여 주었다.

요컨대 탈춤 내 발화되는 보고하기는 각 상황의 모호성으로부터 비롯된 한정된 정보 수준의 차이에 기초해 관객들이 다양한 기대지평을 전개하고 그것에 참여구조의 쾌락을 결합할 수 있는 무수한 틀거리 짓기의 순간을 진행시킨다. 메시지에 관한 메시지의 메타 커뮤니케이션적 틀 짓기는 무대 밖 상황 혹은 무대 위 상황과는 유리된 정보에 대해 관객이 등장인물보다 더 많이 알거나 더 적게 아는 등의 상황을 재컨텍스트화한다. 그럼으로써, 그것은 해학성을 진작시키고 탈춤에 참여하는 주체들의 간의 역동적인 참여구조를 구성하는 잠재력을 가진다고 평가될 수 있다. 따라서 인용된 발화와 보고하기 형태는 시공간 구속적인 탈춤연행의 장르적 본질상 가장 중요한 스타일 요소를 결정한다.

3.1.2. "만고성군 주문왕이 태공망 찾으려고~": 고유명사 사용, 한자/우리말의 코드 교체 현상과 코드에 대한 코드의 틀 짓기

탈춤에는 수많은 인명과 지명이 등장한다. 예를 들어 봉산 탈춤만 해도, 지금의 서울특별시 도봉구, 의정부시, 경기도 남양주군 별내면의 경계에 있는 산인 수락산, 서대문구 냉천동 소재의 고개인 둥구재와 같은 지명이 빈번하게 거론된다. 또한 평안남도 강동군 삼등에 있는 황학루, 충청 연산 사람으로 화성 북문을 쌓았다고 전해지는 김덕선, 철종 연간의 8명창의 한 사람인 모홍갑, 권삼득, 송흥록, 신만엽 등 조선 후기 명승지와 인물들도 자주 열거된다. 뿐만 아니라, 중국 은나라 때의 의사(義士)로 고사리를 캐어 먹다 굶어 죽었다는 이야기로 유명한 백이숙제, 오왕을 도와 초나라를 쳐서 부모 형제의 원수를 갚은 오자서, 멱라수에 투신자살하였지만 초사(楚辭)의 주인공인 굴원 등 중국 인명도 곧잘 언급된다. 중국 광서성에서 발원하여 호남성 동정호로 흘러드는 강 이름인 삼강수, 중국 남서성 영제현 남쪽에 있는 산인 수양산, 중국 소주의 옛 지명인 고소성 등 중국 고사의 절경도 주요 인용의 대상들이다. 요컨대 탈춤에는 조선 후기 탈춤이 연행되던 그 시대의 시공간적 이상향과, 닮고 싶은 행위자의 모델들이 광범위하게 낭창되어 다루어지고 있다. 이러한 고유명사들은 탈춤이 소통되는 상황에서 어떤 기능을 하였던 것일까? 왜 이렇듯 장황하며 요설적이기까지 한 특정 사람 이름과, 장소의 이름들이 탈춤 연행 상황에서 동원되었을까?

　먼저 탈춤 내에서 빈번하게 출현하는 고유명사는 옛 사람들과 지명을 지시하기 위한 단순한 라벨 또는 언어적 도구가 아니라는 점에 주목해야 한다. 언어학자 로만 야콥슨(Roman Jakobson)에 따르면 고유명사는 코드에 대한 코드의 언어학적 이중구조를 구성한다.[100] 왜냐하면 보통명사는 모든 사람과 사물에 두루 적용될 수 있는 명칭이지만, 고유명사는 그것을 해당 특정 사람과 사물에만 귀속시킨 이름이기 때문이다. 일례로, '철수'라는 이름의 '사람' A가 있다고 해 보자. 일단 A의 존재는 보통명사 '사람'으로 약속된다. 보통명사 '사람'은 A의 존재를 '동물'이나 '식물'이 아닌 인간으로 규정짓는 약속체계다. 직립 보행하고, 다른 유인원들과 달리 고도로 지능이 발달한 호모 사피엔스 종을 우리는 '사람'이라 칭한다는 점에서 보통명사 '사람'은 의미를 재현하고 해독하기 위한 일종의 코드 역할을 한다고 볼 수 있다. 반면 '철수'라는 이름은 그 '사람'을 다시 지칭하기 위해 약속된 고유명사다. '철수'는 A의 존재 가능성을 '사람'의 범주에서 한층 더 좁힌 셈이다. 보통명사 '사람'이나, 고유명사 '철수'는 A를 마찬가지로 지시한다는 점에서 동어 반복적이다. 하지만 '철수'라는 이름은 A가 어떤 인물인지, 그 '사람'에 '관한' 정의적 범주를 보다 상위 부과하므로, 코드에 관한 코드라 할 수 있다. 즉 고유명사 '철수'는 '철수'라는 이름을 가진 '사람'을 자기 규정적으로 정의하는 일종의 반성적 틀이다. 그렇다면 탈춤에서 풍부히 드러난 고유명사에 대한 관심을 우리는 어떻게 이해해야 할까?

---

100) Jakobson, (1957). op.cit. p.131 참조.

셋째 목중 이곳에 당도하여 사면을 바라보니 담박녕정 네 글자 분명히 붙어있고, 동편을 바라보니 만고성군 주문왕이 태공망 찾으려고 위수양 가능 경 역력히 그려 있고, 남편을 바라보니 춘추적 진목공은 건숙이를 찾으려고 농명촌 가는 경 역력히 그려 있고, 서편을 바라보니 전국적 오자서는 손무자 찾으려고 나부산 가는 경 역력히 그려 있고, 북편을 바라보니 초한이 소란할 제 천하장사 항적이는 범아부를 찾으려고 기고산 가능 경 역력 그려있고, 중앙을 살펴보니 여러 친구들이 풍류를 잡히고 노니 나도 한 번 놀고 가려던…

【봉산탈춤 <목중춤>】

봉산탈춤의 <목중춤> 사벽가(四壁歌)에 출현하는 중국 고사 상의 다양한 인명, 지명 등은 '길'의 담론을 구성한다. 여기서 중국 고유명사와 관련된 지식의 나열과 설명은 '~를 찾으려고'라는 탐색적 사건을 묘사하기 위해 열거되고 있다. 특히나 "~편을 바라보니 ~를 찾으려고 ~가는 경"의 형식적 반복은 내용은 다르더라도 길을 떠나는 각각 장면들의 의미를 공통적으로 형상화하면서, 강력한 연결 효과를 창조한다. 새로운 고유명사가 달리 나타나지만 형식적 장치들은 동일하게 반복되는 이러한 통사적 병행주의(parallelism)[101]는 고유명사로 구성된 담화의 화용론적 해석 과정을 메타적으로 안내하고 신호화하다고 볼 수 있다.

말하자면, 고유명사로서 동편, 남편, 서편, 북편의 인명과 지명들이 묘사하는 내용, 즉 누군가를 찾으러 길을 떠났던 옛일들은 재컨텍스트화되어, 중앙, 곧 '풍류를 잡히고 노니는' 지금 여기의 시공간에 선

---

101) "결속구조는 텍스트 상의 절과 문장 사이의 의미론적 · 화용론적 관계에 대한 형식적 · 언어학적 실현으로 정의된다… 문학적 결속구조의 한 측면으로서 병행주의는 강력한 감정적 효과를 발휘하고, 유용한 기억의 도구가 되며 형식의 유사성을 통해 의미의 유사성을 창조한다." Guy Cook, *Discourse and literature: the interplay of form and mind*, Oxford: Oxford University Press, 1994. p.29.

조적으로 연계된다. 그것은 고유명사가 적재된 병행적 패턴의 도상성에서 비롯된 효과다.[102] "~편을 바라보니 ~를 찾으려고 ~가는 경"의 언어 기호들이 동일하게 반복되면서, 고유명사가 지시하는 대상 사이의 유사성 또한 확립되기 때문이다. 그래서 과거 길을 떠나 누군가를 만나기 위한 여정의 과정처럼 유추적으로 현재 연행 공간에서의 풍류가 탈춤 연행 공동체 구성원이 서로를 찾아가는 낯설면서도 흥미롭고, 친밀하며, 미래에 대한 기대와 희망에 찬 여행일 수 있음이 인지적으로 각인된다. 결과적으로 그것은 봉산탈춤의 연행 시작부에서 관객의 흥미와 반응을 이끌어 내는 오리엔테이션부의 역할을 톡톡히 해 낸다. 권위를 지닌 고유명사는 그것이 사용되었던 사회문화적 컨텍스트를 들어올려(탈컨텍스트화) 지금 여기의 컨텍스트로 조정하면서(재컨텍스트화) 탈춤 연행 테마상 '길'의 담론적 의미를 위한 틀을 구성하는 셈이다.[103]

느린 타령 장단에 맞춰 추어지는 목중춤은 고유명사 사용과 관련된 이러한 언어적 해석 틀을 특별한 강도를 가지고서 소통시키는 데 큰 역할을 한다. 풀어 설명을 해 보면 고개를 앞으로 숙이고 춤판으로 들어와 입장하여 두 손을 앞으로 모으고 뒤를 보고 선 다음 목중은 서서히 내려 쭈그려 앉는다. 이후, 다리와 허리를 풀고, 너울질의

---

102) 도상(icon)은 기호와 대상 사이의 유사성에 근거해 성립된다. Charles Sanders Peirce, *Collected papers of Charles Sanders Peirce IV*, ed. Arthur W. Burks. Cambridge: Belknap Press of Harvard University Press, 1958. 3.276 참조.
병행주의가 갖는 도상적 성격에 대해서는 Wolfgang U. Dressler, *Semiotische Parameter einer textlinguistischen Natuerlichkeitstheorie*, Wien: Verlag der osterreichischen Akademie der Wissenschaften, 1989. pp.19~21 참조.
103) 고유명사의 화용론적 기능은 다음의 주장에서도 잘 드러난다. "고유명사로서 지명은 사용의 사회적 컨텍스트화와 관련되어 대단히 중요한 말이다. 대화, 인사, 스토리텔링에서 지명의 중요성은 환경에 대한 문화적 지식을 표현하는 주요 근원이며 담론 구성의 재료가 된다는 점에 있다."
Joel C. Kuipers, "Place, Names, and Authority in Weyewa Ritual Speech", *Language in Society*, Vol.13, No.4 (Dec. 1984), p.465.

손짓을 하다가 다리를 들어, 운동량이 점차 증가되는 몸짓을 표현하는 목중춤은 관객에게 연행 현장의 도입부로서 지금 이곳의 공간적 의미가 전환되고 있음을 심미적으로 알려 준다 할 수 있겠다.[104]

하지만 수영야류 <양반춤>에서 사용되는 고유명사는 위신, 명예, 권위 등의 연결과는 동떨어져 보인다. 모든 고유명사가 꼭 지시대상의 명성이나 위엄을 널리 떨치기 위해 사용되는 것만은 않다는 점을 이것은 반영한다.

> **막둑이** 동래 전복, 쇠전복과 울산 전복, 대전복을 은장도 드는 칼로 맹상군 눈썹채로 어석어석 삐져내어 통영소반 안성 유기 보기 좋게 채려놓고 앵무배에 부일배에 취흥이 도도하니 대부인 마누라도 청춘이요, 소인 막둑이도 청춘이라, 양청춘 마주쳐서 동방화촉이 밝아이다.

【수영야류 <양반춤>】

'맹상군'은 중국 전국시대 제나라 재상이 되어 천하의 현사(賢士)를 청해 식객이 수천 명이 되었다는 인물이다. 그럼에도 불구하고 막둑이는 수양반의 아내인 대부인과 수양반을 비꼬기 위한 발화 속에 '맹상군'에 얽힌 고사를 인용한다. 고유명사인 인명이 사용되었던 사회 문화적 배경들은 여기서 권위를 잃고 희화화를 목적으로 재컨텍스화된다. 고유명사로서 가지는 특수성이 그것의 특정한 텍스트적·컨텍스트적 의미를 확인하는데 의도적으로 실패하는 수사학적 상황이 만들어지는 것이다. 특히나 막둑이가 대사를 하고 수양반만이 그것을 듣는 동안 그들과 따로 떨어진 차양반, 셋째 양반, 넷째 양반, 종가 도

---

104) 팔목춤의 설명은 정병호, 『한국춤』, 서울: 悅話堂, 1985, 108~119쪽 참조.

령이 한 귀퉁이에 모여 쭈그려 앉아 투전놀이, 제비뽑기, 장난을 하는 모양새가 연출된다. 이러한 인물 배열과 제스처의 전시는 고유명사 활용으로 인해 상전에 대한 보고가 코믹하게 변형되는 과정의 컨텍스트 구성을 특징짓는다.

결국 '맹상군'에 담긴 고유명사적 가치는 전복이 썰린 형태를 빗대기 위한 표현에 전용되어 사용됨으로써, 풍자의 분위기와 함께 사람과 사물 사이 경계선의 약화를 야기하게 된다. 더불어 인간과 현상의 명칭이 자유로운 개별성을 획득하는 카니발적 드라마가 이 장면에서 형성되는 셈이다.[105]

고유명사가 보통명사라는 코드에 관한 코드로서 연행적 중재과정의 메타 커뮤니케이션 특징을 가지고 있듯이, 우리말과 한자어의 상호 교체적 현상도 의도적으로 언어 사용에 관한 사용을 틀 짓는 코드에 관한 코드다. 우리말을 한자어로 번역하고, 환언하거나, 한자어를 우리말로 설명하고 개작하는 등의 언어학적 활동은 우리말, 한자어 사용의 컨텍스트적 요소를 구분하며 그것과 연관된 사회문화적 행위를 분별케 해 주는 사회언어학적 기능을 담당한다. 우리말과 한자어의 교체 현상은 우리말의 규칙 체계와 한자어의 규칙 체계 사이의 전환이라는 점에서 일종의 코드 변환(Code Switching)[106]이라 할 만한 것이다.

> **수양반** 비틀비틀이라니? / **차양반** 술을 먹었던가 봐.
> **수양반** 너 몰랐다 <u>취야와공산(醉也臥空山)하니 갱문행화촌(更問杏花村)</u>이라

---

105) 고유명사들이 사물과 현상들의 보통명사로 변하면서 유쾌한 이름, 별명이 되는 과정은 M. M. Bakhtin, *Tvorchestvo Fransua Rable i narodnaia kul'tura srednevekov'ia i Renessansa*, 이덕형, 최건영 공역. 『프랑수아 라블레의 작품과 중세 및 르네상스의 민중문화』, 서울: 아카넷, 2001. 708쪽 참조.
106) "코드 변환에 대한 연구는 좀 더 다른 맥락적인 말하기의 모델을 화자가 가지고 있을 때 고양되는 긴장을 탐구한다. 코드 변환에 대한 연구는 좀 덜 지시적인 연구다. 즉 그것은 메타 커뮤니케이션 특징에 대한 연구를 수행한다." Mertz, op.cit. p.159.

수양반 풍덩풍덩이라니? / **치양반** 웅덩에 돌을 던지는 갑다.
수양반 너 몰랐다. <u>양류청정(楊柳淸靖)에 도수인(渡水人)이로다.</u>

【수영야류 <양반춤>】

양반의 비틀비틀한 모습에 대해 차양반은 "술을 먹었던가 봐"로 해석한다. 반면 수양반은 그 우리말을, 이백의 한시 <우인회숙(友人會宿)>의 한 구절과 두목의 한시 <청명(淸明)>의 한 구절에서 차용해 "살구꽃이 핀 마을 곧 술집을 묻는" 것이라 환언한다. 또 양반이 풍덩풍덩 물속에 뛰어드는 모습에 관해서 차양반은 "웅덩이에 돌을 던지는 것 같다"라 말하지만, 수양반은 왕유의 한시 <한식사상작(漢詩汜上作)> 중 한 구절인 "버드나무가 푸른데 물을 건너는 사람"으로 번역하는 모습을 보여 준다. 그러므로 "술을 먹었던가 봐", "웅덩이에 돌을 던지는 것 같다"의 발화 행위가 배경으로 했을 만취한 상황이라든지, 연못에 빠져 객기를 부리는 상황적 지표들은 탈컨텍스트화되어 전시된다. 동시에 "취야와공산(醉也臥空山)하니 갱문행화촌(更問杏花村)… 양류청정(楊柳淸靖)에 도수인(渡水人)" 등 상층담화의 사회문화적 기반들의 지표로 조절되어 재컨텍스트화된다. 우리말과 한자어의 두 가지 언어학적 체계와 코드를 소유한 양반들이 그 같은 대립되는 코드 변환을 통해 동일한 발화 상황을 달리 재현하고 틀 짓는 우스꽝스러운 모습이 연출되는 셈이다.

여기에는 사회언어학적 리얼리티의 좀 더 중요한 국면이 포착될 수 있다. 왜냐하면 "두 언어상의 경계에 서는 것은 시간 경계상에서의 위치 그것 자체를 의미하는 것이고, 시간의 이동을 감지하는 것"[107)이기 때문이다. 바꾸어 말해 우리말과 한자어의 변환이 통합되지 못하고 균열되는 이 같은 장면 구성은, 조선 후기 이데올로기적 규범의 영향력을 탈중심화하려는 탈춤의 언어 사용 양상을 입증한다.[108] 굿거리장단에 맞추어 양반들이 양팔을 옆으로 펴들고 앞으로 나아가거나 우쭐거리는 평사위[109]도 결과적으로 코드 변환에 의해 틀거리 지어지는 유희적 분위기의 컨텍스트를 한층 고양시켜 환기하는 데에 지대한 역할을 한다.

한자어에서 우리말로 해설·번역·조합하는 아래의 예도 수영야류의 경우와 마찬가지로 코드 변환에 의해 지표화되는 화용론적 의미의 한 사례다.

일곱째 목중 노장스님이 유유정정화화(柳柳井井花花) 했더라.
여덟째 목중 아아, 그 놈이 벽센 말 한마디 하는구나. 유유 정정 화화? 유유정정 화화야? 그거 유유 정정 화화라니? 아 알았다 버들버들 우물우물 꼿꼿이 죽었단 말이구나.

【봉산탈춤 <노장춤>】

봉산탈춤의 <노장춤> 중 목중들의 대화에는 코드 변환이 더 극적으로 사용되고 있다. "유유정정화화(柳柳井井花花)"의 축자적 의미에 국한되지 않고 "버들버들 우물우물 꼿꼿이 죽었다"는 유머러스한 우리말로 한자어에 테두리를 치고 구두점을 찍는 까닭에서다. 즉 한자어의 정형적인 의미가 지표화하는 상층 문화적 배경은 탈컨텍스트화

---

107) 바흐친에 따르면 문학적 이중 언어의 의식은 복수적 언어들을 중심화·획일하려는 경향과 탈중심화, 계층화하려는 언어학상의 긴장 관계라 할 수 있다. 그는 언어 내적 이종성의 문제는 사회와 민속의 진화 과정, 갱신 과정과 분리될 수 없는 것이라 보았다. Bakhtin, (1981). op.cit. pp.62~67 참조.
108) 한 사회 계급이 다른 사회 계급의 담화를 차용함으로써 희극성이 생겨난다. 극의 모든 등장인물들은 그가 속해 있는 사회 계층의 언어를 말하는 주체로서 간주될 수 있다. Ubersfeld, 앞의 책, 250~251쪽 참조. 연행 예술, 특히나 판소리에서 나타나는 담화적 이질 조합성의 성격과 배경, 그리고 담화 혼효 현상의 구체적 분석은 김현주, 『판소리 담화 분석』, 파주: 한국학술정보, 2008. 256~279쪽 참조.
109) 평사위의 설명은 정상박, 『수영야류』, 서울: 화산문화, 2001. 122쪽 참조.

되어, 우리말의 농담이 상연하는 하층 문화적 기반으로 재컨텍스트화된다. 이 과정에서 언어 사용의 컨텍스트가 강조했을 상층·하층의 사회적 관계들은 전복되고, 오직 목중의 창의적 발화 사용의 능력만이 전경화된다. 더불어 의문문의 높은 어조와 '유유 정정 화화'를 말할 때의 강력하고도 정확한 발음조절, 그리고 머리를 좌우로 흔들며 손가락을 상하로 움직이는 것으로 제시되는 표현적 제스처 등은 이러한 코드변환의 틀을 메타적으로 신호화한다.

완벽한 등가성을 지닌 채 상호 번역되는 이종언어의 관계란 실현되기 힘들다. 그러므로 탈춤에서 우리말과 한자어의 상호 교체 현상[110]은 사회적으로 의도된 기능 수행이라는 점을 감안하여 메타 커뮤니케이션적 틀짓기 과정으로 간주해야 할 필요가 있다. 언어적 규칙 체계의 변화에 따른 발화 상황의 컨텍스트화 과정은 발화 행위가 반복되고 반복하는 와중에 좀 더 반성적인 코드 변환의 연행적 중재 행위를 결과한다.

고유명사 활용의 유창성, 그리고 한자어와 우리말을 자유자재로 동원하는 능력은 탈춤 연행 현장에서 조선 후기 사회 문화적으로 유사한 경험들과 공유된 기억으로 저장되었던 지식들을 적절히 전시하는 광대의 능력으로 이해되었을 것이다. 즉 이러한 고유명사, 한자어/우리말의 목록은 그리스 비극이 전제하는 신화와 서사시처럼 탈춤 연행 시작 전에 이미 형성된 정보들로서 유형화된 내용들을 선보이는 저장고로 기능하지 않았겠는가 생각된다. 그럴지라도, 그것들은 정형화된 만큼 역으로 그 정형성에 토대해 광대와 관객간의 즉흥적·창조

---

110) 이런 면에서 이석규의 연구는 우리말과 한자어가 각각 담화상 어떤 기능만을 하는지 개별적으로 연구한 터라 아쉬움을 남기지만, 탈춤 내 언어 사용 연구에 천착한 몇몇 되지 않은 연구임에 분명하다. 이석규, 「봉산 탈춤의 언어 사용 연구」, 『인문언어』Vol.6(국제언어인문학회, 2004), 265~291쪽 참조.

적인 상호 작용을 제공하는 수사학적 장치로 기능했으리라 추측될 수
있다. 당연히 조선 후기의 지명, 인명이나 한자 문화에 익숙하지 못한
현대의 관객은 고유명사와 한자어/우리말의 교체 현상에 능동적으로
반응을 보이지는 않는다. 하지만 예전처럼 적극적 지각이 없음에도,
코드에 대한 코드로서 고유명사와 코드 전환의 현상이 탈춤 연행 내
전시되는 말하기 행위에 대한 인식을 고양시키고, 연행자의 기교가 성
취하는 효력을 관객이 판단하며 평가할 수 있는 상호 작용의 기제임
은 분명하다.

3.1.3. "아닌 밤중 가운데 사람 많이 모였구나": 메타 서술과 코드에 대한 메시지의 틀 짓기

꼭두각시놀이에서는 등장인물들이 직접 관객을 향해 대화를 시도
하는 경우가 다반사다. 대부분의 꼭두각시 등장인물들은 극의 진행
중 관객석을 향하여 말을 건넨다. 극의 허구적 세계 밖으로 나와서
극 자체의 사건과 행동에 대해 논평하고 이를 통해 극의 흐름을 전개
하는 것은 꼭두각시놀이의 가장 전형적인 특징인 셈이다.[111] 이점은
탈춤 담화의 또 다른 연행적 중재 과정을 예시한다고 볼 수 있다.

박 첨지 어흠 어흠. 아따 아닌 밤중 가운데 사람 많이 모였구나.
산받이 아닌 밤중 가운데 사람이야 많건 적건간에 웬 영감이 남

---

111) 이것에 대해 이상란은 "박 첨지가 극진행자로서 인형무대로부터 관객으로 향한 통로를 개방한다면, 산
받이는 관객석에서 인형무대로 가는 통로를 열어 관객이 능동적으로 참여하는 장치를 마련한다. 이와
같이 꼭두각시놀음에서는 매개적 의사소통구조가 두드러지게 나타나는데, 이는 이 극에서 관객의 위치
가 강조됨을 의미한다. 우리의 민속인형극 꼭두각시놀음은 인형조종자와 악사들뿐 아니라 관객이 모두
함께 하는 놀이인 것이다"라고 설명한다. 이상란, 앞의 책, 149쪽.

의 놀음처에 나와서 난간이 떠드시오?

【꼭두각시놀이 <박 첨지 유람막>】

산받이 넌 누구여/**박 첨지 손자** 내가 누구냐고, 내가 박 첨지 손자다.

【꼭두각시놀이 <이시미막>】

박 첨지 아이고 여보게 우리 조카 좀 불러 주게나. /**산받이** 내가 불러 주지.
홍 동지 어.

【꼭두각시놀이 <평안감사 매사냥막>】

상제 여보시오. 혹 이곳으로 사흘 전에 상여 하나 지나는 것을 못 보았소?
산받이 상여 지나간 데가 언젠데 지금 어디서 왔소.

【꼭두각시놀이 <상여막>】

첫 번째 예에서, 박 첨지는 실제 공연 공간에 왜 이렇게 구경꾼이 많이 모였느냐고 푸념한다. 이에 대해 산받이는 남의 노는 장소에 왜 와서 훼방이냐며 오히려 박 첨지를 비난한다. 두 번째 예에서부터 네 번째 예에 이르기까지도 산받이는 극 중 흐름에 개입하여, 등장인물들과의 대화를 계속한다. 그래서 박 첨지 손자의 정체를 관객들에게 소개해 주고, 이시미에게 물린 박 첨지를 구하기 위해 박 첨지를 대신해서 홍 동지를 불러 주며, 상주에게, 퇴장해 버린 홍 동지가 메고 나간 상여의 행방을 알려 준다. 바꾸어 말해 박 첨지, 박 첨지 손자,

홍 동지, 상주 등은 놀려지는 인형에 불과하지만 산받이를 거쳐 극 중 공간에서 튀어나와, 마치 그것들이 직접 제시되는 사건과는 다른 층위에도 그들이 속해 있는 것처럼 묘사된다. 따라서 이러한 발화 행위 자체는 자기 지시적이다. 왜냐하면 그것은 관객이 허구적 꼭두각시놀이의 연극 세계에 환각적으로 몰입하지 않고 허구의 세계를 사실이 아니라 단지 허구로 인식할 수 있도록, '이것은 연극이다'라는 메시지를 부단히 보내는 틀 짓기 작업이 되는 까닭에서다. 허구적 세계의 재현은 극 중 세계의 영역에 한하여 발생했을 때만이 관객에게 마치 그것이 진짜인 것과 같은 효과를 발휘한다. 하지만 꼭두각시놀이처럼 등장인물들과 코러스 역할을 하는 산받이 사이에 빈번하게 대화가 진행된다면, 지금 여기에서 정말 일어나고 있으리라는 극 중 세계의 환상적 요소들은 붕괴될 수밖에 없다. 그러므로 등장인물들과 산받이의 대화는 극 중 환각이 아닌 등장인물들과 관객 간에 벌어졌음직한 대화 양상을 이상적으로 재구축한 결과로 평가될 수 있다.

이를테면, 그것은 연극을 보면서 이 장면들은 연극적인 것임을 끊임없이 상기하면서도 거기에 개입하려는 참여자로서의 관객과 허구적 세계 간의 소통적 상호 작용을 재현한다. 관객 누구라도 공연 장소에 사람이 많이 모였으면, "왜 이렇게 많이 왔지?" 반문했을 것이고, 박 첨지와 비슷한 인물이 등장하면, "너는 누구냐? 아들이냐? 손자냐?"라 궁금해했을 것이다. 또한 이시미에게 물려 생명이 위기에 처한 박 첨지의 상황에 몰입되어 그를 구해 줄 수 있는 홍 동지를 한 번쯤 마음속으로 불러 봤을 것이고, 사흘이 지나 상여의 행방을 찾는 상주에게 갑갑한 마음에서 상여가 어떻게 되었는지 말해 주려 했을 터이다.

연극은 "관객이 지켜보는 가운데 X라는 캐릭터를 묘사하기 위해 배우 A가 특별한 공간에서 특별한 외양을 하고 특별하게 행위 하는 예술 장르"112)로 약속된다. 이렇게 본다면 산받이와 등장인물 간에 주고받는 대화는 연극의 장르적 본질, 연극적 소통의 전제가 되는 연극적 코드에 관하여 메시지를 통해 틀을 짓는 행위라 할 만한 것이다. 다시 말해 '관객이 지켜보는 가운데 X라는 캐릭터를 묘사하기 위해 배우 A가 ~ 특별하게 행위 하는 예술 장르는 연극이다'라는 사실을 산받이와 등장인물들의 대화는 지속적으로 환기시킨다. 간단히 표현 하자면, '이것은 연극이다' 혹은 '이렇게 약속된 것에 <관해서는> 연극이라 명하자'라는 코드에 관한 메시지를 산받이와 등장인물들 간의 소통 구조는 안내하며, 설명한다. 그런 면에서 이들의 대화는 일종의 메타 서술이다. 즉 행동, 사건, 이야기의 의미를 극 밖으로 나와서 충분히 친숙하지 못한 관객들을 위해 명료화하는 바, 'A는 B이다'의 사전적 정의와 같은 '이것은 연극이다'의 메타적 기능을 그것은 꼭두각시놀이에 부여한다. 이에 따라 극 중 허구적 세계의 진행은 좀 더 영구적으로 위치된 배경이 되고, 악사와 등장인물들이 벌이는 소통 양상의 초점화가 진행된다. 결과적으로 박 첨지가 등장하고, 박 첨지 손자가 출현하며, 박 첨지가 이시미에게 물려 생명이 경각에 이르고, 상제가 깨어나 상여를 찾는 극 중 세계의 장면들은 추출 가능해진다 (탈컨텍스트화). 동시에 그것들은 관객의 대리인인 산받이와 등장인물 간의 대화가 벌어지는 좀 더 돌출된 상황 속에서 정박된다(재컨텍스트화).

---

112) Erika Fischer—Lichte, *The semiotics of theater*, tr. Jeremy Gaines and Doris L. Jones, Bloomington: Indiana University Press, 1992. p.7.

이때 인형의 작은 크기와는 어울리지 않게 굵고 거칠게 조절되는 박 첨지의 목소리나 종결형에 얹혀 극 중 환각을 깨기 위한 듯 전달되는 산받이의 높은 음조와 어조의 급격한 변환은 발화 행위를 해석할 수 있도록 틀을 표시해 주는 기능을 한다. 박 첨지 손자와 상제의 코믹한 말투 등 차별화된 목소리 및 발화 스타일도 이 점은 마찬가지다. 무엇보다도 다양한 목소리의 발성 메커니즘에 의해 생산되는 그 같은 고도의 청각적 잉여시스템은 발화의 지시적 기능을 최소화하고 관객의 관심을 무대에 지속적으로 관여하게 하는 사역적 기능의 최대화를 유도하게 된다. 그 덕분에 메타적 서술은 극 중 세계와 실제 세계의 매개적 의사소통 장치를 제공하고 연행의 중재적 과정을 촉진하기에 이른다.[113)]

그러나 극 중 세계 밖으로 나와서 재현되는 사건을 서술하는 것만이 메타 서술은 아니다. 탈춤의 극 중 세계 내에서도 메타서술은 얼마든지 가능하다. 아니 메타 서술의 장치가 없다면, 탈춤 담화 전략의 실현이 애초부터 불가능할 것이다. 왜냐하면 "이야기를 말하는 과정에서 담화의 생산을 관리하는 방식은 모두 메타 서술"[114)]이 될 수 있기 때문이다.

> ① **박 첨지** 내가 무순 사가 아니여. 나도 부모님 슬하에서 글자나 배우고 호의호식하다가 부모님 돌아가셔서 선산발치 모셔놓고 고사당에 하직하고 신사당에 허배하고 발뒤꿈치로 문을 닫고 마당 가운데 시기를 두고 팔도강산을 구경나왔제

---

113) 인형극에서 형성되는 형식적 틀거리 장치는 Frank Proschan, "Puppet voices and interlocutors: Language in folk puppetry", *Journal of American Folklore*, Vol.94, 1981, pp.527~555 참조.
114) Bauman, (1986), op.cit, p.99.

② **박 첨지** 아따 그 사람 똑똑이도 알고 싶은가 보구나.
③ **박 첨지** 그러면 내가 팔도강산을 구경다닌 곳을 낱낱이 똑똑
　　이 일러 줄 테니 들어보게.

【꼭두각시놀이 <박 첨지 유람막>】

　①에서 박 첨지는 자신이 살아온 나날에 관해 소개한다. 여기서 "내가 무순 사가 아니여. 나도 부모님 슬하에서 글자나 배우고 호의호식하다가~" 같은 담화 생산의 자기 지시적인 언급 방식은 바로 담화의 형식과 기능 자체에 대해 코멘트하는 메타 서술의 일종이라 할 수 있다. 즉 자신을 가리키는 말들의 언급과 함께, 과거 고생하다 팔도유람을 떠났던 박 첨지의 경험적 자아와 그것을 지금 현재 이야기하는 서술적 자아 사이에 객관적인 거리가 놓이고, 이야기되는 사건과 이야기하는 사건의 시간적 간격이 확립된다. 박 첨지의 과거 경험들이 회상시키는 지표들은 현재적 시점의 자서전적 자아를 구성하기 위해 재컨텍스화됨으로써, 박 첨지의 서술적 자아가 반성적으로 자신의 타자화를 구성하게 되는 이야기하기의 형식과 기능이 틀거리 지어지는 것이다. "~배우고, ~모셔 놓고, ~하직하고, ~ 허배하고 문을 닫고, ~시기를 두고" 등 순접적 접속의 통사 형식에 생의 다른 일순간들을 표현하고 있는 병행구문은 이러한 소통 양상에 대한 인식을 신호화하는 매우 중요한 형식적 표지라 할 수 있다.

　②와 ③의 언급도 메타 서술의 한 종류다. 그것들은 특히나 이야기되는 사건과 이야기하는 사건 사이의 간극을 메워 주는 역할을 한다. 이야기되는 내용은 이야기하는 방식에 의하여 얼마든지 달리 재현될 수 있다. 그런데 지금 여기 이야기하는 사건에서 절대적으로 중요한

요인은 발화 상황상 청자의 존재 그리고 화자가 그와 어떻게 친교적으로(phatically) 상호 작용할 것이냐 하는 점이다. 이야기되는 내용을 구성하고 결정하는 이야기하는 방식이란 결국 청자와의 상호 작용에 따라 달라질 수밖에 없는 까닭에서다.

그런 점에서 봤을 때, ②~③은 박 첨지가 산받이에게 팔도 유람한 사연을 들려주는 것을 '시작'하기 전에 산받이와 관객들에게 자신의 이야기를 똑똑히 들어야 한다는 참여적 동기부여의 신호를 메타적으로 틀 짓는다. '당신은 내 이야기가 정말로 알고 싶구나'(②)나 '나 또한 당신에게 정말 최선을 다해 정성껏 이야기해 주겠다'(③) 같은 사교적 진술과 오프닝 공식구로 그것은 가득 차 있다. 이 메타 서술적 요소의 틀 짓기 과정에 의해 박 첨지가 사는 주소를 놓고 옥신각신하던 산받이는 박 첨지의 살아온 이야기를 일단 들어 보는 시늉을 취하게 된다. 그렇게 이야기할 채비가 갖춰지는 와중에 박 첨지가 살아왔던 회고적 기억들은 재컨텍스트화되어 지금 여기서 틀거리 지어진다. '아따', '그러면' 등의 발성에 악센트가 변화되는 것도 이 틀을 전후로 언어의 의미층이 앞뒤로 변환됨을 암묵적으로 환기하는 수사적 장치라 하겠다.

탈춤의 메타 서술은 관객의 참여적 에너지를 활발하게 이끄는 주요 동력이라 할 수 있다. 예컨대, 실제 공연에서 관객은 박 첨지가 자신의 이야기를 꺼내는 ①의 대목에서 "고향이 어디야?" "어디어디 갔다 왔어?" 같은 추임새를 적극적으로 넣는다. 이처럼 메타 서술의 과정에 관객이 상대적 자율성을 갖고 감정적·지적인 반응을 적극적으로 보이게 되는 까닭은 그것이 실제 관객의 해석적 자유로움을 향해 열려 있다는 사실에서 기인하는 것이라 생각된다. 메타 서술 방식에 의해 전시되는 내용을 보더라도, 박 첨지의 기구한 인생사와 팔도유람, 새로운 인물인 박 첨지 손자의 등장, 이시미로 인한 박 첨지의 위기, 상여의 사라짐 등 근본적으로 예측 불가능하고, 불확실하며, 알 수 없는 인간 삶의 여러 측면을 다루고 있다. 때문에 메타 서술은 이러한 말할 만한 가치(tellable)115)가 있는 인간 경험을 탈춤의 연행 주체들이 공유하고 재창조하며 재해석할 수 있는 언어적 전시 경험의 일종이다. 즉 탈춤에서 메타 서술의 연행적 중재과정은 탈춤 내에 구성되는 문제적 상황과 비정상적 사태에 대해 연행자와 관객이 함께 생각하고 반응할 수 있는 수사학적 공간을 창조한다. 탈춤의 극 중 흐름이 즉흥적으로 조절되고 우연적으로 창조되는 기회가 빈번하게 나타날 때는 관객의 참여와 상상력, 감정을 적극적으로 유도하는 이런 메타 서술의 차원에서일 것이다.

---

115) 메리 루이스 프랫(Mary Louise Pratt)에 따르면 화자가 말을 하게 되는 특수한 동기는 청자에게 효력을 미쳐 특수한 행동을 생성시키는 데 있다. 이때 청자에게 무언가를 행위하게 하려는 화자의 관여적 의도를 위해 말할 만한 가치가 있는 경험들이 언어학적으로 전시된다고 프랫은 주장한다. 말할 만한 가치(tellable)가 있는 소재란 비정상적이고 기대와 상반되는 문제적 상황의 상태를 일컫는다. 이러한 말할 만한 가치가 있는 경험들의 언어적 전시를 통해 화자는 그가 재현하는 것들에 대하여 청자로 하여금 연루되도록 유도한다. 그래서 그것은 인간이 언어를 사용하는 가장 중요한 이유가 된다. 왜냐하면 말할 만한 가치가 있는 것의 전시를 거쳐 집단적으로 경험이 공유되고, 의미에 대한 해석적 합의가 이루어지기 때문이다. Mary Louise Pratt, *Toward a speech act theory of literary discourse*, Bloomington: Indiana University Press, 1977, pp.133~136 참조.
　탈춤의 메타 서술은 이와 같은 말할 만한 가치가 있는 경험의 전시 차원에서 접근될 때, 탈춤 연행에서 생산되는 공동체적 가치의 설명에 단초를 제공해 줄 수 있을 것이라 생각된다.

3.1.4. "니는 봤나?" "저기로 갔어요": 전환사와 메시지에 대한 코드의 틀 짓기

지금까지 기술된 보고 발화, 고유명사의 사용 및 우리말과 한자어의 코드 교체 현상, 그리고 메타 서술은 언어 사용에 관한 사용의 구조로서 탈춤의 메타 화용론적 말하기 연행 방식을 특성화한다. 메시지 사용에 관한 메시지 사용, 코드 사용에 관한 코드 사용, 코드 사용에 관한 메시지 사용의 과정을 통해 언어적 차원의 연행적 중재 과정은 탈춤에서 텍스트적 의미를 반복하되 재컨텍스트화를 거쳐 그것을 변형시키고 주목할 만한 효과 속으로 옮긴다. 때문에 연행적 중재과정의 사건이 틀을 만드는 동안 특정 컨텍스트적 정보를 조절하고 입력하는 일이 탈춤 담화의 전략상 반드시 요청된다. 텍스트적 의미를 구성하는 현상은 그것을 둘러싼 장소와 적절한 시간, 관련된 인물들의 기존 관계들을 전제하거나 그를 발판으로 새로운 관계들을 발생시키는 컨텍스트 생산의 과정하에서만 이해될 수 까닭에서다. 그렇다면 허구적 컨텍스트의 인지적 조종은 과연 어떻게 실현되는가?

> **신할아비** 도끼 이 자식아 너 어디 갔더냐.
> **도끼** 아 그런 건 아니라요. 아버지가 저 건너 김 동지 집 월수 돈 석 냥 쓴 것 갖다 갚으라고 설랑은 목타래 송아지 팔아설랑 나 돈 준 거 있지 않소.
> **신할아비** 그래
> **도끼** 그래서 내 그 돈을 가지고설랑은 김동지 집으로 향해가는데 중간에 수양버드나무 밑에서 팔구십 당년한 노인네들이 골패를 가지고 하는데 말이요. 거 험직험디다레. 돈이 시글시글헌데 그래 그때나 이때나 돈을 싫단 사람이 있소. 헤서 그 돈 석냥을 가지구

전(錢) 쳐서 딸까 하고는 노인네 하는 중이니까 원몫도 못 들어가
구 어깨 너머서 부탁해 죄 잃어버렸지요. 잃어버리구설랑 아 다시
집으로 돌아갔다가는 아버지한테 엉덩이뼈기 부러져 죽을 모양이
니까 아주 그길루 그만 달아나 버렸소.

【양주 별산대 놀이 <신할아비와 미얄하미 과장>】

양주 별산대 놀이 <신할아비와 미얄하미 과장>에서는 부자(父子)
가 오랜 시간이 흘러 상봉한 후 가출하게 된 까닭을 도끼가 신할아비
에게 보고하는 상황이 조성된다. 신할아비가 돈 갚으라는 심부름을
시켰건만 도중에 도끼는 그만 도박의 유혹에 빠져 그 돈을 모두 탕진
하고 신할아비의 꾸짖음이 두려워 달아났다는 것이 보고의 핵심이다.
도끼는 이러한 기억들에 관한 상황을, 신할아비가 "너 어디 갔더냐?"
라고 묻자 '나'의 입장에서 회상하기 시작한다. 회고의 내용은 '저기',
'그때'에 발생한 사건이다. 반면 그것을 이야기하는 사건은 '여기',
'이때'와 관계있다. 그 결과 과거의 사건이 지금 이 시점의 관점에서
틀거리 지어진다.

둘 사이의 대화에 사용되는 '나', '너', '저기', '그때', '여기', '이때'
등처럼 "특별한 환경, 시공간, 특정 화자와 청자를 위해 만들어지는
지시체를 직시소"116)라 한다. 즉 발화가 생산되는 상호 작용의 상황
속에서 소통행위의 시공간적 정박을 위해 사용되는 어휘, 문법의 범
주들은 모두 직시소라 할 수 있다. 그렇다면 도끼의 보고 행위에 의
해 이야기되는 사건과 이야기하는 사건이 긴밀하게 연결되는 틀의
조성이 가능한 까닭은 이러한 직시소가 만들어 내는 변환 능력에서

---

116) Robert J. Javella and Wolfgang Klein. "A brief introduction", In *Speech, place, and action: studies of deixis and related topics*, ed. Robert J. Javella and Wolfgang Klein. New York: John Wiley, 1982. p.1.

비롯된다. 다시 말해 '나', '너', '저기', '그때', '여기', '이때'는 보고되는 상황과 보고하는 상황을 있는 실체 그대로 반영하는 것이 아니라 그것을 조직하고 구성하며 조절하는 반성적 장치다.

구체적으로, 도끼가 '나', '이때', '이곳'의 어휘자질들을 수단으로 도끼 자신과 자신이 속해 있는 시공간적 형태를 가리키며 그것들을 지표[117]화한다면, '그때', '저곳'의 직시소는 도끼가 속해 있지 않은 과거 원심적인 시공간적 형태를 범주화한다. 그러므로 보고되는 상황과 보고하는 상황의 차이점을 구별할 수 있고, 그것들이 지시하는 대상의 개별성이 각각 확보되는 스토리텔링의 구조가 만들어진다. 만일 직시소적 용법이 도끼의 발화에 부재하였다면, 발화상 다른 컨텍스트적 변수를 할당하는 것이 불가능했을 터이다. 요컨대 직시소는 도끼의 보고 행위가 매개하는 "상호 행위적 틀을 만들고, 발화가 반복될 수 있게 만들며, 상황을 자유자재로 창조"[118]하는 전환사(Shifter)다. "상황 속에서 실제 의미를 갖는 전환사"[119]인 직시소에 의하여 도끼가 '그때', '거기'서 도박을 하다 신할아비가 준 돈을 모두 잃어 도망쳤던 회상적 기억들의 배경이 탈컨텍스트화된다. 동시에 도끼와 신할아비의 면대면 상호 행위의 순간, 바꾸어 말해 '나'와 '너'의 '지금', '여기'에로 그러한 회고적 내용들의 배경이 재컨텍스트화된다. 즉 도끼가 도망간 사건이 이미 신할아비에게 알려져 있기 때문에 그때 그

---

117) 지표는 "그것과의 유사성 혹은 유비성 때문에 대상을 지시하는 것이 아니라 혹은 대상이 소유하게 된 일반적 특성과 연결되어 대상을 지시한다고 여겨지기 때문이 아니라, 개별적 대상과의 (공간적인 것을 포함한) 역동적 연결 관계(인접 관계) 때문에 대상을 지시하게 되는 기호 혹은 표상체이다. 즉 이때의 연결이란 한편으로는 지각과의 연결, 다른 한편으로는 기호로서 역할 하는 사람의 기억과의 연결을 가리킨다. 지표의 도움 없이는 어떤 기호의 사용도 불가능하다고 말할 수 있다." Peirce, op.cit. p.305.
118) W. F. Hanks, "Metalanguage and pragmatics of deixis", In *Reflexive language: reported speech and metapragmatics*, ed. John A. Lucy, Cambridge: Cambridge University Press, 1993. p.152.
119) 송효섭, 『문화기호학』, 서울: 아르케, 2000. 111쪽.

도망간 사건이 어떻게 해서 발생했는지에 관한 초점화가 전환사의 사용을 통해 가능해진다. 이와 같은 틀의 형성은 결국 도끼 자신이 도망칠 수밖에 없었던 사연을 신할아비에게 직정적으로 호소하는 역할을 담당하기도 하지만 한편으로는 현장 분위기에 흥을 돋고 전달하는 감정적 증폭기로서도 기능한다. '너', '저 건너', '이때', '저때'의 지시사와 대답에 쓰이는 감탄사인 '그래' 그리고 인과적 종속 연결구문을 표시하는 어미인 '~설랑은'이 발화될 때, 적용되는 동작의 강조도 보고의 틀에 해학적 본성을 부여하는 수단이 된다. 물론 '여기'와 '저기' '이때', '그때'의 직식소들은 관습적으로 약속된 코드들이다. 지시대상으로서 근접적 공간을 '여기'로, 원거리의 공간을 '거기'로, 지금의 시간을 '이때'로 규칙화하는 등 지시 대상과 존재론적 관계를 맺어 그 대상을 표시하는 것은 바로 전환사, 직시소적 용법에 속한다.

결과적으로 이와 같은 탈춤의 직시소는 시공간적 상황의 지시대상이 의미했을 메시지를 코드화한다. 그래서 그것은 연행적 중재과정의 형식 표지다. 탈춤 연행은 직시소로 이루어진 무수한 지표성의 네트워크로 구성되는 바, 직시소의 표현적 기능은 탈춤 내 발화 사건의 시공간적 상황과 연관된 지시 대상 사이의 관계를 명확히 신호한다. 다시 말해 무수한 차이를 수반한 탈춤 연행 상황의 차별적 전환과, 그 결과 새로운 틀이 생성되는 메타 커뮤니케이션적 기능의 수행이 가능한 것은 빈번하게 표지화되는 전환사 덕분이다.

일곱째 목중 삼촌가절이 좋을시고 도화만발이 점정홍이로구나. 무릉도원이 예 아니냐.

【봉산탈춤 <목중춤>】

목중 1 이거 벗구 말이다.!
목중 2 야 이 무식한 놈아. <u>이것은</u> 북고(鼓)자 법고다.

【봉산탈춤 <법고놀이>】

무릉도원은 도연명의 <도화원기(桃花源記)>에 나오는 별천지를 일컫는 고유명사다. 무릉은 실제 중국 호남성 상덕현에 있다. 하지만 봉산탈춤의 <목중춤>에서 일곱째 목중은 "무릉도원이 예 아니냐"라 말하고, 복사꽃이 만발하여 점점 붉어진 이곳을 초점화한다. 즉 여기를 의미하는 '예'라는 장소 지시어의 사용은, 먼저 기원으로서 중국의 무릉도원을 초점화하는 시각(focalizing perspective)을 구성한다. 그리고 그것의 내용이 되는 이곳의 실제 복사꽃이 만발한 모습을 초점화된 시각(focalized perspective)으로서 교차적으로 구성하게 된다.[120] 이러한 두 가지 초점을 제공하는 직시적 창은 무릉도원의 도가적 지향성을, 신바람을 흥기시키기 위해 봉산탈춤의 연행 현장 속으로 재컨텍스트화하는 틀거리 짓기 과정을 함의한다. "예 아니냐"의 대사 시 발을 드는 우렁찬 동작을 취하는 것은 틀의 심미적 효과를 전경화하는 형식적 장치라 하겠다. 직시소는 서사적 언어의 단순한 하부 구성물을 반영하는 것이 아니라 이야기되는 과거 사건을 새로운 컨텍스트 속에서 관여시키는 반성적 작업을 수행하는 셈이다.

한편 봉산탈춤 <법고놀이>에서는 '벗고'의 우리말과 '법고'의

---

120) "직시소의 사용에 의해 초점화하는 시각(focalizing perspective)과, 초점화된 시각(focalized perspective)이 구성된다. 전자는 청자에게 노출된 스토리 세계의 기원이 되는 부분이다. 반면 후자는 그러한 초점화된 관점, 즉 직시적 창의 내용이 되는 부분이다."
David A. Zubin, et. al. "The deitic center: a theory of deixis in narrative", In *Deixis in narrative: a cognitive science perspective*, ed. Judith F. Duchan, et. al, Hillsdale, NJ: Lawrence Erlbaum Associates, 1995, p.132.

한자어 교체에 따른 코드 변환이 언어유희의 유머러스한 분위기를 조성할 목적에서 제공되고 있다. 목중1과 목중2는 "이것은 벗구." "이것은 법고"라는 각자의 직시어 활용을 통해 발화 사건의 상황적 의미를 정초하기 위한 노력을 저마다 전개하고 있는 것이다. 말하자면, '이것'의 직시적 용법은 '옷을 벗고'와 '북고자의 법고'가 가진 정보적 의미를 더 돌출시키고 강조하기 위해서 사용된다. 법구를 가리킬 때 위를 가리키는 제스처와 옷을 벗고의 의미를 나타낼 때 아래를 가리키는 제스처의 사용도 틀이 형성되는 과정에 관심을 집중시키게 하는 요인 중 하나다. 결과적으로 옷을 벗는 상황이 내포한 사회문화적 지표와 법고가 상징하는 불교적 종교 담론의 기반은 목중 1과 목중 2가 제시하는 직시적 발화 행위 및 이에 동반된 동작의 표현수단들이 서로 부대낄 때, 흥겨운 연행의 분위기로 재컨텍스트화된다. '이것'의 지시 대명사는 발화 상황에서 카니발적 웃음처럼 새로운 의미가 나타나게 되는 상호 작용의 토대로서 기능한다고 볼 수 있다.

전환사가 지향하는 지표적 연관관계의 다층성은 탈춤에서 메타 서술의 경우만큼 잘 드러나는 것은 없을 것이다. 메타 서술은 전술한 대로, 담화 생산을 관리하는 방식이다. 이야기하는 사건에 이야기되는 사건이 연결되는 방식을 메타 서술은 지표화한다. 그 이유는 청자와의 원활한 소통을 위해서이다. 그러므로 이러한 메타 서술의 사건에는 청자와의 사회적 상호 작용을 신호화하는 다양한 직시적 관계가 설정되어 있으리라 예측된다.

노장 예(일어서며) 아이구 허리야, 아이구 허리야. 아이구 내 신세야, 아이구 아이구 내 팔자야, 어떤 사람 팔자 좋은 고대 광실 높은 집에 부귀영화 잘 살건만 이내 팔자는 어이하야 중의 신세가 웬 말이뇨. …. (필자 생략) 이내 중이 속가에 내려왔다가 잡스러운 맘을 먹었더니 양반에게 맞고 절로 갈라 하니 노자가 있어야 갈 게 아니녀? (다시 창조로) 노자가 있어야 절을 가지, 노자 없이 가리, 상하등등 손님 십시 일반으로 동정하시오.

【가산 오광대 <중과장>】

　서울애기에게 흑심을 품었다가 양반에게 들켜 징치를 당한 노장은 팔자타령으로 원통함을 달랜다. 노장의 팔자타령에는 인칭 대명사 '나'의 관형사형인 '내'와 그것의 강조형인 '이내'가 반복 회귀되어 쓰임으로써 자기지시적인 스토리, 메타 서술이 확립되고 있다. 여기서 자기표현의 메타적 층위는 언제나 대화적 주체성의 개념을 내포한다. 바꾸어 말해 중의 메타 서술 차원은 동시에 두 가지 종류의 에고를 가리키는 셈인데, 중으로서 천시 받아 분노를 억누를 수 없는 자아와 그러면서도 그것과 떨어져서 자신을 탈중심화하려는 자아다. 중의 비애감은 고대광실 부귀영화를 누리며 사는 다른 사람과의 비교를 통해 한층 더 깊어진다. 하지만 "이내 중이 속가에 내려왔다가 잡스러운 맘을 먹었더니 양반에게 맞고 절로 갈라 하니 노자가 있어야 갈 게 아니녀?" 같은 언급에서 보이듯 자신을 타자화하는 측면도 그는 보여 준다. 이렇듯 메타 서술상 직시적 '나'의 "자기표현은 주관적이면서도 표현적인 내적인 자아와 객관적이면서도 관찰하는 외적인 자아"[121]의 효과를 잘 드러낸다. 즉 "이내 팔자는 어이하여 중의

---

121) John Lyons, "Deixis and subjectivity: loquor, ergo sum?", In *Speech, place, and action: studies of deixis and related topics*, ed. Robert, J. Javella and Wolfgang, Klein. New York: John Wiley, 1982. p.107.

신세가 웬말이뇨" 같은 발화는 주관적 '나'의 심정적 착색물이다. 그렇지만, 한편 '나', '내', '이내' 같은 표현을 통해서만이 우리는 나에 관한 사실을 외적으로 전시하고 관찰 가능한 객관적인 것으로 지시할 수 있다. 메타 서술의 1인칭 중심의 직시적 행위는 결국 주관적이라거나 자아중심적인 것이 아니다. 그보다는 주관적 나(I)와 객관적 나(me)의 대화를 전개하고, 중의 신세한탄의 메시지가 배경으로 했을 과거지사의 기억들을 재컨텍스트화함으로써, 화자 자신을 객관적인 시공간 속에 지표화된 것으로 전환하는 메타 커뮤니케이션 양상을 그것은 명료화한다. 이처럼 관찰 가능한 '나'로서의 변화와 틀이 변형되는 과정은 신세한탄에 맞춰 들썩거리던 중의 어깨가 움직임이 잦아들고 노자를 달라며 고개를 아래에서 위로 익살스럽게 쳐드는 모습에서도 신호화되고 있다.

그래서 목중의 팔자타령을 듣는 청자나 관객 또한 객관적 자아(me)의 목소리를 듣게 되는 바, 주관적 나(I)의 위치 지어짐은 항상 객관적 나(me)의 관점을 취할 때만이 가능하다는 사실이 확인된다. 목중의 팔자타령을 듣거나 목도하는 청자와 관객 또한 중에게 활발히 동화하거나 이화하는 과정을 거쳐 시공간적 지표성을 상상적으로 변화시키고 그 속에서 자신을 투시할 수 있는 반성적 순간을 마련하게 되는 것이다.

지금까지 메시지에 대한 코드의 틀 짓기로서 직시 현상의 전환사적 성격에 대해 알아보았다. 마지막으로 직시적 행위가 탈춤에서 하는 주요 기능은 무엇인지 살펴보겠다. 무엇보다도 그것은 탈춤 연행 현장의 컨텍스트에 관한 반성적 조정을 통해 연행 현장을 부단히 환기하고 관객의 활발한 추임새를 유발한다는 점이 가장 큰 특징이다.[122]

---

122) 판소리 연행 현장을 환기하는 구술적 어투와 친화력의 언술에 대한 분석적 연구는 연행 현장에서 직시

이매 (관객에게 퇴장한 초랭이의 행방을 물으며) 니 봤나. 왜 말을 못하나. (다른 관객에게) 늬는 봤나.

관객 저쪽으로 갔어요.

이매 어디로 갔는데. (관객 반응 없자) 오늘 말 못하는 등신이 엄청 많다. (한 관객에게) 늬는 여기로 갔다 하고 (다른 관객에게) 지는 저기로 갔다 하고 봐. 어디로 갔는데.

관객 저쪽으로요.

이매 저쪽으로 갔어? 그것을 봤다고 또 알려 준다. 말을 해라. 등신아. (관객의 안경을 빼앗으며) 잘 보여? (안경을 뒤집어쓰며) 잘 보이나?

관객 (웃으며)

이매 (한 관객에게) 늬 저 외국인들 불러온나. (그 관객에게) 늬가 불러왔지? 어디서 왔나. 한 번 불러와라…. (필자 생략) 우리 신나게 한 번 춤 한 번 추고 놀아보자. (관객과 어울려 춤춘다.)

(우산을 든 관객에게) 너는 왜 그거 들고 있는데?늬 이리 와 봐라. (우산을 들며) 멋있나?

관객 (웃으며)

이매 (다른 관객에게) 늬 해볼래. 등신같이 말을 못해. 말을 해라. (다른 관객에게) 신나게 춤 한 번 추고 놀자. (관객과 어울려 춤춘다.) (다른 관객에게) 늬 한 번 와봐.

관객 (그 관객에게) 가봐. 가봐.

【하회별신굿탈놀이 <양반선비 과장>】

하회별신굿탈놀이 <양반선비 과장> 중 이매의 즉흥적인 행위는 먼저 퇴장한 초랭이가 어디로 갔는지를 물어보면서 시작한다. 이때 그는 '나 — 연기자'로서, '너 — 관객'에게 말을 건넨다. 관중은 그의 말

에 ‘나-관객’으로서 ‘너-연기자’에게 “저기요. 저기요”라고 응답한
다. 그러나 극 중 연기자인 이매가 관중에게 물어보는 것이 아직 생
소해 그들은 선뜻 나서서 쉽사리 대답하지 못한다. 이런 관객들에 대
해 이매는 “오늘 말 못하는 등신이 엄청 많다”라는 친밀감 섞인 욕
농지거리를 건네며 관객의 참여를 유도한다. 그는 심지어 관객의 안
경이나 우산을 빼앗아 써 보며, “잘 보여?” “멋있나?”라고 물어봄으로
써, ‘나-연기자’라는 역할 모델을 벗고, ‘나-개인’이 되어, ‘너-관
객’이 아닌 ‘너-다른 개인’을 호명한다. 관객 또한 마주 보는 관객들
에게서 자신과 똑같이 웃고 있다는 사실을 발견하는 ‘자극’에서 벗어
나 다른 사람들이 웃고 있다는 사실에 자신의 웃음이 적절한 것임을
점차 ‘확신’하게 된다. 이후 이매가 관객들에게 “이리 와 봐라”며 신
나게 춤 한 번 추고 놀 것을 제의하면 관객은 스스럼없이 어울려 춤
을 추게 되는데, 그를 통해 ‘나-관객’은 ‘나-개인’이 되면서 아직
막연하지만 다른 연행 주체들의 ‘너-개인’으로서의 존재감을 지각
하게 된다. 즉흥 행위가 끝나 갈 즈음에 이르러 이매가 다시 ‘너’를
호명하며 관객과 춤 한 번 놀자고 하자 이제 옆에 있던 관객이 요청
받은 관객에게 “가봐, 가봐”라며 등을 떠민다. 이때는 비로소 ‘나-관
객’으로서 ‘너-관객’ 간의 ‘나-너-개인’적 소통이 이루어지는 결
과가 빚어진다. 그와 아울러 관객 개인은 그러한 공공의 존재에 고무
되며 그의 개인적 활동은 환기되는 연행 현장의 공동체적 흥청거림
의 분위기 속에 통합되기에 이른다. 눈웃음을 띤 탈을 착용하고서, 웃
통을 반쯤 벗고 맨살을 드러낸 채, 왼쪽 발과 오른쪽 손을 허우적거
리는 이매의 바보스러운 몸짓은 이상의 틀이 형성되고 변화되는 과
정에 대해 관객으로 하여금 특별한 해석을 요구하는 소통적 도구로

서 기능하는 것이라 말할 수 있겠다.[123]

'너', '여기', '저기' 등 전환사적 직시 용법의 기능들은 하회별신굿 탈놀이 <양반선비과장>의 연행 현장 지표들을 해석 가능한 사건으로 만들며 공동체적 상호 작용이 일어날 수 있는 발판을 마련한다. 이러한 직시소는, 이매와 관객의 적극적인 상호 관계처럼, 누가 연기자이고, 누가 관객인지 구분이 안 될 정도로 연행 현장을 흥기의 장소로 재컨텍스트화하는 데 중추적 역할을 하는 셈이다.[124] 무엇보다도 직시소와 같은 전환사에 의해서만이 본질적으로 컨텍스트적 정보를 입력하고 해독할 수 있다. 그러므로 탈춤에서 전환사가 관객에게 말 건네는 데 탄력적으로 활용될 때, 극 중 세계의 허구적 리얼리티를 연행 주체들이 공유하고 공동 저자 혹은 공동 연기자로서 좀 더 생생하게 함께 그것을 조직하는 수사적 메커니즘이 형성된다.

3.2. 체현의 연행과 비언어적 틀 짓기

담화적 실천의 반성적 능력은 이전 텍스트를 탈컨텍스트화하여 재

---

123) 심리적 동화와 이화 등 두 차원의 세계와 공간적 관계 맺기를 통해 극도의 몰입과 해방의 심리를 제공해 줌과 동시에 추임새라는 또 다른 차원의 공간적 관계를 맺기를 통해서 놀이정신을 고양시키는 판소리의 공간 전위 양상은 이 같은 탈춤 연행 양상의 전환 국면의 분석에도 유효한 것이라 판단된다. 김현주. 「판소리 연행에서의 공간 침범과 전위(轉位)의 문제」. 『판소리연구』Vol.23(판소리학회. 2007). 265~287쪽 참조.

124) 어떤 지표적 기호 형태라도 의미 발생에 있어 컨텍스트적 환경과 관련하여 두 가지 단계 사이를 배회한다. 첫째는 발생의 컨텍스트에 대해 어떤 것을 전제하는 것(presupposition)이고 둘째는 발생의 컨텍스트에 대해 어떤 것을 수반(entailment)하는 것이다. 지표성의 이 공현존적 차원은 이미 직시소의 기능에 따른 탈컨텍스트화와 재컨텍스트화의 메타 화용론적 기능을 함축하고 있는 것이라 여겨진다. Michael Silverstein, "Metapragmatic discourse and metapragmatic function". In *Reflexive language: reported speech and metapragmatics*. ed. John A. Lucy. Cambridge: Cambridge University Press, 1993. pp.33~58 참조.

컨텍스트화함으로써 연행적 중재 과정의 말하기 행위를 전시한다. 결과적으로 탈춤 내에 특별히 유표화되고, 기교 있는 말하기 방식과 고양된 해석적 틀이 재현된다. 앞서 분석된 내용 등은 연행 주체들 간의 상호 행위 속에서 효력을 갖는 메타 커뮤니케이션의 형태를 예측할 수 있게 해 준다. 반성적 언어는 단순히 탈춤 등장인물들의 사고와 발화 액션을 기술하는 데서 그치는 것이 아니라, 허구적 등장인물, 실제 배우, 실제 관객을 포함한 연행의 모든 주체를 구성하고 그들의 변형을 꾀하는 언어학적 경험이라는 차원에서 이해되어야 할 필요가 있다.

그러나 탈춤의 연행적 중재 과정을 메타적으로 신호화하고 상호 행위의 소통 과정을 성취하는 반성적 순간은 언어 사용에 관한 사용 이외에 감각적 몸의 구성 작업에서도 실현된다. 소통에 대한 특별한 인식과 고양된 의식, 표현의 기술과 그로 인해 성취되는 효과의 실제 국면, 그리고 전달되는 메시지가 어떻게 해석될 수 있는지 그 지침을 환기하는 메타 커뮤니케이션적 틀은, 반복되는 몸의 감각적 스타일을 통해서도 공유될 수 있는 것이다.[125]

사실 면대면 상호 작용의 접촉에서 물리적 채널의 경로를 전유하여 획득되는 몸에 대한 경험은 몸 되기와 몸 가지기의 이중적 관계를 생성시킨다.[126] 우리는 의미론적으로 재현되는 몸을 가진 존재이기

---

125) 인접 연행 장르인 판소리와 굿의 비언어적 양상에 대한 분석은 탈춤에도 유효하게 적용될 수 있다. "어떤 측면에서 보면 판소리의 이야기적 요소가 주는 심미 체험이란 것도 지성의 작용을 통한 인식이라기보다는 이미 감각화된 상태로 감각에 실려 감각 그 자체로 인지되는 것이라고 할 수 있다." 김현주. 「판소리에서 감각 패턴의 연행적 기능과 의미」. 『판소리연구』24권(판소리학회, 2007). 78쪽.
"메시지가 코드화되기 이전 접촉이 코드화되어 메시지의 생성과 해석을 자유롭게 하는 것은 커뮤니케이션이 갖는 중요한 기호학적 특성을 드러내는 것이다… 굿에서 코드화된 모든 기호들은 그 자체로 메시지로 드러난다. 왜냐하면 비언어적 메시지는 컨텍스트로 기호화되기 때문이다." 송효섭. 『탈신화 시대의 신화들』. 서울: 기파랑. 2005. 236~237쪽.
126) "인간은 다른 대상처럼 인간의 몸을 도구화. 조작하기도 하지만 동시에 인간은 몸 자체, 몸이기도 하

도 하지만(representation), 현상학적으로 현전하는 몸, 그 자체로서 몸의 존재이기도 하다(presentation). 그러므로 자아나 개인이 인식될 때, 몸과 육체성이라는 관점이 생략된다면, 활동에 감각과 지각이 덧붙여져 발생하는 몸 되기의 실존적 의미와 경험은 간과될 우려가 있다. 감각적 몸을 언어학적 의미론에 예속시키는 것은 경험적으로 봤을 때 옹호될 수 없다.

그렇다 하더라도, 감각적 반응의 산물과 생물학적·물질적 실체로서만 몸을 정의하려는 경향 또한 적절하지 못하다. 왜냐하면 "육체성은 결코 일면적으로 주어지는 것이 아니라. 다양한 사회문화적 행동과 관계들의 연행적 과정에서 특히 야기되는 것"[127)]이기도 하기 때문이다. 말하자면 시각, 청각 등의 감각적 물질성의 기표에 따라 활성화되는 몸의 자연적 속성은 이해되기 어렵고 접근 불가능한 선험적 실체가 아니다. 절대적인 몸의 신체적인 영역이 있고, 그에 반해 사회문화적으로 결정되는 몸의 실천 영역이 원천적으로 따로 분리되어 있는 것이라면, 생물학적 몸은 사회문화적 리얼리티로서 포착될 수 없게 되고 전어학적(前言語學的) 장소에서만이 상기될 수 있는 픽션과 판타지로 전락한다. 그럴 경우 몸의 육체성은 사회적인 규범이 기입되고 문화적 가치가 부여되는 수동적 표면의 형상으로서 한정될 뿐이다. 이렇게 된다면 오히려 그것은 몸이 사회적 상호 작용에서 갖는 진정한 효과를 놓치는 것은 아닐까? 과연 다양한 문화적 컨텍스트와는 유리된 순수하면서도 비사회적이며 비정치적인 감각의 경험이 존

다… 때문에 현전하는 현상학적 몸과 의미로서 캐릭터화된 몸은 인간이 처한 두 조건을 상징한다." Erika Fischer-Lichte, *The transformative power of performance: a new aesthetics*, tr. Jain Saskya Iris. London: Routledge, 2008. p.76.

127) Erika Fischer-Lichte, "Diskurse des Theatralen", In *Diskurse des Theatralen*. herausgegeben von Erika Fischer-Lichte. Tubingen: A. Francke, 2005. p.13.

재할 수 있을까? 사회관계에서 우리는 물질적 몸의 활동으로 몸을 가지고 상호 행위에 참여하지 않는가?[128]

따라서 현상학적 몸 되기와 의미론적 몸 가지기의 변증법, 즉 사회적 상호 작용의 차원에서 의미의 효과로서 몸의 현전하는 물질성이 고려될 수 있을 때, 지각적 리얼리티와 그것의 문화 역사적 분석이 어느 한편으로도 본질화되지 않게 된다. 그 결과 "몸의 재현에 현상학적인 실체를 부여하면서, 그 같은 세계 내 존재에 의미론적 특수성 또한 부여"[129]할 수 있는 지평이 열리게 된다. 이 지점이 바로 특징적 반성성에 의해 표시되는 체현(Embodiment)의 순간이다. 체현된 몸은 사회적으로 알려진 몸이자 자아가 삽입될 수 있는 몸으로서, 육체화된 정신[130]이다. 불구의 몸, 노쇠한 몸, 병든 몸, 양육되는 몸, 괴물의

---

128) 자연적인 몸과 규범적인 사회적 담론 사이의 역동적 과정을 주디스 버틀러(Judith Butler)는 물질화(materialization)라는 용어로 설명한다. 그녀의 주장은 이를테면, 자연적인 몸, 사회적 담론 그 어느 것을 본질화하기보다는 이 둘 사이에 벌어지는 상호 역동적인 영향 관계를 포착해야 한다는 의미로 파악될 수 있을 것 같다. 선험적으로 위치된 몸의 물질성은 본질적으로 그렇게 위치된 것이 아니라, 오히려 절대적인 위치화의 효과로서 생물학적인 몸의 본질이 구성된다. 몸의 물질성(materiality)은 자연적으로 존재하는 것이라기보다는 사회역사적 담론에 따라 물질화(materialization)되어 존재의 주어진 조건으로 취급된 것이다. 그녀의 이 같은 언급은 지각적 리얼리티와 문화 역사적 분석의 연계를 꾀하고 있다는 점에서, 텍스트화·컨텍스트화처럼 의미 활동의 효과를 생산하는 과정이기도 한 연행적 중재 과정의 연구에 암시하는 바가 크다.
Judith Butler, "Bodies that matter", In *The body: a reader*, ed. Mariam Fraser and Monica Greco, London: Routledge, 2005, pp.62~65 참조.
129) Thomas J. Csordas, "Introduction: the body as representation and being-in-the-world", In *Embodiment and experience: the existential ground of culture and self*, ed. Thomas J. Csordas, Cambridge: Cambridge University Press, 1994, p.20.
130) 에리카 피셔 리히테(Erika Fischer-Lichte)는 현상학적 몸과 의미론적 몸의 이중화로서 체현에 대한 새로운 정의를 정신화된 육체라 설명한다. 이러한 맥락에서 그녀는 연극에서 시도될 수 있는 네 가지 대표적인 체현의 전략에 대해 설명하는데, 첫 번째가 정신이 몸을 통해 나타나고, 몸을 동작주로 인정하게 되는 경우이다. 그 결과 캐릭터는 오직 배우의 신체적 연행 속에서만 존재하고 특별한 신체성에 의해서만 전경화되는바, 캐릭터 뒤에 배우가 숨는 것이 아니라 배우가 오히려 캐릭터보다 돌출되는 역할 전도가 이루어진다. 두 번째는 배우의 몸이 강조되고 전시되는 경우다. 각 배우의 움직이는 몸이 연행의 주제와 초점이 될 때라 할 수 있다. 세 번째는 크로스 캐스팅(cross casting)이다. 예컨대 남성성과 여성성을 지닌 두 배우가 한 캐릭터를 연기할 때 현상학적 몸과 의미론적 몸 사이의 지각적 불안정성이 창조된다. 네 번째는 몸이 폭력이나 위해에 노출되는 경우도 인간 세계 내 존재로서 체현된 몸을 강조한다. 이상의 체현 전략은 탈춤의 체현 과정 분석에도 유효하다. 결국 체현의 과정은 사이의 상태(Betwixt and Between)로 지각하는 주체를 이동시키는 반성성의 과정이기 때문이다. Fischer-Lichte, (2008), op.cit, pp.73~93 참조.

비정상적인 몸, 건강하고 아름다운 몸 등등이 그 예에 해당한다. 그래서 체현되는 몸은 역사적으로 위치 지어진 몸이고, 반복되며 인용되는 몸이다. 체현된 몸은 스타일화를 통해 제도화되고 구성된다. 그러나 언어적 중재 과정에서 그러했듯 체현된 몸의 반복과 인용은 정확하지 않다. 의도적으로 부정확하게 그것은 재현된다.[131] 즉 체현되는 몸의 가능성은, 특수한 컨텍스트에 제약되어 있더라도 비언어학적 의미를 담은 물질과 감각적 지각이 실천하는 변형적 힘에 의해 새로운 컨텍스트를 생산한다는 점에서 찾아진다. 그래서 텍스트 생산의 연행적 중재 과정의 메타 커뮤니케이션적 틀은 체현된 몸의 장에서 역시 적용된다고 볼 수 있다. "체현의 현상학적 패러다임은 텍스트로서 의미론적 패러다임과 상보적·등가적"[132]이다. 감각적 지각 경험은 '~에 관한' 메타적 해석 틀을 장착한다. 이에 따라 체현되는 몸은 탈컨텍스트화되고, 재컨텍스트화되어 신체적 행위 양식을 고양된 소통 방식으로 '복원'한다(Restored Behavior). 그 결과 "지각 가능한 것과 지각될 수 없는 것, 중요한 것과 사소한 것, 주의를 기울일 것과 간과되는 것 등… 몸이 세계와 관련되는 방식"[133]이 반성적으로 틀거리 지어진다.

몸 형상의 현실적 되기로서 몸 갖기, 곧 현전하는 몸이 실현하는 비언어학적 의미 생산의 효과로서 탈춤의 체현 양상을 아래에서는 검토할 것이다. 그것은 현상학적 감각 정보들이 탈춤 내에서 너의, 나

---

131) "체현되는 가능성은 체현 그 자체의 과정에 근본적으로 앞서는 것도, 외재적인 것도 아니다. 몸은 역사적으로 관습에 의해 조건화되고 기입된 제약 하에 내부에서 구성된 물질성으로서 새로운 가능성을 항상 체현한다." Judith Butler, "Performative acts and Gender constitution: an essay in phenomenology and feminist theory", In *Performance: critical concepts in literary and cultural studies, v.IV*, ed. Philip Auslander, London: Routledge, 2003, p.99.

132) Thomas J. Csordas, "Somatic Modes of Attention", *Cultural Anthropology*, Vol.8, No.2, (May, 1993), p.135.

133) Sally Banes and Andre Lepecki, "Introduction: the performance of senses", In *The senses in performance*, ed. Sally Banes and Andre Lepecki, London: Routledge, 2007, p.6.

의 경험을 구성하고 타자를 또 다른 자아로서 인식하게 만드는 과정을 밝히려는 작업이라 할 수 있다.[134]

3.2.1. "이게 무슨 냄새고? 쇠오줌 냄새가 난다": 후각적 물질성의 지각과 채널의 메시지화에 의한 연대적 공간의 틀 짓기

냄새 맡기에 소용되는 후각적 지각 체계는 인간이 지닌 감각 중 가장 시원에까지 맞닿아 있는 동물적인 감각이다. 후각적 물질성의 영향력은 쉽게 인위적으로 제거될 수 없는 것으로 거기에는 신체정보, 감정 상태, 발신자의 정체성 같은 중요한 정보들이 등록되어 있다. 후각적 지표가 군집적 유인원 사이에서 집단을 결속시키는 일에 일조한다는 동물생태학적 보고가 말해 주듯, 지속적으로 유포되는 비가시적인 냄새는 여하한 경우를 제외하고 기만의 술수가 배제될 수 있는 유일한 감각 체계다. 때문에 후각의 감각은 상호 행위자의 관계를 긴밀하게 묶어 주는 데 중요한 몫을 담당한다.[135] 탈춤에서 체현된 몸이 활용하는 냄새의 물질적 표식은 이러한 공동체의 연대감을 위한 정보창고로서 기능한다는 점이 가장 큰 특징이다. 그것은 느리고 눈에 보이지 않아 비활성화된 감각처럼 보이지만 탈춤의 상호 행위의 참여자들을 연결시킬 수 있는 직접적 수단 중 하나다.

---

134) 서유석은 몸의 전경화, 몸의 주체화, 몸의 타자화를 통해 판소리의 몸 담론을 결과 해 내는데, 그의 연구는 판소리와 동시대적인 탈춤 연행의 체현 양상을 분석하려는 본고에도 시사하는 바가 크다. 그에 따르면 육체와 욕망의 기호화, 지배 이념에 대한 저항, 몸의 일탈과 저항성으로 판소리 몸 담론의 의미가 정리될 수 있다. 서유석, 「판소리 몸 담론 연구」(경희대 국문과 박사논문. 2009).

135) Signe and holger preuschoft, "Primate nonverbal communication: our communicative heritage", In *Origins of semiosis: sign evolution in nature and culture*, ed. Winfried Noeth, Berlin; Mouton de Gruyter, 1994, pp.70~75 참조.

할미 (말하고 다시 오줌 누는 시늉을 한다.) (몸을 떨며) 잡주르르… 으레으례… (다 누고) 마당쇠야 이 요강 갖다 비아라, 아이구 이제 늙으니까 옴줌누기도 되다.

마당쇠 (꽹과리를 들고 냄새를 맡는다.) 크으 음마, 이게 무슨 냄새고? 쇠오줌 냄새가 난다.

할미 온갖 지랄 다 한다. 지에미 오줌인가 쇠오줌인가 모르고….
(필자 생략)

【가산 오광대 <할미 영감 과장>】

가산 오광대의 <할미 영감 과장>에서 마당쇠는 자신의 어머니가 되는 할미의 오줌 냄새를 맡고는 그것을 '쇠오줌' 냄새라고 이야기한다. 그 같은 동물 해부학적인 후각적 물질성에 마당쇠가 주의를 기울임으로써, 할미는 상호 행위 중 타자로서 인식된다고 볼 수 있다. 역으로 할미의 쇠오줌 냄새에 주의를 두게 되는바, 마당쇠는 할미의 격하된 동물성의 몸을 통해 이와는 대비되는 자아의 몸을 구성하게 된다. 우리는 몸주체로서 몸을 가지고서 상호 행위에 임하게 된다. 따라서 '쇠오줌'처럼 타자의 몸을 포착할 수 있는 감각적 채널의 유표화는 타자의 몸을 거울로 삼아 자아를 자신의 몸속에 삽입하라는 메타적 해석 지침, 신호, 메시지가 된다. 몸을 떠는 제스처와 '잡주르르… 으레으례…' 같은 소리도 이러한 신호 중 일부일 것이다. 내가 나의 몸이 되는 것, 그래서 자아의 몸과 타자의 몸의 경계가 확립되는 것은 "타자의 몸을 이질적인, 불투명한, 침벌될 수 없는 타자적인 것으로 구성할 때만이 가능"[136]하다. 감각적 과잉이나 결핍이 전경화되는

---

136) Katharine Young, "Whose Body? An Introduction to Bodylore". *The Journal of American Folklore*, Vol.107, No.423, (Winter, 1994), p.7.

경우, 할미의 모습에서 예시되 듯 타자의 몸은 들어 올리어지고 나의 몸은 타자의 몸을 경유해 재구성된다. 몸에 자아를 삽입하는 체현의 과정[137]은 이처럼 나의 몸(I)과 타자적 몸(me)의 대화에 따라 진행되는 반성적 과정이다.

따라서 '쇠오줌' 냄새는 할미에게 체현된 동물적 몸의 구조와 특징이 환기시켰을 환경들을 탈컨텍스트화하고, 공연현장에 재컨텍스트화하는 지각 범주를 제시한다고 볼 수 있다. 특히 이 재컨텍스트화는 가장 직접적인 지표 기호인 후각적 물질성을 활용해 인간의 몸과 동물의 몸처럼 서로 분리되고 거리 있었던 것들을 함께 모아 인접적으로 결합시킨다는 점에서 관객에게 카니발적 웃음을 선사한다. 여기서 마당쇠뿐만 아니라 관객까지도 방뇨하기라는 할미의 특별한 경험을 공유하게 된다. 왜냐하면 할미의 늙은 나이가 보여 주는 육체성을 쇠오줌 냄새로 대표되는 동물적 에너지로 대체하기 때문에, 비록 대사를 통해 전달되지만, 후각적 물질성은 전 공간에 퍼져나가는 강력한 심미적 효과를 관객에게 유발하기 때문이다.

그것은 밝고 즐거운 흥겨움의 장소로 공동체적 연대감이 기대될 수 있도록 연행 공간을 틀거리 짓는 몸의 배열 방식이기도 하다.[138] 마당쇠 역할을 맡은 광대는 타령 장단과 함께 실제 공연에서 구경꾼들에게 오줌을 뿌리고 냄새를 퍼져 나가게 하는 시늉을 취하고 퇴장

---

137) 그러므로 "지각적 생소재로부터, 문화의 영역을 정교화해 내는 지성의 반성적 과정이 어떻게 이루어질 수 있는지에 대한 문제를 체현은 제기한다." Thomas J. Csordas, "Embodiment as a Paradigm for Anthropology", *Ethos*, Vol.18, No.1(Mar. 1990), p.35.

138) "공간적 관계의 시스템은 잠재적으로 지각 가능한 배열을 제공한다. 그러한 공간적 관계의 시스템이 확립됨으로써, 개인은 그들 스스로 다른 이의 행위에 대해 접근할 수 있는 컨텍스트를 창조하게 된다…. 특정 종류의 공간을 택하는 것은 특정 종류의 틀을 선택하는 방식이다." Adam Kendon, "The negotiation of context in face-to-face interaction", In *Rethinking context: language as an interactive phenomenon*, ed. Charles Goodwin and Alessandro Duranti, Cambridge: Cambridge University Press, 1992, p.330.

한다. 연극에서 등장인물의 퇴장 순간은 등장인물이 허구적 세계에서 사라짐과 동시에 배우가 실제 세계로 복귀하는 시점이다. 박수갈채를 받으며 무대를 떠나는 배우를 생각해 보면 퇴장의 순간 실제 현전하는 제시적 무대공간이 캐릭터가 속한 허구적 재현의 공간보다 우위를 차지하게 되리라는 사실은 쉽게 이해할 수 있다.[139] 허구적 세계와 유리되는 이 시점에 마당쇠는 쇠오줌을 관객에게 뿌리는 흉내를 내고 퇴장함으로써 새롭게 조직된 육체적 세계의 매트릭스에 관객을 초대한다. 다시 말해 쇠오줌 냄새로 주목할 만한 의미를 얻게 된 할미의 살아 있는 몸은 그 자체가 연행 공동체들이 함께 주의를 기울이게 되는 활력의 공동체적 공간이 된다. 그리고 이를 통해 이들이 속한 가산 오광대의 연행 공간은 그 자체가 실제와 상상된 공간이 혼합되며 배우와 관객 간의 상호 행위가 발생할 수 있는 탄력적이면서도 개방적인 몸이 된다.[140]

봉산탈춤의 <노장춤>에서도 후각적 물질성의 메시지화는 관습적으로 분리되었던 것을 상호 교차하고 연결하며 물질적 리얼리티를 강조하는 데 사용된다.

> **소무** (염주를 벗어 매정하게 집어던진다.)
> **노장** (염주 던져진 것을 보고 깜짝 놀라며 몹시 낙담하는 듯 염주 있는 데로 가서 염주를 주워들고 코에 가져다 댄다. 냄새를 맡고 고개를 끄덕끄덕 한다. 자기 얼굴이 못나서 그런 줄 아는지 다

---

139) 탈춤의 극 진행 중 등퇴장이 극적 환상에 의거한 합리적 방법을 취하지 않고 있고, 오히려 소외 효과의 전형적인 예를 제공한다는 김방옥의 주장은 이러한 퇴장이 지닌 물질적 리얼리티의 중요한 근거가 될 것이다. 김방옥, 「한국 가면극의 연극미학」(이대 국문과 석사논문, 1977), 77~81쪽 참조.
140) "연행적 공간(performative space)의 특징은 계획되거나 예측할 수 있는 방식으로 존재하지 않는다는 점이다… 연행적 공간은 예술가의 행동과 관객의 반응에 의해 결정되는 공간으로서 관객의 지각은 오로지 공간의 유동적 위치에 달려 있다." Fischer-Lichte, (2008), op.cit. p.110.

시 거울을 꺼내어 얼굴을 본다. 얼굴과 송낙을 단정히 만진다.)

【봉산탈춤 <노장춤>】

수도승인 노장은 소무가 던지고 간 염주에서 나는 타자의 향기, 여성의 체취를 통해 일탈적인 성적 욕망의 판타지를 꿈꾼다. 그럼으로써, 노장은 또 다른 자아의 몸이라 할 수 있는 욕망하는 몸을 반성적으로 구성하기에 이른다. 이를테면 여인의 향기가 지표화했을 성적 상황의 배경들은 노장의 파탈적 체현이 상연되는 연행 공간의 분위기 속으로 재컨텍스트화된다. 뒤이어 추어지는 노장의 승무(僧舞)는 이러한 공간적 틀의 변형을 암시하는 신호라 할 수 있다. 이와 함께 관객 또한 종교적 세계관의 권위와 같은 규범적인 낡은 사진을 파괴하고 좀 더 본질적인 인간의 본능적 욕망의 느낌을 함께 공유할 수 있는 새로운 세계로 옮겨 간다. 즉 노장의 냄새 맡기 행위를 목도하면서, 관객 역시 살아 있는 유기체로서, 향취의 주체인 소무의 몸을 냄새 맡고, 그녀의 몸에 상상적으로 도달한다. 그러한 까닭에, 관객 스스로 성적 활동의 내적·신체적 과정에 대해, 그리고 그들 자신의 몸에 대해 인식하게 되는 계기가 마련된다. 몸은 부도덕한 것, 더러운 것, 파괴적인 것이라는 봉건적 이데올로기에서 벗어나, 성속의 일상적 질서와 경계를 재구하는 흥분과 즐거움으로 연행자와 관객은 함께 탈춤의 공간을 틀거리 짓게 되는 것이다.[141] 결과적으로 우상화(idolized)되었던 노장은 소무를 제유하는 염주의 주물숭배(fetish)적 냄

---

141) 물론 이러한 내용은 바흐친적인 그로테스크한 육체에 해당할 터이지만, 본고는 좀 더 그것을 반성적 관점에서 재전유하였다. 가면극의 그로테스크 연구는 전성희, 「한국의 가면극과 그로테스크: 양주별산대, 봉산탈춤, 가산 오광대를 중심으로」, 『드라마 연구 제27호』(한국드라마학회, 2007), 157~183쪽 참조.

새 맡기 행위의 실연을 통해 초월성을 상실하게 된다.

바꾸어 말해서 탈춤에서 냄새의 기능은 관객이 실제 본능에 직접적으로 응답할 수 있도록 탈춤 연행을 이해하고 경험하는 방식을 형태화한다. 그것은 단순히 동물적인 신체생리학적 냄새와 여성의 섹슈얼리티를 상징하는 냄새를 재현하는 데서 그치는 것이 아니다. 그보다 쉽게 속이고 덮을 수 없는 육체적 삶의 본성에 상호 행위의 참여자들을 긴밀하게 연결시킨다. 그래서 후각적 지표가 현저히 나타나는 공간들은 함께 참여하여 한바탕 놀 수 있는 직접적 상호 관계의 공간을 틀 짓고 컨텍스트화한다.[142] 오줌 냄새로 전경화되는 광대 몸의 강조와 전시는 광대 개인의 육체성에 관객이 주의를 기울이게 되는 계기를 마련하는 셈이고, 그 결과 후각성의 특수한 물질성은 탈의미화된 요소들을 출현시킨다. 그리고 이로 인해 예를 들면 오줌을 누고 신라 태종 무열왕의 비가 된 문희 이야기 같은 문화적 기억, 관념, 연상의 비언어학적 풍부한 연계성을 그것은 유발하게 된다. 요컨대 탈의미화된 지각 과정 자체가 또 다른 특수한 의미 구성의 과정, 재의미화 과정으로서 지각 주체에게 언어로서 형언할 수 없는 고유한 의미를 생성하게 한다.

물론 다양한 감각적 환경에 노출되어 있는 현대 관객에게 대사로 전달될 뿐인 냄새의 자극이, 큰 인상을 남기지 못하리라는 것은 사실이다. 하지만 탈춤이 활발하게 연행되었을 조선 후기 그것은 탈춤 연행 공간에서만이 생생하게 표현될 수 있는 감각적 삶의 상징이자 격하된 몸을 직접적으로 연루시키는 물질적 자극으로 관객에게 수용되

---

142) 냄새의 기능이, 연행이 창조하는 다른 재현 양상을 평가하기 위한 컨텍스트화의 조건이 될 수 있다는 점에 대해서는 Sally Banes, "Olfactory performances", In *The senses in performance*, ed. Sally Banes, and Andre Lepecki, London: Routledge, 2007, p.32. 참조.

었으리라 추측된다.

3.2.2. "이러다 침도 못 놓겠소. 다리 좀 잡소": 촉각적 물질성의 지각과 채널의 메시지화에 의한 유희적 공간의 틀 짓기

촉각적 물질성은 발신자와 수신자가 신체적으로 직접 접촉하는 경우나 혹은 적어도 옆에 이웃하는 경우 그들 사이에 매개적으로 존재하는 대상을 지각하는 데에만 이용될 수 있는 것들이다. 신체적 접촉을 통해 입수된 정보는 체온, 근육의 긴장도 혹은 움직임 속에 포함된 동작의 에너지 등이 있다. 촉각을 통해 우리는 근접 거리에 있는 사물들과 대상을 직접적으로 만질 수 있을뿐더러 만지는 나 자체에 대한 감각 역시 획득한다. 따라서 촉각은 자아와 타자의 관계를 공유하고, 자아의 경험론적 기반을 성립시키는 데 빼놓을 수 없는 감각이다. 촉각적 물질성에 관한 정보는 의도적으로 변경시키기가 어려워서 후각만큼이나 신뢰성 높은 물질적 기표라 할 수 있다.[143] 탈춤에서는 때리기, 맞씨름하기, 끌고 당기기, 밀어뜨리기, 깨물기 등 관계적인 접촉의 동작들이 등장인물 사이에 전개된다. 이와 같은 움직임들이 피부와 접촉하고 압력을 가할 때 촉각적 감각의 직접성은 강도를 획득하고 몸의 자연적 힘과 특수한 형태의 사회성을 탈춤 내에서 드러나게 한다.

> **노장** (취발이가 다가오면 부채로 또 면상을 딱 친다.)
> **취발이** (뒷걸음으로 물러서며) 쉬이 아이쿠 아이쿠 이거 웬 일이

---

143) Preuschoft, op.cit. pp.69~70 참조.

냐. 이놈이 때리길 바로 때렸다. 아 이놈이 때리긴 발뒤축을 때렸
는데 아 피가 솟아올라서 코피가 나는구나. 이것을 어떻게 하면 좋
단 말인가 저 코피가 나는 건 틀어막는 것이 제일이더라. 자 그런
데 코를 찾을 수가 있어야지. 상판이 조선 반만 해서 어디에 코가
있는지 찾을 수가 있어야지. 그러나 지재차산중(只在此山中)이지
내 상판 가운데 있겠지.

【봉산탈춤 <취발이춤>】

접촉의 가장 강력한 자극은 고통에 의존한다. 노장이 부채로 구타
를 가하자 취발이가 코피를 흘리는 모습은 고통받는 몸으로 체현되
는 전형적인 예일 것이다. 그러나 이 장면에서 특이한 점은 취발이가
고통스러운 몸의 감각을 묘사하고 있는 것은 사실이지만, 또한 자신
의 고통스러운 몸의 상태에 스스로 거리를 취하고 있다는 점이다.
"이놈이 때리길 바로 때렸다. ~ 아 피가 솟아올라서 코피가 나는구
나.~ 코피가 나는 건 틀어막는 것이 제일이더라.~ 상판이 조선 반만
해서 어디에 코가 있는지 찾을 수가 있어야지~" 같은 언급들이 그러
하다. 그것은 주체로서 자신의 고통스러운 몸을 객체화하고, 매를 맞
은 혐오스러운 경험을 정의 내리며, 명명하는 자기 지시적 언어, 곧
메타서술이라 할 수 있다. 말하자면 피가 솟아오르고 코피가 나는 등
고통을 겪는 신체의 징후들이 탈컨텍스트화되어, 그것을 객관적으로
조정하려는 취발이의 대사 속에서 재컨텍스트화된다. 그래서 고통의
감각들은 타자적으로 현전하는 몸과 취발이의 의식 사이에 긴장 관
계를 형성한다. 이는 아픔의 통증 자체가 메시지가 된 몸속에 자아를
삽입함으로써, 취발이 자신이 타자화된 자아를 이해하게 되는 반성적
체현의 순간을 적실하게 드러내는 것이라 볼 수 있다.

사실 고통을 체현하는 몸은 그것의 강도 때문에 지극히 주관적인 체험일 수도 있지만, 다른 한편, 고통을 통제하고 차별화하려는 시도의 차원에서 그 경험은 객관화된 경험을 전개하기도 한다. 주관적으로 의미 있는 고통의 감각 경험은 또한 동시에 그것에 대한 정신적 감정적 경험의 반성성을 유발시키기도 하는 것이다.[144]

그렇다고 본다면 취발이가 노장에게 매를 맞고서 토로하는 고통의 세계에 관한 묘사는 대단히 요설적이라, 고통을 축자적으로 재현하고 아픔을 조금이라도 덜 뜻에서 환부를 토로하는 것이라기보다는 오히려 그것들을 희화화한다는 점이 주목된다. 즉 "아이쿠 아이쿠 이거 웬 일이냐. 이놈이 때리길 바로 때렸다." "상판이 조선 반만 해서 어디에 코가 있는지 찾을 수가 있어야지. 지재차산중 (只在此山中) 내 상판 가운데 있겠지" 같은 자문자답 형이 고통의 상황에서 반복되는 것은 우스꽝스러운 모습을 연출한다. "이놈이 때리길 바로 때렸다"에서 보이듯 피가학적으로 자신을 묘사하며, 자신의 얼굴 크기를 "조선 반만 해서 코가 어디에 있는지" 알 수 없을 정도로 비하하는 것도 마찬가지다. 그러면서도 코의 위치에 대해 "내 상판 가운데 있겠지"라고 내뱉는 것 역시 상식적으로 봤을 때, 고통받는 환자가 언급하는 것이라고는 볼 수 없는 말들이다. 결과적으로 아픔을 아픔 같지 않게 유머러스하게 과장되게 묘사하기 때문에, "모든 구타 행위가 죽이는 것인 동시에 새로운 삶을 줄 수 있는"[145] 축제적·유희적인 것임이 암시된다. 바꾸어 말해 촉각적 물질성이 성취하는 특별한 정감의 사회

---

144) Jean Jackson, "Chronic pain and the tension between the body as subject and object", In *Embodiment and experience: the existential ground of culture and self*, ed. Thomas J. Csordas, Cambridge: Cambridge University Press, 1994. pp.201~228 참조.
145) Bakhtin, (2001). 앞의 책. 320쪽.

적 관계와 친밀함의 범주가 역설적으로 구타로 인한 고통스러운 경험에 의해 연결된다. 때문에 단일하고 틈새 없는 육체성의 폐색된 상태가 개방되는 과정이 취발이가 매를 맞는 체현의 과정을 통해 고양된 형태로 전시되고 있는 것이라 할 수 있다. 취발이와 노장 사이에서 발생하는 몸의 강력한 터치 동작들은, 결국 인간 주위의 세계에 대한 감각을 다시 사상(mapping)하는 즐거운 터치 놀이의 반성적 공간을 틀 짓는다. 이때 폴짝폴짝 제자리에서 발을 들어 올리며 표현되는 발뛰기의 춤사위는 그 같은 틀에 대한 메타적 신호 역할을 한다.

촉각적 물질성은 근육과 몸 각 부분의 움직임에서뿐만 아니라 몸의 표피층으로부터도 수집된다. 촉각은 "몸의 내부를 감각하고 볼 수 있는 수단이 되므로, 오감 중에서 특권화된 시각을 보완하고, 두드리며 탐구하는 데 이용될 수 있는 힘"146)을 지녔다. 이러한 촉각의 특성은 경치, 풍경, 생김새 등이 '거친, 날카로운, 부드러운, 차가운' 등 촉각적 범주로 번역되는 원인이 된다. 물론 그 역도 마찬가지다.

> **목중** (이번에는 옴중의 얼굴을 더듬어 본다.) 네 얼굴이 우툴두툴허고 또 골창골창하고 노릇노릇하고 파릇파릇한 것이 웬일이냐! … (필자 생략)
> **옴중** 저 으아 강남서 나오신 호구별상이 인물취추(人物推信) 허실 적에 전좌(殿座)해 계시다… (필자 생략)
> **목중** (옴중의 얼굴을 손으로 쓸어 보고) 어디가 진옴을 잔뜩 올려가지고 와설랑은 뭐 호구별상이 전좌했느니 어송화니 옥누니… (필자 생략)

【양주별산대놀이 <옴중과 목중 과장>】

---

146) Jennifer Fisher, "Tangible acts: touch performance", In *The senses in performance*, ed. Sally Banes and Andre Lepecki, London: Routledge, 2007, p.167.

옴중은 옴 진드기에 의하여 발생되는 전염성이 매우 강한 피부 질환을 앓고 있는 중이다. 하지만 "네 얼굴이 우툴두툴허고 또 골창골창하고 노릇노릇하고 파릇파릇한 것이 웬일이냐!"라며 목중이 따져 물어도 옥중은 자신의 병명을 목중에게 직설적으로 밝히지 않는다. 오히려 목중이 만져 보아 대충 짐작했을 터인 옴이 오른 얼굴을 옴중은 각종 수식어구를 동원해 입체화하여 묘사한다. 집집마다 천연두를 앓게 한다는 여신의 모습('호구별상이 인물취추(人物推信) 허실 적'), 조선조 임금이 옥좌에 나와 앉는 모습('전좌(殿座)해 계시다') 접시꽃을 닮은 모습('우승화'), 옥으로 장식한 누각의 화려한 모습('옥루')과 같은 문구가 그것이다. 이러한 장식적 표현들은 안면이 지닌 이차원적 특성을 초월한다. 즉 여신이 병을 옮기려 역동적으로 움직이고, 임금이 위엄 있게 좌정해 있거나, 꽃이 피었으며, 누각이 세워진 시각적 이미지가 촉각으로 감지되는 옴중의 울퉁불퉁한 얼굴에 새겨지고 있다. 그래서 옴중의 얼굴은 굉장히 인상적인 광경, 스펙터클이 된다.

여기서 중요한 것은 옴 질환을 가진 옴중의 불구적 모습이, '전좌', '우승화', '옥루' 같은 어휘들로 비유되면서, 불완전한, 비정상적인 몸에 따르는 사회문화적 제약에서 벗어나고 있다는 점이다. 다시 말해 사회적으로 꺼려지는 전염병의 몸과 관련된 사회문화적 지표들은 재담들을 수단으로 재컨텍스트화되어 옴중에게서 변화를 겪은 채 체현되고 있다. 그러한 과정의 효과는 단지 환자들의 고통을 관찰의 대상으로서만 간주하는 인습적 이해에 또 다른 소통양상의 가능성을 부여한다는 사실일 터이다. 실제 사회문화적 환경에서 병자의 활동 반경은 제약되고, 병자가 속한 시각적 장마저도 위험한 것으로 처리된다. 옴이 오른 모습 따위의 환부는 너무 끔직해서 그것을 보는 이로

하여금 몸이 얼어붙는 경험을 제공하는 것이다. 그렇지만, 옴중의 이 차원적 얼굴 형상이 삼차원적 시각적 정경의 장으로 요철화되는 과정을 통해 자아 외부에 있는 세계와 주체와의 관계는 양주별산대놀이에서 재설정된다. 옴중의 몸, 타자의 병든 몸을 거쳐 목중의 자아를 구성하는 반성적 순간은 몸과 몸의 접촉에 의하여 새로운 사이의 공간을 해학적으로 창조하려는 과정과 등가적이다. 그것은 병든 몸에 관한 터부에서 벗어나 근접한 타자가 부과하는 접촉의 지점에서 촉각적인 사회적 대면을 좀 더 유쾌하게 정교화하는 유희적 공간을 틀짓는다. 여기서 '우툴두툴', '골창골창', '노릇노릇'으로 대사되는 의태어의 청각적 리듬감과 감각적 이미지는 이와 같은 공간적 틀로의 변형을 알려 주는 신호의 기능을 한다.

　다음과 같이 의원이 출현하는 죽음과 갱생의 장면은 유희적 공간이 틀거리 지어지는 과정을 더욱 분명히 확인시켜 준다.

> **의원** 옹생원 이러다 침도 못 놓겠소. 다리 좀 잡소, 이제 침 놓소. (옹생원과 함께 다리를 잡고 가운데에 침을 놓는다.)
> **할미** 요게 똥꼬요? 의원 야 이놈 일어나 보자. (마당쇠를 일으켜 앉힌다.)
> **마당쇠** (속이 풀린 듯) 끄윽~ 끄윽
> **의원** 말해 봐라. (마당쇠 벌떡 일어나 히쭉히쭉 웃는다.)
>
> 【가산 오광대 <할미 · 영감 과장>】

　가산 오광대 <할미 · 영감 과장>에 등장하는 의원은 보통 침이라고 부를 수 없을 정도의 큼지막한 막대기를 들고 등장한다. 이 막대기는 떡을 먹고 돌아와서 갑자기 쓰러진 마당쇠를 치료하려는 용도로 사용된다. 하지만 당연히 실제 관객은 보통 '침'이라고 알고 있는 사물과 가산오광대의 일명 '침' 사이에서 심각한 괴리감을 느낀다. 정말 그 정도 크기의 침은 존재할 리가 없기 때문이다. 그래서 실제 공연의 관객들은 "저게 침이야?" "저것 좀 봐~" 등 각별한 관심을 이 장면에 기울인다. 광대들도 관객들의 흥미에 상응하여 과장되고 비일상적인 제스처를 취한다. 할미가 마당쇠의 항문에 두 손을 모아 큰 압력을 가하며 침을 놓는다거나, 마당쇠가 침을 맞자마자 한번에 벌떡 일어나는 포즈를 취하는 것은 현실적으로 불가능한 일이다. 하지만 광대들은 관객의 흥미를 계속 유지시킬 목적에서 이러한 충격적인 접촉을 실연한다. 때문에 촉각적 움직임으로 인하여 결과 되는 병세의 회복 같은 현상들이 비중 있게 다루어지는 것이 아니라 침을 놓고, 침을 맞아서 발생하는 촉각적 행위 자체가 좀 더 변별적으로 형상화된다.147) 즉 제스처의 사용이 내포한 촉각적인 물질성의 감각적 리얼리티가 이 장면에서는 전경화되어 표현되고 있는 것이다.

　이러한 움직임은 광대 개인의 육체성에 관객이 주의를 기울이게 하는 메타적 신호라 할 수 있다. 관객들이 침을 놓는 행위에 왁자지껄한 반응을 보이며 재미있어 하게 되는 것도 치료 목적으로 보통의 침을 놓았으면 그만일 허구적 세계의 줄거리와 할미 광대·마당쇠 광대가 인위적으로 창조하는 접촉의 몸짓이 충돌하여 희극적으로 편집되기 때문이다. 따라서 표현력이 증폭된 광대들의 몸짓은 드라마 캐릭터와 거리를 갖게 되고, 광대의 실제 몸과 캐릭터의 허구적 몸

---

147) 제스처는 발화의 산물(enonce)과 발화 행위 과정(enonciation)이 동시에 나타난다는 점에서 분절의 어려움을 겪는다. 하지만 본문의 예처럼 제스처의 물질적 리얼리티가 유표화되는 경우, 그것은 발화의 산물보다도 발화 행위 과정을 특권화하는 경우라 생각해 볼 수 있다. 제스처의 양태성은 Patrice Pavis, "Problems of a Semiology of Theatrical Gesture", *Poetics Today*, Vol.2, No.3, Spring, 1981. p.83 참조.

간에 분기, 차이점이 강조되는 결과가 빚어진다.[148]

　해서 마당쇠의 병든 몸은 사회적으로 알려진 병든 몸을 있는 그대로 체현하는 것이 아니라 그 같은 몸 손상의 상황적 지표들을 강렬한 터치의 움직임과 함께 재컨텍스트화하는 셈이 된다. 일반적으로 다른 이가 아프거나, 몸이 손상되거나 할 때, 우리가 그 상황을 정확히 이해하지 못하는 경우가 다반사다. 하지만 이러한 상식적인 사회적 관계는 그로테스크한 몸의 스타일로 반복 인용되는 침술 행위에 의하여 가산 오광대 <할미·영감 과장>에서 그 의미가 재설정된다.[149] 아마도 마당쇠의 병든 개인적 몸에 공동체적 주의력과 고양된 관심을 불러일으키고, 사회적 시선을 가져옴으로써 이상적인 공동체, 커뮤니타스를 성취하고자 한 것이 과장된 움직임을 전시한 주된 이유였을 것이다. 따라서 이 접촉의 연행은 타자의 죽어 가는 몸을 경유하여 죽음이라는 타자적 사건과 관련된 사회적 생활의 의미를 메타적으로 논평한다. 그리고 연행 주체들 자신의 관점에서 그 경험을 개인화하는 반성적 순간을 체현한다고 볼 수 있다. 결과적으로 이때의 마당쇠가 맞은 죽음의 위기는 오히려 공동체적 삶의 생성적 힘을 위해 우스꽝스럽게 재현되고 있기 때문에 죽음이 탄생의 이면이 되는 상대성의 유쾌함과 뒤집기의 포복절도가 발산하는 흥청거림으로 연

---

148) 이러한 체현의 과정에 대해 다음과 같은 설명이 가능하다. "나이, 병듦, 부패, 필멸, 육체적 초과는 생리적으로 영향력 있는 반응을 관객에게 이끌어 낸다. 왜냐하면 관객은 배우의 신체성을 향하게 되기 때문에 관객의 주의에 공연자의 몸과 드라마 캐릭터의 분기를 야기하게 되기 때문이다. 그것은 관객이 공연에 대해 반성적 거리를 유지할 수밖에 없는 과정이기도 하다." Erika Fischer-Lichte, (2008). op.cit. p.86.

149) 〈침놀이〉 과장에 대한 조동일의 해석은 탈춤에 나타나는 이 같은 죽음과 부활의 장면 분석에 유효하게 적용될 수 있다. "'침놀이'는 삶에서 죽음으로 그리고 죽음에서 삶으로 이행하는 과정을 제시하여 욕망을 함부로 충족시켜서 생긴다고 하는 죽음을 거부하고 하고 싶은 대로 해서 신명을 풀어야 살 수 있다고 하며 삶을 예찬한다… 욕망을 긍정하고 삶을 예찬함으로써 죽음에서 벗어나고자 하는 것이다. 죽음에서 벗어나는 것은 곧 중세적인 질곡에서 벗어나 새로운 근대적인 생활을 시작한다는 말이다." 조동일, 『탈춤의 역사와 원리』. 서울: 弘盛社, 1979. 251~252쪽.

행공간을 틀거리 짓는다.

탈춤에서 우리는 곧잘 폭력에 노출되고 상처받기 쉬운 인간 육체의 체현 과정을 목도한다. 그러나 이 같은 신체적 상황들이 우스꽝스러운 극 중 세계와 맞물리는 결과, 광대의 현상학적 몸과 의미론적 몸 사이에 지각적으로 불안정한 사이의 상태(Betwixt and between)가 창조된다. 바꾸어 말해 그것은 자기 지시적 과정으로 몸에 경사된 탈의미화 과정을 수반한다. 그래서 예컨대 촉각적 자극은 역신을 향한 처용의 노래를 연상시킬 만큼의 고통받는 몸에 대한 다양한 문화적 기억, 연상, 판타지를 자극하고 지각 과정 자체를 비언어학적으로 재의미화하는 리미널한 경험이 된다.

"접촉에 대한 불안은 체현 그 자체에 대한 불편함을 드러낸다."150) 누구에게라도 몸과 몸의 접촉은 아주 친밀한 관계가 아닌 이상 견디기 힘든 간섭 행위일 터이다. 역으로 촉각적 관계와 그것이 파생하는 물질적 리얼리티는 자아와 타자 사이에 위치하면서 그들의 인접적 상호 관계를 조절하는 반성적 순간을 만든다. 즉 상호 대면을 통해 서로 서로의 자아가 될 수 있는 대화적 과정을 확정하는 데 촉각은 중요한 요인이 된다. 탈춤 내 근접적 거리에서 펼쳐지는 촉각적 감각의 중재는 맞고, 때리고, 침을 찔러 놓고, 우툴두툴한 얼굴을 보여 주는 등 대단히 강렬하면서도 정동적인(affective) 양태들을 보여 준다. 하지만 그것은 짜증나고, 역겹고, 아프고, 위험하기만 한 것이 아니라, 흥분되며, 위트 있고, 발랄하며, 유쾌 명랑한, 유희적 수사의 일부이기도 하다는 점이 특징이다. 탈춤 연행 현장의 즐겁고 흥겨운 기분을 절제나 억압 없이 분출하는 데 있어, 유희적으로 체현된 접촉의 미학

---

150) Fisher, op.cit. p.173.

이 큰 역할을 했으리라는 것은 의심할 여지가 없어 보인다.

3.2.3. "내 아홉 마리 다 먹었잖나": 미각적 물질성의 지각과 채널의 메시지화에 의한 향연적 공간의 틀 짓기

음식 먹기와 관련된 미각 체계는 복잡한 상징 영역과 지각의 등록소를 함의한 감각 시스템이다. 날것, 썩은 것, 구운 것, 끓인 것이 자연/문화의 가치 체계에 의해 유형화될 수 있듯이 많은 사회는 인사이더/아웃사이더 같은 행위자와 그룹들의 관계, 집단의 정체성과 권력 및 위상을, 음식 먹기에 대한 규칙과 규범 및 관습을 조정함으로써 위계화하고자 한다. 언제, 어디서 어떻게 어떤 에티켓을 지켜가면서 먹어야 할지, 신분의 높고 낮음에 따라 식사의 순서는 어떻게 달라지는지, 어느 경우에는 적게 먹고 많이 먹어야 하는지 등 먹기라는 사회적 사건을 통해 적절한 개인의 역할 행위가 미세하게 조정되고 결정된다.[151] 탈춤에서도 음식 먹기는 심심치 않게 등장한다. 물론 실제 음식을 차려놓고 공연하는 것은 아니므로 식재료들이 전시하는 시각적 효과가 연출된다고 볼 수는 없다. 그렇지만 탈춤 내 먹는 행위 속에는 세상과 갖는 상호 작용의 특별한 감각 경험, 즉 풍요롭고 자유로운 향연의 이미지가 나타난다는 점이 특징이다. 그것은 먹는 사건 자체의 일상적인 역할과 기능을 일종의 잔치 분위기로 재컨텍스트화한 소통적 사건이라 할 수 있다.

---

151) Judith Goode, "Food", In *Folklore, cultural performances, and popular entertainments: a Communications -centered handbook*, ed. Richard Bauman, New York: Oxford University Press, 1992, pp.233~245 참조.

말뚝이 하하, 이 양반 어찌 듣소. 문안을 드리고 하니까 마나님이 술상을 차리는데 벽장문 열고 목이 길다 황새병 목이 짧다 자라병이며 홍곡주, 이강주 내어놓지 앵무잔을 마니님이 친히 들어 잔가득히 술을 부어 한 잔 두 잔 일이삼배를 마신 후에 안주를 내어놓는데 대양푼에 갈비찜 소양푼에 제육, 초, 고추, 저린 김치, 문어, 전복….

【봉산탈춤 <양반춤>】

막둑이 벽장문 열어놓고 온갖 술병 나오는데…. (필자 생략) 술치장 볼작시면 청산호호 위국가에 불로장생 천일주며, 구월 구일 용산음에 띄어놓은 국화주며 산중처사 송엽주며 만고성이 백화주며, 은파주, 가하주를 참도 덥도 아니하게 마침맞게 덥혀좋고, 동래 전복, 쇠전복과 울산 전복, 대전복을 은장도 드는 칼로 맹상군 눈썹 모양으로 어석어석 삐져내어 통영소반 안성 유기 보기 좋게 채려놓고…. (필자 생략)

【수영야류 <양반 과장>】

봉산탈춤의 말뚝이는 양반을 찾으려고 서울 본댁을 찾았다가 생원의 부인이 차려 내온 음식과 주류들을 거나하게 먹은 일에 대해 생원에게 보고한다. 그것은 황새병, 자라병에 담긴 홍곡주, 이강주를 앵무잔에 한 잔 두 잔 따라 마시고, 놋그릇에 갈비찜, 제육, 초, 고추, 저린 김치, 문어, 전복을 비벼 먹은 잔칫상의 먹을거리가 넘쳐나는 사건이었다. 수영야류의 막둑이도 비슷한 상황에서 천일주, 국화주, 송엽주, 백화주, 은파주, 가하주 등 각종 진귀한 술들을 흥청망청 마시게 된 기회에 대해 말하고 있다. 봉산탈춤의 그것과 마찬가지로 여기서도 하인 신분에 맞지 않게 과장된 소비의 제스처를 취할 수 있도록 충만한 상차림의 정경들이 담화적으로 전시된다.

그러나 이들의 먹고 마시는 행위에는 단지 식욕을 채우기 위해 먹고 마시는 행위만이 장면화되는 것은 아니다. 술의 온도를 차갑게 유지하거나 따뜻하게 덥혀 놓고, 해산물을 칼로 요리하며, 유기에 담아 소반에 차리는 등 요리 만들기와 관련된 모든 특별한 과정들이 디테일하게 처리되어 나타나고 있기 때문이다. 그래서 대사로 전달됨에도 불구하고, 음식 또는 음료를 준비하고, 제시하며, 소비하여, 결국에는 소화를 통해 분해하는 전 과정이 드라마틱하게 고양된 행동양식과 특별한 해석적 틀로서 돌출된다. 반복, 회귀되는 음식명의 청각적 리듬감은 이 같은 고양된 틀로 변환되는 것을 신호하는 지표라 할 수 있겠다. 이러한 유표화된 소통 행위는 먹고 마시는 와중에 진행되는 몸의 경계들에 관한 사회적 의미를 개방되고, 비완료적인 형태로 재컨텍스트화하는 소통 행위를 성취한다. 풍부한 음식과 다양한 술들을 먹고, 마시는 행위 속에서, 증폭되고 거대해진 몸의 이미지는 타자의 몸과 자아의 몸이 새로운 공간적 배열을 구성하는 반성적 순간을 드러내는 것이라 볼 수 있다. 말뚝이와 막둑이의 먹기 행위와 관련된 대사 전달이 모두 양반들을 풍자하기 위한 것이었음을 고려한다면 더욱 그러하다. 풍족한 먹을거리를 매개로 세상을 몸속으로 집어넣으며 몸의 일부로 만드는 과장된 식도락의 감각 경험은 말뚝이와 양반이 속한 장소를 익살과 축하, 예찬과 기쁨의 향연 공간으로 틀 짓는 체현의 과정인 셈이다.

비단 먹는 대상이 음식과 음료, 주류로서 한정된 것만은 아니다. 탈춤 연행은 인간의 몸 또한 먹을 수 있는 대상으로 취한다.

　　황제장군 (놀라) 어라 쉬이~ 대관절 니가 뭐꼬?
　　영노 내가 영노다 영노 (대답하고 다시 달려들어 잡아먹으려 한
다.) …. (필자 생략)
　　영노 배가 고파 안 내려왔나. 황제장군 니가 뭐를 잘 먹노
　　영노 아무거나 다 잘 먹는다. 황제장군 내가 호랭이다. 호랭이.
　　영노 호랭이는 한 입에 두 마리씩 먹는다…. (필자 생략)
　　영노 흥~ 양반은 더 맛있지.

【가산 오광대 <영노 과장>】

　　돈을 소무에게 던져 준다. 소무 (돌아서서 돈을 보고 주워 갖는다.)
　　취발이 어이쿠 잘 먹는다. 다 먹어라, 내 몸뚱아리까지 다 먹어라…

【봉산탈춤 <취발이춤>】

　　"슬픈 음식이란 있을 수 없다. 슬픔과 음식은 공존할 수 없다. 음식
은 항상 승리를 축하"[152]한다. 그런 면에서, 가산 오광대 <영노 과
장>과 봉산탈춤 <취발이춤>은 음식의 연회적 성격을 극명하게 드
러낸다. 왜냐하면 영노가 양반을 잡아먹는 과장을 통해, 그리고 취발
이가 소무를 유혹하기 위해 돈을 주며 비유적으로 소무더러 취발이
자신의 몸을 다 먹으라는 장면의 연출을 통해 인신공양(人身供養)적인
축하연의 먹기 사건이 전시되기 때문이다. 음식 메뉴의 결정은 미각
적 자극을 결정할 뿐만 아니라 사회적 존경이나 복종의 표시로서도
상징화될 수 있다. 어떤 음식들을 차릴 것인가 하는 계획은 집단, 가
족, 개인의 정체성, 위상, 권력의 소통에 매우 중요한 요인이다.[153] 헌
데 탈춤에서는 일반적인 음식이 아닌 인간의 몸을 먹고 먹힐 수 있는

---

152) Bakhtin, (2001), 앞의 책, 442쪽.
153) Goode, op.cit, pp.240~242 참조.

대상으로 설정함으로써, 미각과 관련된 감각 경험의 사회적 컨텍스트를 극단적으로 재조정하고 일탈적인 축제적 분위기를 조성하는 것이 가능해진다. 그것은 양반과 노장으로 대표되는 기존 사회 질서와 권위 체계의 컨텍스트적 지표들을 재컨텍스트화하는 쇄신 성격의 축하 행위와 동등한 의미를 갖는다. 즉 여기서 동물들을 먹다 급기야 양반을 잡아먹는 영노나, 돈을 받는 모습에서 취발이마저 먹어 치울 것같이 비유되는 소무는 음식 사건의 사회적 안정성을 낯설게 만드는 일종의 괴물을 형상화하고 있다. 하지만 그것들의 괴물성은 오히려 정의되지 않은, 카오스적·반질서적 성향의 속성을 내재화하고 있는 것이기 때문에, 인간의 몸을 먹는 체현 행위의 반성적 순간을 제공한다.

바꾸어 말해 이러한 미각적 체험은 먹고 먹히는 감각적 반응들을 수단으로 봉건적 이데올로기와 종교적 관념 등 이전 체계들의 엄숙성에 종결의 도장을 찍는다. 그러고서는 새로운 시작의 순간이 도래하였음을 알리면서 동시에 자아와 타자의 몸에 대한 지각을 재구성하려 한다. 각 연회가 지나간 것들의 결말을 선포하고, 그것들에 대한 새로운 시간의 승리와 예찬으로 가득 차 있듯이 영노가 양반을 포식하고, 취발이가 자신의 몸을 소무에게 내어 주는 장면들의 연출도 마찬가지인 것이다. 몸속으로 꿀꺽 들어가거나, 잡아 뜯겨져 빨려 들어가는 사물들에 대한 감각의 재설정을 거쳐 몸과 세계의 갱신된 관계를 찬양하는 향연의 공간을 이 장면들은 틀 짓는다. 요컨대 먹는 행위 속에서 세상의 상호 작용이 내포한 의미들이 맛 자체로 종합되며 구성되고 있는 것이다. 이들 장면에서 동반되는 잦은 타령의 꽹과리 연주는 먹기 사건의 반성적 순간을 심미적으로 고양하는 수사적 장치라 할 수 있겠다.

　그래서 먹기 행위로 체현된 몸은 현상의 질서를 재구하는 변형적 시도의 결과 강렬한 생명력의 탄생 순간을 환기한다.

　　옴중 저 종각 모퉁이에서 늙은 마누라가 수수 한 되 드르르 갈아 가지고 수수젬병이라고도 허구 녹두 한 되 갈아서 우거지 쏭쏭 썰이 넣고서 부친 빈대떡이라고도 히구 또 한 가지는 노벙거지라도 한다.
　　목중 …(필자 생략) 두 가지는 필요헌데 내가 저녁 아침 먹은 지가 여러 날이다. 시방대단히 시장기가 나, 허니 너 말대로 빈대떡하고 수수젬병이건든 내가 좀 먹어야겠 다. 으드득. (잡고 먹는 시늉을 한다.)
　　옴중 네밀할 놈이 이놈이 광증이 났냐 의관(衣冠)도 먹어.

【양주별산대놀이 <옴중과 목중 과장>】

　　할미 영감 어제 장 가서 사다준 청어는 어제 저녁에 영감 한 마리 꾸어주고, 내 아홉 마리 먹고, 오늘 아침에 영감 한 마리 꾸어주고 내 아홉 마리 다 먹었잖나.

【회회별신굿탈놀이 <할미 마당>】

　양주별산대놀이 <옴중과 목중 과장>에서처럼, 미각적 체계의 지각력은 경제적 기아로 허덕이는 자아와 타자의 몸에 고양된 관심을 기울이게 하면서 삶의 시작과 끝을 서로 밀접하게 연루시키는 육체적 드라마의 행위를 전개한다. 발췌된 장면에서 목중은 굶은 지 오래라며 옴중의 의관을 뜯어 먹는 시늉을 하는데, 그것은 문화적으로 인가되고 정의되는 음식 체계를 넘어 먹을거리를 재설정한다. 이를 통해 배고픔을 극복하고 새롭게 탄생하는 육체적 이미지가 틀거리 지어진다. 목중이 옴중의 옷을 뜯어먹는 행동은 음식 문화에 부여된 기존 문화 코드들의 배경을 배척하는 욕설에 가까운 것이기도 하다. 하지만 그것은 역으로 먹기 사건과 관련하여 새로운 문화적 가치의 지표들을 위치시키는 재컨텍스화 과정이기도 하다. 옴중에게 매달려서 옷마저 먹어 버리는 목중의 모습은 시각적으로 충격적 인상을 창조하고, 관객의 주의를 획득하기에 충분한 메타적 신호인 것이다. 때문에 이러한 지각 행위는 목중의 굶주린 육체 자체에 옴중, 더 나아가 관객이 관심을 기울이게 되는 원인이 된다. 더불어 그것은 자아와 타자의 몸이 경계 지어지며, 그렇게 체현된 몸들을 갖는 반성적 과정의 연출로 기능한다. 결과적으로 배가 고파 옷까지 뜯어 먹는 극단적 상황의 설정으로 인해 사물까지 삼켜 버려 그것의 맛을 느끼는 기아에 대한 승리 성격의 향연 이미지가 연행 공간에 틀 지어진다.

아마도 실제 관객들이 극 중 먹기의 측면에 좀 더 능동적으로 관여하는 것이 가능해지는 경우는 회회별신굿탈놀이 <할미 마당>과 같은 대식가가 등장하는 장면에서일 것이다. 회회별신굿탈놀이에서 할미는 남편인 영감이 사다 준 청어 20마리 중 어제 저녁에 자신이 아홉 마리 먹고, 또 오늘 아침에 아홉 마리 먹었다고 실토한다. 영감에게는 어제 저녁에 한 마리, 오늘 아침에 한 마리를 차려 주기만 하였기 때문에, 하룻밤 사이에 할미가 먹은 청어의 숫자는 거의 남편이 먹은 청어 숫자의 10배에 가까운 셈이다. 실제 공연에서 관객들은 할미의 대단한 식성에 대해 놀라워하면서도 무척이나 재미있어 한다. 일례로 이 장면에 대해 "그렇게나 많이?" "와, 엄청나다!" 등의 반응에서부터 시작해서, "먹고 뭐 했어?" 같은 짓궂은 장난스러운 농담까지 관객은 적극적 반응을 보인다. 이가 빠지고 흙빛의 피부를 하였고,

생기나 활력은 전혀 없어 보이는 할미의 폭식이 노인에게는 기대될 수 없는 뜻밖의 인상으로 관객들에게는 여겨졌기 때문이다.

사실 할미 광대처럼 나이를 먹는다는 것은 실제 몸이 노쇠해지는 데 따른 강렬한 신체적 체험이기도 하지만, 동시에 그것은 노화가 부각시키는 생물학적인 유한성을 공적으로 가치화하여 사회문화적으로 구성하는 담론적 행위의 산물로서 획득되는 경험 양식이기도 하다. 굳이 고려장의 사례를 설명하지 않더라도, 일부를 제외한 대부분의 노인들은 예나 지금이나 젊었을 때에 비해 더 낮아진 사회경제학적 위상을 점유하게 된다. 역으로 다시 이 사회경제학적 불이익의 위치가 건강 악화, 죽음, 불구의 위험성을 배가시킨다. 또한 "기력이 쇠해지셨다. 총기가 이전 보다 덜해지셨다"처럼 나이를 먹는다는 것에 관해 사회적으로 유포된 부정적 태도의 믿음 체계도 노인들에게 심리적 압박감으로 작용한다. 그래서 효 사상과 웃어른에의 공경이 아무리 잘 작동하고 있는 사회라도. 사회와 유리된 소외자로서 그들을 밀어내는 악순환이 조장된다.[154]

하지만 '나이 먹고 노쇠해 가는 몸'과의 결코 피할 수 없는 대면을 하회별신굿탈놀이에서는 대식가적 식욕의 소유자로 묘사되는 할미의 먹기 행위를 전시함으로써, 반성적으로 재구성하고 있다. 즉 노화하고 소멸해 가며, 그 결과 계층적·젠더적 지표의 흔적까지 사라지는 나이 듦에 대해 새로운 시작을 알리는 쇄신 성격의 먹기 행위가 할미의 입속으로 꾸역꾸역 들어가 죽어 가는 청어들의 이미지를 통해 상대화되어 생산된다. 단순히 생존을 위한 음식 먹기의 상황은 여

---

154) Chris Gilleard and Paul Higgs. "Ageing and its embodiment", In *The body: a reader*. ed. Mariam Fraser and Monica Greco, London: Routledge, 2005. pp.117~121 참조.

기서 탈컨텍스트화되고, 노화에 관한 상식적인 사회적 담론을 미각적 감각 능력과 관련하여 문제 삼을 수 있는 방식으로 재컨텍스트화된다. 먹고 먹히는 행위의 과정 속에서 자아의 몸과 타자의 몸의 지각은 새로운 형태의 사회적 관계를 형성시킨다. 그러므로 늙어 쪼그라든 할미가 배불리 먹게 되어 실현하는 풍만하면서도 확장된 몸 이미지는, 몸으로 인지되는 세계의 밑그림을 재측정한다.[155] 그러면서 할미의 몸과 그것을 바라보는 이들의 몸은 서로를 경유해 자아와 타자를 구성하고, 죽어 가는 것에 대한 살아 있는 것들의 승리로서 연행 공간을 자유롭고 가벼운 분위기의 향연적 이미지로 틀 짓는다. 극 중 허구 세계로부터 벗어나 영감을 대신한 악공과 할미가 주고받는 대화의 소외 효과는 이러한 향연적 공간으로의 변형에 대한 메타 신호로서 기능한다 말할 수 있을 것이다.

이상의 장면들은 음식과 관계된 지각적 안정성을 훼손하고 현실적 지시성의 모호함을 야기하기에 충분한 지각 과정을 구성한다. 과잉된 미각적 자극의 지각 행위는 그 자체가 탈의미화된 현상학적 상태를 구성하지만, 한편으로는 먹는 것과 관련된 독특한 주관적 경험이나 갑작스런 직관, 그리고 새 아이디어를 재의미화한다. 이를테면, 식재료의 수집, 유통, 가공, 저장, 조리, 소비, 식기와 조리 용구, 식습관과 기호(嗜好), 위생, 영양, 상차림 등 식생활과 관련된 자연 본능적이면서도 비언어학적인 컨텍스트가 이를 통해 연상된다. 말하자면 연행 주체들은 지각 행위에 의해 깊이를 알 수 없는 심미적 현상으로서 지

---

155) 김용헌의 지적도 이러한 분석의 근거가 된다. "귀한 음식을 여자가 남자보다 많이 먹었다는 것은 여성들에게 순종과 희생을 미덕으로 가르쳤던 주자학적 질서 속에서 쉽게 발견할 수 있는 일반적 현상이 아니다… 그래서 할미마당이 던지는 중요한 메시지는 바로 남녀 지위의 전도이자 주자학적 여성관의 파괴다." 김용헌. 「하회탈춤의 사회적 의미」. 안동문화연구소 편. 『하회탈과 하회탈춤의 미학』. 서울: 사계절, 1999. 241~242쪽.

각적 진동을 경험한다고 볼 수 있다.

음식과 관련한 미각적 감각 능력은 "몸으로 들어올 수 있는 것과 그것으로부터 나갈 수 있는 것에 경계를 짓는다."[156] 탈춤에서 닫힌 몸과 열린 몸이 세계와 관계를 맺는 방식은 주로 이러한 음식과 관련한 먹기의 감각적 경험으로부터 비롯된다. 식재료의 준비, 요리하고 만들기, 그것을 먹고 마시며 소비하기 등 음식 체계상 맛볼 수 있는 것과 관련된 모든 세계는, 탈춤에서 새로운 의미를 드러내기 위해 사용되는 셈이다. 음식을 먹고 안 먹고는 인간의 근원적인 욕구인 식욕을 만족시킬 수 있느냐의 문제와 직결되는 까닭에, 미각적 감각 경험의 담론적 의미는 그만큼 커질 수밖에 없는 것이다.[157] 탈춤에서는 감각에 수신된 음식의 담론들이, 기존 질서에 대한 승리와 다가올 것의 예찬을 위해 펼쳐지는 향연적 공간의 틀을 수사화할 목적에서 활발히 동원한다. 아마도 실제 관객의 일상적 생활양식을 사회문화적으로, 그리고 자연적으로 복잡하게 얽히고 설키게 자극하는 중요한 감각 영역 중 하나는 바로 맛과 관련된 탈춤의 감각적 의사소통일 것이다.

3.2.4. "발가벗은 사람은 대분상이라 얼씬도 말아라": 시청각적 물질성의 지각과 채널의 메시지화에 의한 비재현적 공간의 틀 짓기

극장의 어원(Theatron)이 '보다'라는 그리스어에 뿌리를 두고 있다는 사실에서도 알 수 있듯이 연극의 지각 체계에서 초점화되는 감각 체계는 무엇보다 시각이다. 연극뿐만 아니라 보는 것이 믿는 것으로

156) Barbara Kirshenblatt-Gimblett, "Making sense of food in performance: the table and the stage", In *The senses in performance*, ed. Sally Banes and Andre Lepecki, London: Routledge, 2007, p.82.
157) Ibid, p.74.

여겨질 만큼 우리의 일상생활은 시각적 감각에 의하여 지배된다. 시지각에 매개되는 대상의 형상과 이미지는 여느 다른 물리적 자극보다도 앎의 확실성을 보증한다. 시각은 과학과 이성의 감각으로서 보는 것에 견인되는 의미 영역의 확고함은 인식의 동일성을 담보한다고 볼 수 있다.[158]

한편 연극은 청각적인 공간도 갖는다. 왜냐하면 강력한 감정적 잠재성을 전달하는 소리가 객석(auditorium)을 거쳐 관객의 몸속에 그와 상응하는 생리학적 반응을 야기할 수 있을 때, 연극적 커뮤니케이션은 성취될 수 있는 까닭에서다. 소리, 음악, 소음은 연극적 세계의 분위기 형성에 큰 영향을 끼치며 관객은 항상 이러한 소리 효과에 끊임없이 노출되어 있다.[159]

그렇다면 시각적·청각적 물질성의 연극적 효과는 탈춤에 나타나는 반복적·중재적 체현의 연행 과정에 과연 어떤 영향을 미칠까? 그리고 그것들은 상호 작용을 위해 어떤 특별한 몸의 배열 방식을 선택하고 그 결과 어떤 종류의 공간적 틀을 특정적으로 제안하게 되는가? 무엇보다도 이 질문들에 대한 답변은 시청각적 감각 체계의 본질적인 속성인 기만성에서 그 단초를 찾아야 할 것이다. 왜냐하면 감각적 표현을 발송하고자 하는 자발성은 촉각과 후각 내에서 제한되어 있는 반면 시각적 의사소통과 청각적 의사소통 내에서의 감각적 발신은 대단히 자의적으로, 그리고 자발적으로 이루어지기 때문이다. 말하자면 이전에 기술된 후각·촉각의 자극은 보다 동물적인 감각 체계라서 그것을 전달하는 발신자의 내적 속성과 긴밀하게 연결되어

---

158) Martin Welton, "Seeing nothing, now hear this…", In *The senses in performance*, ed. Sally Banes, and Andre Lepecki, London: Routledge, 2007, pp.146~155 참조.
159) Fischer-Lichte, (2008), op.cit, pp.120~122 참조.

있다. 자연적인 것이 문화적인 것으로 요리를 거쳐 어떻게 변화되는지 말해 주기에, 맛볼 수 있는 것으로 만들어지는 미각적 체계는 본능을 자극하면서도 기만적일 수 있는 지각 등록소다. 한편 발성을 통한 표시라든지 눈을 사로잡는 시각적 패턴은 수신자를 속일 수 있도록 발신자의 의지에 따라 상당히 유연하게 활용된다.[160)

요약하자면, 다른 감각적 자극에 비해 상호 작용상 기만행위는 시각적 그리고 청각적 양식 내에서 가장 잘 발생할 수 있다. 이점은 탈춤 연행의 소통 양상에 비사실적 재현 양식을 근본적으로 틀 짓는 주요 요인이다. 그 구체적인 사례는 다음과 같다.

신할아비 (노래조로) 노랑머리를 박박 긁구, 두 손뼉 탁탁 치면서 긴 양대 배우에 놓구 제발 덕분 너 죽어라. / 당명황의 양구비도 죽었거늘 하물며 초로인생 아니 죽고 무엇이랴.
미얄할미 (이 노래를 듣고 걸어 나가 죽는다.)

【양주별산대놀이 <신할아비와 미얄할미 과장>】

양주별산대놀이 <신할아비와 미얄할미 과장>에서 구십당년 홍안백발 다 되도록 수발을 들었건만, 이제는 늙었다는 이유로 '죽어라'며 저주하는 신할아비의 주문에 미얄할미는 오열을 하고 걸어 나가 죽는다. 여기서 미얄할미는 병들고 고통받는 죽음의 몸을 마임[161)을 통해 표현한다. 그녀의 한 손은 옷소매로 새어나오는 울음을 틀어막고

---

160) Preuschoft, op.cit, pp.75~88 참조.
161) 마임의 설명은 Anya Peterson Royce, "Mime", In *Folklore, cultural performances, and popular entertainments: a communications-centered handbook*, ed. Richard Bauman, New York: Oxford University Press, 1992, pp.191~195와 김익두, 「한국 마임의 전통성과 정체성 - 기원, 역사, 특징 -」, 『공연문화연구』Vol.18(한국공연문화학회, 2009), 5~46쪽 참조.

다른 한 손은 지팡이를 쥔 채 성치 않은 몸을 움직인다. 그리고 남편에 대한 원망과 죽음이 침탈시킨 통증에 몸을 부르르 떨다가 급기야 허리를 꺾어 하늘을 올려다보고 단발마의 가쁜 숨을 내몰며 미얄은 그대로 절명한다. 이때 미얄할미가 보여 주는 마임은 죽음의 연기를 단순히 재현하는 내러티브 기능만을 하는 것이 아니다. 흡인력 있게 양식화된 미얄의 마임은 단 한순간에 죽음의 시간을 압축하여 표현하면서 시각적 인상의 강도를 배가시킨다. 고통의 에너지가 집중된 미얄의 몸이 무대 위를 배회할 때, 몸짓과 제스처에 따라 빈 공간은 비가시적인 죽음의 무게와 체적으로 출렁거린다. 지탱하기도 힘든 발걸음과 전율하는 손짓이 공간을 통과하면, 물리적 공간은 필멸의 애처로운 분위기로 형태화되고 의미 세계와 대립되는 긴장감의 두께를 획득하게 된다. 미얄할미의 미세한 움직임을 꼭짓점으로 관객의 주의가 집약되는 바, 생사와 부부 간의 인간관계에 관한 관객의 일상적인 앎은 왜곡된 시계만큼이나 자극받고 흔들린다고 할 수 있다.

여기서 마임에 의해 메타적으로 신호화되는 시각적 감각 기표의 과잉성은 청각적 채널의 부재를 밑그림으로 죽어 가는 몸의 체현 과정을 소통상 한층 형식적으로 고양시키고 돌출시킨다. 일반적으로 청각적 표현 행위에 코드화된 정보는 지시성과 함축성을 지닌 내용들을 담아 수신자의 감각 능력 범위 내에 등록된다. 하지만 무언극으로 진행되는 미얄할미의 대사 처리는 발성된 표현 행위의 뚜렷한 정보성 못지않게 관객의 상상력을 촉발한다. 즉 마임의 시각적 과다(夥多)로 인해 죽어 가는 인간 몸의 생명력이 극단적으로 과장된다. 그리고 무언과 침묵으로 이루어진 청각적 기표의 공허함은 죽음의 생물학적 사건이 내포한 비지시성의 게슈탈트로서 무(無)를 전경화한다. 대사의 연속성을 끊고 미얄의 혼란과 불안을 표현하는 긴 침묵[162]은 마임의 시각적 이미지를 둘러싸고 청각적 무대의 헤아릴 수 없는 깊이를 입체화하는 것이라 하겠다.

그러므로 마임의 충만한 시각적 기표들과 무언의 희소한 청각적 기표들이 습합되는 동안, 지각적 복합성과 불안정성으로 인해 죽음의 추상화된 어의적 의미영역에 관한 해석적 틀이 조정된다. 더불어 기억과 상상적 작용에 의하여 미얄의 죽어 가는 몸을 타자화하는 연행 주체들은 그처럼 훼손되어 가는 몸과 차별적일 수 있는 자아의 몸에 관한 지각을 반성적으로 이해하고 획득하기에 이른다.[163] 결과적으로 마임과 침묵이 전시됨으로써, 객관성을 조성하는 시계의 영역과 청각적 활동 반경은 빈번하게 변형된다. 이러한 경험이 전시될 때, 획정되었던 앎의 기반 자체도 동등하게 탈각될 수 있는 비재현적 공간의 틀이 양주별산대놀이에서 펼쳐진다.

탈춤 연행이 단순한 현실 재현을 넘어 관습적인 방식의 시각적·청각적 의사소통이 아니게 되는 경우는 시지각적 자극과 소리 효과로 인한 물질성이 극단적으로 도상화[164]되는 때에 더욱 활발히 발생한다.

---

162) "침묵은 말을 다른 기호체계로 대체시키고 등장인물의 유형을 결정하며 대사와 의미 산출에 관여한다. 대사에 삽입되는 위치 및 형태에 따라 그 표현 내용 또한 달라진다." 신현숙, 『희곡의 구조』, 서울: 문학과 지성사, 1990, 101쪽.
　탈놀이에서 무언의 기능은 숭고와 비속의 이중성 부각, 의식무의 주체로서의 부각, 외모적 교태와 현실적 한계의 부각, 신체적 불구와 비정상적 인물의 부각 등 인물의 전형적 성격을 전경화하기 위해 동원된다. 무언은 이 밖에도 탈놀이에서 종교적 원초성, 극적 전개상 인물의 갈등과 결합의 부각이란 측면의 의미를 지니기도 한다. 김익두, 「한국 탈놀이에 나타난 무언의 의미와 기능」, 『공연문화연구』제14집(한국공연문화학회, 2007), 82~107쪽 참조.
163) 이러한 고통의 노출이 연행자와 관객에게 상반되는 태도를 취하게 한다는 점에서도 그것은 반성적이다. 왜냐하면 "공연자가 그의 몸을 폭력적 행동으로 고통받는 것으로 만든다 할지라도 관객은 그것을 상상력으로 채워 넣어야 한다. 그의 고통은 관객에게 상상력으로만 지각될 뿐이다. 공연자는 그 자신의 몸에 대한 상해를 노출하지만, 관객은 그 자신의 몸의 보호를 목적으로 그것을 지켜본다. 즉 공연자는 그 자신의 고통을 유발하면서 관객을 대신해 고통받는" 것이므로 자아와 타자의 경계가 여기서 확립되기 때문이다. Erika Fischer-Lichte, *The show and the gaze of theatre: a European perspective*, ed and tr. Jo Riley, Iowa City: University of Iowa Press, 1997, pp.250~256 참조.

상제 빨개벗은 놈은 대분상이라 얼씬도 말아라.
홍 동지 야 다 틀렸다. / **산받이** 뭐라 그래?
홍 동지 빨개벗은 놈은 대분상이라 얼씬도 말래.
산받이 야 이놈아 그래서 내가 옷 좀 해입고 다니라고 했잖아.
아 좋은 수가 있다.

【꼭두각시놀이 <상여막>】

꼭두각시놀이 <상여막> 거리에서는 매사냥을 나갔던 평안감사가 낮잠을 자던 중 개미에게 물려 죽는 사건이 발생한다. 그래서 감사를 장례 치르기 위해 상여가 나오는데, 이때 산받이가 다리를 삔 상두꾼 대신 홍 동지를 부르자 온몸이 붉고 힘살이 울퉁불퉁한 벌거벗은 모양의 홍 동지가 나와 상주에게 온갖 모욕을 주며 상여를 메고 나가는 장면이 연출된다. 여기서 홍 동지의 벌거벗은 몸에는 과장된 자기 전시의 인위성이 전경화되어 있다. 우리는 사실 일상생활에서 누드의 몸으로 돌아다니지는 않는다. 공공의 나체성을 계속해서 유지하는 것은 상식적으로 봤을 때, 자연스럽지 못하며, 인조적으로 꾸며진 것이라는 비판을 면키 어렵다. 그것이 아무리 정치적 선언을 담은 가치를 함의하고 있더라도 말이다. 그러므로 홍 동지의 벌거벗은 형상은 심미적으로 고양되고 유표화된 소통 행위로서 꼭두각시놀이의 주제가

---

164) 도상성의 환기는 아래와 같은 이유에서 반성적 순간과 직결되리라 볼 수 있다. 즉 물질적인 도상성은 오히려 관습적으로 이미 코드화되어 있기에 반성적으로 활용 가능하다. "도상성을 포착하는 것은 인간의 지각을 통해서일 뿐, 코드가 개입하는 기호작용과는 무관하다는 도상기호에 대한 깊은 회의적 관점…. 이러한 비판이 제기되는 가장 근본적인 이유는 지금까지 대상을 경험적인 실재로 간주해 왔기 때문이다. 그럴 경우, 기호와 대상 간의 관계에는 기호학에서 가장 핵심적인 개념이라 할 수 있는 코드가 개입할 여지가 없다. 왜냐하면, 이 경우의 대상이란 코드화되기 이전의 부정형적 물질이며, 또한 그것은 실제로 포착될 수 없는 것이기 때문이다. 그룹 μ 는 따라서 도상기호의 지시대상에 대해 새롭게 규정한다. 즉 도상기호의 지시대상은 현실에서 추출된 '대상'이 아니라, 처음부터 그리고 항상 문화에 의해 생산된 대상이라는 것이다." 송효섭, 「신화적 도상의 해석을 위한 기호학적 설계」, 『기호학 연구』Vol.26(한국 기호학회, 2009), 228쪽.

이해되도록 특별한 종류의 해석적 틀을 신호하는 메타 커뮤니케이션적 지침을 전달한다.

즉 홍 동지는 벌거벗은 몸을 체현함으로써, 그것을 둘러싼 사회적 제약과 정치적 움직임 등의 전체적 배경을 탈컨텍스트화하여, 평양감사로 대표되는 기존 사회구조의 억압적 조건에 대해 변화를 요청하는 공공적 분위기 내에 재컨텍스트화한다. 그래서 공식적 규범의 공고함은 홍 동지의 벌거벗은 몸처럼 모두의 시선이 관통될 수 있는 몸이 되는 경우에 한하여 괴력의 초과적 힘을 얻게 될 것이리라는 정치적 메시지가 결과적으로 생산된다. 제도적 힘의 위험성은 언제나 자신의 결여를 기만적인 표면을 통해 은폐하는 현상에서 비롯한다. 그러므로 홍 동지의 벌거벗은 몸은 살 그대로 드러난 타자적 몸에 대한 인식을 고양시킨다. 그리고 이를 수단으로 자아가 삽입된 몸의 표면과 사회적 제도가 운용되는 표면이 가진 의미가 무엇인지, 무엇이 진정한 몸의 결여인지 그 경계를 확정하는 반성적 과정을 틀 짓는다. 그러면서 그것은 단지 재현의 측면에서 경험을 특권화하려는 시도에 대해 거리를 두는 공간 형상의 틀을 배열하게 된다.[165]

한편 청각적 차원에서 탈춤의 비사실적 공간이 틀거리 지어지는 국면을 살펴보면 아래와 같다.

> 거사들은 사당을 중심으로 뒷쪽으로 타원을 이뤄 늘어선다. 그
> 리고는 북, 장고, 소고를 치면서 놀량 사거리를 부르며 질탕히 놀
> 다 퇴장한다.

---

165) 발가벗은 몸이 체현하는 시선의 대상으로서의 몸은 응고된 사회의 질서를 후퇴시킨다. 누드화된 몸은 공동(空洞)의 공허한 몸이다. 그래서 그것은 육체의 현존을 부재로 바꾸며 여태까지의 제도적 장소를 단지 공허한 표면으로 각인시킨다. Sue-Ellen Case, "The Emperor's New Clothes: The Naked Body and Theories of Performance", *SubStance*, (31:2-3), 2002, pp.186~200 참조.

(놀 량)

에라디여~ 요호야 요호올 네로구나. 녹양에 벋은 길로 북향산
쑥 들어를 간다. 에헤요 에헤~ 요요호야 요호올 네로구나. ~ (이하
필자 생략)

【봉산탈춤 <사당춤>】

봉산탈춤의 <사당춤>에서는 놀령이라고 부르는 서도선소리(西道
立唱) 유의 앞산타령이 가창된다. 서도놀량은 처음 "에라디여 어허야
요흘 네로구나. 녹양(綠陽)에 벋은 길로 북향산(北香山) 쑥 들어도 간
다. 에헤에헤이에 어허야 요흘 네로구나"로 길게 시작되는데 봉산탈
춤의 놀량도 예외가 아니다. 짧은 장절형식(章節形式)으로 된 민요에
비해 이렇게 몇 절로 된 가사이든 가사의 처음부터 끝까지 다른 가락
으로 노래하도록 만든 작곡 형식을 통절형식이라 한다. 이것의 가창
은 실제 봉산탈춤 공연에서 30~40분 정도 걸린다. 그래서 노래가사
를 듣는 데 초점이 맞춰지기보다는 이와 같은 놀량에서는 가락과 리
듬의 음조성(tonality)이 훨씬 강조된다. 더불어 흔히 수심가토리라 하
여 위의 음은 흘러내리고, 가운데 음은 심하게 떨며, 아래 음은 곧게
뻗은 특이한 가락으로 되어 있는 서도소리의 선율은 이와 같은 음조
성을 신호하는 메타 지침이라 할 수 있다. 대체로 콧소리로 얇게 탈
탈거리며 떠는 소리, 큰 소리로 길게 뽑다가 갑자기 콧소리로 변해
조용히 떠는 소리 등 장식음이 많은 서도민요의 특징도 가사 전달 위
주가 아닌 목소리 자체가 전경화되는 효과를 불러일으킨다.

즉 언어의 매개체로서가 아니라 목소리 그 자체가 리얼리티가 되

는 청각적 무대가 여기서 전개된다. 그것은 언어와 떨어져서, 엄청난 에너지를 발산하고, 가사 내용이 전달하는 로고스적 지평과는 긴장 관계의 감각성을 발휘시킨다.[166] 그 결과 전경화된 음성적 물질성의 도상적 성격은 놀량 네거리를 듣는 관객들에게 세속과 탈세속적인 심산유곡의 무제한적 공간을 상상적 이미지로 개방한다. 그리고 관객의 몸 또한 이 떠도는 목소리가 틈입될 수 있는 공간 자체가 되도록 변화시킨다.[167] 실제 공연에서 관객들이 놀량을 듣고 있노라면, 전달되는 가사의 내용은 비슷한 뜻의 어구들이 반복되는 듯한 인상을 받게 된다. 그래서 급기야 몸이 움쩍거리며 가벼운 신음소리가 자신도 모르게 절로 나오고, 장시간 동안 울려 퍼지는 놀량 가락과 음조에 의해 머리가 현기증이 날 정도의 가벼운 최면증세에 빠지게 된다. 말로서 설명될 수 없는 이러한 경험들은 의미로부터 분리되어 확산되어 나가는 목소리 자체의 물질성 때문에 기인하는 현상이다.[168]

일반적으로 음악은 음악이 구성하는 상징적 의미에 기초하여 특별한 사회적 상황을 특수한 방식으로 지시한다. 음악과 관련 있는 상징적 의미는 인간 주체의 감정 혹은 그것을 둘러싼 공간에 관련된 것이라 보통 여겨져 왔다.[169] 전쟁의 사기 고취, 사회적 갈등 해결, 개인과 집단의 정체성 형성, 안락감의 획득, 균형감의 유지, 병 치료 목적의 의식과 제의적 행위에서의 사용, 그리고 통과 의례 단계들의 표시 등

---

166) Fischer-Lichte, (2008), op.cit, pp.125~130.
167) 음조성이 전경화될 때 실현되는 목소리의 연극에 대해서는 Hans-Thies Lehmann, *postdramatic theatre*, tr. Karen Juers-Munby, London: Routledge, 2006, pp.148~150 참조.
168) 탈춤의 음악적 연구로는 이보형의 논의가 있다.
    이보형, 「조선후기의 공연집단과 음악문화」, 『동양학』26권, (서울: 단국대학교 동양학연구소, 1996). 361~365쪽.
    이보형, 「가면극과 음악」, 『공연문화연구』14권, (서울: 한국공연문화학회, 2007), 5~18쪽.
169) Fischer-Lichte, (1992), op.cit, pp.121~122 참조.

이 그 예라 할 수 있다. 즉 특수한 문화적 코드에 근거해 전개되어 시공간, 존재의 분위기를 좀 더 고양된 지점으로 견인하는 것이 음악과 노래의 주된 문화적 기능이었다.[170)

그러나 봉산탈춤의 놀량처럼 다양한 가락과 리듬, 음색, 템포가 전개되는 무대 공간에서는 음악에 의해 특수하게 의미가 구성되기에 앞서 비의미론적인 목소리의 청각적 물질성과 도상성이 공간을 가득 채우는 일이 발생한다. 그래서 목소리로 체현되는 다양한 경험들, 이를테면 언어적 내용을 매개하는 가사 전달의 노래 부르기 행위에 관한 해석적 틀이 조정된다. 놀량의 음조성은 일단 소리나 노래를 거쳐 공간적 의미를 메우는 몸의 경험들이 상기시켰을 상황적 지표들을, 탈컨텍스트화한다. 동시에 발화된 언어의 특권을 기각하고 개방적·우연적·순간적·비의도적이며 무계획적이고 통제 불가능한 연행 공간을 그것은 틀 짓는다. 이러한 노래하기의 과정이 부각하는 청각적 공간의 물질성은 조선 후기 탈춤 연행이 이루어겼던 장소의 특수성으로 인해 그 효과는 증폭되었으리라 생각된다. 탈춤이 벌어지던 곳이 산턱, 계곡, 마을 공터 등으로 바람 소리, 빗방울 굵어지는 소리, 관객이 시끄럽게 내는 소리 같은 주변 환경의 소음이 뒤섞여 자연스럽게 함께 들릴 수 있는 공간이었기 때문이다.

하지만 공간에서 분산되는 목소리의 신체성은 계속해서 비의미론적인 순수 감각으로 잔존하는 것은 아니다. 30~40분간 들려오는 광대들의 타자적 목소리에 의하여, 솔기 하나 없이 완벽한 몸이라 생각하던 자아의 몸에 대한 감각이 방해되는 재컨텍스트화 현상이 관객

---

170) Marcia Herndon, "Song", In *Folklore, cultural performances, and popular entertainments: a Comunications–centered handbook,* ed. Richard Bauman, New York: Oxford University Press, 1992, pp.159~166 참조.

들에게 결과되는 까닭에서다. 그러므로 노래하는 몸의 행위가 담당한 사회적·상징적 몸이 더 이상 주어지고, 미리 전제된 의미가 아니라 체현의 과정에서 실현되며, 체현을 통해 의미 효과가 야기되는 것으로서 연행 주체들에게 수용된다. 즉 노래하는 목소리의 몸이, 다른 의미로부터 그대로 차용되거나 인용된 것일 수 없음이 확인되면서, 그것에 내재된 사회학적 역학에 대해 다시 한 번 생각해 볼 수 있는 동기가 연행 주체들에게 부여되기에 이른다.[171] 이를테면 "나도 저만큼 노래 부를 수 있을까? 얼마나 오랫동안 구전심수 (口傳心授)의 도제 기간을 거쳐야 나도 저런 목소리를 낼 수 있을까?" 같은 연상적 반응 정도로 관객들이 자아의 몸을 타자적인 것으로 구성하는 반성적 순간이 바로 그것이다. 따라서 연행 주체들로 하여금 자아와 타자, 세계의 경계를 확립하게 하는, 자기 지시적이면서도 비재현적인 공간적 틀이 구성되는 시점도 이 반성적 과정의 정박에서부터 비롯된 것이라 할 수 있다.[172]

마지막으로 재현의 필연성이 붕괴되는 전형적 사례인 양주별산대놀이 <취발이 과장>에서의 인형 조종 장면에 대해 살펴보자. 이 분석을 통해 탈춤에서 시청각적 감각이 표현하는 기만적 속성이 더욱

---

171) 연극에서 체현의 중요성에 대해서는 에리카 피쉬 리히테(Erika Fischer-Lichte)의 언급은 주목할 만하다. 그녀에 따르면 "체현은 연기자가 특수한 방식으로 현상학적 육체를 야기하게 되는 것이다… 즉 특수한 의미와 함께 즉 드라마적 인물, 정체성, 사회적 역할 혹은 상징적 질서와 함께 말이다… 그래서 정신은 이제 체현 속에서 생각되고 가져질 수 있다." Erika Fischer-Lichte, "Einleitung: Theatralitat als Kultuelles Modell", In *Theatralitat als Modell in den Kulturwissenschaften*, herausgegeben von Erika Fischer-Lichte, Tubingen: A. Francke, 2004. p.21.

172) 춤이나 노래 같은 미디어를 통해 전달되는 경험은 연행상 매우 중요하다. 왜냐하면 "연행은 논증, 기술, 논평을 제시하는 방식으로 상징적 리얼리티를 구성하는 것이 아니다. 그보다 중요한 것은 상징적 소재들을 어떻게 구성할 것인가 하는 전달 방법이다…. 연행을 강력하게 제시하는 것은 상징적 소재 그 자체에 삽입된 의미가 아니라, 상징적 질료들이 노래나 춤 등의 자극 속에서 극적·감정적 힘을 발휘하며 관객을 움직여 출현하는 방식"이기 때문이다. Edward L. Schieffelin, "Performance and the cultural construction of reality", *American Anthropologist*, Vol.12. 1985. pp.707~724 참조.

분명히 확인될 수 있다.

> **취발이** (아이 소리로) 아버지 / **취발이** 왜? / **취발이**(아이 소리로) 글을 좀 배워야겠소.
> **취발이** 아 그렇지! 그 이를 말이냐, 글을 배워야지, 글을 배워야 입십양명한다.
> **취발이** (아이 소리로) 그래 글 좀 가르쳐 주우.
> **취발이** (아이를 땅에다 놓고 글을 가르친다 노래조로) 하늘천이면 따라지 가마솥에 누른 밥, 득득 긁어서 선생님은 개밥궁에다 한 사발 나는 두 사발 먹었소…. (필자 생략)

【양주별산대놀이 <취발이 놀이>】

소무가 취발이의 자식을 낳은 후 그 자식인 마당이는 커서 천자문을 배우게 된다. 취발이는 인형인 마당이를 조종하여 관객에게 많은 웃음을 준다. 그는 가성으로 어린아이의 음색을 흉내 내 무생물적 대상에 활력을 불어넣고 움직임과 소리를 통해 대상에 말할 줄 아는 능력을 부여하였다. 여기서 태어난 지 몇 시각 안 되는 마당이가 아버지에게 글을 가르쳐 달라는 장면은 극적 시간의 스피드 업 효과[173]를 증폭시킨다. 이와 같은 시간 구조와 함께 왜곡된 목소리는 실제 액션을 달리 유형화하는 또 다른 틀, 즉 메타 커뮤니케이션적 틀 짓기의 신호로서 기능하게 된다.

결과적으로 한 사람이 동시에 내는 취발이의 성인 목소리 그리고 앙증맞은 아기의 목소리는 무대 인물들을 환각으로 지각해야 할지,

---

173) 이러한 스피드 업 효과에 대해 김방옥은 다음과 같이 분석한다. "앞 장면까지의 시간, 거리 진행과 전혀 다른 시간, 거리의 진행 방법이 매우 자연스럽게 연결된다. 그래서 충격적 효과, 극적 환상이 깨어지는 결과가 빚어진다." 김방옥, (1977), 앞의 논문, pp.72~73.

실제 인물들로서 인식해야 할지 관객에게 혼란을 주면서 시청각적 다중 채널의 소통 사건을 창조해 내는 뛰어난 표현력을 획득한다. 인형의 작은 크기에 상응하는 가느다란 목소리는 50대에 들어선 보통 성인 체격의 취발이 광대의 음성과 충돌하면서 시각적·물리적 대립에 청각적 부정합성의 효과를 상관시킨다. 그래서 관객의 지각적 리얼리티의 경계를 파탈시키고 유머러스한 효과를 생산하게 된다. 즉 고도의 청각적 잉여시스템에 몰입된 관객은 앞힌 마당이가 귀엽다거나 아버지와는 닮지 않았다며 적극적 반응을 보인다. 태어난 지 얼마 안 되는 아기가 글을 배우는 비현실적 상황임에도 불구하고 과잉된 극적 의미영역의 흥분과 에너지에 관객은 혼연동체로 융합하게 되는 것이다.[174]

그러므로 면대면 상호 작용의 풍부한 결합이 이루어질 수 있는 인형 조종을 수단으로, 교육을 위한 훈육의 체현 과정은 그것이 배경으로 하는 사회문화적 지표를 환각과 리얼리티가 요동치는 연행 현장 속으로 재컨텍스트화한다. 교육적 삶과 훈육으로 실천된 몸의 효과는 특정 방식으로 혼합된 발성과, 인형 및 인간의 두 세계가 충돌시키는 시각적 자극으로 인하여 새롭게 정의된다. 해서 반복되며 인용되는 몸의 이전 처신 양식과는 다른 육체화의 경험을 그것은 전시한다. 이때 극단적인 공연 오브제라 할 수 있는 인형의 동작, 나레이션, 발화를 거쳐 관객이 특수한 방식으로 자신의 몸을 출현시키고 이해할 수 있게 되는 반성적 과정이 틀 지어진다. 따라서 인간인 취발이 광대와는 차이 나는 몸짓, 발화 방식의 스타일로 인형 마당이가 조종될 때,

---

174) 인형극의 분석은 다음 논문의 논의를 참조하였다. Frank Proschan, "Puppet voices and interlocutors: Language in folk puppetry", *Journal of American Folklore*, Vol.94, 1981, pp.527~555.

등장인물의 허구 세계에 적극적으로 반응하며 그것의 의미를 능동적으로 창조하는 관객의 지각 행위가 활성화된다. 즉 인식되는 대상의 사실적 형상과 거리가 있는 비재현적 공간이 틀거리 지어지게 되는 것이다. 결론적으로 탈춤의 시청각적 감각 자극이 빚어내는 기만적 속성은 외적 현실 세계를 번역하고 해석하는 내적 자아 세계의 또 다른 가능성이 존재할 수 있음을 인형극의 관객에게 각인시킨다고 볼 수 있다.

요컨대 비재현적 시청각의 감각 체험은 지각하는 주체로 하여금 지각의 경계선적 문턱에 서 있게 하는 셈이다. 왜냐하면 그것은 관객을 배우의 신체성에 향하게 하면서 드라마적 캐릭터가 출현할 가능성의 조건, 즉 어떠한 드라마적 캐릭터도 배우의 개인적 육체성을 넘어 존재하지 않는다는, 배우와 캐릭터 사이의 분기와 상이점을 강조하기 때문이다. 결과적으로 이러한 체현 양상은 미리 결정된 언어학적 컨텍스트로부터 분리되어, 탈의미화된다. 이와 동시에, 기억, 연상, 의식 등 새롭게 재의미화된 비언어학적 영역 속으로 지각 주체들을 이끌게 된다. 예컨대 노화의 쇠퇴에 들어서 느끼는 통각이라든지, 벌거벗음에 대한 문화적 관심, 가창의 음색에 따른 공간감의 개념, 그리고 청각중심의 주술적인 감각 세계[175]에 관한 말로 설명될 수 없는 의미들이 이 과정을 통해 틀거리 지어진다. 그것은 곧 몸 되기와 몸 가지기의 변증법적 과정이 생산하는 물질화된 행위의 의미 효과로서 문화적 코드를 갱신하게 되는 과정이다.

---

175) 청각의 기능이 우월한 문화적 조건에서는 사물 그 자체보다 배후에 잠재해 있는 어떤 정신적인 것, 어떤 믿음의 세계에 의해 커뮤니케이션이 발생한다. 그리고 사물 및 사건의 형상과 성격은 정동적(emotional)인 면이 우세하다. 이 점은 목소리 조정을 통한 인형극의 연행에 대한 접근에 암시하는 바가 크다. 김현주, (2003). 앞의 책. 71~79쪽 참조.

재현의 확실성은 인식의 확실성을 담보한다. 그러나 정확한 재현이란 시청각적 감각을 발신자의 의도에 맞게 조절하여 상징적 지시물을 적절하게 형상화해 내는 해석 능력에서부터 비롯한 것이다. 탈춤에서는 이러한 경험의 시각화, 경험의 청각화 양상을 실제보다 훨씬 유연하게 탄력적으로 해석하는 양상이 나타난다. 그래서 기존의 사회적 상징물이 지닌 지시적 의미가 메타적으로 변형될 수 있는 수사적 장치가 형성된다. 탈춤 관객이 선택적으로 주의를 기울이게 되는 결정적 조건을 형성하게 되는 기회는 바로 시청각적 복합 채널을 이용해 보고 듣는 재현 방식의 해석적 틀이 인위적으로 조작될 때이다.

3.3. 경험의 연행과 변형으로서 틀 짓기

연행적 중재 과정은 틀 짓기가 이루어지는 방식을 전시한다. 연행을 포함한 모든 틀 짓기 과정은 문화적으로 관습화된 소통에 대한 소통, 즉 메타 커뮤니케이션을 통해 실행된다. 연행 행위는 하나의 명백한 틀을 짓는 과정으로서 이때의 틀은 특정 공동체의 성원들에게 이용될 수 있는 의사소통의 원천이다.[176] 지금까지 논의 된 내용에서는 그와 같은 반성적 틀 짓기 과정이 반복되는 말하기 방식이나 몸의 행위 방식에서 어떻게 드러나는지 파악하고자 하였다. 그래서 이 연구에서는 메시지, 코드가 구성하는 언어학적 이중구조와 자아가 사회적으로 알려진 몸을 가지고 몸이 되는 체현의 과정에 근거해, 특별한

---

176) Richard Bauman, et al, *Verbal art as performance*, Long Grove: Waveland Press, 1977, pp.10~16 참조.

방식으로 틀 지어지고 유표화되는 소통 양식의 연행적 중재 과정을 살펴보았다. 결과적으로 연행은 이전 것들을 반복하지만, 그것을 반복하는 컨텍스트에 맞춰 조절한다. 즉 탈컨텍스트화·재컨텍스트화 과정의 발생은 텍스트화된 의미 혹은 체현된 의미를 생산하기 위해 컨텍스트를 해석하는 인지적 작업을 본질적으로 함의하고 있다. 틀 짓기 과정 자체는 의미를 만드는 과정이다. 하지만 동시에 틀을 둘러싼 상호 행위의 무한하면서도 잠재적인 주변 환경들을 행위자가 '해석된 컨텍스트(Interpretative Context)'177)로 관여시키는 과정이기도 하다.

연행적 중재 과정을 거쳐 재컨텍스트화된 의미 작용은 말, 행동, 그리고 몸의 스타일 속에 담겼던 의미, 가치, 믿음 같은 것들을 새로운 효과 속으로 옮겨 놓으며 그것들의 변형을 꾀하게 되고, 차별화된 리얼리티의 감각을 생산하게 된다. 그래서 텍스트와 컨텍스트로서 동시에 해석되는 틀 짓기 과정은 행위자가 장면을 의미 있는 요소로 인식하여 사건에 대해 의미를 만드는 경험의 구성 과정으로 확장될 수 있다. 개인이 사회적 삶의 순간에 가질 수 있는 경험의 구조는, 층화된 행위로 제약된 여러 겹의 틀 짓기 과정에 의해 끊임없이 유동적이면서도 다층적일 수 있는 삶의 흐름과 상호 행위의 과정을 생산한다. 경험은 그대로 반복되지 않는다. 담화 실천과 체현의 연행 중재 과정에 따라 반복되는 이전 경험은 탈컨텍스트화되고, 새로운 해석적 틀을 갖춘 채 변화되어 재컨텍스트화된다.

아래에서는 이전 장에서 밝혀졌던 분석 결과를 바탕으로 탈춤 내에서 이러한 변형된 경험의 틀을 표시하는 수사적 신호와 전환을 거듭하는 경험화의 다층적 리얼리티 구성 과정에 대해 기술해 볼 것이

다. 이 절에서 밝혀진 결과는 인간의 상호 작용을 하부구조로 삼아 반복되고 반복하는 경험들에서 새로운 의미와 효과들을 출현시키고 거기에 공동체적 가치를 담론화하는 문화적 연행의 접근에 중요한 토대로 기능한다.

3.3.1. "난양공주, 영양공주, 진채봉~, 일관암, 이목골, 삼청동~, 일월산, 이강경, 삼푸주~": 조율하기 과정의 수단들

탈컨텍스트화되고, 재컨텍스트화되는 과정은 언어적 차원의 텍스트적 의미와 비언어적 차원의 체현되는 의미가 변형되는 과정이다. 이 과정 중 반복되는 이전의 것에 '~관한' 메타 커뮤니케이션적 틀 짓기 행위, 즉 소통되는 것에 '관한' 소통이 이루어진다. 이 연구에서는 이러한 진행적 과정을 전술하였다시피 '연행적 중재 과정'이라 명명하였다. 반복되는 의미는 지금 여기서 반복하는 행위 양식에 따라 얼마든지 달라질 수 있다는 것이 연행적 중재 과정의 특징이다. 말하자면 그것은 지나간 것들의 의미를 발견하는 과정이 아니라 컨텍스트 조절과 함께 틀 짓기 과정에 의해 담화상으로, 육체상으로, 의미를 생산하는 과정이다. 그러한 까닭에 탈컨텍스트화·재컨텍스트화의 흐름 속에서 반복되는 의미는 언제나 그대로 반복되는 것이 아니게 된다. 그렇다고 한다면, 연행적 행위 양식은 현재 이곳에서 발생하는 의미들을 돌출시키고 고양시킬 수 있는 상황을 조성해야 할 필요가 있다. 그렇게 될 수 있을 때, 이전 반복되는 의미들의 리얼리티를 그대로 반영하는 것이 아니라, 오히려 그것이 변화되어 새로운 의미의 리얼리티가 만들어지는 상황이 지표화될 수 있기 때문이다. 자연스레 연행적 중재 과정은 과거 이전의 반복되는 것과는 무언가 다른 어떤 일이 지금 이곳에서 벌어지고 있다는 것을 신호한다. 이전의 분석에서 이러한 지표들은 메타적 지침, 수사학적 장치, 신호 등으로 명명되어 암시된 바 있다. 개괄하여 이 신호를 우리는 여기서 '조율하기 과정(Keying)의 수단'[178]이라 정의 내려 보자. 분명한 사실은 조율 수단들이 지금까지 기술되어 온 언어적·비언어적 반성적 틀 짓기 과정에 의해 형성되는 경험의 과정적 국면을 메타적으로 표시하는 수사학적인 장치[179]들이라는 점이다. 이러한 수사학적 장치에 관한 검토는 탈춤에 연행되는 경험적 표상들의 컨텍스트화 과정을 더 분명히 요철화해 줄 것이므로 경험의 다층적 리얼리티 분석에 앞서 짚고 넘어가 보기로 하겠다.

수양반 그래서?

막둑이 난양공주, 영양공주, 진채봉, 백능파, 계섬월, 적경홍, 가춘운 집을 다 찾아도 서방님은커니와 아무 개아들놈도 없습디다.

차양반 이놈 개아들 놈이라니… (필자 생략)

---

178) 리차드 바우만(Richard, Bauman)에 따르면, 조율하기 수단은 틀 짓기가 이루어지는 방식, 틀이 형성되고 변이되는 과정, 그리고 연행이 조율되는 방식을 결정하는 형식적 장치들이다. 그는 이러한 조율하기 수단의 목록들에 특수코드, 비유적 언어, 병행 구문, 특수한 준언어적 특징, 특수한 정형구, 전통에의 호소, 연행의 거부 등을 뽑는다. 하지만 이러한 목록들은 특정 공동체 내에서 기능하는 문화적으로 특수한 의사소통 수단들이므로 고정적인 목록이 아니다. 그것은 얼마든지 민족지적 기술(ethnographic description)에 따라 다양하게 개방적으로 발견될 수 있는 목록들이다. 그러므로 이 연구에서는 탈춤 내에서 대표적인 조율 수단이라 생각되는 것들을 몇 가지 제시하되, 이 밖에도 탈춤의 특수한 조율 수단이 다양하게 발견될 수 있는 가능성은 열어 놓고자 한다. Ibid. pp.15~24와 김현주, 『고전서사체 담화분석』, 서울: 보고사, 2006. 28~29쪽 참조.

179) 단순히 장식적 의미가 아니라 담화 자체를 창조한다는 의미에서 수사적 장치들의 기능을 파악하려는 논의는 연행적 중재 과정의 기능 분석에 시사하는 바가 크다. 즉 "수사적인 것은 상황적인 것이 아니라 상황적인 것이 수사적이다… 수사학적 담화는 그것을 파생시키는 상황으로부터 수사학적 특징을 얻는 것이 아니라 상황이, 그것을 둘러싸고 창조하는 수사학으로부터 그 특징을 획득한다. 상황은 수사적으로 창조되고 수사적으로 굴절되는 것이다." Richard E, Vatz, "The Myth of the Rhetorical Situation", In *Contemporary Rhetorical Theory: A Reader*, ed. John Louis Lucaites, et. al. New York: Guilford, 1999, pp.226~231 참조.

수양반 그래서?

막둑이 일관암, 이목골, 삼청동, 사제골, 오궁터, 육조앞, 칠관앞, 팔작제, 구리기, 십자골, 두루시 다 찾아도 서방님은커녕 아무 새아들놈도 없습디다.

셋째 양반 이놈 새아들이라니…. (필자 생략)

수양반 그래서?

막둑이 일월산, 이강경, 삼푸주, 사마산, 오십랑, 육물금, 칠남창, 팔부산, 두루시 다 찾아도 아무 내 아들놈도 없시디다.

넷째 양반 내 아들이라니 이놈.

【수영야류 <양반 과장>】

수영야류의 수양반은 자기를 찾아 다녔다던 막둑이에게 어디어디를 갔다 왔느냐고 추궁한다. 수양반의 "그래서?"라는 질문이 반복해서 던져지는 가운데, 막둑이는 "난양공주, 영양공주, 진채봉…의 집"에 갔다 왔다고 처음에 '보고'했다가, 두 번째에는 "일관암, 이목골, 삼청동…"라고 대답한다. 세 번째 대답에서는 "일월산, 이강경, 삼푸주…"를 댄다. '난양공주, 영양공주, 진채봉' 등의 이름은 고소설 <구운몽>에 나오는 팔선녀를 지칭하고, '일관암, 이목골, 삼청동' 등의 이름은 지명을 지시하며, '일월산, 이강경, 삼푸주' 등은 명승절경의 이름들이다. 즉 여기서 이름과 관련된 보통 명사를 배치하는 형식적 규칙성은 지켜지고 있지만, 그 내용은 달라져서 반복되고 있다. 이렇듯 형태가 반복되더라도, 새로운 내용이 반복되어 나타나는 통사상의 원리를 병행 구문이라 한다.[180]

병행 구문의 어떤 형태라도 고정소와 변수의 배분에 토대해서 결정

---

180) Robert-Alain und Dressler. op.cit. p.51.

된다. 발췌된 예에서도 마찬가지다. "난양공주, 영양공주, 진채봉…"의 열거는 <구운몽>의 팔선녀 중 첫 번째 선녀, 두 번째 선녀, 세 번째 선녀라는 순서에 따라 배열된 것이다. 이 첫 번째 발화를 대상으로 삼아 '일관암, 이목골, 삼청동' 등 지명과, '일월산, 이강경, 삼푸주' 등 명승절경의 이름(즉 기호)이 그것을 본떠 배열된다. 요약건대 병행 구문으로 진행되는 막둑이의 발화에서 우리는 '일, 이, 삼~'으로 나열되는 엄격한 고정소의 원칙을 확인할 수 있고, 이 고정소의 원칙에 토대해 막둑이의 다음 발화들이 이루어졌다는 점을 알 수 있다.

그렇다면 일, 이, 삼으로 전경화되는 수학적 원칙의 엄격성이 발화 행위의 기계적인 형태를 틀 짓는 것일까? 물론 이 질문에 대한 답변은 부정적이다. 왜냐하면 병행 구문은 발화의 구성에 있어 고정소와 변수의 다채로운 조합을 통해 오히려 연행자가 보고하기와 같은 발화를 유창하게 구성하고 전시할 수 있다는 사실을 증명하기 때문이다. 즉 근본적으로 '일, 이, 삼~' 등의 수열로 규칙화된 고정소는 '난양공주, 영양공주~', '일관암, 이목골~', '일월산, 이강경~' 등의 가변수를 무한하게 창조할 수 있는 기반이 된다. 형태론적·통사론적·의미론적 어떠한 범주와 변별자질이라도 이 같은 고정소에 근거하여 확장될 수 있다. 따라서 고정소와 변수를 유동적으로 관계 짓는 방식인 병행 구문의 사용은, 컨텍스트를 조절하는 고도로 차별화된 해석적 틀 짓기 행위를 함의한다. 병행 구문의 정교한 동원은 컨텍스트에 따라 무언가 계속해서 변화되고 전환되고 있으며, 변이된다는 메타적 신호이다. 바꾸어 말해 병행구문은 조율하기 과정을 명시하는 수단이라 하겠다. 그것은 곧 보고하기 등을 비롯한 연행적 중재 과정 중 변형을 꾀하는 액션의 진행을 알려 주는 장치인 셈이다.[181]

비유적 언어도 탈춤에서 빈번하게 메타 커뮤니케이션의 틀을 조율
하는 형식적 수단이다.

말뚝이 그놈이 힘이 무량대각이요. 날램이 비호같은데…

【봉산탈춤 <양반춤>】

취발이 (재빨리 달려가며) 앗! (다시 주워든다.) 아, 그년 쇠줄피
받는 것을 보니 문고리쇠 주고 엿장수 부르겠구나.

【봉산탈춤 <취발이춤>】

미얄 (소리조로) 우리 영감이 모색을 대. 난간이마 주게턱 웅케
눈에 개발코 상통은 갓바른 과녁판 같고 수염은 다 모즈러진 귀얄
같고 상투는 다 갈아먹은 망좃 같고 키는 석자네치 되는 영감이올
세…. (필자 생략)
　영감 난간 이마에 주게턱 웅게눈에 개발코 머리칼은 다 모즈러
진 빗자루 같고 상통은 깨진 (먹푸른) 바가지 같고, 한 손에 부채
들고 또 한 손에 방울 들고 키는 석 자 세 치 되는 할멈이올세.

【봉산탈춤 <미얄춤>】

첫 번째 예에서는 말뚝이가 양반이 잡아오라는 쇠뚝이를 민첩하기
가 나르는 호랑이 같다는 관습적 은유로서 비유하며 '보고'한다. 그만
큼 양반들 앞에 쇠뚝이를 데려오기가 어려울 것이라는 말뚝이의 의
중이 담겨 있다.

---

181) 병행 구문은 통사상 반복되는 공식구로 활용되는 정도의 단순한 문법적 규칙이 아니다. 그것은 무엇보다
도 행동의 토대를 만든다. 병행 구문은 실제 존재하는 그대로 지시 대상을 연결하는 것이라기보다는 그
것의 연계를 '창조하는' 언어학적 행위인 셈이다. Roman Jakobson, "Grammatical parallelism and its
russian facet", *Language*, Vol.42, No.2, 1966, pp.399~429와 송효섭, (2009), 앞의 책, 90쪽 참조.

두 번째 예에서는 자신이 던져 준 돈을 소무가 취하려 하자 취발이가 그것을 회수하고서는, 소무의 동작이 마치 "문 고리 주고 엿장수 부르는 것"처럼 빠르다고 질타하는 장면이 연출된다. 이는 취발이의 '메타 서술'로서, 이미 만들어진 비유를 적시적소에 효율적으로 사용하는 경우라 말할 수 있다. "문 고리 주고 엿장수 부르는 것"의 뜻은 버릇 배우라니까 "과부 집 문고리 빼어 들고 엿장수 부른다"라는 속담에서 찾아진다. 그것은 좋은 버릇을 길러 품행을 단정히 하라고 이르니까 오히려 못된 짓만 하고 돌아다님을 비유적으로 이르는 말이다. 때문에 돈을 보고 태도를 바꾸어 달려든 소무를 책망하는 취발이의 뜻이 함의되어 있음을 관객은 쉽게 간파하게 된다.

세 번째 예에서는 악공이 남편과 아내의 모습을 알려 달라는 요청에 기억에 토대하여 미얄과 영감이, 각각 자신의 배우자들에 대해 이야기해 주고 있다. 즉 '보고'하고 있다. 그들은 서로의 외모를 "난간 이마, 주게틱, 웅케눈, 개발코, 머리칼은 다 모즈러진 빗자루, 상통은 갓바른 과녁판, 수염은 다 모즈러진 귀얄" 등등과 같다고 험담한다. 이러한 비유는 대단히 개인화된 비유라는 점에서 대중적으로 익히 알려진 이전의 예들과는 구분된다.

중요한 것은 탈춤의 연행적 중재 과정이 이루어지는 가운데, 비유적 언급들이 표현적 강도와 특수한 소통 능력의 고양을 유도할 수 있는 수사적 장치가 된다는 사실이다. 바꾸어 말해 비예측적이면서도 참신함의 심미적 효과가 개인적 비유가 사용될수록 획득된다. 그래서 공유될 수 있는 세계 질서에 관한 인식이 보다 새로워진다. 즉 비유되는 원관념의 전체적 대상에 비해 비유하는 보조관념은 말 그대로 부분에 해당하는 매개체이므로, 비유하기는 부분으로부터 전체를 만드는 언어 사용이라 할 수 있겠다. 그 결과 비유는 불연속적인 것으로부터 연속적인 현상을 인식하고, 잠재적 혼란 상태에서 현실적 질서를 조직하려는 등 변화에 대한 인간 욕망의 산물이다.[182]

말하자면, 비유하기는 탈컨텍스트화·재컨텍스트화가 이루어지는 중, 변형의 과정을 신호하는 주요 조율장치라 할 수 있다. 발췌된 예의 인물들은 비유를 통해 그들이 속한 상호 행위의 컨텍스트에 관한 해석적 틀의 인위적인 조절을 의도하게 되는 것이다. 결국 비유는 이들 인물에게 있어 해석에 따른 일종의 평가적 절차를 시현한다. 왜냐하면 원관념을 보조관념에 빗대는 행위 자체가 유사성을 기준으로 사물들을 비교하고 판단하는 행위인 까닭에서다. 이렇게 볼 때 비유는 탈춤 등장인물들이 겪게 되는 경험의 사회적 구성에 중대한 영향을 미친다. 조율하기 장치로서 비유는 그 평가적 속성으로 인하여 이야기를 진행시키는 힘이 되는 바, 캐릭터 간 사회적 상호 작용의 절차적 본성을 형상화하기 때문이다. 결론적으로 말해 대부분의 사회적 변화는 한 근본적 메타포에서 다른 메타포로의 변형이라 할 만큼 비유하기는 변형과 매우 관련 깊은 수사적 도구라 말할 수 있겠다.[183] 이 점은 차후 밝혀지겠지만 탈춤의 문화적 연행 차원에서 분명히 확인된다.

한편 비언어적 측면에서도 조율하기 수단의 기능과 역할이 접근될 수 있다.

---

182) 인지적 과정으로서 비유의 특징은 Roger D, Abrahams, "Folklore and literature as performance", *Journal of the folklore institute*, 8, 1972, pp.79~80 참조.

183) 컨텍스트화 도구로서 비유하기에 대한 논의는 다음 논저를 참조하였다. Susan Stewart, *Nonsense: aspects of intertextuality in folklore and literature*, Baltimore: Johns Hopkins University Press, 1979, pp.34~35.

신장수 네, 물건을 사시려고요? 물건을 살 것 같으면 몇 치 몇 치 쓰시렵니까?

노장 (큰 마누라와 작은 마누라를 가리킨다.)

신장수 네 여섯 치는 당신 할머니 신키구, 다섯 치는 당신 어머니 신킬려구 그러시오?

노장 (부채와 머리를 가로 흔든다.)

신장수 네 그럼 다시 알아 뫼십니다. 여섯 치는 당신 큰 마누라를 신키구 다섯 치는 당신 작은 마누라를 신킬려고 그러시오. / **노장** (고개를 끄덕거린다.)

【양주별산대놀이 <신장수 놀이>】

선비 여보게 양반, 자네가 감히 내앞에서 이럴수가 있는가? /

양반 허허, 무엇이 어째? 그대는 내한테 이럴수가 있단 말인가?

선비 아니, 그라마 그대는 진정 내한테 그럴수가 있는가.

양반 허허, 뭣이 어째? 그러면 자네 지체가 나만 하단 말인가?

선비 아니 그래, 그대 지체가 내 보다 낫단 말인가?

양반 암, 낫고말고. / **선비** 그래, 낫긴 뭐가나아

【하회별신굿탈놀이 <양반, 선비 마당>】

양주별산대놀이 <신장수 놀이>와 하회별신굿탈놀이 <양반, 선비 마당>의 화자들은 공통적으로 질문법을 활용하여 자신이 듣고자 하는 답변을 얻기 위해 애쓴다. 양주별산대놀이의 신장수는 물건을 팔 목적에서 구매자인 노장이 어떤 신발을 마음에 들어 하는지 그의 기호(嗜好)에 대해 묻고 있다. 반면, 하회별신굿탈놀이의 양반과 선비는 자신들의 집안이 사회에서 차지하고 있는 신분과 지위의 우열을 가리려고 서로에게 상대방의 지체가 자신만한 것과 비교될 수 있느냐는 공격성의 질문을 던지고 있다. 그래서 이들의 의문형 발화는 관련

된 대답으로 여기는 내용들을 상대방으로 하여금 재현하게 하고 이끌어 내고자 동원되는 발화들이다. 즉 신장수의 질문은 비결정성의 상황을 신발 매매의 컨텍스트로 구성하는 발화 내적 힘을 지니고 있다. 마찬가지로 양반과 선비의 질문들도 비결정성의 상황을 세벌(世閥) 논쟁의 컨텍스트로 재현하는 발화 내적 힘을 함의한다.

이러한 장면에서 재현되는 매매 상황과 지체 논쟁은 사회적으로 익히 알려진 조선 후기 상호 행위의 양상들을 재컨테스트화한다. 여기서 중요한 사실은 컨텍스트에 관해 인지적 처리를 가하는 의문적 발화를 거쳐 그것이 구성된다는 점이다. 이때, 다양한 음성 기구로 구성된 의문문의 준언어적 요소(paralanguage)들은 변형의 메시지를 신호한다. 즉 신장수와 노장 사이의 매매 상황과, 양반과 선비 사이의 서열 논쟁 상황이 어떻게 해석되어야 하는지에 관한 지침을 알려 주는 조율 장치 역할을 하게 된다. 사실 언어 자체보다 소통 사건에 중점을 두게 된다면, 대화하며 메시지를 교환하는 행위 내 모든 청각적 소리의 특징들 또한 파악되어야 할 필요가 있다. 예컨대, 성, 나이, 건강상태, 체력, 젠더, 계층 등 화자의 신체생리학적 면모나 개인의 사회적 정체성은 목소리를 통해 파악 가능하다. 바꾸어 말해 목소리 집합들은 언어적 메시지로 측정될 수 있는 의미를 차별적으로 전달한다. 음조의 범위, 유성 입술·성문·음높이·발음 등의 조절과 템포 및 강도의 조직에 따른 목소리의 질, 그리고 웃고 울며, 외치고, 휘파람 불고, 신음할 때 나는 발성의 측면이 그 예이다.[184]

신장수의 억양과 양반·선비의 억양이 사용되는 양상에서 우리는

---

184) George L, Trager. "Paralanguage: A First Approximation", In *Language in culture and society: a reader in linguistics and anthropology*, ed. Dell Hymes. New York: Harper & Row, 1964. pp.274~288 참조.

해석적 지침으로서 메타적 신호가 되는 준언어의 기능을 분명히 확인할 수 있다. 구체적으로 말해, 신장수는 노장과의 대화에 통합성과 연속성을 부여하기 위해 길게 늘여 부드러운 어조로 질문을 던진다. 물건을 팔려는 신장수의 의도에서 보면 이러한 목소리 톤의 구사는 당연한 일일 터이다. 반면 양반과 선비는 높은 음조를 유지하면서, 무겁고 짜증나는 거친 입모양으로 급격하게 성문을 연다. 이와 함께 강력한 강세의 발음과 빠르면서도 증가되는 템포로 서로에게 의문을 제기하는 까닭에 말과 말 사이가 계속해서 단절된다는 인상이 생겨나고 있다. 갈등하는 양반과 선비의 관계를 그것은 그대로 전달하고 있는 셈이다.

결국 신장수의 억양은 발화의 통사 단위를 등가적으로 배치하는 효과를 생산한다. 즉 "여섯 치는 당신 큰 마누라를~그러시오." "여섯 치는 당신 할머니 신키구~그러시오" 등 의미 경로에서 모든 발화 단위가 똑같은 비중을 나르게 되는 모양새가 억양을 통해 조정된다. 반면 양반과 선비의 스타카토식 억양법은 모든 통사 단위를 독립적으로 구분하고 떨어트려 놓는 효력을 발산한다. 일례로, "여보게 양반, 자네가 감히 내앞에서 이럴수가 있는가?", "허허, 무엇이 어째? 그대는 내한테 이럴수가 있단 말인가?"의 발화만 보더라도 그렇다. 화자의 격분한 감정에 상응하는 음색, 음질이 '감히', '어째' 등의 단어에서 튀어 올라 발화 내부의 단위에 심각한 의미론적 불연속성과 간격 및 파열을 야기하고 있음이 확인된다.[185] 요컨대 준언어적 특징은 지시물의 내용

---

185) 강세, 억양 등 소리의 요인 때문에 의미가 전달되는 경로와 비중은 얼마든지 달라질 수 있다. 그것은 언어학적 상황과 언어외적 상황이 상호 작용하여 드라마적 메시지를 생산하는 기제를 잘 보여 준다. Jiri Veltrusky, "Basic features of dramatic dialogue", IN *Semiotics of art: Prague School contributions*, ed. Ladislav Matejka, and Irwin R, Titunik, Cambridge, Mass.: MIT Press, 1976, pp.128~133 참조.

을 초월하여 탈춤의 연행적 중재 과정에서 틀이 형성되고 변이되는 상황 자체를 표시하는 형식적 신호 중 하나라 할 수 있다.

준언어적 특징과 함께 음악과 춤, 제스처가 함께 수반되는 불림 역시 중요한 탈춤의 조율 장치에 해당한다.

■ 금강산이 좋단 말을 풍편에 넌짓 듣고서 장안사 썩 들어가니
　난데없이 검은 중이~
■ 절얼수 절얼수 지화허자 조르르르 떵떵―꿍떵꿍~
■ 달아 달아 밝은 달아 이태백이가 노던 달아~
■ 떵 떵기덕 떵떵떵덕~
■ 소상번죽 열두번죽 후리쳐 잡고서~
■ 떵덕덕 꿍덕 떵떵 떵그덕 늴리리리 늴리리 늴리리리~

【양주별산대놀이의 불림】

불림은 재담이 끝나고 춤으로 전환될 때에 장단을 청하기 위해 사용되는 짧은 노랫말이다. 이런 불림은 첫째, 재담과 춤을 연결시켜 주는 기능을 한다. 재담이 끝나고 춤을 추며 이동할 경우와 인물 간의 갈등이 끝나고 일시적인 화해를 이룰 경우 불림이 이용된다. 둘째 불림에는 장단을 도출하고 신명을 유발하는 기능이 있다. '절수절수' 또는 '후리쳐 덥석', '떵더궁 궁떡' 등의 흥을 유발시키는 의성어나 율격적인 흥을 일으키고 자연 속에서 흥취를 유발시키는 '달아달아' 같은 말이 반복해서 불림에 자주 사용되는 이유도 그 때문이다. 그러나 불림의 가장 중요한 기능 중 한 가지는 상황을 전환시켜 준다는 데 있다. 하나의 상황이 끝나고 다른 상황으로 전환한다는 의미를 불림은 지닌다. 다양한 상황이 독립적으로 존재하는 옴니버스 형식의 탈춤에서 여

타의 상황으로 전환하는 데에 불림이 삽입되게 되는 것이다.[186]

예컨대 양주별산대놀이의 <염불놀이>에서는 여덟 명의 목중이 타령장단에 맞춰 춤을 추는 동시에 "녹수 청산 깊은 골에 청룡 황룡이 꿈트러~ 녹수 청산 깊은 골에 청룡 황룡이 꿈트러 지구서~"의 불림을 합창하며 등장한다. 그들은 그렇게 불림을 부르고 타령 장단에 춤을 추며 놀이판을 한 바퀴 돌아 다시 악사 있는 곳으로 와서 화장춤을 춘다. 한편 <애사당법고놀이>에서는 북놀이를 끝낸 완보와 말뚝이 두 사람이 춤을 추고 노래를 부른다. 그들은 "금강산이 좋단 말을 풍편에 넌짓 듣고서 장안사 썩 들어가니 난데없이 검은 중이~"의 불림과 함께, 여닫이, 깨끼리춤, 엉덩이짓 고갯짓을 신명 나게 하고서는 퇴장한다.

일반적으로 입장과 퇴장의 순간에서는 극적 허구의 시공간이나 캐릭터의 몸과는 다른 실제 시공간과 배우의 몸이 강조된다. 극적 세계의 인위성이 그대로 드러나는 까닭에 관객은 입장하고 퇴장하는 배우의 모습에 자연스레 주의를 기울이고 초점을 맞추게 되는 것이다. 결과적으로 불림은 이 같은 입장과 퇴장의 물리적 리얼리티를 전시하고 고양하기 위해 개발된 탈춤의 고유한 장르적 규약이다. 환언하자면 불림이 읊조려지고, 타령 가락이 울려 퍼지며 다양한 춤이나 제스처가 취해지는 장면은 극적 이야기의 전개와 상관없이 이미지화된 다매체적 소통의 축을 탈춤에 전경화한다. 그것은 염불놀이, 북놀이를 연기하는 과장의 본 내용과는 동떨어져서, 그 장면들의 시간을 멈추게 하고 극적 전개에 구두점을 찍는 격자 기능을 한다고 볼 수 있다. 즉 이 지점에서 취해지는 광대들의 제스처와 불림의 내용, 그리고

---

186) 정형호, 『양주별산대놀이』, 서울: 화산문화, 2000, 199~200쪽 참조.

타령 가락이 뜻하는 바는, <염불놀이>와 <애사당법고 놀이>에서 재현하고자 하는 의미들과는 무관한 것들이다. 그렇지만 오히려 이 무관함 덕택에 과장의 장면들이 좀 더 특수화·개별화될 수 있는 여지가 생겨난다. 한마디로 불림에서 제공되는 다매체적 장면은 탈춤 연행의 리드미컬한 컨텍스트를 조성한다. 과장에서 장면화되었던 이미지들은 불림의 연행으로 인하여 들어 올려져, 반복되고, 반복하는 행위의 흐름을 형성하면서, 극적 서사의 의미에 좀 더 외적으로 형식화된 패턴과 결정적 해석의 틀을 부여하게 된다.[187] 이렇게 볼 때, 불림은 탈춤 장르의 장면 전환과 이미지 전시를 위한 고유한 조율장치이자, 관객이 지닌 주의력의 동화와 이화 양상을 효율적으로 조직[188] 하는 수사학적 장치라 할 수 있다. 상상력의 극적 세계에 실제 연행 공동체의 활기와 생명력을 접속시키려는 시도는 바로 이러한 불림을 신호로 탈춤에서 시작된다.

이상의 조율 장치 목록들은 탈춤의 메타 커뮤니케이션적 양상을 알려 주는 형식적 신호들이다. 물론 탈춤의 다양한 연행적 중재 과정에서 문화적으로 특수한 조율 장치의 수단들이 더 풍부하게 발견될 수 있으리라 추측된다. 하지만 이 연구에서는 탈춤의 모든 목록들을 나열하기보다는 이들 소통 수단의 신호들이 상황을 틀 짓고 전시하는 소통 행위의 수사학적 표식임을 강조하는 선에서 논의를 정리하고자 한다. 그리고 이러한 결과들을 바탕으로 이제 조율하기 장치 신

---

187) 감각적 과정으로서 연행에서 형식적 패턴이 이미지화하는 다양한 관계는 관객 구성원들의 심미적 기대에 대한 패턴화된 이미지 또한 구성한다. Harold Scheub, "Body and Image in Oral Narrative Performance", *New Literary History*. (8:3), 1977 Spring, pp.345~367 참조.
188) 김현주는 판소리 담화의 구성방식을 심적 거리의 조정 방식에 따라 공적 외부 시점, 공적 내부 시점, 사적 시점으로 나누고 그 기능적 의미에 대해 논의하고 있는데, 이것은 조율하기 과정이 관객에게 미치는 영향력을 짐작할 수 있게 하는 분석적 논의이다. 김현주, (2008), 앞의 책, 33~60쪽 참조.

호들에 의해 고양되는 것으로 지각되는 변형적 경험의 과정에, 후속 논지들의 초점이 맞춰질 것이다. 구체적인 내용은 다음과 같다.

3.3.2. "누님을랑 무당되구, 아버진 장구차구, ~ 날랑은 또 춤추리다": 변형되는 경험의 층위와 조율하기로서 틀 짓기

이전 절에서는 탈춤의 연행적 중재과정을 조율하는 데 소용되는 소통 수단에 대해 알아보았다. 기술된 조율하기 수단의 목록들은 문화적으로 특수한 탈춤 연행의 틀을 확립하는 메타 커뮤니케이션의 형식적 장치들이다. 이제부터는 본격적으로 이와 같은 연행적 틀 짓기 도구들에 의해 신호화되는 경험의 변형 과정에 대해 살펴보기로 하자.

먼저 첫 번째 변형의 과정으로 조율하기를 거론할 수 있다. 조율하기(Key)는 "이미 있는 일정 행위가 이 행위에 대한 패턴화된 어떤 것으로 변형되는 과정을 지칭한다. 이때 변형된 행위는 참여자에 의해 다소 다른 것이 된 것으로 인식"189)된다. 즉 조율된 경험은 기존의 행위를 탈컨텍스트화하고 다른 의미를 지닌 어떤 것으로 재컨텍스트화한다. 그러므로 '조율하기는 변형 그 자체를 강조'하는 셈이 되며, 이러한 조율하기 과정에 따라 "다양한 틀 짓기 장치에 의해 고양된 복원된 행위의 조정 작업"190)이 가능해진다. 조율하기는 "과거로부터 주어진 형태와, 불가피하게 현재 변화되는 행위 사이의 긴장을 구현하는 재행위(Redoing)"191)의 연행적 중재과정을 전형적으로 나타낸다.

---

189) Goffman, op.cit. p.44.
190) Marvin A. Carlson, *Performance: a critical introduction*, 2nd ed. London: Routledge, 2004. p.46.
191) Ibid. p.212.

탈춤 연행에 삽입된 조율하기 과정 중 가장 기본적인 것은 가장
(make-believe), ~인 체하는 흉내 내기이다. 탈춤 자체가 가장 행위이
기도 하지만 극적 세계 내에서도 모방 행위가 재현되고 있다.[192]

취발이 (아이 소리로) 그건 그만 해 두고 이제는 언문을 배워주
시오. (자기 소리로) 그래라 언문을 배우자. 가갸 거겨 고교 구규
(아이 소리로) 아버지, 그것도 그렇게 배우지 말고 언문 뒤풀이로
배워주시오.

【봉산탈춤 <취발이춤>】

박 첨지 자네 혹시 우리 큰마누라 못 봤나. / **산받이** 못 봤지.
박 첨지 우리집 큰 마누라가 집을 나간 지가 수삼 년이 되었는
데 영영 집에 들어오질 않으니 혹시 이런 사람이 많이 모인 곳에
나와서 구경하나 한번 불러 보려내.
산받이 혹 사람 많은데 나와 았나 한 번 찾아 보시오.
박 첨지 그럼 내 한번 불러 보네, 여보게 할멈~ 할멈~
꼭두각시 여보, 여보 영감 / **박 첨지** 만나보세, 만나보세

【꼭두각시놀이 <꼭두각시막>】

말뚝이 전령(傳令)이나 있으면 잡아올는지 거저는 잡아올 수 없
습니다
생원 오오, 그리하여라. 옛다. 여기 전령 가지고 가거라. (종이에
무엇을 써서 준다.)
말뚝이 (종이를 받아들고 취발이한테로 가서) 당신 잡히었소.

【봉산탈춤 <양반춤>】

---

192) 이하 조율하기의 유형적 분류는 Goffman, op.cit. pp.48~76과 Raymond L. Schmitt, "Negative and
positive keying in natural contexts: preserving the transformation concept from death through
conflation", In *Erving Goffman*, v.3. ed. Gary Alan Fine and Gregory W. H. Smith. London: SAGE,
2000. pp.77~93.를 참조하였다.

첫 번째 예에서, 취발이 광대는 한편으로 아이 목소리도 흉내 내어 1인 2역의 역할 연기를 감당한다. 아기 역할의 행위가 취발이의 재행위에 의해 틀 지어지고 조율되고 있는 것이다. 취발이의 입장에서 보면 그것은 변형의 과정에 속할 터이다. 목소리의 변조는 조율수단이라 할 수 있다.

두 번째 예에서의 조율하기는 극 중 외부 세계에서 극 중 내부 세계로 진입하는 박 첨지의 가장을 통해 실현된다. 산받이와 대화하는 박 첨지의 메타 서술은 매개적 의사소통에 속하지만, 할멈을 불러 보라는 악사의 권유에 박 첨지는 극 중 세계의 인물로 다시 분장한다. 박 첨지의 관점에서 자신의 변형이 실현된 것이다. "할멈~ 할멈~" 부를 때 타령 반주는 이 같은 조율의 순간을 신호하는 수사적 장치에 해당한다.

세 번째 예에서도 말뚝이는 생원에게 취발이를 체포할 수 있는 전령을 받아들게 되자, 자신의 행위를 조율한다. 즉 체포권을 발동할 수 있는 공적 역할의 수행자로서 가장한 말뚝이는 취발이에게 명령을 담은 문서인 전령을 인용하고서는, 사법적 집행력을 발휘하는 공적 신분의 행위자적 역할을 재컨텍스트화해 틀 짓는다. 마찬가지로 말뚝이의 가장은 다시 하기의 국면과 변형 과정을 상연하고 있다. 포승줄 없이 말뚝이가 취발이에게 취하는 구속의 마임은 여기서 조율장치로서 기능한다.

탈춤 내에서 게임, 경기 등의 대회, 시합, 다툼, 경쟁이 벌어지는 놀이적 상황193)에서도 조율하기의 변형적 과정이 관찰된다. 놀이의 경

---

193) 탈춤의 유희적 경기의 측면들에 주목한 논의로는 이경숙의 논문이 있다. 경기성의 개념이 애매모호한 감이 없지 않지만, 탈춤의 놀이적 국면을 상세하게 분석하고 있는 것은 이 논의의 장점이라 생각된다. 이경숙, 「〈양주별산대놀이〉의 경기성」, 『한국극예술연구』Vol.9(한국극예술학회, 1999), 11~46쪽.

쟁적 성격은 규칙들에 따라 결정되는데, 그것은 일상 세계 속에서 경쟁의 국면을 분리시킨다. 때문에 그것은 경쟁적으로 놀이하는 사람들을, 다른 사람을 연기하는 사람으로 변형시키는 주된 원인이다.[194]

> **수양반** 쉬, 쉬 (음악과 춤이 그친다.) 우리 양반의 집 자석으로 과거 때가 임박하였으니 과거갈 준비를 해야지 어떨까?
> **차양반** 암 그러기로 하지 / **셋째양반** 암 그래야지.
> **넷째양반** 그러기로 함세. (일동 동의를 한다. 과거 준비로 글짓기를 한다.)
> **수양반** (차양반에게) 사촌이 노련하니 운자를 내어보세.
> **차양반** 구럼 빽빽을 응자가 어떠할꼬 / 일동 그거 좋지.
> **수양반** (셋째양반에게) 다음은 자네가 내어보세./ 셋째양반 나는 엷을 박자로세.

【수영 야류 <양반 과장>】

> **생원** 쒸이. (음악과 춤을 멈춘다.) 여보게 동생 우리가 본시 양반이라 이런 데 가만히 있지니 갑갑도 하네, 우리 시조 한 수씩 불러보자.
> **서방** 형님 그것 좋은 말씀입니다.
> **양반들** (시조를 읊는다.) '…반남아 늙었으니 다시 젊지는 못하리라…'. 하하

【봉산탈춤 <양반춤>】

---

194) 놀이의 경쟁적 성격과 규칙 제정으로 인한 놀이의 탈일상성은 Johan Huizinga, *Homo Ludens: a study of the play-element in culture*. 金潤洙 역. 『호모 루덴스: 놀이와 문화에 관한 한 연구』. 서울: 까치, 1993, 24~25쪽 참조.

첫 번째 예에서 수영 야류의 양반들은 과거 갈 준비로 일종의 규운(闖韻) 놀이를 인용하고 있다. 규운 놀이는 각기 다른 운자(韻字)를 써 놓은 종이쪽지를 말아서 소반 위에 뿌려 놓고, 둘러앉은 사람들이 임의로 한 개씩 집어 거기에 적힌 운자에 따라 일정하게 주어진 시간 안에 시를 짓던 놀이이다. 즉 여러 사람이 나누어 집어서 그 잡힌 운자로 한시를 짓는 규운 놀이가 과거를 치기 위해 연습의 도구로 재컨텍스트화되는 까닭에, 다섯 양반 광대가 풍물을 치고 함께 춤을 추던 이전 상황은 현격하게 변화를 겪게 된다. 수양반들이 경쟁적으로 취하는 규운 놀이는 양반들이 자신을 그 경기 속에 몰입시켜 변형시키는 조율된 재행위의 틀을 형성한다고 볼 수 있다. 배김사위의 춤을 끝맺는 굿거리장단의 반주는 이러한 조율장치의 수단으로 규운놀이가 시작되는 상황을 돌출시킨다.

두 번째 예에서도 시조에다 곡을 붙여 부르는 노래인 시조창의 유희적인 시합이 벌어진다. 조선 후기 여러 가지 가곡의 영향을 받아 파생되었던 많은 시조곡조와 각 지방으로 널리 보급된 시조창이 이 장면에서 재컨텍스트화되어 인용되고 있는 셈이다. 말하자면 시조창 경합을 거치면서, 말뚝이와 설전을 벌이던 생원과 양반들이 변형되는 조율의 틀 짓기 과정이 발생한다. 굿거리장단에 따라 춤이 정지되고 "반 넘어 늙었으니~"의 시조창을 시작하라는 신호인 장구장단은 여기서 변형의 과정을 유표화하는 수사적 장치라 할 수 있겠다.

탈춤 내 매매나 교육의 장면에서 발견될 수 있는 보여 주기와 증명하기도 조율되는 재행위에 속한다. 그것들은 물건을 팔고 혹은 학습을 하는 등의 효용적 목적 달성을 위해 예비적 차원에서 다시 행해진다는 것이 특징이다.

신장수 어허허, 나도 세상에 태어나 어려서부터 글 못 배우고 등에다 짐을 지고 장수가 되어 가지고 인산인해 찾아다니고 보니 요놈의 팔자 가련하다. 그러나저러나 장사로서 물건 파는 것이 목적이라 물건을 팔러 가는데 건드러지게 가보자. (타령곡으로 주위를 한 번 돌고 중앙쯤에 와 서서) 쉬이이(반주 음악 일제히 멎는다)… 태평장이거나 무엇이거나 속담에 이른 말이 쌈은 말리고 흥정은 붙이라고 하였으나 장수가 되어서는 물건이나 팔이보자.

【봉산탈춤 <신장수 춤>】

할미 갔다 왔드냐? 가서 뭣했네? 배운 것 한 번 해봐라.
마당쇠 (한참 머뭇거리다가) 해 볼까? 도미레 네떡 내먹고. 도미레 네떡 내 먹고 (노래를 하며 할미를 발길로 차는 시늉을 한다.)
할미 아니 서당에서 글배워 온다더니 그게 배운 기가?

【가산 오광대 <할미 영감 과장>】

첫 번째 예에서 신장수의 장타령은 신세 한탄에서부터 시작되고 있다. 빈한한 환경에 글을 못 배웠던 경험이 뇌리를 스치지만, 그는 장돌뱅이의 본분인 물건 파는 처지임을 자각하고 개인적 회한을 극복한다. 이때 장사치로서의 판매기술은 타령곡과 반주음악의 시작을 신호로 재컨텍스트화된다. 그것은 손님을 더 끌어모으기 위해 저장되었던 상인의 몸짓과 재담의 규정적이며 전형적인 지식 항목을 확대 활성화시킨다. 결국 "싸움은 말리고 흥정은 붙이라는" 속담을 인용, 보고함으로써, 신장수는 물건 파는 자의 역할로 능숙하게 변형되고 그것을 재행위하는 데 익숙해진다.

두 번째 예는 부모와 자식 간 혹은 스승과 제자 간 흔히 발생하는 교육 장면이다. 교육 행위에서 빼놓을 수 없는 것이 터득한 지식을 시험해 보고, 평가하는 과정이라 할 수 있다. 이러한 교육 활동상, 배운 것이나 가르칠 것을 상대방 앞에서 말해 보고 행위 해, 점검하고 전시하는 증명하기는 교육 과정의 순간을 틀 짓고 돌출시키는 한 요인이 된다. 마당쇠의 경우에는 자신이 서당에서 배워 온 내용을 "도미레 네떡 내먹고. 도미레 네떡 내 먹고"라며 유머러스하게 재컨텍스트화하여 다시 행하고 있다, 이렇게 학습한 바를 보고, 증명하는 과정에서 변형적 경험으로서 그의 희극적 행위가 조율된다. 특히나 이 장면에서 "도미레~"의 노랫가락은 조율수단의 기능을 담당한다.

말할 만한 가치가 있는 뉴스거리를 만드는 행위 혹은 동물을 유사 인간적으로 대하는 행위도 마찬가지로 탈춤 내에서 조율하기의 변형적 과정을 틀 짓는다. 뉴스 만들기는 보고하기의 발화 행위에서 잘 나타나며, 동물의 의인화는 인간이 자신의 믿음 체계나 행위에 관한 신념을 비춰 보는 이벤트를 연행 공간에 가시화한다.[195)]

> **영감** 그래 자식 셋은 다 어쨌노,
> **할미** (후유, 탄식하며 가슴팍을 치고 눈물을 닦은 후에) 큰 놈은 나무하러 가서 정자나무 밑에서 자다가 솔방구에 맞아죽고, 둘째놈은 앞도랑에서 미꼬라지 잡다가 물에 빠져죽고, 셋째놈은 하도 좋아서 어르다가 놀라서 정기로 청풍에 죽었소. (할미는 엉엉 통곡한다.)
>
> 【수영 야류 <할미 영감 과장>】

---

195) 인간과 동물의 형상기억적 유사성은 조율하기로 실현되는 반성적 틀 짓기의 연행적 국면에서 중요하게 다루어져야 할 테마 중 하나라고 생각된다. 왜냐하면 인간에게, "동물은 자신을 비추는 거울이요, 자신의 정신적 지주 나아가 세계를 바라보는 하나의 구조"이기 때문이다. 김현주, 『토테미즘의 흔적을 찾아서: 동물에 관한 야생적 담론의 고고학』, 서울: 서강대학교출판부, 2009, 18쪽.

　　마부 그러면 헤어지는 이 마당에서 저런 좋은 음률에 맞춰 춤이
나 한자리 추고 가는 것이 어떠냐?
　　사자 (긍정) / 마부 좋아 그러면 무슨 춤으로 출랴는지 네 형편을
알아보겠다. 기 영산을 출랴느냐? 아니야, 그럼 도드리를 출랴느냐?
그것도 아니야 옳다 이제야 알았다 타령으로 출랴느냐?

【봉산탈춤 <사지춤>】

　첫 번째 예처럼, 영감과 할미 사이의 자식들이 돌연사 했다는 보고
는 여러 탈춤에서 공통적으로 나타나는 모티프 중 하나다. 그만큼 그
것은 탈춤 연행 공동체의 해석적 활동을 활발하게 유발해 내는 조선
후기의 중요한 일상적 경험 중 하나인 것 같다. 할미는 자식들이 급
사했던 회고적 기억을 보고하기의 틀 속에 재컨텍스트화한다. 따라서
자식들이 안타깝게 죽어간 사건들이 할미의 시각을 거쳐 회한과 원
통함을 지닌 사건으로 상상적으로 재경험되고 재행위된다. 이러한 충
분히 말할 만한 가치가 있는 경험을 놀랍고도 애통한 뉴스거리로 조
율하는 과정을 통해 할미는 자신의 정체성을 자식 잃은 어머니로 변
형시킨다. "큰 놈~ 둘째 놈~, 셋째 놈~"으로 이어지는 병행구문은
이 경우 조율장치로서 기능하고 있다.

　두 번째 예는 노장의 타락에 일정 부분 책임감을 느끼는 마부가 사
자 앞에서 메타 서술적으로 참회하고 용서를 빌다가 급기야는 사자
가 마치 사람인 것처럼 가정법적인 우호 관계를 맺는 장면이다. 그는
영산회상곡, 무용장단인 도드리장단, 4박자의 명쾌한 타령으로 함께
춤추겠느냐며 질문을 던짐으로써 그와 같은 바림직한 컨텍스트 형성
을 위한 해석적 틀의 조정을 시도하게 된다. 그 결과 인간과 동물의

관계적 의미가 지녔을 사회문화적 배경이 탈컨텍스트화·재컨텍스트화되고, 다시 행해진 형태로 조율되기에 이른다. 마부는 실제 동물들과의 관계 더 나아가 실제 사람과의 관계보다 더 친밀한 친구 관계를 사자와 형성하고, 그것은 유희적 경험의 행위자로 마부가 변형하는 계기를 마련한다. 빠른 타령장단에 활달하게 추어지는 연풍대의 춤사위는 여기서 조율장치 역할을 하는 결과, 그 같은 동물과의 연대적 상황이 심미적으로 고양된다.

임명식, 세례식, 결혼식, 장례식 등의 의식(儀式)은 사회적으로 인가된 변형의 경험이 발생하는 대표적 사례라 할 수 있을 것이다.[196] 이와 같은 의식들은 탄생, 성장, 죽음과 관련된 삶의 사건들을 통과의례의 형태로 무대화하여 조율한다.

도끼 예 그럼 좋지요. 허니 우리 집안이 넉넉할 것 같으면 무당 집에 부탁해서 전물을 많이 주어 시킬 텐데 그렇지 못하고 허니까 어머니 이름이나 갈기시리 지노귀를 집안끼리 헙시다. 누님을랑 무당되구 아버진 장구치구 샘현육각을랑 굿거리장단에 샘현 나오시오. 날랑은 또 춤추리다. 그대루.

누이 (넋을 청하는 무가를 부른다.)

【양주별산대놀이 <신할아비, 미얄할미 과장>】

발췌된 예에서는 부처나 신에게 올리는 제물 굿을 하고 넋의 한을 풀어 이승에서서 저승으로 보내는 지노귀굿이 인용되어 행해지고 있

---

196) 이러한 의식의 연행을 거쳐 탄생부터 죽음까지 개인적 삶의 순환에서 유표화되고 기념된 무대가 구성된다. 그것은 계절, 달의 변화와 같은 자연적 순환과 마찬가지로 반복되는 인간의 생애 사이클을 형성하고, 결과적으로 인간 사회의 조직 구성원리와 기초단위로서 사용되므로, 문화적 연행이라 명명될 수 있다. Milton Singer, *When a great tradition modernizes: an anthropological approach to Indian civilization,* New York: Praeger Publishers, 1972, p.72.

다. "누님을랑 무당되구 아버진 장구치구 샘현육각을랑 굿거리장단에 샘현 나오시오. 날랑은 또 춤추리다"라는 등장인물 도끼의 언급에서 알 수 있듯 이러한 지노귀굿을 치르기 위해 등장인물들은 일종의 제의적 엑스터시 상태로의 변형을 꾀하고 있다. 그래서 미얄할미의 죽음은 탈컨텍스트화되어, 굿의 정형화된 대본 속에 재컨텍스화되는 조율과정을 거치게 된다. 가족들이 벌이는 충만한 굿의 절차를 거치면서 미얄할미 개인의 비통한 죽음은 새로운 위상을 획득하고 살아남은 자들의 상처받은 공동체를 복원시키는 새로운 경험의 틀이 형성되는 것이다. 결과적으로 살아 있는 자와 죽은 자의 질서를 재조직하는 장례 절차가 시행되는 동안 미얄의 죽음은 연장된 삶으로서 다시 행해지는 셈이 된다.[197) 굿거리장단의 무가는 이러한 변형의 틀을 신호화하는 형식적 장치라 하겠다.

설명된 가장, 시합, 기술적(技術的) 목적의 보여 주기와 증명하기, 말할 만한 가치가 있는 뉴스거리를 만드는 행위와 동물을 유사 인간적으로 대하는 행위, 그리고 의식(儀式)적 무대로의 입장은, 탈춤 내에서 기본적으로 구성되는 변형적 경험의 주요 국면들이다. 조율되는 변형의 순간이 발생할 때, 탈춤 내의 등장인물은 언제나 상호 작용의 흐름 속에서 실제로 진행하는 것이 무엇인지에 대한 해석적 틀을 형성하게 된다. 이를테면 등장인물 개인은 현재 상황에 참여하게 되는 경우, "여기서 벌어지고 있는 것은 무엇인가?"라는 질문에 직면한다.

---

197) 그러므로 다음과 같이 문화의 기본 메커니즘으로서 장례식을 통한 죽음의 연극적 재창조에 주의를 기울여야 할 필요가 있다. "죽은 자에 대한 염려, 살아남은 자의 염려는 한 가지 구조적 상태로서 문화가 학습될 수 있는 까닭에서 고대 문화의 핵심이다… 연극성과 죽음에 대한 처리 과정은 그 뿌리가 같다." Hartmut Bohme, "Kulturgeschichtliche grundlagen der theatralitat", In *Theatralitat als Modell in den Kulturwissenschaften*, herausgegeben von Erika Fischer-Lichte, Tubingen: A. Francke, 2004, pp.54~55.

그리고 리얼함에 '대한' 그 같은 참여자의 지각을 통해 사건과 상황을 의미 있는 것으로 만드는 메타 커뮤니케이션적 틀이 만들어진다. 탈춤 등장인물들이 사회적 삶의 순간에 가질 수 있는 이러한 변형적 경험의 과정은 탈춤의 다층적이면서도 복합적인 리얼리티를 형성하는 주요 요인이라 생각된다. 다음 절에서는 그러나 조율하기와는 다른 틀 짓기 과정을 밝혀 보고 그것이 탈춤 내에서 발휘하는 기능에 대해 살펴볼 것이다.

3.3.3. "어떻게 나무랬느냐고? …버드나무식으로 나무랬지": 변형되는 경험의 층위와 조작하기로서 틀 짓기

조율하기는 간단히 말해 가장된 변형의 과정을 지칭한다. 이러한 흉내 내기로서 실현되는 리얼리티는 이전 절에서 살펴보았듯 무궁무진하다. 그것은 탈춤에서 형상화되는 리얼리티가 단 한 가지라고 말할 수 없는 이유가 된다. 즉 탈컨텍스트화되고 재컨텍스트화되는 변형의 과정을 거쳐 층화된 리얼리티가 상호 관련되는 복합적 방식들이 탈춤 내에서 의미 있는 경험의 장면을 생산하게 된다고 볼 수 있다. 하지만 조율하기와는 다른 차원의 변형 과정을 탈춤 내에서 발견하는 것 또한 가능하다. 이를테면 그것은 조율의 과정보다 좀 더 기만적이며, 거짓의 내용을 포함하고 있어서, 속는 자와 속이는 자의 관계가 형성되는 변형이다. 개인이 행동을 조율하려는 의도적인 노력이기는 하되, 진행되는 것에 대하여 잘못된 믿음을 유발할 수 있도록 일련의 행위 조각을 은폐시킨 채 위조하는 과정이, 이 두 번째 타입의 변형 과정에서는 발생한다. 이를 일컬어 이 연구에서는 조작하기

(Fabrication)라고 명명할 것이다.198) 가면을 쓰고 속이는 행위를 전개함으로써 변형의 과정을 틀 짓는 조작하기의 경험은 과연 탈춤에서 어떤 기능을 하고 있는가가 이 절에서 밝혀 보려는 내용이 된다.

박 첨지 저 건너 여인숙에 들어서 진지 한상 시켜 잡수시고 목침을 돋우베고 가래침을 곤돌리고 길다란 담뱃대에 불달아 물고 가만히 누웠노라니까 그저어린 애들은 이리로 가도 수군수군 저리로 가도 재잘재잘 해서, 내가 그 애들더러 물어 봤지… (필자 생략)
박 첨지 내가 남의 애들을 나무랠라면 나무라고 말면 말았지 그저 나무랬겠는가?
산받이 그럼 어떻게 나무랬소? / **박 첨지** 어떻게 나무랬느냐고? / **산받이** 그려.
박 첨지 버드나무식으로 나무랬지.
산받이 무엇 버드나무식? 아 유식하게 나무랬단 말씀이군요.

【꼭두각시놀이 <박 첨지 유람막>】

꼭두각시놀이 <박 첨지 유람막>의 농담 장면은 조작하기의 대표적 예라 할 수 있다. 박 첨지는 산받이에게 팔도유람을 다니다가 여인숙에서 하루 숙박한 경험을 이야기해 준다. 보고하기 형식의 발화 행위를 통해 과거의 기억이 재컨텍스트화되고 있는 셈이다. 편안히 쉬러 여관에 들어갔건만 재잘재잘 떠드는 아이들 때문에 잠이 들 수 없었던 박 첨지는 아이들에게 무슨 재미나는 얘기를 나누는 것인지 물어본다. 그러나 늙었으면 잠이나 빨리 자라는 아이들의 버릇없는 태도에 그들을 '나무라게' 된 사연을 산받이에게 들려주게 된다. 여기서 음운의 유사성을 신호로 시도되는 언어유희들은 조작하기의 틀을

---

198) 조작하기의 정의와 이하 분석될 유형적 분류는 Goffman, op.cit. pp.111~123 참조.

형성한다. 있는 그대로 아이들을 혼내 준 기억을 말해 주는 것이 아니라 박 첨지는 말장난을 통해서 이야기되는 상황을 희화화하여 들려주고 있기 때문이다. 즉 "어떻게 나무랐느냐"는 산받이의 질문에 박 첨지는 '나무'라는 수목 종을 상기할 수 있는 '버드나무 식으로'라고 대답하여 유머러스한 분위기를 창조한다. 예의 없는 아이들을 훈화하는 엄격하고도 딱딱한 상황은 이러한 유희적 기만의 조작에 의해 아이들을 혼내 줬더라도 보다 명랑하고 즐거웠던 기억으로 다시 경험된다. 말하자면, '버드나무 식으로'라는 발화는 이전 경험들과 지금 그것을 다시 보고하는 재행위를 따로 분리한다. 그래서 혼내 주다는 뜻의 '나무라기'와 생물학적 의미에서의 나무인 '버드나무'를 이중적으로 중첩시켜 재미와 모호성을 배가하는 농담의 핵심부(Punch Line)[199]를 그것은 구성하게 된다. 이전 나무랐던 이야기에 밀접히 연결되어 있지만 기억이 재생되는 가운데, 그것과 충돌되는 이중적 목소리 구조를 '버드나무 식으로'의 핵심부는 틀 짓고 있는 것이다. 그러므로 이 가벼운 농담 혹은 선의의 거짓말을 조작하는 결과, 산받이와의 대화에서 과거 경험적 자아와는 다른 변형된 존재로 박 첨지 자신을 자리매김하는 일이 가능해진다.

다른 사람을 테스트해 보는 행위도 조작하기에 해당한다. 테스트 받는 사람이 어떤 종류의 시험이 진행되는지 알지 못할 때, 테스트가 지향하는 목적이 달성될 여지가 더 커지는 까닭에서다.

---

199) "펀치 라인은 텍스트의 나머지 부분으로부터 이야기의 결론 부분을 떼어 놓아서 그것으로 하여금 종결의 연결자(copulet) 역할을 하게 하는 이야기의 핵심 부분이다. 펀치라인이 발화될 때, 우리는 그 이야기가 형식적 측면에서 완성된다는 것을 알게 되며 더불어 그것이 이전 이야기들의 변형이라는 인상 또한 얻게 된다." Bauman, (1986). op.cit. p.70.
특히 농담에서 펀치 라인의 기능에 대해서는 류정월. 『오래된 웃음의 숲을 노닐다: 조선시대 우스개와 한국인의 유머』. 서울: 샘터, 2006. 74~95쪽 참조.

<blockquote>
취발이 금전이면 사귀신(事鬼神)이라, 돈이면 귀신도 사는 법이
라. 돈으로 네 마음을 사보리라. (돈을 던져 준다.) 옜다. 돈 받아라.
소무 (돈을 주우려고 한다.)/ 취발이 (재빨리 달려가며) 앗 (다시
주워 든다.)
</blockquote>

【봉산탈춤 <취발이 춤>】

취발이는 "돈으로 네 마음을 사보리라"의 메타적 서술을 발화한
후 소무를 유혹하기 위해 실제로 돈을 던져 소무의 심중을 한번 떠보
게 된다. 자기 앞에 떨어진 돈을 본 소무는 급기야 주우려 하지만, 재
빨리 돈을 회수하는 취발이 때문에 결국 그것은 수포로 돌아간다. 결
과적으로 취발이는 소무가 정말 요조숙녀인지 돈을 미끼로 테스트해
본 셈이다. 즉 금전과 관련된 행위의 상황적 지표들이 '금전이면 사
귀신'의 비유적 장치와 함께 재컨텍스트화되어 돌출된다. 이 와중에,
소무의 사람됨을 파악하려는 목적에서 테스트 상황이 틀 지어진다.
그래서 소무를 유혹하는 존재에서 소무를 시험해 보는 존재로 취발
이가 변형되는 과정을 관객은 목도하게 된다.

불가피하게 다른 사람을 속여야 할 때도 조작하기의 틀 짓기 과정
이 발생한다. 무슨 일이 일어났고, 일어날 것인지 상대방이 알게 된다
면 오히려 심각한 상황이 초래될 수도 있다는 이유 때문이다. 아마도
그 같은 전형적인 사례는 의원이 등장하는 장면일 것이다.

<blockquote>
신주부 …(목중의 증손자인 상좌의 새끼손가락을 붙들고 맥을
본다.) 이놈을 어디 줄까?
목중 …이놈은 새끼손가락부터 주면 어떻게 살리는 거야.
신주부 그건 네가 모르는 말이다. 애가 죽은 지가 여러 수십 년
</blockquote>

이 돼서 온신의 몸의 피를 한데로 몰아가지고 삼십 삼단 방방곳곳
에 찔러야 이놈이 대번에 사는 거다.

목중 옳것다. 의술은 각각이니깐 네가 살려만 놔라.

【양주별산대놀이 <침놀이>】

목숨이 경각에 달린 병자들의 새끼손가락을 붙들고서 맥을 보는
신주부의 모습은 의학적 지식이 없는 목중이 보기에도 어처구니가
없다. 하지만 "온신의 몸의 피를 한데로 몰아가지고 삼십 삼단 방방
곳곳에 찔러야 이놈이 대번에 사는 거다"라는 의학적 임상 지식을 인
용함으로써 그는 노심초사하는 목중을 안심시킨다. 부정확하고 부적
절한 정보가 거짓 세계를 양산하더라도, 의학적 텍스트의 처방을 다
시 행하는 신주부의 입장에서는 환자로부터 나쁜 뉴스를 철회하는
것이 이익이다. 때문에 그는 진실을 말하고, 충분한 양의 정보를 제공
해야 한다는 대화의 격률을 '의도적'으로 어겨지고 있다.[200] 그 결과
재컨텍스트화된 의학적 처방은 신주부에 의해 좀 더 극적으로 조작
된다. 반복되고 표준화된 의학적 담화 텍스트와 규제된 임상적 몸의
지각을 동반하는 이와 같은 조작하기의 틀은 환자를 조정하고 관계
를 조작하기 위한 처방의 주체로서 신주부가 변형되는 과정을 잘 보
여 주고 있다. 신주부의 엉터리 같은 처방, 그리고 그것이 은폐하는
실상은 병자에게 안도감을 주고 곧 나을 수 있으리라는 희망이 되기
때문에 용서된다. 그가 상좌, 옴중, 목중의 뒤에 가서 차례로 침을 찌
르자 죽을 것 같던 이들이 살아나는 장면 구성은 이러한 조작이 속는
사람들의 이해를 위반하지 않는 선에서 합법적으로 행해질 수 있다

---

200) 텍스트 사용자는 의도적으로 격률의 파열을 사용할 수 있다. Robert－Alain & Dressler, op.cit. p.129.

는 사실을 증시한다. 침으로 대용되는 커다란 막대기와 그것을 가지고 환자의 항문을 찌르는 코믹한 제스처는 이 같은 조작하기의 틀이 변형시키는 상황을 심미적으로 유표화하는 수자적 장치라 할 수 있겠다.

지금까지 살펴본 조작하기는 속이는 자에게 그다지 큰 피해를 주지 않는다. 가벼운 농담, 다른 사람을 테스트해 보기, 그리고 환자를 안심시키려는 의학적 담화는 그것들이 기만적인 행위라 할지라도 흔히 행해지는 선의의 거짓 행동들이다. 이에 비해 타인의 사적 이익에 위배되고, 그들의 자부심을 훼손시키는 조작하기도 얼마든지 가능하다. 탈춤은 다양한 사회적 계층 간의 첨예한 이해관계가 얽혀 있는 가운데 연행되었다. 때문에 탈춤에서 착취적 종류의 사기적 행위가 성원 간의 갈등과 그것의 풍자를 위해 빈번하게 구성되었으리라 우리는 쉽게 예상해 볼 수 있다.

> **말뚝이** 우리댁 샌님과 서방님, 도련님께서, 과일(科日)이 당도해 서과거를 보러 올라오시다가 떵궁하는데 구경에 미쳐서 날 가는 줄 모르셨어. 그래 의막을 날더러 정하라고 하시니 내가 여기 강근지친(强近之親) 없구 아는 친구 없구 이 번화 지시에 밤은 들구 어찌하는 수가 없어 대단히 곤란하다가 너를 마침 만나니 천만외다. 허니 너 날 의막을 하나 정해다오.
> **쇠뚝이** …. (필자 생략) 내가 그래 보마. (의막 정하러 나간다고 장내를 여러 번 돌고 말뚝이 앞에 와서) 자 의막을 정했디.
> **말뚝이** 너 어떻게 정했느냐./ **쇠뚝이** 뺑뺑 돌린 말장을 박고 허리띠를 매고 문을 하늘로 냈다.
> **말뚝이** 거 네밀 붙을 시방 셋집채 양옥집 같구나. / **쇠뚝이** 영락없지.
> **말뚝이** 그럼 그놈들이 들어가려면 물구나무를 서 들어가야겠구나,

쇠뚝이 그럼 돼지새끼 같구나. / **쇠뚝이** 영락없지.
말뚝이 애애, 저 샌님이 바깥에 서 계신데 니가 좀 나가서 모셔
들일 수밖에 없다.

【양주별산대놀이 <의막사령 놀이>】

과거 일자가 다가오자 상경에 나선 생원 양반 삼형제는 임시로 머
물 곳을 찾아보라고 하인인 말뚝이에게 종용한다. 가까운 일가친척도
없고 친구 하나 없는 지역에서 거처를 찾을 수 없었던 말뚝이는 유일
하게 알고 있는 쇠뚝이에게 막사로 쓰일 천막이나 장막을 부탁하게
된다. 그러나 쇠뚝이는 양반들에게는 "뺑뺑 돌린 말장을 박고 허리띠
를 매고 문을 하늘로 내"면 그만이라며 돼지우리 같은 볼품없는 장소
를 물색해 준다. 이런 사정에도 불구하고 말뚝이의 안내로 의막에 당
도한 양반 삼형제들은 정갈하니 머무르기 훌륭한 곳이라고 좋아한다.
이러한 어처구니없는 모습은 당연히 풍자의 대상이 된다. 특히 쇠뚝
이와 말뚝이의 공모 장면이 극 내부의 또 다른 극적 상황, 극중극과
유사한 구조를 형성하기에 풍자의 효과는 더욱 커진다. 다시 말해 그
들의 모의 장면은 양반 삼형제가 등장하는 시퀀스를 자체적으로 상
위 부과하는 기능을 하기 때문에, 쇠뚝이와 말뚝이의 정체성이 하인
의 복종적 태도와 양반에 대한 공격적인 태도로 분화되는 것을 가능
하게 한다. 그리고 그 사이에서 쇠뚝이와 말뚝이는 복종의 신분으로
부터 기만의 주체로 변형의 과정을 거치게 된다. 즉 이와 같은 공모
하기의 조작은 돼지우리에 가까운 의막 상태를 관객들에게 미리 알
려 준다. 그래서 그것을 모른 채 의막 안에 들어오는 양반들을 쇠뚝
이, 말뚝이와 함께 관객들이 재미있게 바라볼 수 있는 극적 아이러

니[201]를 창조한다. 이 경우 의막을 정하기 위해 장내를 돌며 쇠뚝이
와 말뚝이가 한쪽 다리를 앞으로 빼었다 뒤로 내놓았다 깡충 뛰는
'까치걸음'을 추는 것은 조작적 틀로의 전환을 신호하는 형식적 장치
라 할 수 있을 것이다.

　봉산탈춤의 <양반춤> 중에서 양반에게 향해진 말뚝이의 공격적
발화는 기만적인 조작하기의 착취적 성격을 잘 보여 준다. 양반을 조
롱하는 말을 해 놓고도 그것을 양반의 추궁에 순식간에 뒤집는 말뚝
이의 화술[202]은 조작하기의 전형적인 예가 된다.

　말뚝이 쉬이 양반 나오신다… 개잘량이라는 양자에 개다리소반
이라는 반자 쓰는 양반이 나오신단 말이요
　양반들 야아, 이놈 뭐이야!
　말뚝이 …삼정승, 육판서 다 지내고 퇴로재상으로 계신 이생원
네 삼형제분이 나오신다고 그리하였소.

【봉산탈춤 <양반춤>】

　발췌된 부분에서는 '그리하였소'라는 대용언을 사용하여 복문으로
구성된 선행사, "삼정승, 육판서 다 지내고 퇴로재상으로 계신 이생
원네 삼형제분이 나오신다"를 되받는다. 이러한 대용형은 이중적인
선행사 탐색의 인지적 과정을 상호 행위자들에게 유발한다는 점이

---

201) '드라마적 아이러니'와 '드라마에서의 아이러니'는 성격이 다른 것이다. '드라마적 아이러니'는 〈의막사
　령 놀이〉에서 보이듯 의막을 정갈한 곳으로 여기는 양반들의 정보 인식과 돼지우리로 이미 알고 있는
　실제 관객의 정보 인식의 대립 상태를 의미한다. 반면 '드라마에서의 아이러니'는 단지 극적 발화상의
　아이러니 기법을 지칭한다고 볼 수 있다. 즉 '드라마적 아이러니'가 극 내부적 의사소통과 극 외부적 의
　사소통의 모순에 근거하는 것이라면, '드라마에서의 아이러니'는 극 내부적 의사소통상의 기법에 해당하
　는 것이다. Pfister, op.cit. pp.55~56 참조.
202) 정체 확인 형식, 티격태격 형식 등 탈춤의 재담이 지닌 특징에 대해서는 전경욱, 『한국 가면극: 그 역사
　와 원리』. 서울: 열화당, 1998. 260~270쪽 참조.

특징이라 할 수 있다. 선행사의 후보로서 고려될 수 있는 것은 명시적으로는 "삼정승, 육판서 다 지내고 퇴로재상으로 계신 이생원네 삼형제분이 나오신다"의 복문이다. 그렇지만, "개잘량이라는 양자에 개다리소반이라는 반자 쓰는 양반이 나오신단 말이요"의 복문 또한 이것의 잠재적 선행사이다. 즉 '그리하였소'의 메타 서술적 발화 양식에는 이 두 선행적 요소가 동시에 지시된다. 결과적으로 '그리하였소'의 발화 행위는 혼류된 지시물들을 가리키게 되어 수사적으로 '신뢰할 수 없는' 조작하기의 틀을 형성한다.

구체적으로 살펴보자면, 처음에 말뚝이는 "양반 나오신다"는 언사로써 인물의 등장을 관객에게 소개하지만 "개잘량이라는 양자에 개다리소반이라는 반자 쓰는 양반이 나오신다"라는 언어유희를 재차 사용하여 의도적으로 무례한 태도를 취하고 있다. 그리고서는 "야아, 이놈 뭐이야!"라는 양반들의 질책 소리에 이를 호도하고자 "삼정승, 육판서 다 지내고 퇴로재상으로 계신 이생원네 삼형제분이 나오신다"고 말하여 한껏 양반들의 '체면(face)'을 살려 준다. 그러나 이후 '그리하였소'라는 말로 양반들의 체면 차려 주기가 실제로는 말뚝이의 본뜻이 아니었음을 암시하게 된다. 다시 말해 말뚝이는 일단 위신, 명예, 자부심의 승인과 관련된 양반들의 '적극적인 체면(positive face)'을 살려 주고는 있다. 하지만 역으로, 양반들의 희화화가 자신의 본심이자 자기가 원하는 것이었다는 점은 은폐한다. 그렇게 함으로써, 말뚝이는 그 누구에게도 방해받기를 원치 않는 것과 관련된 자신의 '소극적 체면(negative face)'203)을 또한 동시에 살려내는 담화 전략을 고

---

203) '적극적 체면', '소극적 체면' 논의는 Penelope Brown and Stephen C. Levinson, *Politeness: some Universals in language usage*, Cambridge: Cambridge University Press, 1987. pp.64~65, pp.87~91 참조.

수하게 된다. 요컨대 말뚝이의 발화는 대인 관계에 유착된 체면과 관련해 양반의 위신을 삭감하려는 착취적 조작하기의 의도를 담았다고 말할 수 있다. 인사하기와 소개하기의 의례적 담화는 여기서 재컨텍스트화되어 말뚝이에 의해 다시 행해진다. 하지만 그것은 하인 신분에서 양반을 조롱하는 말뚝이 자신의 변형 과정을 틀 짓기 위해 중재된 셈이다. 굿거리장단에 맞춰 양반과 말뚝이가 활달하게 겹사위춤을 보여 주는 것은 이상의 풍자적 상황을 유표적으로 전시하는 데 큰 역할을 한다.

지금까지 농담, 테스트, 환자를 안심시키려는 의학적 진단 등의 우호적 조작하기와 다른 사람에게 피해를 주는 착취적 조작하기, 두 가지 경로로 탈춤에 나타나는 기만적 변형 과정을 검토해 보았다. 이 사례들은 일부분에 불과할 뿐 이 밖에도 얼마든지 조작하기의 틀이 탈춤 내에서 밝혀질 수 있으리라 생각된다. 왜냐하면 조작하기는 속고 속이는 관계를 통해 자신 안에 거주하는 타자 세계의 페르소나로 자신을 어떻게 틀 짓는지 알려 주기 때문이다. 자아와 타자 간에 벌어지는 면대면 상호 작용은 조작하기가 빈번하게 일어나는 관계라 할 수 있다. 말하자면 조작하기의 기만성은 윤리적 의미에서 판단되어야 할 문제가 아니라 행동의 한 측면이면서도 동시에 자아가 타자화되는 변형 과정 자체의 적극적 가능성을 함의한다. 탈춤 연행이 갖는 연극적 속성은 이미 조작적 변형의 일부이기에 이 같은 기만적 변형에 대한 접근은 상호 행위의 다층적 과정을 보다 선명하게 보여 줄 것이다.[204]

3.3.4. "(관객) 알았어, 손 좀 줘 봐": 변형되는 경험의 층위와 틀의 붕괴로서 틀 짓기

조율하기와 조작하기는 변형의 두 가지 유형이다. 조작하기가 기만의 가능성을 좀 더 비중 있게 함의한다 할지라도, 이 둘은 경험의 의미 있는 변형적 틀을 조직한다는 점에서 공통적이다. 그러므로 탈춤과 같은 연극 장르는 틀 분석의 관점에서 볼 때, 조작하기의 조율 과정(Keying of Fabrication)을 내재화한 것이라 볼 수 있다.[205] 즉 탈춤의 관습은 관객과의 합의하에 위조된 허구적 세계를 상연하기 위해 마련된다. (조작하기) 그리고 이러한 거짓된 세계의 구성은 광대들의 가장, 흉내 내기에 의하여 실현된다. (조율하기) 탈춤은 그렇게 해서 무대 밖 실제 사건들을 탈컨텍스트화하고 재컨텍스트화하는 연행적 중재 과정을 전시한다. 결과적으로 일상의 의미 영역과 현실적 리얼리티의 중량에 '관한' 메타 커뮤니케이션적 틀로서 탈춤이 진행시키는 조작하기의 조율 과정은 행위 자체를 재구성하게 된다. 요컨대 현실 속에서 진행되는 것이 무언인지에 '관해', 탈춤 연행자는 이해하고, 해석하며, 이 해석에 맞게 상호 작용 속에서 나의 경험과 너의 경험을 구성한다. 이로써 경험의 텍스트적 의미와 컨텍스트적 배경의 관여성을 확정지을 수 있는 틀이 정초되고 현실과 차별적인 탈춤 연행의 경계표지가 가능해진다.

1.
<u>양주별산대놀이</u>를 시작하겠습니다. 날이 바람이 부니까 싸늘한

---

205) Ibid, p.135.

느낌이 듭니다. <u>양주 별산대 공연장</u>이 지어진 지는 10년 됐어요. 그전에는 <u>저 아래 조그마한 공연장</u>에서 공연했습니다. 여러 가지 시설이 개선되고 있는데 모자란 점이 많습니다. 지금 제가 말하는 것도 또렷하게 들리지 않을 것이라 생각이 됩니다. <u>내부적인 구조</u> 때문에 공연장이 항아리 같은 구조로 되어 있어서 좀 울립니다. 그런 부분을 저희들이 개선을 해 보려고 노력을 하고 있습니다. 그런 어려운 점이 있다는 점을 감안해 주시고 관람해 주셨으면 감사하겠습니다. <u>양주별산대놀이 상설공연</u>은요, 시작한 지 <u>이 공연장</u>이 지어지기 전 해부터 하다가, <u>이곳 공연장</u>이 지어지면서 한 10년이 되어 갑니다. 매주 토요일 일요일 3시에 공연을 하고 있는데요. 며칠 남지 않았어요. 10월 31일까지 저희가 상설 공연을 합니다. 그 뒤부터 추워서 상설공연을 하지 않습니다. 그리고 원래 세계 민속극 축제를 계획했다가 원래는 해야 되는데 이번에 신종플루 때문에 시에서 여러 가지 협의를 거쳐서 취소하는 것이 좋겠다는 합의가 있어서 취소가 되었습니다. 양주별산대놀이는 여러분이 어떻게 알고 계신지 모르겠는데, 탈춤입니다. <u>탈춤</u>이고요. <u>중요무형문화재 2호</u>로 지정되어 있습니다. <u>국가적으로 중요한 문화재</u>로 지정되어 있는데, 탈춤이라는 것이 널리 알려지고 보급 되었다기보다는 그 지역에서 한정적으로 하다 보니까 여러분에게 가깝게 다가가지 못하는 그런 부분이 있을 거라 생각됩니다. 여러분 여기까지 오신 것을 대단히 감사하게 생각하고 있습니다.

2.
<u>양주별산대놀이는 13가지 정도 서로 다른 내용을 가지고 연극을 하는 조선 시대의 가면극</u>, 탈을 쓰고 연극을 하는 것이라 생각하시면 좀 더 이해가 편하실 것입니다. 탈춤이다 보니 당연히 탈을 쓰고 춤을 추겠죠, 노래도 하고요. 대사도 있습니다. 그것을 다 한 번에 묶어서 줄거리가 있는가 그것이 관전의 포인트일 것입니다…

【양주별산대놀이 2009년 10월 24일 공연 <오프닝 멘트>】

탈춤의 공연 시작과 종결을 알리는 언급은 수다한 인용과 보고 발화로 메워진다. 왜냐하면 그것은 극적 세계의 일부이면서 동시에 외부에서 드라마 세계를 언급하는 전형적인 틀 짓기 작업의 일종이기 때문이다. 바꾸어 말해서 프롤로그 기능을 하는 오프닝 발화에 의해 현실에서 진행되는 활동은 정지되고 재컨텍스트화되어, 뒤에 전개될 연극적 상황이 전망적으로 투사된다. 발췌된 발화에서 드러나듯이 1단락 첫 문장의 '양주별산대놀이'의 어휘적 표지는 실제 언어외적인 양주별산대놀이를 되돌려 가리킨다. 그러면서 곧이어 발화 내부에서 설명될 양주별산대놀이를 초첨화해 그것에 관한 기대감을 조성하는 언어학적 지표로서도 그것은 기능하게 된다. 이러한 초점화된 지시적 표현을 이어 받아 1단락 두 번째 문장에서부터 동일한 지시적 표현의 요소들이 오프닝 발화의 연속성을 강화한다. '양주별산대 공연장', '저 아래 조그마한 공연장', '내부적인 구조', '양주별산대놀이 상설공연장', '이곳 공연장', '탈춤 중요무형문화재 2호' 등이 그것이다. 그리고 이전 공연장과 지금의 공연장에 대한 비교 설명, 세계 민속극 축제 및 신종플루라는 시사적 뉴스거리 같은 흥미 있는 소재들과의 결부를 통해 점차 관객을 극 외부에서 극 내부로 견인하게 된다. 이후 2단락에서부터 양주별산대놀이의 역사와 내용을 말하게 되어, 지시되었던 양주별산대놀이에 대한 관심은 더욱 활발해진다. 그 결과 일상적 현실을 무대 연출의 극적 정경으로 전도하는 조작하기의 조율적 틀이 자연스럽게 관객에게 감득된다. 탈춤 연행 주체가 구성되는 자기 지시적인 과정이 출현하게 되는 것이다.[206]

위에서 암시되는 것처럼 틀 짓는 과정은 단지 의미를 만드는 작업

---

206) 담화상의 이러한 지시물의 조작은 전조응, 후조응, 외조응, 내조응과 관련된 지표성의 인지적 조작과 관련이 깊을 것이다. Yan Huang, *Anaphora: a cross-linguistic approach*, Oxford: Oxford University Press, 2000, pp.302~318 참조.

일 뿐만 아니라 텍스트적 의미와 함께 그것에 관여되는 상황적 컨텍스트를 함께 조직하는 작업이기도 하다. 따라서 틀 짓기 과정에서는, 주의력의 몰입과 이완에 관한 인지적 작업이 빈번하게 발생하고 해석적 틀이 다변적으로 조절되는 경우가 얼마든지 가능하다. 이를테면, 틀의 패턴은 고착화된 것이 아니다. 초점화된 틀에 관한 주의력은 계속해서 유지될 수 있는 만큼 의도적으로 흐트러져 느슨해질 수도 있다. 즉 확립되었던 틀은 파열되고 철회되기도 한다. 하지만 그것 역시 경험의 변형을 위한 또 다른 해석적 틀의 일종이다. 왜냐하면 틀로부터 자유로워지는 체험이라 할지라도, 그것은 직접적으로 이용 가능한 배경 사건으로 정의될 수 있는 컨텍스트의 또 다른 해석에서 비롯되는 까닭에서다. 결과적으로 붕괴되는 틀[207]도 틀 짓기 과정과 마찬가지로, 텍스트와 컨텍스트의 부분, 전체 관계를 다시 관계 짓는 반성적 활동이다. 탈춤에서 틀의 붕괴로 틀 지어지는 변형의 과정을 우리는 다음과 같이 두 가지 경로로 생각해 볼 수 있다.

취발이 이놈 이름을 줘야 되는데 뭐라 지어야 하나? (악사에게) 여보 거 뭐라 지으면 좋을까.
관객(여기저기서) 장구요. 성규요, 바보요, 마당이요.
취발이 옳지 마당에서 났으니 마당이가 좋겠구나. ….
취발이 이놈 젖동냥을 해야 되는데, 애기 엄마가 안 보여. 옳지 저기 있구나.
관객 분유를 줘. 분유를 / **취발이** 어떤 아줌마야. 그런 분유 값이라도 줘.
관객 알았어 손 좀 줘 봐. 나한데 그럼 마당이를 줘. 내가 평생 배불리 해 줄게. (마당이 인형 빼앗는다.) / **취발이** 애이, 나도 모르

---

207) 붕괴되는 틀에 관해서는 Goffman. op.cit. pp.345~375 참조.

겠다. (취발이 도망간다.)

　　관객　악사하시는 분이 좀 맞춰 주시면 연기자가 연기하는 것이 오히려 좀 더 낫지 않을까요. 연기하시는 분만 연기하고 다른 분들은 가만히 앉아 있으니까 뭔가 좀 부자연스러워 보여요. 한 번 좀 그렇게 해 주시고, 오늘 제가 본 부분은 한 일부분만 본 것 같아요. 오늘 공연을 처음부터 끝까지 보려면 어떻게 해야 되나요?

　　첫 번째 예에서 '~하나', '~좋을까', '~를 줘'처럼 종결 부분에서 느껴지는 일상적인 구술적 어투와 친화력의 언술에 관객은 정서적으로 '동화'되고 있다. 취발이의 메타 서술적인 젖동냥에 대한 요청이 있자, 관객은 손을 달라고 한 후 마당이 인형을 취발이에게서 강탈하는 활동을 보임으로써 냉정함을 잃고 극적 세계에 갑자기 뛰어든다. 그 결과 드라마적 연기 세계는 탈컨텍스트화되고 재컨텍스트화되어 실제가 되고, 환각을 지탱하던 형식적 틀은 통제력을 잃는다. 해서 그것은 관객과 배우가 재조율하는 흥청거림의 공간으로 새로이 이행된다. 동화 과정으로 이루어진 틀의 붕괴가, 연행자와 관객의 경험을 재설정하고 변형시키는 또 다른 틀을 구성하는 것임을, 이 장면은 잘 보여 주고 있다.

　　반면 두 번째 예에서 관객은 공연 현장과 비판적 거리를 두려고 한다. 즉 정적인 연기보다 연기자 상호 간에 좀 더 적극적인 호흡을 요구하고, 과장 일부의 관람을 넘어 전체를 공연해 주기를 그는 요청한다. 공연에 대한 이러한 그의 욕망과 메타적 평가는 허구적 리얼리티로부터 거리를 유지하는 '이화'의 태도를 취할 때만이 가능하다. 그러나 무대 위 상황의 갱신을 촉구하는 이화 또한 동화의 태도와 비슷하게 무대적 픽션의 틀을 탈컨텍스트화·재컨텍스트화하여 관객 나름대로 재조율하는 변형의 경험이라 할 수 있다.

동화와 이화의 과정은 틀 붕괴의 두 가지 유형이다. 상호 작용의 참여자가 틀을 깰 때, 몰입과 이완의 정도는 인지적·감정적으로 변화되고, 유지되던 해석적 틀의 적절성은 시험대에 오르게 된다. 동화와 이화의 장면은 그래서 탈춤의 관객들이 단지 수동적이지만은 않다는 것을 증명한다. 탈춤 연행 주체들이 자아와 타자와의 상호 작용을 전개하여 변형을 꾀하는 과정은 바로 탈컨텍스트화·재컨텍스트화되는 틀 만들기 행위 자체 속에서 이루어지고 있다는 사실을 틀이 붕괴되는 경험은 보여 주고 있는 셈이다.

조율하기, 조작하기, 틀 붕괴의 경험 등은 틀 지어지는 경험들의 비견고성을 여실하게 드러낸다. 다시 말해 텍스트와 컨텍스트의 윤곽선을 어떻게 부감시키는가, 해석적 적절성을 어떠한 방식으로 처리하는가에 따라 탈춤 내 상호 작용의 양상은 조율하기, 조작하기, 틀 붕괴의 경험 속에서 다층적·다변적으로 달라진다. 겉보기에 조선 후기라는 시대적 배경의 일원적 리얼리티로 보일지라도, 탈춤이 구성하는 상황은 여러 다른 복합적 리얼리티가 관계를 맺는 방식에 의해 가변적일 수 있음을 이상의 분석은 증시한다. 그러나 문제는 반성적으로 틀 지어지는 탈춤의 경험 양상들이 이제 얼마만큼 사회문화적 담론 영역과 연계될 수 있는가 하는 점이다. 탈컨텍스트화·재컨텍스트화되는 탈춤 연행의 텍스트에 권력 구조는 어느 정도 영향을 미치고, 일의적 통제를 위배하는 차별화된 실천은 그러한 관계 속에서 또 어떻게 중재되고 있는가? 이러한, 텍스트의 정치경제학적 측면이 세밀히 읽힐 수 있을 때, 탈춤 내 면대면 상호 작용의 메타 커뮤니케이션적 활동이 갖는 사회문화적인 기능이 좀 더 분명히 밝혀질 것이다.

Part 04

탈출의 문화적 담론실천의 반성성

이전 절에서는 탈춤의 면대면 상호 작용이 컨텍스트화를 구성하는 과정에 대해 알아보았다. 그것은 탈춤의 의미작용을 말하는 데 가장 직접적인 컨텍스트가 어떻게 틀 지어지는지를 드러내는 작업이었다. 분석 결과 텍스트화의 과정은 컨텍스트화와 분리될 수 없으며 탈춤에서 재현되는 발화 행위, 몸의 사용 방식, 체험 등은 재컨텍스트화되는 담화, 체현, 경험의 생산 과정이라는 사실이 고찰되었다.

그러나 탈춤의 텍스트적 실천은 직접적인 면대면 상호 작용 이외에도 좀 더 모호하게 구성되는 배경, 이를테면, 세계관, 이데올로기, 사회경제적 환경 같은 보다 넓은 지시 대상의 가능 집합을 관여된 컨텍스트의 집합으로 포함하고 있다. 예컨대, 면대면 상호 행위자의 지식, 신념, 관습화된 도덕적 판단 원리, 그리고 공통적 행동 양식 등은 국지적 면대면 상호 작용의 부분적 형상을 훨씬 큰 배경적 전체 내에 위치시키는 탈춤 연행의 문화적 틀인 셈이다. 그것들은 탈춤의 텍스트가 의미하는 것을 가능하게 하는 요인들이지만, 지각적으로는 은폐되어 있는 상황적 기반, 담론의 영역에 해당한다. 때문에 탈춤의 면대면 상호 작용이 직조하는 국지적 의미를 이데올로기화하지 않기 위해서는 어떻게 사회문화적인 담론의 컨텍스트가 고립된 면대면 상호 행위의 컨텍스트와 연결되는지 기술해야 할 필요가 있다.[208]

연행적 중재 과정은 강조되었다시피, 메타 커뮤니케이션적 틀 짓기 과정이다. 그것은 의미작용 그 자체가 아니라 컨텍스트 속에서 의미작용의 효과를 만들어 내고, 자아와 타자의 주체 구성을 진행시키는 유표적 소통 양식이다. 부분적 텍스트 구조의 생성 및 전체적 컨텍스트화와 관련한 주체의 형성 과정은 연행의 중재 과정이 만들어 내는 효과라 할 수 있다. 그러므로 우리는 담론이 컨텍스트화되는 반성적 국면을 통해 탈춤 텍스트 생산의 협소한 메커니즘에서 벗어나, 연행되는 사회역사적 사건으로서 탈춤이 틀 짓는 문화적 리얼리티에 접근하게 된다.[209] 즉 조선 후기 사회역사적 담론 층위가 반영된다는 차원이 아니라, 탈춤의 면대면 상호 작용을 거쳐 담론적 컨텍스트가 절차적으로 생산되고, 조정되며 재생산되는 과정을 이 장에서는 분석하려 한다.

본격적인 분석에 들어가기에 앞서 탈춤 연행의 현실 맥락을 잠시 짚어 보기로 하자. 이 현실 맥락은 단지 탈춤 연행의 외부 차원에서 발생한 사회경제적 배경임을 본 연구에서는 지적하고자 한다. 어떻게 그것들이 탈춤의 텍스트적 실천과 함께 직조되고 해체되어 재구성되는지가 연행적 접근의 초점이므로 아래에 언급될 탈춤을 둘러싼 시대적·지역적 맥락은 참조 내용에 준하는 기능만을 할 것이라 판단된다.

---

208) 담론을 통한 국지적 컨텍스트의 해체는 일종의 컨텍스트 반영론에서 컨텍스트화가 이루어지는 실천의 국면으로 탈춤의 사회문화적 의미를 위치시킬 것이다. 국지적 컨텍스트화와 사회문화적 컨텍스트화의 관계는 Mary Hufford, "Context", *The Journal of American Folklore*, Vol.108, No.430, Autumn, 1995, pp.528~549 참조.

209) 즉 발신자와 수신자는 텍스트를 통해 텍스트를 넘어서는 어떤 영역에서의 의미를 생성한다. 그 생성은 텍스트를 통한 커뮤니케이션 상황에서의 여러 요소들 간 역동적인 상호 작용을 통해 이루어지므로, 이러한 텍스트는 대화적 상황에 놓이게 된다. 대화의 기술적 관점은 텍스트를 선험적 진리나 지식에 의존하지 않고 보다 현실적인 상황과 맥락을 고려하는 와중에 텍스트를 통해 교환되는 것을 기술하려는 입장이다. 말하자면 텍스트의 대화적 커뮤니케이션에서 발신자와 수신자는 현실에 존재하는 것이 아니라 담론의 세계에 존재하게 된다. 송효섭, 「텍스트의 대화성」, 『기호, 텍스트 그리고 삶』, 신현숙 편, 서울: 월인, 2006, 357~386쪽 참조.

　　조선 후기 공연 예술은 시대적으로 상당히 미묘한 보혁(保革)의 문제를 제기하고 있다는 쪽으로 국문학계에서는 어느 정도 의견이 모아졌다. 구체적 언급은 다음과 같다.

　　"중세적 제약을 벗어 버리고 초기적으로 서구, 일본의 문화적 충격을 받아들이기 시작하면서 근대와 접속을 이루고 하는 시대가 조선 후기였다. 따라서 이런 격동기에 공연예술이 가지는 기능이라고 하는 것은 변혁과 보수, 이 두 가지 상반된 지향 가운데 자기 모습의 실현이었다고 볼 수 있다. 그 가운데 사회적·계층적 분화도 공연예술의 과정에서 이루어졌다. 문제는 이 시대의 공연예술이 열려진 마당을 추구하고 있었다는 점에 대해서는 공통적 의식을 갖지만, 그럼에도 불구하고 다른 한쪽의 시각은 엄격한 의미에서 공연예술이 가져야 할 규범 같은 것도 한쪽에서 온존하고 있었다는 점이다. 그러니까 어떤 의미에서 양가적 의미를 가지는 문화적 시대라고 말하는 것이 바로 조선 후기에 대한 공정한 논의가 될 수 있다. 궁극적으로 이 시대에 대해 말할 수 있는 것은 관과 민의 대립적 관계일 수 있겠지만, 이 둘의 관계는 결코 대립적이기만 한 것은 아니라는 사실이다. 물론 부정적인 면은 존재한다. 관의 간섭, 또 관의 보호도 부정적 역할을 했다. 그러나 그런가 하면 바로 간섭과 보호 때문에 긍정적인 상호 영향이라는 문제도 제기될 수 있다. 요컨대 이 시대 연희는 공간, 시간, 인물 모든 면에서 확대되고 다양화되었다. 이것이 이 시대의 특징이다. 현대의 연극에서 말하는 제3의 벽과 같은 일체의 벽을 깨트려버리고, 활짝 열린 부단한 규범 파괴, 이것이 이 시대 문화 운동의 기본적인 동력으로 작용했다고 여겨진다. 관념적인 것이 직접적인 자기표현으로, 유교이념적인 것이 탈이념적인 것으로, 백성들을 순화하던 예술이 서민들의 재생적인 방향으로, 또 규범화로부터 탈규범화로, 백성들을 순치하는 것으로부터 백성이 비판하는 쪽으로 대세가 많이 바뀌어 나간 것이 어느 정도 조선 후기 공연예술의 대체적인 경향이라 말할 수 있는 것이다."210)

이상의 논급을 개괄적인 시대경향으로 전제하고, 참고하면서 이 연구에서는 참여자에 의해 '해석된 컨텍스트'의 틀이 파악될 수 있을 때, 탈춤 연행 내에 역사적 특수성이 구성되고 작동되는 방식이 온전하게 파악되리라는 점에 주목할 것이다. 환언하자면 컨텍스트 분석에서 중요한 것은 탈춤 연행자의 참여자적 관점에서 컨텍스트로 관여되는 인지적 기반들이며, 탈춤의 구체적인 텍스트적 실천과 연루된 컨텍스트 구성이다. 이러한 '컨텍스트화'의 효과는 무엇보다도 연행적 중재 과정에 의해 생산되는 '텍스트화'와 필수불가결하게 결부된다는 점이 특징이다.

4.1. 장르의 연행과 최소화된 상호 텍스트적 간격의 틀 짓기

심미적 예술 작품은 통상 사회생활과 분리된 자족적인 형상물로 간주되어 왔다. 예술 텍스트의 형식화에 따른 시학적 장치들은 생리적으로 리얼리티를 왜곡하며, 오용하는 내용을 은닉하고 있기에, 현실적 삶과 대립되는 간극을 지닌 인공물 이상은 아니라고 생각되었다. 하지만 "예술 영역과 사회적 구조의 구성 성분의 관계는 끊임없는 변증법적 흐름 속에 있으며 예술은 사회적 구조와 상호 교환할 수 있는 관계"[211]를 형성한다. 심미성의 획정은 이미 사회문화적 문제로서 그것의 구조화된 경향과 계층화된 기능 및 각 기능 형태의 규칙성

---

210) 단국대학교 동양학연구소, 「座談會鈔: 한국근세문화의 특성 – 조선왕조후기(XI)」, 『동양학』26권(단국대학교 동양학연구소, 1996), 433~434쪽 참조.

211) Roman Jakobson, "What is poetry?", IN *Semiotics of art: Prague School contributions*, ed. Matejka Ladislav and Titunik Irwin R. Cambridge, Mass.: MIT Press, 1976, p.164.

은 사회 문화적으로 산견되는 의미 영역과 긴밀히 관련된다. 심미적 규범은 예술 작품의 사회 문화적 사용 과정 속에 일반화·관습화되어 예술 작품의 구성 요소 사이에 질서를 확립하고 담론의 생산과 수용을 위해 전형화된 체계 및 스타일을 개발한다.212) 예술 작품의 구성 과정 속에서 미적 규범은 특수한 사회적 과정과 리얼리티를 윤색하며, 발아시킨다고 볼 수 있다.

이러한 심미적 관습의 통어에 가장 강력한 영향력을 미치는 것은 무엇보다도 장르적 규칙일 것이다. 장르는 현저하게 결정화(結晶化)된 형식과 연관된다. 장르는 획일적인 패턴을 가진 의미 형성체로서, 그러한 패턴은 장르를 사용하는 자들의 정체성과 가치를 드러내는 것이기도 하다. 대부분의 정체성과 집단의 가치는 작은 장르들의 조작과 분할에 달려 있고, 다른 배경을 가진 사람들 사이에 사회적 긴장감의 근원은 소통상 장르 구조의 조작 방식이 함의한 차이에서 비롯한다. 즉 반복되는 일상 행위는 우리가 장르라고 부를 수 있는 것 속에서 스타일화된 표현력을 지닌 채 질서화된다.213) 사회적 생활에는 수많은 장르적 패턴과 결부된 전형적 말하기, 글쓰기 방식 및 몸의 처신 방식이 존재하기 때문에, 우리는 장르적 관습에 대해 구조화된 예상을 적절히 결과해 낼 수 있다.

정황상 연행 공동체의 집체적 창작물인 탈춤은, 각각 안정적인 주제, 스타일, 구조로 구성된 다양한 장르들을 포함한다. 판소리, 시조, 가사, 잡가, 민요, 무가, 고소설 등은 탈춤에 수합된 문학적 장르들이

---

212) Jan Mukarovsky, "The esthetics of language", In *A prague school reader on esthetics, literary Structure, and style,* ed. Paul L. Garvin, Washington, D. C.: Georgetown Univ. Press, 1964, pp.31~69 참조.

213) Dell Hymes, "folklore nature and the sun's myth", *The Journal of American Folklore,* Vol.88, No.350, 1975, pp.350~351 참조.

다. 한편 수수께끼, 속담, 고사성어, 격언, 명령, 주문, 정치적·사회적 주석, 험담, 모욕, 언어유희, 농담, 의학적인 과학적 진술, 직업적 표현, 일상의 인사, 작별 인사, 축사, 건강에 대한 정보 공유의 논급 등은 탈춤에서 조작되는 발화 장르들이다. 요컨대 탈춤 연행의 조건 아래 사회적 규칙성을 갖춘 수많은 문학적·발화적 장르 스타일들이 소통의 대상이 된다.

이와 같은 각각의 이종적인 단순한 1차 개별 장르들은 탈춤이라는 좀 더 큰 2차적 복합장르[214) 내 틀거리 지어진다. 즉 1차 장르들은 탈춤에 흡수되고 '인용'되어 '전시'되므로, 그것이 본원적으로 지니던 실제 리얼리티와의 직접적인 관계를 상실한 채 탈춤 연행 상황 속에서 새로운 시공간을 대화적으로 매듭짓고 이미지화한다. 따라서 순수하면서도 단일한 장르적 타입과 스타일은 탈춤 내에 존재하지 않는다고 말할 수 있다.[215) 탈춤 내 '보고'되며, '인용'되는 1차 장르 사용의 '과정'은 혼성화(Hybrid)된 장르적 실천의 가능성을 정의 내리기 때문이다. 그 결과, 고도로 형식화되고 관습화된 수다한 장르들이 탄력 있게 개방적으로 혼합된다, 그리고 동시에 장르적 소통에 의해 사회문화적 그룹과 개인 성원들이, 전형적인 상호 작용의 상황적 의미와 참여자적 역할을, 인지하며 지각하고 재구성하는 리얼리티의 의식적 조작 과정이 발생한다.[216) 한마디로 말해 관습적 타입의 유형학적

---

214) "2차적 장르는 소설, 드라마, 시와 같이 복합적이고, 잘 발전되었으며, 잘 구성된 문화적 커뮤니케이션에서 발생한다. 형성 기간 동안 2차 장르는 매개되지 않은 발화 공동체에서 취해진 다양한 1차 장르를 흡수하고 소화한다. 반면 1차 장르는 복합장르에 그것이 들어갈 때, 특별한 특성을 가진 것으로 가정되며, 변환된다." M. M. Bakhtine, *Speech genres and other late essays*, ed. Emerson Caryl, and Holquist Michael; tr. McGee Vern W. Austin: Univ. of Texas Press, 1986, p.62.

215) 본질적인 장르론의 해체에 대해서는 송효섭, 『해체의 설화학』, 서울: 서강대학교 출판부, 2009, 17~31쪽 참조.

216) 장르에 대한 기존 관점은 관습적 담화 타입, 유형학적 의미에서 문화적으로 가치화된 것, 정전적으로 승인된 형태라는 시각을 고수하였다. 하지만 최근 접근에서는 커뮤니케이션의 생산과 수용을 구성하는 상

범주를 넘어, 장르적 실천의 틀은 상호 행위자 사이의 소통을 가능케 하는 화용론적 텍스트화 과정을 발생시킨다.

　텍스트는 담론 형성의 장이자 담론의 효과이기도 하므로 장르적 사용을 통해 텍스트를 구조화하는 과정은 담론을 생산하고 수용하는 틀이 되기도 한다. 즉 장르적 형태는 관습적이지만 담론적 실천의 형식적 수단과 구조와 관련되는 것으로서, 장르적 타입은 끝이 열린, 조작 가능한 소통 질료의 기대 집합을 형성한다고 말할 수 있다. 따라서 첫째, 공시적 관점에서 장르는 담론을 구조화된, 획일화된, 경계 지어지는 텍스트로 형상화하는 강력한 수단이다. 장르적 패턴에 의해 담론은 텍스트화되고 컨텍스트화된다. 둘째, 통시적 관점에서 장르는 다른 시공간, 다른 행위자와 연계되는 이전 텍스트화된 담론을 탈컨텍스트화·재컨텍스트화하는 해석절차를 구성한다. 장르적 소통에 따라 상호 텍스트적 관계가 생산된다. 말하자면 공시적으로 장르는 특별한 종류의 형식적·기능적 특징을 갖춘 텍스트를 생산하고, 해석하는 틀로서 텍스트화(entextualization)를 생성시키는 과정 그 자체이다. 그리고 통시적으로는 장르가 환기하는 텍스트 생산과 수용에 대한 관습적 기대 사이의 소통적 실천 속에서 담론은 탈컨텍스화·재컨텍스트화된다. 그래서 그것은 반복되는 텍스트의 형태, 상호 텍스트성의 관계로 생산되고 수용된다. 바꾸어 말해 장르적 상호 텍스트성의 연행 과정은 일련의 담론을 텍스트로 조직하여 탈컨텍스트화하고 재컨텍스트화하는 반복 과정을 거쳐 담론적 실천의 반성적 차원

호 관계의 차원을 강조하여 탄력 있고 협상 가능한 틀인 바, 장르적 실천을 사회적 삶의 실행 상 담론적 실천의 일환으로 보려는 시각으로 선회하였다. Richard Bauman, "Genre", In *Folklore, cultural performances, and popular entertainments: a communications-centered handbook*, ed. Richard Bauman, New York: Oxford University Press, 1992, pp.53~59 참조.

에 주의를 기울이게 한다.[217]

이 연구에서는 상호 텍스트성의 개념을 단지 문학적 텍스트의 영향(Influence) 관계, 모방(Mimicry), 패러디, 표절에 국한하여 다루지만은 않을 것이다. 그보다 소통 국면의 미시적 수준에서 격언, 속담, 익명의 권위화된 말이나 구술적 '인용'과 '인유' 형태도 상호 텍스트성의 확장된 개념으로 다루고자 한다.[218] 왜냐하면 영향 관계와 모방의 형태는 그 내부에 인용의 행위를 필수적으로 포함하고 있기 때문이다. 인용되는 컨텍스트와 인용하는 컨텍스트, 접촉하고, 교차하는 이 두 컨텍스트 상의 경계에서 생산되는 상호 텍스트적 효과야말로 모든 상호 텍스트성의 양상들이 위치시키는 자기 지시성 속에서의 반성적 과정을 잘 보여 준다.[219]

요약하자면 장르적 상호 텍스트성의 간격 조절은 이미 만들어진 담론을 한 담론에서 추출하여 다른 담론으로 변형시키는 사회문화적 과정으로서 우리가 연행이라 부를 수 있는 중재 과정에 의해 그것은 실현된다. 담론화된 이전 텍스트를 탈컨텍스트화하고 지금 이 시점에서 새로이 담론화된 텍스트로 재컨텍스트화하므로, 상호 텍스트성의 연행 형식은 문화 자체를 메타적으로 검토하며 구성하는 수단이 된다.[220] 즉 문화는 연행된다.

---

217) Charles L. Briggs and Richard Bauman, "Genre, Intertextuality, and Social Power", *Linguistic Anthropology* 2(2), 1992. pp.147~148 참조.

218) "상호 텍스트성, 영향, 모방은 그 내부에 인용을 포함하고 있다… 어떤 발화 주위에 배치된 인용의 표지는 그것을 둘러싼 구문으로부터 강조되고, 분리되며, 구별된다." Mary Orr, *Intertextuality: debates and contexts*, Cambridge, UK: Polity, 2003. p.130.

219) 결국 상호 텍스트성은 인용의 모자이크다. 어떤 텍스트도 인용을 통해 다른 텍스트로 흡수되고 변형된다. 상호 텍스트성은 텍스트의 상호 작용적 · 치환적 생산을 지시한다. 상호 텍스트성은 텍스트의 무한한 타자성이 관찰될 수 있는 공간인 셈이다. 낯설고, 이국적이면서도 타자적인 이전 텍스트에 '관한' 번역과 재구성, 변형이 지금 이 시점 내가 행하는 텍스트적 실천에 따라 발현될 때 텍스트의 반복과 텍스트 간의 소통이 가능해진다.

220) 장르, 상호 텍스트성, 연행의 관계는 Richard Bauman, *A world of others' words: cross-cultural*

이 절에서는 상호 텍스트성의 간격이 최소화되는 탈춤의 장르적 실천 양상에 대해 먼저 살펴보려 한다. 그것은 선행 담론을 반영하는 것이 아니라 유지하거나 강화하는 등 최대한 해석적 개입이 가능하도록 '구성'하는 과정이다. 그러면서 텍스트의 권위를 '생산'하는 보수적 상호 텍스트성의 조작, 의례적(ritualistic) 행위라 할 수 있다.[221] 특히 권위적 담론이 틀 지어지는 과정은 텍스트적 사용의 합법성, 텍스트적 접근의 차별성, 텍스트적 능력의 우월성, 텍스트적 가치의 위계성을 전시할 수 있는 연행적 소통 능력에 의해 구성된다.[222] 물론 이 네 가지 과정이 뚜렷하게 구별되는 과정이라 할 수는 없다. 그보다 권위 있는 의례적 텍스트와 담론을 만들기 위해 함께 진행되는 장르적 상호 텍스트성의 전략이라는 사실에 유념하면서 논의를 진행시켜 보도록 하겠다.

4.1.1. 텍스트적 사용의 합법성과 권위적 담론의 틀 짓기

상호 텍스트적 간격의 최소화 전략은 이전 담론화된 텍스트를 미리 권위가 주어진 것으로 구성하는 과정이다. 이에 따라 현재 담론은 과거 담론에 종속된다. 탈춤 내 선행 권위적 담론이 유효성을 발휘하게 되는 방식 중 첫 번째로 이번 절에서는 하회탈춤을 대상으로 텍스트 사용의 합법성을 통해 권위적 담론이 틀 지어지는 방식에 관하여

---

perspectives on intertextuality, Malden: Blackwell Pub. 2004. pp.1~11 참조.

221) 모든 장르는 그들 자신 각각이 가치 적하적인 지향성을 가진다. 따라서 다수의 장르가 조합된 작품은 이데올로기의 반영으로 환원되지 않는다. 개개의 장르적 관습의 실천은 텍스트의 담론 형성에 저마다 기여하며 결과적으로 텍스트에 특수한 구성주의적 원칙을 형태화하기 때문이다. W. F. Hanks. "Discourse Genres in a Theory of Practice". *American Ethnologist*, Vol.14, No.4(Nov. 1987), pp.668~692 참조.

222) Richard Bauman and Charles L. Briggs, "Poetics and Performance as Critical Perspectives on Language and Social Life", *Annual Review of Anthropology*, Vol.19, 1990. pp.76~78 참조.

접근해 볼 것이다. 하회탈춤은 반촌(班村)의 토착 세력이 향권(鄕權)을 공고히 유지하기 위해 탈춤의 전승에 관여한 대표적인 경우[223]라 할 수 있어 이러한 논의에 적합하다고 판단된다. 물론 텍스트적 사용의 합법성 구축은 권위적 담론을 틀 지으려는 모든 탈춤에 공통적인 상호 텍스트적 전략이지만 아래에서는 좀 더 유표적으로 나타나는 하회탈춤을 대상으로 그것을 논해 보겠다.

하회에서는 10년 주기로 별신굿을 했다고 하는 한편, 서낭신의 계시가 있으면 정해진 해가 아니라도 별신굿을 했다고 한다. 주기적인 것이 다소 인위적이고 공적인 별신굿이고, 비주기적인 것은 그때그때 필요에 따라 자연스럽게 한 별신굿이다. 산주는 평소에도 초하루 보름마다 서낭신께, 기도를 올리는데 이때 신의 계시가 내리는 경우 별신굿을 하게 된다. 또는 마을 사람들 가운데 누구 입에서든 별신굿을 해야 된다고 하는 말이 나와서 풍문으로 퍼지게 될 때 별신굿을 했다. 강신은 별신굿을 하기위한 신내림 과정으로 화산 중턱에 있는 서낭당에서 진행되는 의례이다. 섣달 그믐날 내림대를 든 산주(산의 주인)와 서낭대를 멘 대광대(大廣大), 제관(祭官)과 유사(有司) 그리고 나머지 모든 광대들이 행렬을 지어 풍물을 울리며 서낭당에 올라간다. 서낭당에 도착하면 서낭대를 당집에 기대어 세우고 산주는 내림대를 들고 당 안으로 들어가서 주문을 외우며 다음과 같은 신내림을 기원한다.[224]

> "해동은 조선 경상북도 안동 하회 무진생 서낭님 앉아 천 리, 서
> 서 만 리를 보시는 서낭 님이 뭐를 모릅니까… 내리소서, 내리소

---

223) 박종성, 「朝鮮後期 탈춤의 浮上과 鄕村社會構造」, 『韓國文化』Vol.20(서울대학교 한국문화연구소, 1997), 54쪽 참조.
224) 임재해, 『민속마을 하회여행』, 서울: 밀알, 1994. 188～190쪽 참조.

서, 설설이 내리소서."

【하회별신굿탈놀이 <강신 마당>】

우선 안동 성황신의 내력에 대한 정보 전달을 위해 "해동 조선 경상북도 안동 하회 무진생" 등 시공간적 지표들이 일정한 간격으로 반복되며 환유적 관계로 연결된다. 이후 그것은 "앉아서 천 리, 서서 만 리를 보시는 서낭님"처럼 신의 존재와 역할을 알리는 병행 구문과 이어진다. 그러면서, 지시적 기능으로 간주될 수 있는 신에 관한 정보 및 지식 전달을 통해 신내림을 정당화하는 논리를, 이와 같은 발화는 제공하게 된다.

결국 신에 대한 인식적 정보의 표출은 신내림이 행하는 효과를 고양시킨다. 바꾸어 말해 신의 내력은 신의 힘에 정당성을 부여한다. 그래서 "서낭님이 뭐를 모릅니까?"의 수사학적 질문은, 전지전능한 서낭신을 부르는 호명의 기능을 담당하게 된다. 결과적으로 "내리소서, 내리소서, 설설이 내리소서"의 기원형 명령법에 의해 하회 마을에 확산된 위기와 비결정성의 문제가 신이 가진 힘에 의해 변화될 수 있음이 자연스럽게 받아들여진다. '서낭님', '천 리', '만 리', '내리소서' 등으로 음소의 반복을 통한 음악적 효과는 신내림의 메시지를 전경화하는 효과를 유발하여 그러한 화용론적 기능에 정서적 환기의 기능을 증폭시킨다.

이상의 텍스트화 과정은 일종의 성주굿 계통의 '고사소리' 앞부분 성주풀이가 하회탈춤의 상황에서 '새롭게' 재컨텍스트화된 것이다.[225]

---

225) 성주굿 계통의 고사는 경상도 안동 지역에서 이 지역 무속집단인 화랑이에 의해 널리 분포된 것이었다. 손태도, 『광대의 가창 문화』, 서울: 집문당, 2003, 158~159쪽 참조.

즉 성주굿 고사소리를 재컨텍스트화한 '산주'의 상호 텍스트적 발화 행위는 성주굿 고사를 '변화'시켜 하회별신굿의 의례가 시행될 수 있는 제도적 힘의 근원으로 틀거리 짓는다. 산주의 고사 소리는 하회마을의 부락제적 메커니즘을 통제할 수 있는 합법성을 부여받는다. 그 결과 마을의 안녕과 풍요를 기원하는 풍농굿으로서 별신굿의 권위적 전통이 마을에서 확립된다.

혼례마당에서 발화되는 홀기(笏記)도 특별한 담화 형태의 합법적인 전유를 거쳐 하회별신굿의 권위적 효과로 그것의 생산성과 주술성을 담보한다. 홀기는 혼례나 제례 때 의식의 순서를 적은 글[226]인데, 하회별신굿탈놀이에서는 상호 텍스트적으로 간략하게 축소되어 인용된다.

> 신랑 출(新郎 出): 신랑 입장하세요. / 신부 출(新婦 出): 신부 입장하세요.
> 서동부서(婿東婦西): 신랑은 동쪽 신부는 서쪽에 서세요.
> 부선재배(婦先再拜): 신부가 미리 두 번 절하세요.
> 서답일배(西答一拜): 신랑은 한번 감사의 절을 하세요.
> 시자침주(侍者斟酒): 보조하는 분은 술을 따르세요. (斟－잔에 술을 따르다.)
> 예필(禮畢): 예식을 마칩니다.

【하회별신굿 탈놀이 <혼례마당>】

홀기 담화는 진행과 사회를 보는, 창홀(唱笏)의 양반 광대에게 명령문의 주어로서의 위상을 수여한다. 신부의 대역인 각시광대와 신랑의

---

226) "교배례나 합근례는 모두 집사의 홀기(혼례나 상제례의 의식 절차를 적은 글)에 따라 하였다." 김종혁, 『조선의 관혼상제』, 서울: 중심, 2002. 106쪽.

대역인 선비광대가 예식에 따라야 함을 홀기는 함의하며, 그러기에 "신랑 입장하세요, 신부 입장하세요" 같은 명령을 내릴 수 있는 적합한 권위가 창홀하는 양반 광대에게 인가되는 것이다. 반복 병행되는 명령법의 권위는 혼례마당이 연행되는 밤의 시간적 배경과 유사 성교적인 제스처에 의해 그 효과가 더욱 증폭된다. 왜냐하면 인적이 드물고 아무도 볼 수 없는 마을 어귀의 밭에서 횃불을 조명삼아 치러지는 혼례 의식은 그만큼 신성한 비의(秘儀)가 되기 때문이다. 횃불에 반사되어 기괴하게 비춰진 탈의 조형성은 인간의 얼굴과 표정이 지닐 수 있는 실제적 의미들을 가능한 한 상징적으로 변형시켜 함부로 접근할 수 없는 분위기를 조성한다. 또한 신랑과 신부가 첫날밤을 겪는 것처럼 신랑이 신부의 저고리 옷고름을 풀고 신부를 눕히는 의식적(ceremonial) 행위를 연출하는 것도 홀기 담화의 초세속적 권위 형성에 일조하게 된다. 그럼으로써, 홀기 담화의 명령법은 하회 마을의 미래 상태에 대한 가능한 조건들을 합법적으로 구성하고 기술하는 텍스트로서 기능하게 된다.

혼례마당은 17세 처녀로 죽은 서낭신과 하회탈을 만들다 죽은 전설 속 인물 허도령을 혼인시키는 일종의 허혼(虛婚)이다. 하회별신굿의 혼례마당에서 '양반' 광대가 낭창하는 홀기는 이러한 서낭신의 허혼을 진행하기 위해 일상적인 홀기 예문을 '새로이' 재컨텍스트화한 것이라 볼 수 있다. 결과적으로 양반 광대에 의한 홀기 담화의 합법적 사용은 마을 공동체의 입사식적인 메커니즘의 권위를, 처녀로 죽은 서낭신의 위령제와 관련 지어 최대한 해석 가능하도록 제시한다. 그리고 이를 수단으로 풍요다산의 분위기나 대동적 연대감 같은 하회별신굿의 전통적 가치를 보수하고 틀거리 지을 수 있는 근거로 그것은 소통된다.

반복되는 텍스트의 합법적 이용에서 가장 중요한 것은 규칙성과 공공성이다. 다시 인용되는 텍스트가 절차의 표준적 사용 방법을 내장하고 있고, 사용자가 텍스트 사용의 절차에 관한 정당성과 내용을 충분히 예측할 수 있을 때, 반복되는 텍스트는 권위의 틀을 창조한다.[227] 말하자면 하회별신굿탈놀이에서 전시되는 고사소리나 홀기 같은 발화 장르들의 상호 텍스트적 간격 조절은 신내림과 혼례 등 규칙화된 의례적 장면 속에서 시행된다. 이 장면들이 어떤 이유로 마을을 위해 행해지는지 마을 사람들이 알고 있으며, 그 과정에 거부감 없이 따를 수 있는 공공적 성격을 갖춘 까닭에, 그것은 별신굿의 권위적 담론을 구성하게 된다.[228] 모든 제도적 구조와 메커니즘은 텍스트 사용자에게 텍스트를 통제하는 합법성을 부여한다. 역으로 합법화된 텍스트 사용을 통해 제도 또한 그것의 힘과 권위를 얻게 됨을 우리는 하회별신굿탈놀이의 고사 소리와 홀기의 상호 텍스트적 틀거리 짓기 과정에서 읽어 낼 수 있다.

4.1.2. 텍스트적 접근의 차별성과 권위적 담론의 틀 짓기

반복되는 텍스트에 대한 차별화된 접근은 권위적 담론을 틀 지을

---

227) 컨텍스트상 의무적 발화가 합법적 효력을 발휘할 수 있게 되는 원칙은 첫째, 규칙이 있어야 한다는 점, 둘째, 사람들이 그것의 내용이나 정당성에 대해 알아야 한다는 점, 셋째, 그럼에도 상황의 변화에 개방적이어야 한다는 점이다. 내림굿이나 혼례에 동원되는 텍스트의 합법적 사용도 그것의 의례적 성격이 가지는 강제적 힘 때문에 이와 마찬가지 원칙이 적용된다. Forrester James, W. "Why you should", In *Pragmatics II : critical concepts*, ed. Asa Kasher, London: Routledge, 1997, pp.436~437 참조.

228) 바꾸어 말해 탈춤의 담론을 통제하는 데 동원될 수 있는 수단은 이렇듯, 주체들 사이의 희박화, 즉 텍스트를 사용하는 주체에 대한 자격 조건의 합의된 제한을 거쳐 정의되는, 합법적 텍스트 사용의 공식적 성격에서 근원 한다고 볼 수 있다. Michel Foucault, *The archaeology of knowledge and The discourse on language*, tr. Smith Sheridan, New York: Pantheon Books, 1972, pp.224~225 참조.

수 있는 두 번째 방법이다. 대상, 방법, 명제, 개념, 기술과 도구들의 집합에 의해 정의되는 지식 체계의 운용에 따라 사회적으로 결정되는 포함과 배제의 원리 혹은 가독성의 규정 등은 시공간을 걸쳐 확장되는 상호 텍스트적 반향 속에서 사회적·문화적 삶의 요소를 구성하는 수단이 된다. 그리고 그 결과 전통적 권위의 힘을 강화시킨다.

<수영야류>와 <가산오광대>의 경우 좌수영과 조창이 있는 지역에서 연행되었는데, 중요 연행자들은 어느 정도 생활에 여유가 있고 행정 실무를 담당했던 이서 계급에 속한 이들이었다. 그들은 향권 장악을 넘볼 정도로 사회적 위상이 높았기 때문에, 민(民)과의 연대감을 고려하면서도 양반 지향적인 면모를 탈춤 연행에 강하게 드러내었다.229) 그러므로 연행집단의 출신 성분이나 배경이 특별한 이곳 탈춤들에서, 반복되는 텍스트에 대한 차별화된 접근의 메커니즘은 계층을 가로지른 형태로 좀 더 유표적으로 나타났으리라 예측된다.

> **큰 양반** 상놈이 양반의 근원을 알아 무엇하랴마는 내 양반의 근본을 알릴 터이니 자서히 들어보아라. 일부원군, 이대장과 삼부윤, 사유수는 내 수상(手上)의 벗이고, 팔도방백 각읍 수령은 내 수하(手下)의 벗이라. / **말뚝이** 아이카.
> **큰 양반** 양반 기구 (기술의 방언) 한 번 내어 하늘에 올라가서 대붕조(大鵬鳥)를 잡아 번갯불에 지져 먹고 지하에 내려와서 진시황이 만리성 쌓을 때에 발 한 번 뒤적뒤적하다기 선취복종하고 후취 덜미하고 삼취 미감하고 춘풍강산 뚝 떨어지면 죽는 놈은 상놈 너뿐이요, 사는 양반 내 아니냐.

【가산오광대 <양반 과장>】

---

229) 이훈상, 『조선후기의 향리』, 서울: 일조각, 1990. 155~156쪽 및 이훈상, 『가산오광대』, 大田: 국립문화재연구소, 2004. 45~46쪽 참조.

양반의 근원을 밝히는 과시적 언급이 말해지는 와중에, 북해의 곤이라는 물고기가 변신하여 날개길이가 3천 리이며 한 번 날갯짓으로 구만리를 난다고 하는『장자』<소요편(逍遙遊)> 상상 속의 큰 새, '대붕조'가 '인용'되고 있다. 이러한 인용이 포함되어 있는 부분은 "~춘풍강산 뚝 떨어지면"으로 끝나는 가정법적 절이다. 말하자면 '대붕조'가 삽입된 절은 상상적으로 서술되는 사건으로 구성된다. 반면 가정법적 절 이외의 절, 즉 "죽는 놈은 상놈 너 뿐이요, 사는 양반 내 아니냐" 문장은 가정법적 절을 근거로 해 큰 양반의 실제 의견을 제시하고 있는 절이라 할 수 있다. 따라서 큰 양반과 말뚝이의 실랑이가 벌어지는 상호 행위의 과정 중 '대붕조'의 인용은 큰 양반의 행위에 대한 예시적 시나리오를 만들 목적에서 제시된 서술인 셈이다. 바꾸어 말해, 큰 양반은 '대붕조'의 작가(author) '장자'의 사상, 이른바 '정신적 자유'를 지금 이곳에서 발화될 수 있도록 제작하는 자이다 (animator). 그래서 그는 말뚝이와는 태생부터 다른 신분적 계층에 속하고, 신분적으로도 고귀한 본인의 면모를(principal) 언급하게 된다. 결과적으로 큰 양반은『장자』<소요편(逍遙遊)>의 인용을 통하여 상상된 '나'로, 존재적 발판의 전환(footing shift)을 꾀하고 있는 것이다.

그것은 조선시대 왕비의 친아버지에게 주던 정1품의 봉작인 부원군 등등이 모두 큰 양반의 일가친족이라는 자랑에 덧붙여져서, 양반 문벌 가문의 사회적 위상을 증명하는 또 다른 상징적 자산으로 역할한다. 요컨대 정신적 자유로움을 강조하는『장자』<소요편> '대붕'의 의미가 자기문중 자랑 형의 극 중 발화 장르에 상호 텍스트적으로 재컨텍스트화된 형국이다. 다시 말해『장자』를 해독하는 양반의 능력은 빛나는 문벌의 권위를 강화하고, 조상의 내력과 업적을 과장 왜곡하는 파벌 의식을 틀거리 지을 목적으로 극 중에서 '새로이' 직조되는 바, 차별화된 텍스트 접근의 예를 전형적으로 보여 준다.

그러나 비단 상층 계급이 권위적 담론의 제한적 영역을 조직한다는 차원에서, 텍스트에 관한 접근의 차별성이 구성되는 것만은 아니다. 왜냐하면 개개의 다양한 직업군이 소양으로 하는 전문적 지식들의 사용 또한 탈춤 연행에서 흔히 장면화되어, 소통 능력상의 권위를 적절히 컨텍스트화하기 때문이다.

미래를 알고 싶어 하는 욕망에서 쳐지는 점술은 전문적 담화의 대표적인 종류다. 점괘는 아무에게나 허용된 텍스트가 아닌 까닭에, 흔히 이전 텍스트에 관하여 최소화된 상호 텍스트적 간격 조절을 거쳐 그것의 권위적 담론을 형성한다.

> **할미** 아이고 그럼 보소. 경문이나 해야 될 낀가, 우짜 해야 하는가. 아이고 내사 모르겠다.
> **옹생원** 괘(卦)를 빼 봐야지.
> **할미** 그럼 해 보소. 괘를 빼든가. 뭘 빼든가. 아이고 내사 영감이 죽고 나면 어이 사나. …. (필자 생략)
> **옹생원** 천하언제신이며 지하언제신이라, 감이신통 하나니다. (산통을 흔들며 괘를 빼는 시늉을 한다.)

【가산오광대 <영감, 할미 과장>】

옹생원은 죽어 가는 영감을 위해 점을 친다. "하늘이 무엇을 말씀하시리오. 땅이 무엇을 말씀하시리오. 말없이 하늘이 질서 있게 운행되는 가운데, 신이 감동되어서 모든 일이 순리대로 잘 통하리라" 예언하며 그는 점대를 통에서 뽑고 있다. 점괘를 치면서 동시에 옹생원은 궁편으로 큰 가락을 울려 북을 치고, 이에 맞춰 둘러서 있던 풍물패의 꽹과리가 굿거리장단을 소리 내기 시작한다. 그러면 색동저고리를 입은 무당이 큰 나뭇가지를 위, 아래로 휘저어, 누워 있는 영감의 주위를 빙빙 도는 모습이 연출된다. 이와 함께 할미, 마당쇠, 서울애기가 두 손으로 영감을 살려 달라 빌고, '영감', '아버지' 하며 부르는 소리가 뒤따른다. 물론 이러한 그들의 음성 발화 속에는 신음소리와 끙끙거리는 소리, 훌쩍훌쩍 울고, 흐느껴 우는 등의 언어학적 구조로 확인되지 않는 신체생리학적 목소리의 집합들이 추가되고 있다. 점괘의 목소리가 드높아지고 북과 꽹과리의 가락이 점점 급박해질 때, 살아 있는 이들의 어깨는 움찔거려지며, 목을 좌우로 흔들고, 팔과 손가락을 대각선으로 떨어, 무릎을 굽힌다. 그래서 동작학적 형태소에 통사적으로 부사적 기능을 강조할 수 있는 특별한 움직임들의 변수가 급증하기에 이른다. 반면 땅에 밀착해 전체 몸의 움직임을 정지시킨 영감의 죽은 몸이 내포한 해부학적 이미지는 더욱 부산해지는 산 자들의 발화와 제스처를 전경화한다. 살아 있는 이들의 몸의 행위가 포함하는 강도, 리듬, 속도가 비교 측정 될 수 있도록 거울처럼 되비치며, 영감의 죽은 몸은 살아 있는 자들의 몸을 교차적으로 지시(cross referencing)하게 되는 것이다.230)

결과적으로 가산오광대에서는 예언적 비결과 비기의 점괘 텍스트가, 동티가 나 까무러쳐 죽은 영감을 살릴 목적에서 상호 텍스트적으로 '인용'되는 옹생원의 발화 하에, 다양한 동작학적·음악적·준어어학적 상호 작용을 수반하며, 재컨텍스트화되고 있다. 신통력을 지

---

230) 동작학적 설명은 Ray L. Birdwhistell, *Kinesics and context: essays on body motion communication*, Philadelphia: University of Pennsylvania Press, 1970, pp.95~104 참조.

닌 점쟁이만의 선별적 이용이 가능한 점괘의 발화 장르적 성격은, 죽은 영감을 살릴 수 있는 옹생원의 권위를 틀 짓는 데 강력한 수단으로 극 중에서 '달리' 소통되고 있는 셈이다.

수영야류와 가산오광대의 특이한 점은 둘 다 봉사가 등장한다는 점에서 찾아진다. 이들 시각 장애를 가진 인물들은 종교 생활을 담당하던 전문직에 종사하는 것으로 극 중에서 나타난다.

> **영감** 여기요 여기, 어서 죽은 사람을 살리는 경을 일러주시오.
> **봉사** (소고를 두두리며 독경한다.)
> 해동조선국 경상남도 부산수영동 / 거주심달래 신운이 불행하여 / 우연졸도 명재경 각하였으니 천지신명은 대자대비하옵소서. / 천수천안 관자재보살 광대원만 / 무애대비심 대다라니

【수영야류 <할미 영감 과장>】

죽은 할미를 앞에 두고 봉사 광대는 앉아서 단순한 4박 장단의 북장단을 반복적으로 두드리며 할미를 살리고자 독경을 하기 시작한다. 여기서 봉사 광대는 다른 광대들과는 달리 탈을 착용하지 않고 맨 얼굴을 그대로 드러내고 있다. 때문에 그의 모습은 수영야류 자체 내에서도 매우 각별하다. 탈을 쓴 여타의 광대들보다 훨씬 관객의 시야에 먼저 들어온다는 말이 된다. 또한 봉사 광대는 갓을 비스듬히 쓰고 검은 수염을 귀에 걸어. 일부러 동공을 위로 치켜 올려 흰자위만을 껌뻑거리는 비정상인의 얼굴을 극 중 내내 보여 주어서, 한층 심미적으로 고양된 연기 기술을 전시한다고 볼 수 있다. 사실 표정이란 사회적으로 학습되는 것이다. 우리가 속으로 느끼는 감정을 축소하고, 과장하고,

때로는 완전히 감추어, 가면을 쓸 수 있을 정도로 표정은 관리된다.[231] 하지만 수영야류에서는 다른 광대들과는 달리 오히려 가면이 벗겨진 채 연출되는 봉사의 얼굴 표정으로 인해, 그 같은 인조적 표정의 사회적 차원에 의문을 제기하는 결과가 빚어진다. 즉 살아가는 동안 겪는 수많은 사건의 판단장치로서 얼굴 표정을 통해 표현할 수 있는 감정의 상태에 대해 연행 주체들이 메타적으로 점검해 보는 자리가, 유독 탈을 쓰지 않은 봉사 광대에 의해 마련되는 것이다.

봉사 광대의 얼굴뿐 아니라 독경의 과정과 함께 진행되는 전체 극 상황 또한 매우 유표적이라 할 수 있다. 풍물패의 경우 그들은 이전에 흥겹게 연주하던 타악기의 반주음악을 멈추고 무거운 침묵을 유지한 채, 극 중 상황을 지켜본다. 이들의 상태는 뭔가 긴장감 있는 분위기의 장면을 구성하는 데 일조하게 된다. 한편 영감은 할미의 손을 짚어 보고, 가슴의 심장 고동 소리를 귀로 확인하거나, 콧바람을 손가락으로 감지하며, 이마를 짚어 보아 안절부절못하는 행위를 취함으로써 극단적으로 불안한 제스처를 실연한다. 부채와 지팡이의 오브제들이 땅바닥에 어지러이 내팽겨 쳐진 배열도 상황의 긴장감을 배가시킨다고 볼 수 있다.

결국 봉사가 독경을 하는 상황은 단순히 불경을 외는 상황의 반영이라고 할 수 없는 것이 이처럼 표정이나 제스처, 오브제를 수단으로 몰입의 강도가 커진 심미적 상황을 특수하게 전시하고 있기 때문이다. 바꾸어 말해 독경 암송을 통해 봉사 광대는 기계적으로 현실의 맹인 독경을 전형화하는 것이 아닌, 제한적 시계를 지니고 있지만, 내

---

231) Paul Ekman, *Emotions Revealed: recognizing faces and feelings to improve communication and emotional life*. 이민아 역. 『얼굴의 심리학: 우리는 어떻게 감정을 드러내는가?』. 서울: 바다출판사, 2006. 21~22쪽.

러티브를 청각적으로 창조할 수 있는 심미적 능력의 권위적 소유자로 극 중에서 형상화된다. 즉 이때의 내러티브란 진정한 '눈멂'이란 무엇인가에 대한 내러티브다. 조강지처를 발로 차 때려죽인 영감의 어리석음처럼, 진정한 '눈멂'의 장애는, 이데올로기적 전략 속에 포획된 것을 모르고 살아가는 통찰력 부족에서 기인되는 것임을 그는 암시한다. 그래서 봉사의 독경 행위와 이를 둘러싼 것으로 구성된 환경은 장애와 불구, 가면과 은폐에 관한 진의를 반성적으로 검토할 수 있는 권위적 텍스트를 틀 짓게 된다.

말하자면 수영야류의 봉사는 불경 텍스트의 재컨텍스트화 과정을 통해 인생의 심층적 의미를 재구할 수 있는 종교적 권위의 담지자로서 극 중에서 형상화된다. 하지만 단순히 일상적인 종교적 담론의 권위자가 아니게 되는 까닭은 불경의 인용이 극 중에서 다양한 방식의 심미적 전시와 함께 텍스트화되기 때문이다. 결국 권위적 담론을 구성하며 '새로운' 판을 짜 나가게 되는 장면을 봉사의 독경은 보여 준다.

'학과(discipline)'적 지식232)이 내장된 텍스트에의 차별적 접근은 텍스트 사용의 합법성과 더불어 탈춤에서 기능하는 권위적 담론 틀 짓기의 또 다른 원리이다. 『장자』의 '대붕'에 대한 인용, '점괘'의 재사용, 그리고 반복되는 '불경'의 암송 등 학과적 지식은 일단 일종의 익명적인 체계, 타자의 말을 구성한다. 하지만 지식 체계를 익히기를 원하는 사람과, 그것들을 이용할 수 있는 사람을 미리 제약함으로써, 그

---

232) 학과의 형성은 텍스트의 차별적 접근과 상관적이다. 왜냐하면 푸코의 지적대로 학과는 "일종의 익명적인 체계를 구성한다. 그것들은 원하는 것이 누구이든 혹은 그것들을 이용할 수 있는 사람이 누구이든 간에 자유롭게 이용할 수 있는 것들로, 그것들의 의미에 대해 질문하지 않아도 혹은 그것들을 창안해 내는 사람이 누구이든 간에 그로부터 파생되는 학과의 유효성에 대해 질문하지 않아도 가능하다… 학과는 담론 생산에 있어 통제의 체계를 구성한다. 규칙이 지속적으로 재활성화되는 형태를 취하면서 동일화의 기능을 통해 학과는 담론의 한계를 고착"시키기 때문이다. Foucault, op.cit, pp.222~224.

러한 인용 가능성은 사실 사람에 따라 달리 적용되는 담론 구성의 일환이었음이 밝혀진다. 말하자면 반복되는 텍스트의 차별적 접근을 통해 도가적 지식, 점성술적 지식, 불교의 교리에 관한 지식 등이 재고 지식의 형태로 극 중에서 객관화, 공공화된다. 그래서 연행적 중재 과정인 상호 텍스트적 간격의 최소화 전략을 수단으로 지식의 사회적 유통을 심미적으로 실연하고 전시[233]하는 것이 탈춤의 극 중 흐름에서 가능해진다고 말할 수 있다.

4.1.3. 텍스트적 능력의 우월성과 권위적 담론의 틀 짓기

권위적 담론을 틀 짓는 세 번째 과정은 우월한 텍스트화 능력이 있느냐 없느냐에서 판가름된다. 텍스트적 능력, 텍스트화 능력은 탈컨텍스트화·재컨텍스트화를 성공적으로 적절히 연행할 줄 아는 능력을 일컫는다. 상호 텍스트적 반복 과정 속에서 형상적 의미에 걸맞게 배경적 상황을 컨텍스트화할 수 있을 때, 보다 권위 있는 소통 능력의 소유자로서 인정받으리라는 것은 쉽게 짐작되는 사실이다. 즉 텍스트화 능력의 우월성이란 다름 아닌 컨텍스트화 능력의 우월성이다. 말하자면 뛰어난 컨텍스트화 능력은 "어떤 순간, 어떤 곳에서 말하고 행하고 있는 것과, 지난 과거를 통해 획득된 앎을 관련시키기 위하여 화자와 청자가 언어적·비언어적 기호들을 사용"[234]하는 능력이 우수한 경우로 정의될 수 있다.

---

233) 연행적 중재과정이 매개하는 지식의 사회화 기능은 Bauman, (2004), pp.149~150 참조.

234) John J. Gumperz, "Contextualization and understanding", In *Rethinking context: language as an interactive phenomenon*, ed. Charles Goodwin, and Alessandro Duranti, Cambridge: Cambridge University Press, 1992. p.230.

황해도의 각지에 전승되는 탈놀이 중에서도 봉산탈춤은 우수한 예능적 품격을 갖춘 탈춤이라 일반적으로 평가된다. 이렇게 된 환경적 요인에는 첫째, 단오놀이 중에서도 대표적인 종목으로 전승됨으로써, 일반인의 호응이 높았다는 점이 손꼽힌다. 둘째, 시장경기의 활성화에 봉산탈춤이 큰 몫을 하는 터라 상인들이 매년 단오절 경기를 이용하기 위해 상대적으로 탈춤에 대한 지원을 아끼지 않았다는 점을 거론할 수 있다.[235] 관객의 능동적 역할만큼 탈춤의 연행 과정에 대한 연행자의 의식적 기여가 좀 더 높아질 수밖에 없는 이유라 하겠다. 꼭두쇠를 정점으로 한 남사당패는 꼭두각시놀이를 비롯한 여섯 가지 놀이를 가지고 일정한 보수 없이 숙식만 제공받으면 큰 마당에서 밤새워 놀이를 논 패거리이다.[236] 따라서 전문적인 유랑 연예인단인 이들에게 있어서도 봉산탈춤과 마찬가지로 연행자가 관객과 수월하게 커뮤니케이션 하는 것이 매우 중요하게 의식되었을 것이다. 결과적으로 봉산탈춤과 꼭두각시놀이는 놀이의 특성상 보다 상업화되고, 전문화되었기 때문에 우월한 텍스트화 능력과 컨텍스트화 능력이 좀 더 고도로 요청되었으리라 예상해 볼 수 있다.[237] 물론 각 탈춤의 예술적 완성도와 성취를 이 연구에서 절대적으로 평가할 수는 없는 일이다. 때문에 봉산탈춤과 꼭두각시놀이를 중심으로 분석할지라도, 다른 지역의 탈춤 연행자들이 텍스트화·컨텍스트화 등 연행 능력이 떨어졌음을 이 연구에서 의도하는 것은 아님을 미리 밝혀 둔다. 그보다는 봉산탈춤과 꼭두각시놀이를 대표적 사례로 살펴 대부분의 탈춤에 관

---

235) 박전열, 『봉산탈춤』, 서울: 화산문화, 2001. 23~24쪽 참조.
236) 심우성, 『男寺黨牌 硏究』, 서울: 同和出版公社, 1974. 35쪽 참조.
237) 정형호의 봉산탈춤 삽입가요 연구는 결국 이 같은 점에 초점이 맞춰진 것이라 판단될 수 있다. 정형호, 「가면극에 나오는 가요의 수용 양상(봉산탈춤을 중심으로)」, 『한국민요학』Vol.6(한국민요학회, 1999), 273~292쪽 참조.

류하고 있을 터인 텍스트화 능력의 우월성에 관한 논의의 방향을 이 절에서는 조망해 보려 한다.

둘째 목중 중은 중의 행세를 해야 하고 속인은 속인의 행세를 하는 법이니, 우리가 노장 스님의 상좌가 되어 가지고 거저 있을 수 있느냐, 노징스님이 돌아가셨으니 친변수륙(丁變水陸齋)에 민변야락제(萬變野落齋)를 올져보자꾸나.

목중들 오냐 그래 네 말이 옳다. (장구, 북, 꽹과리, 징 같은 것을 가지고 나와 염불을 하면서 노장이 누워 있는 주위를 빙빙 돌며 재를 올린다.) 나무아미타불 관세음보살…

【봉산탈춤 <노장춤>】

산받이 대사님 여기에 나온 김에 고사덕담 축원이나 한 번 외우시오.

묵대사 (축원) 그럽시다. 상봉 일경에 불복만재로다. 야−아 복이 자아헤−에 에헤 헤나 노려나 여래를 사랑을 하십소. ~

【꼭두각시놀이 <이시미막>】

봉산탈춤의 목중들과 꼭두각시놀이의 묵대사는 승려로서 포용력 있게 불교를 포교한다. 우선 봉산탈춤의 목중들은 수륙도장(水陸道場)에서 수중과 육상의 잡귀를 위하여 음식물을 산포하고 경을 읽으며 올리는 불사인 '천변수락제'와 불가에서 잡귀를 위하여 재를 올리며 축문을 읽는 일인 '만변야락제'를 아무 무리 없이 거행하고 있다. 그런데 불교의례들이 올리어지는 상황은, "중은 중의 행세를 해야 하고 속인은 속인의 행세를 하는 법"이라는 익명의 격언이 '인용'되면서 시작된다. 이와 같은 발화는 '의무'의 발화내적 힘(illocutionary force)을 지닌 단언으로, 중의 사회적 행위와 관련된 바람직한 상황을 구성한다. 또한 그것에 발화자가 복종해야만 하는 상태를 조성하게 된다고 볼 수 있다. 즉 '～하는 법'의 발화는 노장이 죽었다 여겨지는 상황하에서 목중들이 취해야 할 규범적 행동에 대한 평가적 판단을 알려 준다. 그런 까닭에 보편적이며 사실적이고 정당한 규칙으로 취급되어, 그것은 목중들에게 일종의 합리적 의무의 원칙처럼 받아들여진다. 이를테면, '～하는 법이니'라 말하고서는 종속 관계의 문장 구조를 통하여, "우리가 노장스님의 상좌가 되어 가지고 거저 있을 수 있느냐" 같은 주관적 스타일의 발화가 뒤따라온다. 그래서 주절의 의무형의 발화를 논쟁 불가능한 것으로 만들고 역으로는 목중들의 결정에 객관성이 덧붙여지게 된다. 특히나 이때 가창되는 목중들의 염불가는 승려 계층의 아이덴티티를 외부로 제시하고 내부로는 집단의 단결력을 강화해 타 집단과의 차이를 명확히 해 주는 기능을 한다.[238] 결과적으로 염불가는 "～하는 법이니" 등속의 익명적 발화의 삽입과 장착을 좀 더 자연스럽게 소통되게 해 준다.

결국 노장이 죽었다고 여겨지는 사태에 대해서 목중들은 중의 본분을 일깨워 주는 타자적 말의 환기와 아이덴티티를 명확히 하는 음악의 동원을 수단으로, 스님 신분의 정체성에 대한 지각을 회복하고, 의례를 올리는 집단 경험을 복원하는 셈이다. 말하자면 승려 계층의 의무와 역할에 관한 금언의 발화 장르나 종교적 음악 양식이 극적 흐름에 '상응'하여 상호 텍스트적으로 재컨텍스트화된다. 그럼으로써, 목중들은 불교의 의식들을 탈춤 연행 속에 성공적으로 구성한다. 극중에서 목중들이 불교적 권위를 틀 지을 수 있는 것도 경구의 사용과

---

238) 德丸吉彦. 『民族音樂學理論』. 김영봉 역. 서울: 민속원. 2003. 39～40쪽.

염불가 가창의 심미적 전시 능력을 통해 불교의례들을 재컨텍스트화하는 능력에서 기인하는 것이라고 말할 수 있다.

꼭두각시놀이의 묵대사도 마찬가지다. 축원의 요청에 그는 아무런 어려움 겪지 않고 탁발승이나 직업적인 걸립패들이 걸립 때 고사상을 차려 놓고 부르는 노래였던 <고사덕담>[239]을 가창한다. 그는 북과 꽹과리의 장단에 맞추어 그것을 능숙하게 부르며, 중간 중간 받는 소리에도 잘 화답하는데, 굿거리장단에 가까운 음악이 반주로 연주되어, 이러한 그의 가창에 흥을 돋운다. 그것은 이시미의 살생이 자행되고 그 박해에서 벗어나기 위해 치성을 빌어야 할 줄거리의 진행 속에서 상황의 절박함을 제대로 부각하게 된다. 그래서 묵대사의 권위가 일말의 의심 없이 제도적인 것으로 극 중에서 틀거리 지어진다.

봉산탈춤의 신장수는 속담과 제스처를 효과적으로 동원하여 자신이 처한 상황을 능동적으로 구성하는 인물이다. 장사꾼의 재치, 기민함이 속담의 상호 텍스트적 발화 행위와 이에 수반된 제스처 속에 잘 표현되는 경우라 할 수 있다.

> **신장수** 좌우로 살펴보니 인물병풍 둘러쳤으니 태평장인데. 태평장이거나 무엇이거나 속담에 이른 말이 쌈은 말리고 흥정은 붙이라고 하였으니 장수가 되어서는 물건이나 팔아보자. 자아 물건은 무슨 물건, 먹기 좋구 구수한 군밤을 팔아보자. … (필자 생략)

> **신장수** 이것도 저것도 아니면 그러면 네 하내비냐? (원숭이를 밀어버린다. 원숭이도 같이 민다.) 가만 있자, 내가 가만히 보니 사람

239) <고사덕담>은 무가에서 파생된 곡으로 중간 중간에 후렴이 붙어 있는 선후창이다. 노랫말에는 서울과 충청도의 산과 강이 읊어지고, <달풀이>가 진행되다가, 마을ㆍ집안의 안녕과 풍년에 대한 기원과 축원이 들어간다. <디지털충주문화대전 '德談歌' 항목> 참조. 한국학중앙연구원 편. http://chungju.grandculture.net/gc2/common/sub.jsp?pact=view_id&h_id=GC01902972

의 입내를 내는 것을 보니까 속담에 사람의 입내를 내는 것은 원숭
이라고 했는데, 사람의 입내를 잘 내니 네가 분명 원숭이로구나. /
원숭이 (긍정)

【봉산탈춤 <신장수 춤>】

신장수가 상황에 의미를 부여하게 위해 주로 이용하고 있는 것은
속담이다. "속담에 이른 말이 쌈은 말리고 흥정은 붙이라고 하였으
니…" "속담에 사람의 입내를 내는 것은 원숭이라고 했는데…" 등의
인용이 그것이다. 여기에 효과적인 제스처가 동반되어 특수한 상황적
의미의 설정이 가능해진다.

첫 번째 예에서, 속담에 나타나듯, 시장은 시간과 공간의 공유를
수단으로 인간과 인간, 인간과 물자, 인간과 동물 같은 다른 존재들이
만나는 곳이며 이것이 유통되는 중심지였다. 해서 시장은 언제나 흥
청거리는 분위기로 출렁거렸다. 손을 이마로 짚고 멀리 쳐다보거나
주위를 돌며 좌우로 살펴보는 시늉을 하고 손가락으로 관객을 가리
키는 등 신장수의 제스처는 이러한 시장의 흥과 맥락을 같이한다. 자
신의 몸에서 벗어나, '우리', '이곳'의 복수 인칭적이며, 공동체적 시
공간을 지시하는 신장수의 제스처는 속담으로 표현된 시장의 활력을
인간의 미시동작학적 움직임과 연결시키는 기능을 하기 때문이다. 두
팔을 경쾌하게 굽혔다 폈다 하고, 발은 큼직하게 뛰면서 활달하게 걷
는 그의 걸음새도 그 같은 제스처의 액션에 헌사함의 강세를 더하는
중요한 움직임이라 할 수 있다.

두 번째 예에서도 인간과 동물의 동체관념이나 생명의 연대성에 대
한 확신이 기반 했을 토테미즘적 배경[240]의 속담 내용이 제스처와 함

께 나타나서 연행 공간에 흥을 더한다. 이를테면 원숭이의 정체를 확인하기 위해 신장수는 여러 시도를 해 본다. 원숭이를 바라보며 뒷짐을 져 보기도 하고, 원숭이의 고개를 이리저리 돌려 보기도 하고, 코를 잡기도 해 보고, 앉아 원숭이와 이야기를 나눠 보기까지, 그는 여러 자세를 취한다. 그래서 대면한 동물의 정체를 확인하려 애쓴다. 한편 원숭이 역시 뒷짐을 지고, 신장수의 고개를 이리저리 돌리고, 신장수의 코를 잡고, 신장수와 이야기라도 하는 듯 앉아, 신장수의 제스처를 거울 이미지마냥 되비춘다. 그 결과 "속담에 사람의 입내를 내는 것은 원숭이라고 했는데…"가 표현하는 동물에 관한 인간의 야생적 사고와 연계의 관념이 극 중에서 설득력 있게 제시된다. 더불어 동물의 원시성, 미스테리함, 예측 불가능한 본능을 가시화해서 연행 현장에 좀 더 즐겁고도 자극적인 것으로 신장수는 구성한다. 요컨대 이 같은 상인의 솜씨 있는 몸짓은 눈치가 빠르고 동작이 날쌔야 인정받는 그의 직업적 권위를 한층 드높이는 기능을 한다고 볼 수 있다.[241]

제스처와 속담이 결합되어 통합된 이러한 패턴의 적용에 따라, 신장수는 신세한탄으로 울적했던 상황을 장시의 매매 상황으로 변화시키거나, 정체불명의 동물과 대면했던 상황을 확인된 원숭이와 관계를 맺는 상황으로 전이시킨다. 즉 신장수는 속담, 제스처 등을 동원해, 형식적으로 극적 서사의 급전과 도약을 꾀하고 있는 것이다. 바꾸어 말해 동작적 단위들이 결부된 속담은 신장수 과장의 드라마적 이야기에 변형의 순간을 제공한다.[242] 그래서 개인적 과거사의 회고 장면

---

240) 김현주, 『토테미즘의 흔적을 찾아서: 동물에 관한 야생적 담론의 고고학』, 서울: 서강대학교출판부, 2009, 75~80쪽 참조.
241) 제스처에 대한 내용은 Keir Elam, *The semiotics of theatre and drama*, London: Routledge, 1980, pp.69~75 참조.
242) 서사 내 속담의 사용은 다양한 형식과 연결될 수 있다. 서사적 도약판으로써, 서사가 당도하는 논리적

은 신장수의 본분을 다시 자각하게 되는 것으로 변화된다. 그리고 마주 대한 짐승의 본디 성격을 파악할 길이 없어 불확실함으로 가득 찼던 장면들 역시 미지의 동물을 원숭이라는 확실성의 존재로 재삼 인지하게 되는 장면으로 변화된다. 언어학적 차원에서 보자면 극적 서사상 속담의 시퀀스화, 속담의 측면에서 극적 서사의 요약 등이 이루어지는 셈이라 할 수 있다. 그러한 까닭에 속담―극적 서사의 혼합장르 사용과 이에 맞물린 제스처 사용은 수동적으로 주변 환경에 종속된 것이 아니라 자신이 처한 상황을 만들어 나가고 상황 파악에 밝은 신장수의 뛰어난 수사적 자질을 증시(證示)한다. 다시 말해서 능수능란한 속담의 삽입과 이에 협조할 수 있는 몸짓의 전시로 결과 되는 텍스트화·컨텍스트화 능력의 우수성이 '극 중'에서 형상화된다. 그것은 신장수의 상인적 자질, 예컨대 상행위와 영업행위를 성공으로 이끌 수 있는 능력이나 소질의 권위를 틀 짓기에 충분한 것이다.

뛰어난 텍스트화 능력, 컨텍스트화 능력은 목중이나 묵대사, 상인의 경우와 같이 학습과 수행에 의해 터득된 기술이기도 하고, 한 인간의 특별한 재능이나 타고난 능력에 속하는 것이기도 하다. 하지만 위기 상황과 극적 긴장감이 최대한 높아진 상황에 대처하여 환경적 제약을 자신에게 유리하도록 조성하고 그것을 협력적으로 만들려는 장면 구성 과정의 경우에도, 텍스트화 능력의 우월성은 권위적 담론을 틀 지을 수 있다.

귀결로서, 그리고 서사의 요약으로서, 속담은 주로 갈등, 회의, 대립적 상황 속에서 보통 적용되는 집단 경험의 지혜를 암시하고, 구성한다. Galit Hasan―Rokem, "Proverb", In *Folklore, cultural performances, and popular entertainments: a communications―centered handbook,* ed. Richard Bauman, New York: Oxford University Press, 1992, pp.128~133 참조.

미얄 삼국적 유현덕이 제갈공명 찾으랴고 삼고초로 하던 정성.
만고성군 주문왕이 태공망을 찾으랴고 위수양 가던 정성, 초한적
항적이가 범아부를 찾으려고 기고산 가던 정성, 이 정성 저 정성
다 부려서 강산천리 다 다녀도 우리 영감을 못 찾갔네.

【봉산탈춤 <미얄춤>】

홍 동지 외삼촌 말 들으시오. 외삼촌이 한 살이요. 두 살이요. 팔
십이 넘어 사십줄이오. 사십이 넘어 팔십줄에 든 양반이 집에서 나
락 멍석에서 새나 보고 애기나 봐줄 일이지. 그저 잔치집이라며 우
루루 제사집이라 와르르, 그저 한 푼하면 딸랑 한 되하면 바깍.
예~이

【꼭두각시놀이 <이시미막>】

박 첨지 아 여보게, 그게 무슨 말씀이여? 항차 시골 사는 양반도
뒷간 출입을 하려면 엽전돈 칠푼은 가지고 나온다는데, 적어도 한
강물 거슬러먹는 양반으로 남의 놀음터에 나오면서 돈 안가지고
그냥 나왔겠나? …. (필자 생략)

【꼭두각시놀이 <박 첨지 유람막>】

첫 번째 발췌된 예문에서, 미얄은 헤어졌던 영감을 만나려고 산전
수전 고생 겪은 사연을 악사에게 털어놓는다. 즉 유비의 제갈공명 삼
고초려나, 주문왕이 태공망을 찾아다니던 이야기, 그리고 항우가 범
증을 얻기 위해 이리저리 떠돈 일화 등 고사성어로 상기되는 중국의
옛일을 미얄 자신이 경험했던 고된 생활의 신빙성을 높이기 위해 인
용하고 있다. 이때 '~던 정성'으로 이어지는 형식의 반복과 병행구문
은 의미의 유사성을 반영하며 관객에게 고사와 현재 미얄의 상황이

연결되리라는 점을 시사한다. 그래서 영감을 찾아 헤매던 미얄의 고생스러운 기억이 내포한 한스러운 마음과 비관적 기분의 감정적 효과가 연행 현장에 실감나게 환류된다.

이러한 결속구조의 스타일은 시나위청의 청각적 요소와 부채 및 방울 등의 시각적 요소들이 덧붙여지면서 유창성이 증진되고 더욱 강력한 인상을 남긴다고 볼 수 있다. 미얄은 불안한 마음을 방울 흔드는 것으로 나타내고, 멀리 떨어져 찾을 길 없는 남편을 상징하기 위해 부채로 허공을 가리키며, 시나위 대금의 중심 음인, 대금 여섯 구멍을 다 막고 내는 시나위청으로 그 막막함을 음악에 얹어 전달한다. 그 결과 미얄의 발화는 훨씬 더 강력한 응집성의 텍스트 조직을 갖추게 되고, 형식적으로 고도로 압축된 패턴을 이끌어 내는 것이 가능해진다. 그만큼 미얄의 노래는 수사적 힘을 갖추어 설득력이 높아지게 된다.

바꾸어 말해 미얄은 고사성어를 음악과 몸짓 등 공감각적 수사적 장치들이 사용된 연행 현장 속에 텍스트화함으로써 만남과 헤어짐, 재회에 관한 문화적·집단적으로 축적된 경험을 '고양'한다. 그리고 그것을 봉산탈춤의 관객들에게 소통시키고, 그들의 적극적인 해석적 반응을 유도한다. 18~19세기 봉산탈춤이 연행된 황해도 지방은 중앙 권력의 가장 중요한 수탈 대상이어서 대규모의 유랑민이 이곳에서 발생했다는 점을 감안한다면 미얄의 발화는 좀 더 유표화된 메시지를 전달하게 되는 것이다. 결국 이 같은 회자정리(會者定離)의 상호 텍스트적 인용은 미얄의 발화에 모두가 동의하는 권위를 부여했을 터이다. 텍스트화의 수월성이 권위적 담론을 틀 짓는 또 다른 예라 할 수 있다.

두 번째 예는 괴수 이시미에게 물려 죽게 된 박 첨지를 구하기 위해 홍 동지가 등장하면서 하는 말이다. 노인이 되었으면, 가정에 편안히 있는 게 마땅한 일이라는 것이 그가 말하려는 주요 내용이다. "팔십줄에 든 양반이 집에서 나락 멍석에서 새나 보고 애기나 봐줄 일"이라는 홍 동지의 발화는 공동체 성원의 역할을 위배한 이에게 행해지는 공격적인 타인의 말을 꼭두각시놀이에서 재컨텍스트화한 험담(Gossip)[243]이라 할 수 있다. 그래서 늙은 나이에도 불구하고 자신의 본분을 지키지 못하고 나돌아 다니다가 이시미에게 물려 죽게 된 박 첨지는 조선 시대 상식적 수준의 도덕적 판단 원칙상 비난의 대상이 된다. 하지만 공동체적으로 합의된 원칙을 저버린 박 첨지를 구해 낼 목적에서 이시미를 물리치는 홍 동지에게는 사회적으로 인정을 받고 영향력을 끼칠 수 있는 위신과 힘이 주어진다. 즉 홍 동지의 구원자적 면모를 부각되는 데 있어, 이와 같은 인용은 일종의 내러티브에 대한 내러티브 역할을 한다고 볼 수 있다. 말하자면 홍 동지는 험담의 서술자로서 인용적 발화를 통해 세 가지 종류의 텍스트를 구성한다. 첫 번째가 "팔십줄에 든 양반이 집에서 나락 멍석에서 새나 보고 애기나 봐줄 일"로 나이와 행동의 상관관계에 대한 상식적 인식을 표현하는 단순한 '보고'다. 하지만 두 번째, 이러한 보고에 담긴 공동체적 판단을 근거로, 홍 동지는 노구에도 밖으로 돌아다닌 박 첨지의 행동과 그가 처한 상황을 '해석'한다. 그럼으로써, 세 번째로, 홍 동지는 박 첨지의 행동을 옳지 못한 일이라고 '평가'한다. 요컨대, 인용된

---

243) "가십은 개인과 공동체의 생활에 파멸적이지만 필연적인 것이기도 하다. 가십을 통해 우리는 자기 자신의 활동이 부인되는 것을 감수해야 한다. 그렇지만 우리는 그러한 담화에 의해 공동체의 정체성과 관여의 감각 같은 수많은 것을 획득하게 된다." Roger D. Abrahams, "A performance-Centred Approach to Gossip", *Man, New Series*, Vol.5, No.2(Jun. 1970), p.293.

내용은 공동체적 실천의 이상으로 기능하며, 이에 근거해 홍 동지가
자기의식을 표현할 수 있는 토대가 된다. 해서 박 첨지가 이시미에게
물려 죽게 된 이야기에 대한 또 다른 이야기하기 행위로서 그것은 홍
동지에게 적절히 인가된 사회적 권력을 부여한다. 실제로 이런 말을
할 때, 홍 동지 인형의 몸이 경사로 눕혀져 박 첨지를 향해 위협적인
움직임을 취하는 것 또한 공동체적 가치를 위배한 박 첨지에 대해 비
하를 표출하게 된다. 관습과 규범을 인지하는 데 실패한 자를 취급하
는 홍 동지의 개인적 파워가 어떻게 형상화되는지를 이 장면은 잘 보
여 준다 말할 수 있다.

결과적으로 규범으로부터 일탈된 행위를 부인하고 공공적으로 승
인된 행위의 추인을 생산하는 험담(Gossip)의 발화 장르적 양식을, 홍
동지는 꼭두각시놀이의 전개상 유효하게 텍스트화한다. 그러므로 그
것은 홍 동지가 사회적 규범의 권위적 담론을 틀 짓는 데 일조하게
된다.

세 번째 예에서도 "시골 사는 양반도 뒷간 출입을 하려면 엽전돈
칠푼은 가지고 나온다는데"라는 타인의 말이 상호 텍스트적으로 반
복되어 인용되고 있다. 그것은 무시할 수 없을 만큼의 돈을 얼마간
갖고 꼭두각시놀이에 나왔다는 메시지를 호소력 있고도 타당하게 전
달하기 위해 박 첨지가 재컨텍스트화한 경구적 발화 장르다. 익명의
이러한 말들이 재치 있게 텍스트화되는 도중, 박 첨지 자신의 발화
행위에 대한 권위 확립의 전략이 동시에 진행된다. 집단 경험의 지혜
를 요약하고, 암시하는 말의 인용을 통해, 박 첨지의 발화가 결과하는
서사의 양상 내에 또 다른 서사가 삽입되어 권위적 틀이 형성되는 것
이다. 그것의 효과는 돈을 얼마 갖고 나왔냐는 산받이의 추궁이 이루

어지는 갈등 상황 속에서 이미 전래하는 관습의 권위에 의존해 박 첨지 자신이 상황의 도약을 꾀하는 데서 찾아진다. 요컨대 박 첨지는 경제적 인식을 담은 경구를 적절히 텍스트화함으로써, 특정한 문화 집단 성원들이 인가하는 권위를 소통시키고 달성한다.

각종 속담, 경구, 고사성어의 능숙한 텍스트화는 봉산탈춤과 꼭두각시놀이의 보다 상업적이면서도 전문적인 연행을 가능케 하는 요인 중 하나다. 물론 다른 탈춤에서도 이러한 익명적 발화 장르들의 인용이 연행 현장을 훨씬 활기 있는 분위기로 조성하는 것은 마찬가지 사실이었을 것이다. 하지만 상인들과의 협조하에 연행되는 봉산탈춤과 마을의 지배 계급과의 합의하에 숙식을 제공받고 동리 사람들에게 오락거리를 선보였던 꼭두각시놀이의 경우는 텍스트화를 통한 우월한 연행 기술의 전시가 좀 더 강조되지 않았겠는가 생각된다.

속담과 같은 익명의 말과 텍스트는 한번 말해지면 계속적인 유지와 보존이 가능하다. 그것의 재치 있는 상호 텍스트적 반복은 연행 현장의 재미를 선사하는 한 원인이 되었을 것이다. 그러나 담론 통제 측면에서 볼 때, 익명의 구전되는 텍스트를 재컨텍스트화하는 능력의 우수성은 언어 행위의 기원에 놓인 담론의 형태들을 통제된 환경에서 되풀이하는 과정일 수 있다. 물론 전형적인 공동체의 욕망이 집약된 발화 장르의 텍스트화 능력은 일차 텍스트에 대한 일종의 주석[244] 과 같아서 규범적 담론을 그대로 반영하는 것은 아니다. 그 또한 선

---

244) 푸코에 따르면 주석은 담론 통제의 또 다른 원칙 중 한 가지이다. 상호 텍스트적 간격 조절과 관련해 텍스트화 능력이, 반복되는 텍스트와의 고착된 거리를 유지하려는 주석임에는 이론의 여지가 없을 것이다. "담론이 자신을 통제하기 위하여 실행시키는 내적인 규칙… 첫 번째로 주석이다. 비록 내가 전적으로 확신할 수 없다 할지라도 들리고 다시 들림으로써 변이되는 거대 서사 없는 사회가 존재할 수 없다는 점을 나는 제안하고자 한다. 공식어구, 텍스트, 제의화된 텍스트는 훌륭하게 정의된 환경 속에서 말해질 수 있다." Foucault, op.cit. p.220 참조.

택적 해석에 따라 '탈춤 연행 속에서' 권위적 담론의 틀을 생산하는 과정으로 이해되어야 할 것이다.

4.1.4. 텍스트적 가치의 위계성과 권위적 담론의 틀 짓기

텍스트적 가치는 텍스트의 상대적 위상을 조작하는 과정에서 발생한다. 상호 텍스트적 반복 과정 속에서 텍스트의 위계성이 달리 결정되고, 이에 따라 쾌/불쾌의 등급이나 정도가 차이 나게 매겨지는 경우, 다른 텍스트적 가치가 소통된다. 물론 가장 권위 있는 텍스트는 최대한 높은 가치가 부여된 채 재컨텍스트화되는 텍스트라 할 수 있다.

양주별산대놀이는 특히 텍스트적 가치의 위계성이 뚜렷이 나타나는 탈춤이다. 왜냐하면 양주별산대놀이는 12과장 중 9과장이 노장이나 팔목중 등 스님과 관련되어 있을 만큼 불교와의 연관성의 큰 탈춤이어서 성속의 가치관적 갈등이 첨예하게 나타나기 때문이다.[245] 좀 더 자세히 말해 불교적 요인이 중요한 이유는 그것이 중층구조를 지닌 불교극적 양식을 탈춤에 부여하는 까닭에서다.[246] 이를테면 노장이나 목중들이 여색에 빠졌다가 회개하는 것은 속세인의 현실생활에서 진정한 삶을 발견하는 과정이다. 승려들의 파계는 회복할 수 없는 타락으로 떨어지는 것이 아니라 세속사와의 대면을 통해서 오히려 초세속의 경지에 이르는 것으로 볼 수 있다. 즉 양주별산대놀이같이

---

245) 양주별산대놀이의 불교극적 성격은 이미 다음 논문들에서 지적되었다. 윤광봉, 「민속극과 불교」, 『비교민속학』Vol.12(비교민속학회, 1995), 227~264쪽. 한양명, 「탈놀이의 중과 중마당의 의미 再考(양주별산대놀이를 중심으로)」, 『비교민속학』Vol.34(비교민속학회, 2007), 453~488쪽 참조.
246) 유민영은 가면극을 한을 밑에 깔은 관용과 현세초월의 낙관적 세계관이 짙게 배어 있는 형이상학적 성격의 연극이라 설명한다. 이 점은 양주별산대놀이에서도 동일하게 적용되는 사실이라 생각된다. 유민영, 「韓國傳 統演劇에 나타난 韓國人의 美意識 - 〈鳳山탈춤〉과 〈꼭두각시놀음〉을 중심으로」, 『도솔어문』1권(단국대학교 인문대학 국어국문학과, 1985), 45~61쪽 참조.

불교적 요인의 비중이 높은 탈춤은 불승의 부정적인 측면과 긍정적인 측면을 함께 포괄할 수 있다는 점에서 인간 세계를 이루는 인생의 의의나 가치에 관한 견해의 위계성이 극명히 대립하는 탈춤 양식이라 할 만한 것이다. 예컨대 취발이 등 승려들의 환속은 외래종교를 배타하는 현세주의적 세계관의 토속적 일면을 나타내고 파계과정은 승려들이 겪는 성속갈등의 양상을 보여 주고 있다. 그러므로 의미 있는 경험이 무엇이 될 것이냐 하는 물음은 양주별산대놀이에서는 중요하다. 이러한 가치 있는 경험의 실천은 그 자체가, 텍스트적 가치의 위계성을 확정하여 이를 통해 권위적 담론을 틀 짓는 일로부터 비롯되는 것이라 할 수 있을 것이다.

완보 염불이면 독경이나 하지. / 세존님께 자손 창성 발원허자. / 어느 자손 발원허나…. (필자 생략)

【양주별산대놀이 <염불놀이>】

<염불놀이>의 완보는 부처의 모습을 마음으로 관찰(觀察)·관상(觀想)하면서 그 공덕을 기리는 일인 염불의 5종묘행(五種妙行) 중 하나로서 독경을 선호하고 그것의 수행을 상대적으로 높은 등급에 위치시킨다. 대승불교에서는 경전을 수지(受持)·독·송·설(說)·사(寫)하는 것을 권장하는데 이 다섯 가지를 5종묘행이라고 한다. "염불이면 독경이나 하지"의 언급을 통해 드러나듯 완보는 경문을 눈으로 보며 소리 내어 읽는 독경을 가치화하고 있는 셈이다. 즉 경전을 되풀이하여 읽거나 외울 때 그 뜻이 더 잘 이해된다는 점 때문에 완보는 독경의 발화 장르적 인용 행위를 극 중에 재컨텍스트화하고 이를 예

시하는 제스처를 취한다. 그러므로 이와 같이 위계가 분명하고 차별적 기준이 뚜렷이 확립된 상호 텍스트적 양식의 불경 읽기 실연은, 백구타령, 동타령 등 세속적 가사와 민요를 불렀던 이전 장면들의 묵중들에 비해, 완보의 불교적 권위를 '극 중'에서 틀 짓게 된다.

　한편 불도를 널리 펴려는 홍법(弘法)적 목적의 독경과는 상반되게, 취발이는 가사 부르기를 좋아해 그것을 소무에게 들려주려 한다. 불경보다 가사를 더 높은 등급에 자리매김하고자 실천된 상호 텍스트적 전략이라 할 수 있다.

　　취발이 (소무 앞에 드러 눕는다.) 네가 절간에서 중놈허구 낮잠
　　이나 잤지. 너 이런 오입쟁이 만나가지고 니가 가사야 들어봤겠느
　　냐. 너 가사 한 번 들어보려느냐. (가사조로) 건곤이 불로월장재하
　　니 적막강산이 금백년~ 어떠냐.

【양주별산대놀이 <취발이 놀이>】

　12가사 중 하나이며, "하늘과 땅이 늙지 않고 달은 길이 있으니 적막강산이 이제 백년이런고"의 내용을 지닌 죽지사(竹枝詞)의 첫 구절이 취발이에 의해 인용되는 장면이다. 죽지사가 불리는 동안 제자리에서 오른손과 왼손을 번갈아 전면 머리 부분까지 올려서 손바닥을 젖혔다 가리었다 하면서 손을 내놓으면서 취하는 '자라춤'을 소무가 추게 된다. 반면 취발이는 4박 타령 장단에 맞춰 오른쪽 다리를 들어서 'ㄱ자' 형으로 구부려, 삼현 장단에 의해 깎아 내리는 듯한 절도 있는 매듭의 손동작을 한다, 그리고 뒤이어서 그는 왼쪽 다리를 들어 같은 동작으로 고개를 끄덕거리며 소무를 유혹하는 '깨끼사위'와 '고

개잽이' 춤을 춘다.[247]

  그 결과 취발이는 완보를 위시한 중들이 인용하는 경전에 비해 가사를 선호하는 자신의 의도를 확실히 전달하게 된다. 현세주의적 세계관과 내세주의적 세계관의 대립 양상은 이를 통해 더욱 분명해진다. 왜냐하면 거기에는 소무가 노장에게 사랑받는 것보다는 자칭 오입쟁이인 취발이 자신에게 사랑받는 것이 더 즐겁고 행복할 것이라는 가치평가가 노래와 춤을 통해 공감각적으로 표현되고 있기 때문이다. 그 같은 평가는 탈속적 세계와 세속적 세계로 이루어진 현상에 대해 취발이 스스로가 자신의 인지적 행위를 조정하는 방식이 된다. 동시에 취발이, 노장, 소무 삼자간의 갈등으로 이루어진 상황을 취발이에게 유리한 쪽으로 해석 가능하게 만드는 기능을 그것은 한다.[248] 요컨대 취발이는 <죽지가>를 양주별산대놀이의 '연행 과정 중에' 재컨텍스트화함으로써, 노장과의 사이에서 벌어졌던 사건, 즉 소무를 두고 벌이던 싸움을 자신에게 이익이 되도록 상황의 흐름을 전환시키려 한다. 이는 가사를 경전의 상위에 놓아 불교적 텍스트의 가치를 배제하여 소무를 얻는 일 등의 목적한 바를 이루려는 의도에서 비롯된 틀 구성 과정이라 할 수 있다.

  텍스트적 가치의 위계화에 따른 상호 텍스트적 실천은 배제의 규칙을 본질적으로 함의한다. 이러한 배제의 원칙이 엄격히 지켜졌을

---

247) 춤에 대한 설명은 정형호, 『양주별산대놀이』, 서울: 화산문화, 2000, 190~191쪽 참조.
248) 그러므로 평가를 수행하는 행위는 사회적이다. 왜냐하면 "평가는 참여자들이 현상 세계에서 대면하는 사건에 대하여 그에 합당한 견해를 서로서로 전시하고 타협하게 되는 공유적 이해의 가능성을 마련하기 때문이다. 즉 평가는 참여자들이 그들의 견해를 서로서로 조절하는 절차이자, 특별한 사건이 해석되고 평가되는 방식에 관한 특별한 합의 혹은 합의할 수 없다는 표시로서, 그 절차의 산물이기도 하다." Charles Goodwin and Marjorie Harness Goodwin, "Assessments and the construction of context", In *Rethinking context: language as an interactive phenomenon*, ed. Charles Goodwin, and Alessandro Duranti, Cambridge: Cambridge University Press, 1992, p.182 참조.

때 금기 위반에 대한 처벌은 가혹해진다. 아래의 장면은 일탈적 행위에 벌을 가하여 담론 통제를 실현하게 되는 한 예다.

목중 (다시 노래를 부른다. 동타령)
삼청동 화개동에 / 도화동도 동이로다 / 동소문 밖을 썩 넘어서니 안암동도 동이로다. / … 문경새재를 썩 넘어서니 난데없는 도적놈이….
옴중 (신이 나서 불림으로) <난데없는 도적놈이 녹수청산 깊은 골에 청황룡이…> (다시 춤을 춘다.)/ **완보** 이 미친 놈아. 역시 아까 타일러도 또 마찬가지란 말이다.
옴중 난 신이 나서 그래, 암만 노승이 노해도…. (필자 생략)
완보 얼굴 검붉고 노벙거지 쓴 놈 잡아들여라.
목중 예이 잡아들였소. (옴중을 잡아들인다.)
완보 그놈을 까 엎어라. / **목중** 에이 까 엎었소.
완보 그놈을 헐장허구도 대매 물고를 울려라.

【양주별산대놀이 <파계승 놀이>】

민요 동타령을 완보, 목중, 옴중 등이 합창하는 장면에서 옴중은 계속해 가사를 실수한다. 옴중은 혼자 신이 나 악사들 앞에 서서 불림으로 "난데없는 도적놈이~"를 부르면서, 찍는 사위, 비껴 든 사위, 뿌림 사위, 무릎 굽히는 사위, 한 발 든 사위, 뛰는 사위, 얹는 사위, 끼는 사위, 디딤 사위 등으로 이루어진 '팔뚝잽이 춤'을 춘다. 그리고 연이어 손을 내놓아 매듭을 섬세하게 취해, 작은 무폭으로 '깨끼춤'을 선보인다. 마지막에는 삼현청을 향하여 양손을 다리에 모았다가 다시 앞쪽으로 펴, 다리를 오른쪽, 왼쪽으로 왔다 갔다 하면서 '여닫이 춤'을 추게 된다.[249] 그것이, 가시적으로는 드러나지 않았지만, 노장을 놀리게 되는 악영향을 끼친다고 판단한 완보는 옴중에게 형벌을 가한다. 옴중을 잡아들여와 장형(杖刑)에서 때리는 시늉만 하던 매질인 혈장(歇杖)을 가할 뿐만 아니라, 물고를 올리기 위해 죄인의 볼기를 곤장으로 치라는 것이 완보가 옴중에게 내린 처벌의 내용이었다. 이같은 사법적 처벌과 형량 부과의 언급은 컨텍스트화되어 인용되는 대표적인 타인의 말이다.250) 그것은 상호 텍스트적으로 양주별산대놀이의 연행 과정 속에 재컨텍스트화되어 반복적으로 구성된 판결적 스타일의 발화 장르라 할 수 있다.

중요한 사실은 처벌하는 주체인 완보가 윤리적으로 정당성을 지니는 까닭에 이러한 처벌적 담화가 부당한 박해나 억압으로 인식되지 않고 결국 불교적 종교 담론의 안정성을 강화하는 수단으로서 활용되고 있다는 점이다. 말하자면, 민요를 옴중이 잘못된 방식으로 가창하는 것은 배제되어야 할 텍스트적 실천의 한 장면이 되는바, 처벌의 대상이 된다. 그러므로 정확한 인용과 부정확한 인용의 차이는 민요적 텍스트의 상대적 위상을 위계적으로 조직한다. 그로 인해 산에서 막 내려와 요지부동인 노장의 기분을 풀어 주려는 등 완보의 처신이 지향하는 불교적 담론의 권위적 일면이 틀 지어지고 강화되기에 이른다.

담론이 자신을 통제하기 위해 구성하는 규칙들은 언제나 포함과 배제의 원리를 내포하고 있다.251) 그리고 이러한 포함과 배제의 영역을 구성하는 제도적 힘의 출처는 무엇보다도 근원적인 텍스트와 부

---

249) 서연호, 『山臺탈놀이』, 서울: 열화당, 1987. 44쪽과 정형호, 앞의 책 190~191쪽 참조.
250) 윤리적·법적 사인 타자의 말과 그것의 인용 문제는 Bakhtin, (1981). op.cit. pp.349~350 참조.
251) "제도가 외부성의 것들과 구분되기 위해서, 제도는 그것들에 의례(ritual)의 형태를 부과한다"는 간명한 언급으로 푸코는 담론의 배제적 규칙을 지적한다. Foucault. op.cit. p.215.

차적인 텍스트의 구분 같은 정전 형성에서 비롯된다. 예컨대 양주별산대놀이에서는 경전 제대로 암송하기, 불경에 반해 잡가를 선호하기, 노래를 옛것 그대로 틀리지 않고 가창하기 등을 수단으로 권위적 담론의 공식적 면모가 전시되고 있다. 텍스트의 가치 결정은 곧 의미 있는 경험의 구성과 다름없는 것이다. 때문에 담론 권위화의 수단으로, 양주별산대놀이에서 첨예하게 진행되는 텍스트적 가치의 위계적 구성 노력은 성속의 갈등적 면모와 연루된 양주별산대놀이의 불교극적 중층 구조를 잘 보여 준다.

4.2. 장르의 연행과 최대화된 상호 텍스트적 간격의 틀 짓기

반복되는 상호 텍스트적 관계를 통해 텍스트적 사용의 합법성, 텍스트적 접근의 차별성, 텍스트적 능력의 우월성, 텍스트적 가치의 위계성을 구성하려는 시도는 권위를 이미 주어지고 선행되는 것으로 탈춤 내 조직하려는 과정이라 할 수 있다. 결과적으로 의미 있는 과거와의 연속성이 보장되는 상호 텍스트적 반복의 연행적 중재과정은 그 자체가 사회적 상호 작용의 일부인 셈이다. 이를테면 이전 근원이 되는 텍스트와 근접하게 이루어진 반복은 담론에 관한 해석적 성취로서 현재 담론과 과거 담론이 연결되어 있다는 '전통화'의 의식을 달성한다. 그리고 담론을 개방적으로 공공화하여 유용한 재고지식의 형태로서 '지식을 사회화', 객관화한다. 이러한 방식을 통해 현재 담론에 충만한 '권위화'의 속성을 그것은 반성적으로 틀 짓게 된다.[252]

---

252) 연행적 중재 구조는 가장 형식화된 일상화된 소통 구조를 재현한다고 리차드 바우만(Richard Bauman)은

이전 절에서 탈춤 연행 내 상호 텍스트적 간격의 최소화 전략을 검토하여 추출된 성과는 이와 같은 전통화, 지식의 사회화, 권위화 등 사회적 삶의 핵심적 구성 인자들이 연행적 중재 과정을 가로질러 '탈춤'에 어떻게 달성되는지에 관한 내용들이었다. 즉 우리는 다양한 기능적 목적에 맞게, 다양한 방식으로, 탈춤 연행 내에서 재컨텍스트화되는 텍스트의 화용론적 정치 경제학과 그것과 결부된 사회적 권력의 담론 통제 현상을 살펴본 것이다.

그러나 상호 텍스트적 간격의 최소화 전략은 컨텍스트를 기계적으로 '반영'하는 과정이라기보다는 의미론적·감정적 표현의 층위에서 재강조화의 해석적 여과 과정을 거쳐 그것을 이전 상황으로부터 들어 올리어 '탈춤 내에' 가져오는 변형 과정[253]의 일부이다. 완벽하고도 오차 없는 반복이란 애초부터 불가능하다. 이전 텍스트를 확실하게 반복하고 있다 믿고 있을 때조차도, 단지 그것은 '해석된' 정확성에 불과하기 때문이다. 선행 텍스트적 의미와의 등가성과 동등성을 결정하는 것은 무엇보다도 참여자의 해석적 틀인 것이다.

따라서 최소화된 상호 텍스트성의 조작이 이러할진대, 최대화된 상호 텍스트성의 조작이 변형의 잠재적 가능성을 훨씬 더 많이 포함하고 있으리라는 점은 의문의 여지가 없을 터이다. 말하자면 최소화된, 최대화된 장르적 상호 텍스트성의 조작에 따라 성취되는 국면은 이전

지적한다. 그에 따르면 좀 더 큰 범주에서 일상화된 중재적 연행은 담론의 순환을 조정하는 양식이며 담론에 맞게 참여자의 구조와 역할을 형성하는 방식이다. 이러한 과정에 의하여 공동체는 발화의 텍스트화·탈컨텍스트화·재컨텍스트화를 관습화하고, 제도화한다. 중재적 연행 과정의 핵심적 기능으로 바우만이 논급하는 것은 전통화, 지식의 사회화, 권위화 등인데, 이 기능들은 이전 절에서 살펴보았듯 탈춤의 연행적 중재과정에서도 확인될 수 있는 화용론적 기능들이다. Bauman, (2004). op.cit., pp.128~158 참조.

253) 그러므로 컨텍스트화된 틀 짓기 과정은 정확히 인용되는 다른 사람의 발화조차도 근본적인 변화를 겪게 만드는 과정이라는 바흐친의 주장은 타당한 논급이라 생각된다. Bakhtine, (1981). op.cit. pp.339~341 참조.

텍스트와 분리되어 얼마나 가소적인 방식으로 그 텍스트에 '관한' 의미를 탈춤 연행 내 새롭게 산출하는가 하는 메타 커뮤니케이션과 깊은 관련이 있다. 예컨대, 장르적 실천에 따라 권위화되고 규범화된 담론을 최대한 원본에 가깝게 해석 가능하도록 텍스트로서 구성한다면 장르에 얹혀 전달되는 선행 담론의 권위는 억지력을 지닌 채 유지될 것이다. 그 결과 그것의 전통적 양식은 선명하게 각인되어, 보수적 이데올로기가 굳건히 보존된다. 반면 장르와 연계되는 상호 텍스트적 간격이 최대화되는 경우, 개인적 창의성과 혁신력이 틈입된 텍스트의 의미망이 건설될 것이다. 해서 선(先) 텍스트와의 담론적 관계는 갱신되어, 새로운 사회 역사적 이데올로기의 방향성과 응집성을 마련할 수 있는 탈권위적 진원지가 현재 연행적 중재 과정에 정초된다.

결과적으로 연행되는 장르가 위치시키는 상호 텍스트적 간극은 탈컨텍스트화·재컨텍스화되는 담론의 연계 과정을 조절하면서 탈춤 내, 조직화된 문화와 비조직화된 비문화 사이의 구조적 특성을 텍스트화한다. 왜냐하면 문화가 "미리 확립된 모종의 질서로서 신성한 기원을 지니는 것"이라면 비문화는 "이에 대립되는 조직화되지 않은 인간들의 의지 말하자면 무질서한 것으로 간주"되는 구조적 특성의 부재 상황이기 때문이다. 즉 문화의 조직화는 "또 다른 형식으로 관습, 즉 선대의 행위 규범을 따르는 것"이다. 한편 비문화는 '질서화되지 못한 동물들의 행위'254)와 진배없는 것이다. 그러므로 장르의 상호 텍스트적 구성과 이를 위한 연행적 중재과정은 문화/비문화, 집단/개인, 전통/혁신의 사회문화적 요인들의 구성과 깊은 관련이 있다. 다시

---

254) 문화/비문화의 정의는 Lotman, IU M. *Semiosfera*. 김수환 역. 『기호계: 문화연구와 문화기호학』. 서울: 문학과지성사, 2008, 11~12쪽 참조.

말해서 문화는 연행된다. 해서 텍스트와 컨텍스트의 게슈탈트를 어떻게 조작하느냐에 따라 문화적으로 규범적인 것과 자연적으로 비규범적인 것의 경계가 갈리게 되고, 이를 상호 텍스트성의 연행적 중재 과정은 잘 보여 준다고 말할 수 있다. 요컨대 탈규범화되어 개별성을 지닌 채 체계 외부에서 반복되는 틀 짓기의 기술, 즉 탈춤의 최대화된 상호 텍스트적 간격 조절의 전략은 문화의 유형학을 위한 메타언어를 제공해 준다.

이 절에서는 장르적 상호 텍스트성 간격의 최대화 전략을 일종의 '놀이(play)'라 명명할 것이다. 이때의 놀이는 문화인류학적·심리적 차원의 관점이 투영된 용어가 아니라 단지 체계적으로 인가되지 못한 '비의미'를 함축하고 있다는 사실로 인해 연구자가 이 연구에서만 이 정의하고 사용하려는 용어다. 즉 텍스트를 반복하되 규범적인 의미를 반복하지 않고 전혀 엉뚱하게 반복한다면, 의미가 잘 이해되지 않을 터이다. 최대화된 장르적 상호 텍스트성의 간격 조절의 양태로 길게 기술되었지만, 간단히 말해 이 연구에서 그것은 이러한 비의미적 상호 텍스트성의 관계가 탈춤에서 구성되는 양상을 지칭한다. 좀 더 세부적으로 보자면 역전·전도의 놀이, 무한성의 놀이, 동시성의 놀이, 재배열의 놀이[255] 등은 상호 텍스트적으로 구현되는 탈춤의 권위적 담론에 균열과 불연속성을 야기한다. 그 결과 그것은 탈권위적 담론의 양상을 연행 현장에 생산할 것이라 예상된다. 물론 이러한 상

---

255) 수잔 스튜워트(Susan Stewart)는 상호 텍스트적 관계의 창조성을 비의미적 양상이 기존 의미 체계에 충격을 주는 양상이라 파악하고, 그러한 비의미적 경험을 역전·전도의 놀이, 경계의 놀이, 무한성의 놀이, 동시성의 놀이, 재배열의 놀이 등으로 기술한다. 본 연구에서는 이러한 설명을 많은 부분 참조하여 탈춤 연행 양상에 맞게 수정, 활용하고자 한다. 비의미적 양상만큼 상호 텍스트적 간격의 최대화 양상을 잘 설명해 주는 것은 없는 까닭에서다. Susan Stewart, *Nonsense: aspects of intertextuality in folklore and literature*, Baltimore: Johns Hopkins University Press, 1979. 참조.

호 텍스트적 간격의 최대화 전략은 명확히 구분되거나 결정적 범주
들이라기보다는 각 탈춤에서 모두 공통적으로 구성되는 과정이다. 하
지만 논의의 편의상 변별적으로 나타나는 자질들을 중심으로 아래에
서는 개개 탈춤별 최대화된 상호 텍스트적 간격 조절의 차원에 관해
설명하려 한다.

4.2.1. 역전 · 전도의 놀이와 탈권위적 담론의 틀 짓기

역전과 전도의 놀이는 두 범주 사이의 관계를 문제 삼는 상호 텍스
트적 간격의 최대화 전략이다. 즉 반복되는 텍스트적 실천을 통해 담
론의 경계를 가지고 놀면서, 다양한 사회적 권위들의 지속성을 그것
은 재검토한다. 역전과 전도의 담론적 실천이 중요한 까닭은 본래 문
화적 경험에 있어 정상적인 것이란 터부시되는 경험을 바탕으로 해
구성되기 때문이다. 이를테면 A로 표시될 수 있는 규범적 의미의 경
험은 금기시 되는 경험 not A와 차별적이 될 때만이 확실함과 질서의
원리를 갖춘 것으로 인식될 수 있다. 오염과 불순, 더러움[256]은 문화
적 질서 창조의 부산물로서 기존의 구조화된 텍스트와 컨텍스트의
경계적 구별을 위협하는 범주이다. 하지만 사실 이러한 카오스적 범
주가 자리하고 나서야 적절한 질서 체계가 확립 가능하다. 이렇게 본

---

256) 오염은 체계의 질서와 연관될 때만이 의미를 갖는다는 메리 더글라스(Mary T. Douglas)의 지적은 문화
적으로 특수한 컨텍스트 연구의 연장선상에서 역전과 전도의 상호 텍스트적 실천을 확인하는 데 주목할
만한 의미를 지닌다. 그녀에 따르면 오물의 상징체계는 순수하지 못함과 불결함에 대한 우리들의 관념
을 표현한다. 사회 구조는 자신의 존재를 유지하기 위한 처벌 능력을 가지고 있는데, 오염의 능력은 이
러한 잘못된 상황, 넘지 말아야 할 선을 표상하는 것이다. 즉 오염이 있는 곳에 체계가 존재한다. 역으로
체계가 존재하기 위해서는 병인론적 · 위생학적 개념으로 배제된 오염의 상징체계가 필요하다. Mary. T.
Douglas, *Purity and danger*. 유제분 · 이훈상 공역, 『순수와 위험: 오염과 금기 개념의 분석』. 서울: 현
대미학사. 1997. 60~70쪽 참조.

다면 비의미적 무질서는 아직 질서로 통합되지 않은 질서이자, 텍스트화·컨텍스트화가 미처 이루어지지 못한 비정상성, 모호성, 양가성의 영역이다. 따라서 배제되었던 not A의 경험을 탈춤 연행 현장에 구성하는 행위, 즉 역전과 전도의 놀이는 새로운 텍스트화와 컨텍스트화를 실천함으로써, 경험의 반성성에 대한 자의식을 증대시키는 결과를 빚는다. 질서 체계상의 변화는 언제나 비정상성, 모호성, 양가성의 통합을 야기한다. 그런 이후에서야 의미작용의 갱신된 범주가 창조될 수 있다는 사실을 역전, 전도에 의해 틀 지어진 탈권위적 담론의 연행 과정은 증명하는 셈이다.[257]

하회별신굿탈놀이에는 상호 텍스트적 전략은 아니지만, 규범과 일반 상식을 만드는 문화적 범주를 무효화하고, 역전, 전도시키는 장면이 풍부하게 등장한다. 중마당은 그러한 예의 대표적인 경우다. '능청맞다 중의 걸음'으로 표현되듯이 중은 이미 올바른 수도자의 길에서 벗어나 있는 인물로 보인다. 길거리에서 오줌을 누는 부네와 마주치자 쉽게 현혹되는 모습은 일상인과는 다른 성직자의 위치에 있어야 마땅함에도 불구하고 정체성의 혼란된 면모를 연출하고 스님 신분의 사회적 외피가 가진 권위를 탈관(脫冠)시키기 때문이다. "엊저녁에 당신 한 마리, 내 아홉 마리, 오늘 아직에 내 아홉 마리, 당신 한 마리, 한 두름 다 먹었짾나"라며 청어에 대한 과도한 식탐을 드러내는 할미의 사례도 마찬가지다. 할미의 처지는 그녀가 부르는 베틀 짜기 노래에서 알려지고 있는 것처럼 열다섯 살 먹은 나이에 과부가 되었으며, 그 뒤로 아무리 열심히 일을 해도 삼시 세끼 좁쌀 싸라기도 먹기 어려운 형편이다. 그렇지만, 입을 크게 벌리고 대강 20마리 되는 청어를

---

257) 역전과 전도의 놀이의 설명은 Stewart, op.cit. pp.57~81 참조.

하루밤새에 꿀꺽 삼키는 할미의 인상은 개방성과 비완료성의 신체적 이미지를 특징짓는다. 그래서 늙음과 죽음을, 향연이 넘치고 생기가 흐르는 삶의 지속적인 갱신의 장면 속으로 옮겨 놓는 역할이, 미각적 자극의 풍부성에 의해 달성된다. 이 외에도 백정이 양기에 좋다고 소우랑을 팔려 하자 양반과 선비가 체면도 잊어버리고 그것을 사려하는 행태나 이매의 바보짓이 오히려 관념적이면서, 거짓된 권위적 위선을 폭로하게 되는 광경도 위계적 관계가 뒤집혀진 상태의 전형적인 사례다.[258]

역전과 전도의 양상은 사건이면서 비사건이기도 한 역설적 위상을 연행되는 하회탈놀이에 부과한다. 지금까지 배제된 것으로 간주되던 것들이 진실이 될 수도 있다는 사실을 그것은 말해 준다. 그렇다면 상호 텍스트적 간격의 조절 전략의 관점에서 이러한 역전과 전도의 놀이가 어떻게 경험적 텍스트와 컨텍스트를 다시 위치시키게 되는지를 하회탈놀이를 대상으로 해 집중적으로 살펴보자.

> **양반** 나는 사대부의 자손일세 / **선비** 아니 뭐라꼬, 사대부? 나는 팔대부의 자손일세.
> **양반** 아니, 팔대부? 그래, 팔대부는 뭐로? / **선비** 팔대부는 사대부의 갑절이지.
> **양반** 뭐가 어째, 어흠, 우리 할뱀은 문하시중을 지내셨거든
> **선비** 아, 문하시중. 그까지꺼… 우리 할뱀은 바로 문상시대인걸.
> **양반** 아니 뭐, 문상시대? 그건 또 머로?
> **선비** 에헴, 문하보다는 문상이 높고 시중보다는 시대가 더 크다 이말일세. …. (필자 생략)
> **양반** 학식이 있어야지, 학식이. 나는 사서삼경을 다 읽었다네.

---

258) 하회탈놀이의 공연 양식적 특성은 김재석, 「하회탈춤 대사의 기능과 원리」, 『하회탈과 하회탈춤의 미학』. 안동문화연구소 편. 서울: 사계절, 1999. 167~198쪽 참조.

　　선비 뭐 그까지 사서삼경 가지고. 어흠, 나는 팔서육경을 다 읽었네.
　　양반 아니, 뭐? 팔서육경? 도대체 팔서는 어디에 있으며 그래 대
관절 육경은 또 뭔가
　　<초랭이는 여태까지 두 사람의 얘기를 귀담아 듣다가 잽싸게
끼어든다.>
　　초랭이 헤헤헤, 난도 아는 육경 그것도 모르니껴.팔만 대장경,
중의 바라경, 봉사의 앤경, 약국의 길경, 처녀의 월경, 머슴의 세경
말이시더~

【하회별신굿탈놀이 <양반 선비 마당>】

　　이름이 높이 드러난 조상, 현조(玄祖)를 선양하고 자신의 족벌을 명
문거족과 연결시키기 위한 "어떤 가문의 누구인가?"의 질문이, 사회
적 사건의 의미를 구성하는 특별한 발화 장르적 실천으로서 하회탈
놀이에 재컨텍스트화된다. 이들의 상호 텍스트적 인용 행위는 매우
희화적이다. '사대부', '팔대부', '문하시중', '문상시대', '사서삼경',
'팔서육경' 등의 언어유희를 통해 언어학적 코드와 언어 그 자체에
관객으로 하여금 좀 더 주의를 기울이게 하는 까닭에서다. 조상의 신
분을 사대부로 할 것인지, 팔대부로 할 것인지, 벼슬 직함을 문하시중
으로 부를 것인지, 문상시대로 부를 것인지, 읽은 경전의 항목을 사서
삼경이라 이를 것인지, 팔서육경으로 이를 것인지 하는 약속과 규정
이 이때 좀 더 초점화된다. 즉 '사, 팔, 하, 상, 중, 대, 사, 팔, 삼, 육'
등 음운적 시스템의 재배치를 거치면서 문벌 가문의 위신과 관련된
언어 표현의 사실적 지시력은 제거되어 유희적 소통 양상이 진작되
고 있다.[259]

---

259) 언어유희의 설명은 John Holmes Mcdowell, "Speech play", In *Folklore, cultural performances and popular entertainments: a communications-centered handbook*, ed. Richard Bauman, New York:

특히나 제스처, 오브제, 준언어학적·근접공간학적 특징들이 첨가되므로, 우스꽝스러운 상황이 보다 유표화된다. 예를 들어, '나', '우리' 등의 단어를 발화할 때, 선비와 양반 모두 공통적으로 손으로 자신을 가리킨다. 그리고 '사대부', '팔대부' 등등으로 강조되는 어휘들에 있어서는 팔과 어깨를 높이 들어 올리거나 곰방대를 털고 부채를 펴 그것들을 유난히 두드러지게 하려고 애쓴다. 상대편의 주장을 반박할 경우에는 곰방대와 부채로 상대를 공격적으로 지시하는 제스처를 취한다. 이러한 몸짓이나 오브제의 사용은 발화 행위에 일종의 구두점 기능을 하고, 형용사와 부사와 같은 통사적 기능을 비언어적으로도 가능하게 만든다. 지체 논쟁이 가열될수록 '문하시중', '문상시대', '갑절일세' 등속의 단어들을 높거나, 낮거나, 짜증내거나, 거칠게 그리고 정확하고도, 성문을 경련시키며 스타카토 식으로 끊어서 발음하는 것 또한 이들 발화의 수사적 강도를 구성하는 변수들이 된다. 여기서 상대방이 지위를 뽐내는 말을 하고 있으면 떨어져 등을 돌리고 있다가, 정작 자기의 선조를 선양하고, 본인의 학식을 과시할라 치면, 상대방에게 거리를 좁히는 움직임이 취해진다. 이와 같은 근접공간학적 움직임 역시 지체 논쟁의 연행을 수사적으로 신호하는 조율 장치라 할 수 있다.

결과적으로 양반과 선비 자신들의 사회적 위상을 스스로 부정하고 비판하는 탈권위적 상호 텍스트적 전략이, 언어유희, 몸짓, 오브제 사용, 목소리 장치, 그리고 공간운용 등으로 뒤섞인 현재적 순간의 표현적 에너지에 의해 형성되는 것이다. 현실에서 벌어질 법했을 지체 논쟁을 벌이면서도 전혀 진실하지 못하고 오히려 우스꽝스러운 지체

Oxford University Press, 1992. pp.139~144 참조.

논쟁을 행하게 됨을 그것들은 표현한다. 그러므로 족벌의 빛나는 위상을 높이려던 양반과 선비는 자신들의 상층 계급적 권위를 부정하고, 위선적 면모에 대해 아직 말해지지 않았던 것을 우회적으로 전달하는 역전과 전도의 놀이를 틀 짓게 된다.

뒤이어 언급되는 시종노비 초랭이의 발화도 소통의 역전 가능한 본성을 탄력성 있고도 유연하게 장면화하고 있다는 점은 마찬가지다. 성현이 지은, 또는 성현의 말이나 행실을 적은 책인 경전(經典)의 '경' 자를 초랭이는 재컨텍스트화하여 배열하고 있다. 팔만대장경 중의 팔양경(八陽經), 약국의 도라지 길경(桔梗), 처녀의 월경, 그리고 농가에서 머슴에게 연말에 주는 품삯인 머슴 새경 등이 바로 그것이다. 해서 사서삼경의 격식 있던 담화 체계는 초랭이의 상호 텍스트적 인용이 특징짓는 우스꽝스러운 오용 때문에 낯선 것이 되고 '경' 자로 이어지는 언어의 형식적 특징과 과정 자체가 고양된 위상을 얻는다. '~의 ~경'이라는 병행패턴 속에 정상적인 의미 영역은 뒤죽박죽 역전 전도되어, 잉여적으로 형상화된다. 상층 계급의 담화와 하층 계급의 담화 어휘들이 예외적으로 동시에 교향하는 발화 구조가 마련되는 셈이다. 비진정성의 경험을 육화하는 이러한 오용의 표현은 "나도 아는 육경, 그것도 몰라요?" 같이 무례함의 '모욕'적 언사와 혼류되면서 기존 질서와 가치의 문화적·상징적 대상인 경전의 권위를 불순하고, 오염된 것으로 격하시키는 역할을 한다.[260]

---

260) 모욕의 장르적 특징에 대해서는 Roger D. Abrahams, "Insult", In Ibid. pp.145~149 참조.
공적 공간에서 조우하는 개인들은 서로에 대한 존중을 표시할 의무를 갖는다. 고프만(Erving Goffman)은 이러한 의무를 상호 작용 의례라고 명명하고 자세히 분석한 바 있다. 따라서 이에 대한 모욕은 상호 대면의 개인 내부에 있는 사회적인 것을 인정하지 않는 행위이며, 개인의 성원권을 부인하는 효과를 갖는다. 그런 면에서 모욕의 발화 장르는 사회적 컨텍스트를 해석적으로 다시 조절한다고 볼 수 있다. 김현경, 「공적 공간에서의 무시와 모욕의 의미에 대하여」, 『사회와 역사』Vol.75(한국사회사학회, 2007), 253~283쪽 참조.

그러므로 초랭이의 발화적 한계 내에는 두 가지 다른 사회적 언어가 혼합되어 있고, 두 가지 다른 언어학적 의식 사이의 마주침이 존재하고 있다.261) 재현되어야 할 것은 육경이 무엇이냐는 양반의 질문에 대한 하인의 답변이다, 그렇지만 초랭이가 재현하고 있는 것은 부네를 차지하기 위해 관념적인 지체 논쟁을 벌이는 상층 계급에 관하여, 모욕적 의도를 담은 언어의 지각이다. 재현되는 의미는 상층 담론에, 재현하는 의미는 하층 담론에 귀속되는 것으로서 초랭이의 발화에는 항상 두 가지 의식, 두 가지 언어적 의도, 두 가지 목소리가 존재한다고 말할 수 있다. 초랭이의 촐싹대는 몸짓과 이리저리 재빠르게 움직이는 과잉된 표현력, 그리고 '~경'의 발화가 끝나면 선비나 양반이 초랭이의 머리를 곰방대와 부채로 때리고, 이에 맞춰 풍물패가 '쿵덕' 장단을 치는 것 또한 발화의 스타일화를 증폭시킨다. 결국 초랭이의 불투명한 장르적 상호텍스성의 최대화 전략은 발화 형식 속에 삽입된 두 세계관들의 충돌을 담은 탈권위적 역전과 전도의 놀이를 틀 짓는다.

역전과 전도의 놀이는 그러므로 아이러니하고 이중적이며 모순적이다. 진실하면서도 진실하지 않고 리얼하면서도 리얼하지 않다. 그렇지만 담론의 전환 가능성 중 한 가지는 바로 구조화된 문화적 범주를 되돌려 가리킬 수 있는 역전과 전도의 모호한 움직임에서 파생된다. "전도의 원칙은 전통적으로 우리가 담론의 근원에 대해 생각해 보는 장소로서, 그것은 담론의 융성과 연속성 뒤에 있는 원리라 할 수 있"262)기 때문이다. 소통 양식상 역전과 전도의 연행 과정은 텍스

---

261) 혼성화(Hybridzation)의 논의는 Bakhtin, (1981), op.cit. 358~366쪽 참조.
262) Foucault. op.cit. p.229.

트적 의미와 컨텍스트적 배경으로 고착된 경험의 범주를 부정하고
자기 지시적으로 그것을 다시 검토하기 시작하는 효과를 탈춤 내에
부각시킨다고 볼 수 있다.

4.2.2. 동시성의 놀이와 탈권위적 담론의 틀 짓기

동시성의 놀이는 한 장소 이상에서 동시에 발생하게 되는 놀이다.
동시성의 놀이에 의해 두 가지 이상의 시간적 범주가 연결되고 다층
적 영역의 경험들이 하나로 조직된다. 물론 한 공간에 두 가지 다른
목소리가 공존할 때도 동시성의 놀이가 가능하다. 이러한 동시적 놀
이가 사회적 경험에 기여하는 요소는 의미의 다종다양한 가능성을
참여자들에게 허용한다는 점일 테다. 한 삶의 시공간 내에서 전개되
는 단일한 담론적 우주 이상으로 경험의 가능성이 펼쳐질 수 있음을
그것은 증명한다. 동시성의 놀이는 획일적인 텍스트·컨텍스트의 해
석적 틀만을 부여하는 일의적 시공간에, 다차원적 형태의 의미작용과
그것이 기반으로 하는 배경을 연결시킨다. 따라서 그것은 경험이 조
직되는 방식 자체에 주의를 기울이게 하는 메타 커뮤니케이션이다.
이에 따라 상황의 직접적 환경으로 파악되는 컨텍스트를 넘어서, 은
폐되고 인지되지 않았던 비의미의 영역이 새로운 해석적 활동에 따
라 컨텍스트화되고 상호 작용의 과정 속에 출현하게 된다. 이 지점은
사회 과정상 담론의 재조정 순간을 생산하게 되리라는 사실을 동시
성의 놀이는 환기한다.263)

수영야류나 가산오광대는 동시성의 놀이가 특히 빈번하게 나타나

---

263) 동시성의 놀이에 관한 설명은 Stewart, op.cit. pp.146~168 참조.

는 탈춤이다. 예를 들어, 수양반은 "저게선 도령님이 훌륭하고 깨끗하고 물찬 제비같고 깨어진 파구로다. 앉이면 작약같고 서면 목단이라. ~"로 전형적인 인물 묘사를 한다. 그러자 막둑이가 "저게 선 도령님이 청보도령인지 째보도령님인지 삼간제당 열쇠맡은 도령님인지~"라고 문안 인사 중 골계적인 다른 목소리를 내는 모습에서도 그것은 확인될 수 있다. 또한 "보름달이던가 보다" 차양반의 언급에 "너 몰랐다. 월명성희에 오작이 남비로다"로 달리 상황을 정의 내리는 수양반의 해석적 목소리도 한 공간 속에서 충돌되고 분열된 이중적 목소리를 체화한다.

한편 가산오광대의 동시적 목소리는 탈춤의 무대 공간이 아예 벽으로 막아 놓은 듯 이분화되는 것이 특징이라 할 수 있다. <할미 영감 과장>에서 오랜만에 집으로 돌아온 영감이 무대 밖에서 마당쇠를 부르며 "내가 서울 갔다가 오다가 서울서 작은 엄마 서울 애기 데꼬 왔다고 전해라"는 목소리를 낸다. 하지만 물리적으로 같은 공간에 자리한 할미가 영감을 보지도 못하고, 목소리를 직접 듣지도 못하여, 마당쇠를 거쳐 그 소식을 전달받는 장면을 연출하는데, 그것은 동시성의 효과를 자아내게 된다.[264] 수영야류와 가산오광대에서 좀 더 유표적으로 생성되는 이러한 동시적 장면들은 시공간 구조의 불일치가 자연스럽게 받아들여진 탈춤의 특징 중 하나라 할 수 있다. 실제 시공간을 배경으로 상연되는 연극의 장르적 속성상, 동시성의 놀이는 공간적으로 분리된 사건 혹은 다중적 목소리가 함께 제시되어야 하므로 상연되기 힘든 장면들이다.[265] 그럼에도 수영야류와 가산오광대에서 동시

---

[264] 이에 대해 서로 동일공간인데도 보지 못하는 동시적 진행은 극적 환상을 위한 합리성에서 벗어나 있는 가면극의 장면설정이라고 김방옥은 지적하고 있다. 김방옥, 「한국 가면극의 연극미학」(이대 국문과 석사 논문, 1977), 75쪽 참조.

적 무대 구성이 활발히 시도된다. 이 같은 사실은, 상황의 실제적인 경
계를 초월하여, 리얼한 것의 텍스트적 의미와 컨텍스트적 배경을 재구
분하는 측면이 탈춤의 초점화된 과정이었음을 입증해 준다.

그렇다면 동시성의 놀이는 수영야류와 가산 오광대의 상호 텍스트
적 전략을 어떻게 형상화하고 있을까? 우선 우리는 가장 명백한 사례
로 한 단어 내에 다른 두 가지 의미가 속한 경우를 생각해 볼 수 있다.

> **말뚝이** 난양공주(蘭陽公主) 영양공주(英陽公主) 진채봉(秦彩鳳)
> 백능파(白菱波) 계섬월(桂蟾月) 적경홍(荻驚鴻) 가춘운(賈春雲) 집을
> 다 찾아도 서방님은 커니와 아무 개아들놈도 없습디다.
> **차양반** 이놈 개아들이라니 / **일동** (말뚝이에게 대들면 욕질문을
> 하여 장내가 소란해진다.)
> **수양반** (차양반에게) 사촌이 가서 적당히 물어보게.
> **차양반** (말뚝이에게 가서 조용히 묻는다.)
> **말뚝이** 개개(皆皆)히 찾았던 말이요. (차양반이 수양반에게 말뚝
> 이의 뜻을 고하면)
> **수양반** 그러면 그렇지! 그만만 찾았단 말이냐!

【수영야류 <양반 과장>】

수영야류의 말뚝이는 고소설 <구운몽>의 팔선녀를 '인용'하고,
양반들을 찾아 다녔던 고생에 대해 보고한다. 난양공주, 영양공주 등
여덟 여인의 집을 다 뒤지고 살폈건만 양반들을 만날 수 없었다는 사

실이 그것의 내용이다. 그렇지만, 그는 주인에게 충실한 충노(忠奴)로서 그와 같은 자초지종을 이야기하는 것은 아니다. "개개히 찾아다녔다"라는 언급은 한자 풀이상, 난양공주 집, 영양공주 집 등등 팔선녀 각각의 집을 일일이 다 찾아다녔다는 말이 된다. 하지만 동시에 '개견(犬)'의 의미로서도 쓰여서 개와 같은 양반들을 찾고 다녔다는 말뚝이의 조롱을 함께 내포하고 있다. 즉 <구운몽>의 내용이 상호 텍스트적으로 수영야류에 재컨텍스트화되는 가운데, 그것은 노비가 상전에게 잡무를 보고하는 사회적 요소의 발화 장르를 실현한다. 그러나 아랫사람이 윗사람에게 보고하는 장르적 구조의 특정 위상에 맞지 않게 양반들을 개로 놀리는 모습을 보여 주어, 말뚝이의 발화 장면은 최대화된 상호 텍스트적 전략을 결과하는 셈이 된다. 바꾸어 말해 '개개히'라는 부사어가 동시에 다른 목소리를 결합시키는 까닭에 양반과 노비의 주종 관계가 지닌 독백성은 희화화되고, 주인, 노비의 일상적인 상황에 관한 다른 유희적 경험이 오버랩된다. 해서 컨텍스트의 차별화된 해석이 가능해지는 것이다.[266]

여기에 적절한 장면 구성이 발화 행위에 결합되어서 이러한 보고의 동시성을 배가한다. 예컨대 보고의 개시는 양반들이 말뚝이와 거리를 유지한 채 원을 이루고 있는 상황에서 말뚝이가 그들에게 공손히 인사하는 것으로부터 시작된다. 이는 공적 공간의 배열이라 할 수 있다. 하지만 보고가 이루어지고 있는 동안에 말뚝이는 채찍을 휘두르고, 이리저리 왔다 갔다 하면서, 각 단어들에 리듬을 넣는 등 보고에 흥을 돋운다. 그래서 양반들은 '그렇지'의 추임새를 넣고, 알았다

---

266) 판소리에 나타나는 목소리의 혼합 현상, 이중시점 등은 이러한 논의에 참조될 수 있다. 김현주, 『고전서사체 담화분석』, 서울: 보고사, 2006, 187~189쪽 참조.

는 뜻으로 부채를 손바닥으로 치며, 서로 머리를 맞대고 말뚝이에게
호응하는 모양새를 연출한다. 그러다가 "개아들놈도 없습디다"의 말
때문에 분노한 양반들은 갑자기 유지하고 있던 원을 해체하고, 가운
데 서 있는 말뚝이에게 우르르 몰려가, 부채로 말뚝이를 때리게 된다.
사적 공간의 상황이 실현된 셈이다. 그러나 다시 '개개히'의 뜻을 말
뚝이가 해명하자 그들은 말뚝이에게서 물러나 품위를 지켰던 이전의
원 대형을 복원하고 그들의 상호 작용을 일단락 지어 공적 공간을 회
복한다. 말하자면, '개개히'에서 취해진 언어적 통합성에 관한 위기는
양반들과 말뚝이의 상호 작용 중 형성되는 공간 배열을 통해서도 이
루어진다고 볼 수 있다. 단어의 동시성이 취하는 다층적 의미는 양반
과 말뚝이 간에 공적 공간과 사적 공간의 전환을 위한 거리 변화나
이동의 움직임을 통해서 훨씬 더 그것의 파열성과 모순성을 전경화
하는 것이다. 양반과 말뚝이가 근접해 서로 얽혀 소용돌이를 이루는
모습과, 원형을 이룬 양반들에게 간격을 두고 보고를 하는 말뚝이 모
습의 연결은, 동시적 놀이로 진행되는 상호 텍스트적 연행 과정에 의
한 의미들의 분열적 면모를 명백히 한다. 그리하여 그것은 탈권위적
형상을 틀 짓게 된다.

한 장면에 대해 두 가지 진술이 구성될 때도, 언어적 유희가 전경
화하는 동시적 놀이는 비의미적 영역들에 주의를 기울이게 되는 계
기를 마련한다. 이는 단순히 의미의 병렬 차원이나 통합의 효과로 치
부할 수 없는 장면이다.

> **말뚝이** 여보! 새안님 새안님을 찾을라꼬 상탕에 목욕하고, 중탕
> 에 머리 씻고, 하탕에 손발 씻고 전주단발 신영백모한 연후에 죽장

을 짚고 망혜를 신어 천리 강산을 들어갈 적에 일 제주 이 거제, 삼
남해, 사 진도, 오 강화, 육 진포 두루두루 다 찾아도 새안님이 없
었기에 홀연 막막하여이다.

양반 우 후후~ 오냐, 나도 너를 잃고 너를 찾아 얼기미 등등 챙
빛 골골이 면면촌촌이 다 찾아 댕길 적에, 이때는 어느때냐, 때좋
은 춘삼이라, 나무나무 가지가지 잎은 피어 청산이 되고 꽃을 피어
만발하야 호접은 편편한데 놀기 좋은 춘삼이라 화무는 십일홍이요,
달도 차면 기우나니 인생 일장춘몽인데 아니 놀고 무엇하리, 네 말
대로 잘 잘 놀아라.

【가산오광대 <양반 과장>】

이 장면에서 말뚝이와 양반이 서로 떨어져 있던 기간에 관한 진술
은 동일하지 않다. 얼핏 둘 다 처해진 객관적 상황은 동일해 보인다.
즉 "죽장망혜 단표자로 천리강산 들어가니 폭포도 장히 좋다마는 여
산이 여기로다…"의 판소리 단가 <죽장망혜 [竹杖芒鞋]>를 말뚝이는
상호 텍스트적으로 인용한다. 양반도 ≪노자도덕경≫의 "화무십일홍
(花無十日紅)", 송대 ≪후청록(侯鯖錄)≫의 한바탕 봄꿈이라는 뜻으로,
"일장춘몽(一場春夢)"의 고사성어를 상호 텍스트적으로 인용한다. 그
러므로 이 둘은 모두 세상 영욕을 다 버린 덧없는 인생사를 공통적으
로 의도하게 된다. 그렇지만 인생무상에 반응하는 말뚝이와 양반의
태도는 극히 대조를 이룬다. 말뚝이의 경우는 풍경을 두루 찾아다니
며 구경하여 풍취를 누리더라도 "새안님이 없었기에 홀연 막막하여
이다"로 외로운 심정을 표현한다. 반면, "아니 놀고 무엇하리, 네 말
대로 잘잘 놀아라"에서 알 수 있듯이 양반은 적적한 외중에도 우아하
고 멋스러운 풍류적 삶의 지향을 가치 있는 것으로 여기는 태도를 보
여 준다.

따라서 단가와 고사성어 등이 가산오광대 <양반 과장>에 재컨텍스트화되면서 남가일몽의 세계관을 달리 동시적으로 지각할 수 있는 형태가 구성된다. 인생무상의 담론에 대해 결론이 내려지지 않고 이 입장들이 상호 교환 가능한 집합이며 상대적인 것이라는 메시지가 말뚝이와 양반의 동시적 진술을 경유하여 암시된다고 볼 수 있다. 더욱이 이러한 동시적 진술의 순간들은 세계를 구성하는 단일한 방식을 파열시키고 삶의 움직임이 이것저것으로 확연히 결정되는 것이 아니라는 점을 환기시킨다. 이점은 그들이 취하는 제스처의 대립에서도 잘 드러난다. 서로 마주 보고 있지만, 말뚝이는 이리저리 움직이고, 채찍을 위아래나 좌우로 흔들며, '일~, 이~, 삼~'의 숫자를 말할 때는 엉덩이도 흔드는 등 좀 더 감정적으로 착색된 몸짓을 표현한다. 반면 양반은 제자리에 서서 단지 부채를 흔드는 정도로 보다 초연한 움직임을 표출한다. 요컨대 그것은 무상한 생에 관한 단일한 독백주의적 관점의 통합성을 흐트러뜨리고 다양한 의미들이 지속적으로 평행선을 이룬 채 다성적 목소리들이 울려 퍼지는 양상을 연행 현장에 장면화한다. 이렇듯 서로 독립되는 발화 행위의 동시적 구성은 인생무상에 관한 기존 경험의 텍스트적 의미와 컨텍스트적 기반의 권위적 위계적 배열을 분열시켜 다양한 해석적 활동을 틀 짓는 연행 과정이라 할 수 있다.

가산오광대의 <문둥이 과장>에는 나병환자를 속되게 연기하는 문둥이들이 출연한다. 문둥이들의 투전 노름은 가산오광대에서만이 찾아볼 수 있는 특이한 장면인데, 이들이 합창하는 투전 불림도 일종의 동시성의 놀이 형식을 두드러지게 하고 있다.

도문둥이 자! 그럼 우리 이는 그만 잡고 노름이나 한 번 해볼까?
니, 얼마나 벌었노?
　　(각문둥이에게 묻는다. 이를 잡느라 동냥을 못한 문둥이는 뒤로
슬금슬금 빠진다. 노름을 시작하면서 투전패를 나누어 주는데 다음
과 같은 투전 불림을 합창한다.)

　　　일자나 한 장 들고나 보니 호박씨 같은 일자요.
　　　이자나 한 장 들고나 보니 도구폐 같은 이자요.
　　　삼자나 한 장 들고나 보니 뱃놈의 돛이 삼자요.
　　　사자나 한 장 들고나 보니 선비 같은 사자요.
　　　오자나 한 장 들고나 보니 각시 대가리 같은 오자요.
　　　육자나 한 장 들고나 보니 범나비 수명같은 육자요.
　　　칠자나 한 장 들고나 보니 개발 같은 칠자요.
　　　구자나 한 장 들고나 보니 중놈 대가리 같은 구자요.
　　　장자나 한 장 들고나 보니 부적대기 같은 장자라.

【가산오광대 <문둥이 과장>】

　　투전 불림의 형식적 짜임새상 특이한 것은 반복과 직유법이 구조
적 안정성의 형성에 크게 기여하고 있다는 점이다. 일반적인 비유의
형태는 의미의 다층적 연대를 가능하게 하는 수사법에 해당한다. 서
로 다른 명백히 환원될 수 없는 영역들이 동일한 것으로 간주되는 기
능을 비유적 표현이 하고 있다는 것은 익히 알려진 바다. 투전 불림
에도 이 사실은 마찬가지로 적용된다. 예컨대 투전패의 일자, 이자,
삼자 등등이 호박씨, 도구폐, 돛, 선비 등등으로 비유되고 있다. 즉 두
가지 다른 영역이 긴장감을 유지한 채 동등하게 동시적으로 배열되
고 있는 셈이다. 또한 이러한 은유법은 그것이 일, 이, 삼 등의 반복되
는 순열과 연결됨으로써 의미영역의 확장감과 잉여적 풍부함의 느낌

을 함께 환류시킨다. 이를테면 "일자나 한 장 들고나 보니 호박씨 같은 일자요"만을 볼 때, '일자'는 '호박'에 빗대어 표현되므로 은유의 병렬적 원리로, 분리되었던 의미 단위들이 동시적으로 배열된다. 하지만 "일자나 한 장 들고나 보니~", "이자나 한 장 들고나 보니~", "삼자나 한 장 들고나 보니~"처럼 수의 무한한 배열에 그 은유적 축을 인접적으로 통합시키고 있다. 그 결과, 동시성의 감각이 계속되리라는 잠재적 해석이 가능해진다.[267] 다시 말해 '일자는 호박씨' 등 서로 분열되었던 두 가지 의미 영역들을 동시적으로 연결하고 그것들의 질서를 공유하려는 의식은 '일, 이, 삼~'의 수학적 행렬이 거듭됨에 따라 지속성을 획득한다. 도문둥이가 투전불림을 선창한 후, 주위의 다른 문둥이들이, 허리·손·발 등을 크게 흔들며 사설을 주워대는 모습 또한 결론을 내리지 않고 계속해서 진행되기만 하는 다성적 목소리를 효과적으로 제시하게 된다.

우리는 여기서 투전불림이 불구의 몸을 지닌 문둥이들에 의해 노래 불리고 있다는 사실에 주목해야 할 것 같다. 사회적 관점에서 문둥이처럼 불구를 가진 사람들은 일상적 삶의 영역상에서 표준화된 공간적 배열에 쉽게 수용될 수 없는 자들이다. 공간적 배열은 잠재적으로 자아가 몸을 가지는 양상, 체현된 몸에 영향을 미치므로, 나병 등 심각한 불구의 문제는 단순히 몸의 장애에서 그치지 않는다. 그것은 그들의 활동 반경과 관련하여 사회문화적 공간을 컨텍스트화하는 것과 깊은 관련이 있다. 문둥이의 훼손된 몸은 일상적 공간에서 소외된 또 다른 비의미적 공간인 셈이다. 따라서 가산오광대의 투전불림

---

267) 은유와 환유의 원리는 Roman Jakobson, *Language in literature*, ed. Krystyna Pomorska and Stephen Rudy, Mass: The Belknap Press of Harvard Univ Press, 1987, pp.99~113 참조.

은 문둥이로 대표되듯 공간적 활동이 제약된 몸의 경험 방식에 관한 해석적 틀을 조정하기 위해 가산오광대에서 재컨텍스트화된 것이다.268) 예컨대, 투전불림에서 비유를 통한 동시성의 욕망은 서로 거리가 있는 상대적 의미영역의 공간들을 관계 지으려는 욕망이다. 그것을 순열의 증가에 따라 환유적으로 인접시키는 것은 문둥이의 몸에 부과되고 컨텍스트화된 부정적 한계를 초월하려는 탈권위적 담론의 틀 짓기 과정이라 말할 수 있다.

마지막으로 수수께끼를 통해 출현하는 동시성의 놀이를 살펴보자. 수수께끼 장르는 문제와 해결의 이중적 과정을 함의하므로 동시성의 놀이에 의한 다층적 컨텍스트의 창조가 가능하다.

> **말뚝이** 아니로소이다. / **양반** 소라니? 이놈 무신 소냐?
> **말뚝이** 새안님이 글짜나 읽었다 하오니 자사히 들으시오. 청청백일에 우수소도 아니오, 탕건의 부자소도 아니오, 하탁의 치자소도 아니오, 장량의 옥통소도 아니오, 문문 안에 작은 소 한 자가 무신 솝니까? / **작은 양반들** (서로 보고) 씹소, 씹소 (하면서 까분다.)
> **양반** 어라! 야들아. 가만 있거라. 보자 그것이 저 사서삼경에 나오는 둔벙소 자 아니냐? (둔벙은 여자의 성기)
> **말뚝이** 안도 잡고 밖도 잡고, 새도 잡고 쥐도 잡고, 한창 잡을 때에 새안님도 한참에 둘씩 셋씩 잡으오. (말뚝이가 채찍으로 양반들의 얼굴을 친다.)

【가산오광대 <양반 과장>】

가산오광대에서 재컨텍스트화된 수수께끼는 질문의 형식으로 발

---

268) 불구성과 공간의 관계는 Peter Freund, "Bodies, disability and spaces: the social model and disabling spatial organizations", In *The body: a reader*, ed. Fraser Mariam and Greco Monica, London: Routledge, 2005. pp.182~186 참조.

화되고 응답을 통해 해결되어야만 하는 일종의 경쟁과 시험의 상호 행위적 시퀀스를 형성한다. 여기서 '소' 자의 반복과 함께, 거듭되는 '~은 아니요'의 부정적 진술 문형 내에 새로운 의미 요소들을 등치시키는 병행 구조가 실현되고 있다. 결과적으로 말뚝이의 수수께끼 발화는 표현적 강도를 강화하며 질문-대답의 상호 행위적 기술을 전시하고 상연시킬 수 있는 힘을 획득하게 된다. 그것은 말뚝이의 수수께끼 발화가 조작하기로서 틀 지어지는데 일종의 구조적 안정성을 제공한다고 볼 수 있다.

구체적으로 보자면 거문고를 타며 다시 긴 휘파람을 분다는 왕유(王維)의 시 <죽리관(竹里館)>의 한 구절인 "탄금부장소(彈琴復長嘯)"가 먼저 인용된다. 그러고 나서는 꽃이 얼마나 떨어졌는가라는 뜻의 당나라 맹호연(孟浩然)의 시 <춘효(春曉)>의 한 구절인 "화락지다소(花落知多小)"가 언급된다. 마지막으로 한 고조의 신하로 항우의 군사를 포위하였을 때 장량이 옥퉁소를 불어 사면초가를 이루게 한 고사(故事) 등이 긴밀하게 연결되어 말해진다. 그러나 말뚝이는 인용되는 선행요소들을 투명하게 사용하거나 최대한 원뜻의 해석이 가능하도록 제시하는 것은 아니다. "탄금부장소"를 '탕건의 부자소'로, "화락지다소"를 '하락의 치차소'로, 말뚝이 나름 필요에 따라 재컨텍스트화한다. 질문의 방식으로 종결되므로 추측되고 탐색되어야 할 일반적인 수수께끼의 난해한 속성에 덧붙여, 이 같은 언어유희들은 말의 지시 대상 지향적인 경향을 제거한다. 또한 그것은 언어학적 코드들과 내재적 관계에 주의를 기울이게 하게 한다. 그러므로 말뚝이의 수수께끼는 예컨대 "탄금부장소(彈琴復長嘯)"의 정상적 의미 있는 목소리와 '탕건의 부자소'의 비정상적 비의미적 목소리 등 두 가지 분열된 목소리를 내게 된다. 한 공간 내에 이러한 두 목소리가 공존한다는 것은 동시성의 놀이를 구성하는 일이기도 하다.

그 결과 말뚝이의 수수께끼는 동시적 모호성으로 인하여 양반과 말뚝이의 페르소나가 구획했음직한 사회문화적 페르소나의 현실성 있는 텍스트적·컨텍스트적 경계들과는 또 다른 컨텍스트를 구성한다. 바꾸어 말해 상층 계급의 희화화와 관련된 사회문화적 지표의 컨텍스트화를 진행시킨다. 수수께끼는 이야기가 되고 이야기는 수수께끼가 되면서, '수수께끼-극적 이야기'의 혼성적 장르269)는 사회문화적 이데올로기의 텍스트적 의미와 컨텍스트적 기반을 개방적으로 접근할 수 있는 탈권위적 틀을 구성하게 되는 셈이다.

상술하자면, 수수께끼의 질문-대답 쌍은 드라마적 서사의 2차 장르에 구조적·문체적·주제적으로 보고 발화처럼 형성적 효과를 드높인다. 먼저 양반과 말뚝이 사이의 대화로 진행되던 극적 이야기는 수수께끼와 그것이 내포한 장르적 타입의 형식성이 삽입됨으로써, 구성상 서사적으로 삼분화된다. 첫째, 말뚝이의 '질문하기' 부분이다. 둘째, 큰 양반의 대답 이전, 작은 양반들이 희희덕거리고 '쉽소?'를 재차 연발하는 장면에서 연출되는 답변의 탐색 과정이다. 이 부분에서 서사의 역동적 긴장감이 절정을 이룬다. 그리고 셋째, 마지막으로, 탐색의 결과 수수께끼가 해결되는 '종결의 부분'이다.

이때 이야기의 액션은 질문이 부과하는 책무와 그 테스트의 난제를 해결하고자 하는 답변의 상호 행위 속에서, 팽팽한 긴장감만큼이나, 비언어적 스타일을 효과적으로 전시하고 실행한다. 서로의 총명함을 겨루기 위한 음량, 억양, 몸짓은 여기서 회귀, 병행의 발화 스타

---

269) '수수께끼-이야기'로서 혼성 장르의 구체적인 분석은 Richard Bauman, (2004). op.cit. pp.34~53 참조.

일과 함께 조작의 수단이 된다. 예를 들어 고개를 흔들고 가로 젓거나, 손짓으로 알았다 표시하고, 문제를 내는 입장에서 긴장감 형성을 위해 채찍질의 제스처가 취해지는 것이 대표적이다.

요컨대 이중적 목소리를 동시적으로 체화하는 말뚝이의 수수께끼는 양반을 조롱하는 뜻에서 무관한 요인들을 콜라주적으로 상관시킨 것이다, 그럼에도 불구하고, "둔병 소자란 여자의 성기"라는 육담(肉談)을 대답의 항목으로 가져오는 양반의 행태는, 유희적 경험의 잠재적 컨텍스트를 극적 내러티브에 장착시키게 된다.

동시성의 놀이는 두 가지 이상의 상대적 지각을 함께 전개하는 상호 텍스트적 최대화 전략이다. 탈춤 연행의 탈권위적 담론 형성에 동시성의 놀이가 중요한 까닭은 그것이 권위적 담론이 정당화하는 선험적 연속성과 관련된 것들을 제거하는 불연속성의 원칙270) 자체이기 때문이다. 이렇듯 동시적 놀이에 따라 분리되고 분열된 두 가지 이상의 텍스트적 의미와 컨텍스트적 기반이 재위치화될 때, 탈춤 연행은 조선 후기 사회문화적 경험의 상호 작용에 대해 차별적 관심을 촉구하게 되리라 생각된다. 동시성의 놀이는 곧 메타 커뮤니케이션의 또 다른 이형태라 할 수 있다.

---

270) 푸코의 다음과 같은 언급은 한 장소 이상에서 동시에 행위가 취해지는 동시성의 놀이가 불연속성의 원칙으로서, 권위적 담론을 해체하는 과정을 적절하게 설명해 주고 있다. "그래서 다음으로, 불연속성(discontinuity)의 원리가 따르게 된다. 희박화의 체계가 존재한다는 사실 때문에, 우리는 그것들 넘어 무한한 담론의 장엄한 경관이 놓여 있다는 점을 암시할 수 없게 된다. 담론에 의해 연속적이거나 활동하지 않거나, 그리고 억압되고, 한 발짝 물러나 있는 경관이란 존재하지 않으며, 우리의 임무는 바로 그러한 연속성과 관련된 것들을 제거하는 것, 그리고 최종적으로는 그것을 발화에 복귀시키는 것이다. 발화 혹은 사고의 어떤 측면으로 말하든, 우리는 말해지지 않는 것을 상상할 수도 없고, 생각되지 않은 것을 상상할 수도 없다. 말해지는 것, 생각되는 것은, 세계를 부유하며, 그것의 모든 형태와 사건을 서로 교직시킨다. 담론은 불연속적인 활동으로서 취급되어야만 한다." Foucault, op.cit, p.229.

4.2.3. 무한성의 놀이와 탈권위적 담론의 틀 짓기

동시성의 놀이가 한 곳 이상의 공간과 관련되어 변형에 대한 기대를 전개하였다면, 무한성의 놀이는 시간과 관련되어 탈권위적 변형을 파생시킨다. 무한성의 놀이는 셀 수 있는 것과 셀 수 없는 것에 대한 공유된 감각에 의존해 일상적 시간관념을 벗어나려는 비의미적 움직임이라 할 수 있다. 특히나 무한성은 반복적 인용에 의해서 가능한 것이기도 하다. 어디서 시작되었는지, 어디서 끝났는지 모를 정도로 무한한 반복을 거듭하는 인용의 형식이 생성된다면 인용의 컨텍스트는 기원의 컨텍스트로부터 분리된다. 그리고서는 자가 생성적으로 텍스트와 컨텍스트를 갱신하게 된다. 반복되는 인용의 표식은 언제나 두 번째 행해진 것이기에 인용되는 원천의 사실은 얼마든지 상실되고 무시되며 반박될 수 있기 때문이다. 즉 반복된 인용은 처음으로 행해진 것이 아니라, 동일성과 차이성의 패턴을 무한히 가능하게 하도록 두 번째 취해진 행위다. 그러므로 유희적 시간을 향해 무한히 반복되는 인용과 같은 패턴은 텍스트와 컨텍스트상의 모든 변수들을 조절하고 컨텍스트적 지표를 재형성함으로써 다양한 차원의 경험을 창조한다고 말할 수 있다.[271]

봉산탈춤은 인용의 반복적 사용이 많은 탈춤이다. <팔목중 춤>의 대사는 그 일례가 된다. "멱라수 맑은물은 굴삼려의 충혼이요, 삼강수 얼클어진 비는 오자서의 정령이요, ~"의 대목에서도 알 수 있듯 잉여적으로 되풀이되는 중국의 고사성어 인용이 많고 인유의 문장 형식이 길게 확장되어 있다는 점이 그것의 특징이다, 물론 이런 인용

---

271) 무한성의 놀이에 관한 설명은 Stewart, op.cit. pp.116~143 참조.

들은 중국고전에서의 직접적인 인용이라고 볼 수는 없다. 그보다는 대부분 당시에 널리 읽혔던 고소설이나 <춘향가>, <심청가>를 위시한 판소리의 단가, 시조, 12가사, 12잡가, 서도민요인 엮음수심가 등 널리 불렸던 노래에서 옮긴 간접인용이라 할 수 있다.[272] 더구나 이러한 인용은 계절과 풍광, 인사(人事)를 흥을 돋우게 하기 위해 의미 없이 4·4조의 한자어가 지닌 리듬감에 얹혀 사용된다. 때문에 그것은 관객의 지적 갈증을 풀어 주면서도 호기심을 만족시키며, 유희적 쾌감을 발생시키는 효과를 주었을 것[273]으로 판단된다. 조금씩 바꾸어서 반복되는 인용적 열거의 형태를 통해 세인들의 관심을 끌려고 했던 것은 꼭두각시놀이에서도 마찬가지다. '작은집', 첩을 들였다는 박 첨지의 말에 꼭두각시가 "같이 살려고 작은 집을 하나 사두었다고요?" "마늘을 한 접 사두셨다고요?" 등 그 말을 인용하면서 희언적 성격의 질문을 중복적으로 던지고 있는 모습이 그러하다. 꼭두각시의 인용문은 연행 현장의 흥미를 유발하고 재미있는 분위기를 이끌 목적에서 거듭되어 겹쳐지는 인용이 유효하게 활용되고 있는 전형적인 장면일 것이다.

그럼 이제부터 상호 텍스트적 전략상 무한성의 놀이가 시간 자체를 계속해서 행해질 수 있는 것으로 연장하여 텍스트와 컨텍스트의 기원과 끝을 재조정하는 구체적 모습을 봉산탈춤과 꼭두각시놀이를 분석함으로써 밝혀 보겠다. 물론 이와 같은 내용은 각 탈춤들에도 공통적으로 나타나는 현상이다. 다만 위에서 기술한 내용을 놓고 보자면 <봉산탈춤>과 <꼭두각시놀이>에서 가장 먼저 쉽게 찾아질 수

---

272) 이두현, 『韓國 假面劇選』, 서울: 교문사, 1997. 136쪽 참조.
273) 이석규, 「봉산 탈춤의 언어 사용 연구」, 『인문언어』Vol.6(국제언어인문학회, 2004), 265~291쪽 참조.

있겠기에 아래에서는 이들 탈춤을 중심으로 무한성의 놀이를 읽어
보고자 한다. 먼저 <노장춤>의 삽입가요들은 무한한 반복의 가능성
과 함께 인용되고 있으므로 시간의 연속적 차원에서 진행되는 다른
과장의 장면들과는 구별된다.

> **첫째 목중** 그러면 내가 노장님께 가서 백구타령을 여쭈어보고
> 올라. (노장에게로 가서) 노장님, 백구타령을 돌돌 말아서 귀에다
> 소르르.
> **노장** (머리를 끄덕끄덕한다.) / **첫째 목중** (돌아와서) 아나야.
> **목중들** 그래애…. (필자 생략)
> (합창) 백구야 껑충 나지 마라. 너 잡을 내 아니로다.
> 성상이 바리시매 너를 쫓아 여기 왔도다.
> **둘째 목중** 백구타령 그만두고 오도독이 타령을 여쭈어 보자. /
> **목중들** 오오냐.
> **목중들** 내가 노장님께 여쭈어보고 오마. (노장에게로 가서) 노장
> 님, 오도독 타령을 돌돌 말아서 귀에다가 소르르.
> **노장** (고개를 끄떡끄떡 한다.) / **둘째 목중** (다녀와서) 아나야.
> **목중들** 그래애… (필자 생략) (타령곡으로 춤을 추면서 혹은 어깨
> 를 겨누고 일제히 합창한다.)
> 오도독이 춘향이 달도나 밝고 명랑한데
> 끼뚜두땅 끼뚜두땅 끼뚜두땅 신천대발이가 만학천봉 날아든다.

【봉산탈춤 <노장춤>】

무대 밖으로 사라진 노장을 찾는 과정에서 목중들은 백구타령과
오도독 타령을 함께 부른다. 백구타령은 중모리장단에 평우조(平羽調)
로 엮어 나가며 담담하고 화창한 느낌을 주는 단가이다.[274] 오도독

---

274) 백구타령과 민요적 성격은 임혜정, 「백구타령과 가사 백구사」, 『한국음악연구』Vol.34(한국국악학회,
2003), 183~207쪽 참조.

타령은 앞소리가 4장단, 뒷소리가 4장단인 장절형식(章節形式)의 굿거리장단으로 되었으며 계면조적 선법의 남국적인 정서가 넘치는 제주도 민요다. 타령은 봉산탈춤에서 가장 많이 연주되는 곡인데, 장단은 4박 1장단으로 1박이 한 마디를 나타내고 4마디가 한 장단이 된다. 주요 음은 '솔, 레, 미' 3음으로 구성되어 있다. 특히 연주 중에 셋째 마디인 제3박을 쉬고 4박에서 선율을 시작하는 못갖춘마디 형식이 자주 출현한다. 뒷구멍에서 '솔' 음을 격렬히 떨다가 1공인 '레' 음을 짧게 낸 후 '솔' 음으로 끊어 내듯이 해결하는 연주기법도 타령에서만 느껴볼 수 있는 특징이다.[275]

이와 같은 타령이 반복 연주되는 가운데, 장삼소매를 휘어잡고 뿌리거나 한삼을 경쾌하게 뿌리면서 두 팔을 굽혔다 폈다 하고 발은 높이 뛰면서 활발하게 추는 목중들의 춤이 함께한다.[276] 대사 상으로도 "그러면 내가 노장님께 가서 ~ 타령을 여쭈어보고 올라"고 말한 뒤, 노장에게로 가서 "노장님, ~ 타령을 돌돌 말아서 귀에다 소르르"라고 물어보고, 노장이 머리를 끄덕끄덕하면, 다녀와 "아나야"를 호칭하는 모습이 동시에 반복 진행된다.

그래서 음악적·동작적·언어적 텍스트화는 노장과장의 상황이 처한 시간적 배경을 도상화한다. 말하자면 미완성된 행위가 있고, 셀 수 없는 것이 앞으로 향해 나아가고 있으며, 결과적으로 무언가가 계속해서 행해지고 있는 듯한 무한 반복 가능성의 '이미지'가 타령과 춤, 보고 발화의 중첩 연쇄된 관계 속에서 관찰 가능해지는 것이다.

바꾸어 말해 비슷한 유형의 상황이 거듭되는 환경 하에, 동일한 분

---

275) 김호석, 『봉산탈춤 음악본』, 서울: 민속원, 2006. 37쪽.
276) 서연호, 『黃海道탈놀이』, 서울: 열화당, 1987. 30쪽.

위기의 단가, 민요, 춤사위, 그리고 보고 발화가 거듭됨으로써, 반복의 차원이 내포한 무한함의 형식과 끊임없는 시간에 대한 추상화, 골격화된 감각이 전경화되기에 이른다. 그것은 기원과 종결의 시간적 정박점을 해체하는 무한성의 놀이가 되고, 이를 통해 무대 밖에 위치한 비가시적 노장의 캐릭터에 부여되어 있을 터인 텍스트적 의미와 컨텍스트적 기반이 조정된다. 결국 <노장춤>의 타령 등은 탈속의 인물 노장에게 부과된 특권적 의미작용을 제거한다. 그리고 그가 체화한 위계화된 질서의 시작과 끝을, 무한한 시간적 행보의 움직임 속에 소멸시키고 마는 탈권위적 담론이 결국 틀거리 지어지게 된다.

약재의 성질과 효능을 읊은 한시(漢詩)이면서, <수궁가>의 의원이 용왕을 진찰할 때 노래되는 약성가(藥性歌) 또한 탈권위화된 상호 텍스트적 전략을 잘 보여 준다.

> **영감** (미얄이 쓰러진 곳으로 와서 미얄을 본다.) 이것이 죽지 않았나? 성질도 급하기도 해라. (미얄의 맥을 짚업고 놀라며) 아이구, 할멈이 죽었구나. 불쌍하고 가련하다. 이렇게 갑자기 죽는단 말이 웬 말이냐? (노래조로) 신농씨 상백초하야 모든 병을 고치랴고 원기부족중에 육미, 팔미, 십전대보탕, 비위, 허약한 덴 삼줄탕, 주체에는 대금음자… 이러한 영약들이 세상에는 가득하건만 약 한 첩 못 써 보고 갑자기 죽었으니 이런 기막힐 데가 어디 있나.

> 【봉산탈춤 <미얄춤>】

영감은 자신에게 맞아 죽은 미얄을 앞에 두고 병명과 약 이름을 열거한 <약성가(藥性歌)>을 노래한다. 무수하게 인용되고 있는 약명과 처방에 얽힌 일화들은 그 긴 길이만큼이나 의미작용의 잉여와 다층적 해속을 귀속시킨다. 말하자면 약과 관련된 단어들의 많은 나열들과 청각적 음성의 공명은 약과 관련된 기존 정보에 관해 관객의 해석적 절차상의 일상적 기대를 예상 밖의 지점으로 옮겨 놓는 역할을 한다. 제한된 물리적 세계 내에서, 그만큼 약명을 장시간 낱낱이 죽 늘어놓는 것 자체가 물리적 세계의 사실적 경계를 부정하고, 일상외적인 순수한 형식을 향한 신호로서 기능하기 때문이다. 요컨대 약명 한 가지만 거론했으면 그만이었을 것을, 길고 길게 나열함으로써, 과장의 테크닉이 성취되고 이를 통해 '이것은 예술이다'라는 표지가 구획된다. 더불어 그와 같은 장식적 효과로 인하여 미얄과장이 지닌 허구적 텍스트의 경계 또한 전경화되는 것이라 말할 수 있다.

그러므로 텍스트화된 <약성가>의 미시 우주적 측면은 약품과 같은 사물들이 속한 경험적·자의적 시간의 텍스트적 의미와 컨텍스트적 기반을 재측정한다. 그것은 일상 내 시간적 컨텍스트의 결정적 범주를 무효화하고 그 속에 속한 지시물의 정형적 형태를 무정형하게 만드는 새로운 입사식의 효과를 자아낸다. 실제 정상적 사물들의 질서가 일련의 무한한 배열 속에서 갱신된 리얼리티로 조합되므로 사실적 시간의 컨텍스트가 허구 세계 내에서 탈권위적 형태로 들어 올리어진다. 그런 연후 새로운 텍스트 제작의 탐구 가능성을 위해 재조정되는 틀거리 짓기 과정의 장면이 이 장면에서 상연되는 것이라 할 수 있다.

꼭두각시놀이의 <이시미막>은 상호 텍스트적 전략상 무한의 놀이를 잘 보여 주는 또 다른 예이다. 이 "에피소드에는 모든 등장인물이 죽음의 축제를 벌이는데, 각 인물들은 이시미에게 잡아먹히기 전에 자신의 성격을 단적으로 드러내 줄 수 있는 민요를 부르는 것이 특기"[277]할 만하다.

---

277) 이상란, 『희곡과 연극의 담론』, 서울: 연극과 인간, 2003, 144쪽.

피조리 Ⅰ 날 좀 보소 날 좀 보소 날 조금 보소 동지 섣달 꽃 본 듯이 날 좀 보소 아리 아리랑 스리 스리랑 아리리가 났네 에헤 아리랑 고개로 나를 넘겨 주소. 아야. (이시미가 잡아먹는다.) …. (필자 생략)

피조리 Ⅱ 정든 님이 오시는데 인사를 못 해 행주치마 입에 물고 입만 방긋 아리 아리랑 쓰리 쓰리랑 아라리가 났네 아리랑 고개를 넘어간다. 아야. (이시미에게 물려 죽는다.) …. (필자 생략)

홍백가 청청 강수 흐르고 낮은 물에 서상상 타고서 애루야 뱃놀이가잔다 어랑 어랑 어허야 어허허야 디여라 내 사랑아 아야 야. (이시미에게 물려 죽는다.) …. (필자 생략)

귀팔이 아랫녘 새야 웃녘 새야 녹두밭에 앉지 마라 녹두꽃이 떨어지면 청포장사 울고 간다 우여 우여러 우 어허 우여 아야 야. (이시미에게 물려 죽는다.) …. (필자 생략)

동방삭 (시조) 팟 남아 늙었으니 다시 젊질 못하리라. 아야 야 야. (이시미에게 물려 죽는다.) …. (필자 생략)

【꼭두각시놀이 <이시미막>】

박 첨지의 두 조카딸인 피조리 Ⅰ, Ⅱ는 연인과의 인연에 얽힌 정분을 내용으로 하는 구전민요 <아리랑>을 부르고 난 뒤, 전설상의 동물로 뿔이 없는 용인 이무기에게 죽음을 맞는다. 홍백가는 뱃노래 유의 민요를, 귀팔이는 <녹두꽃이 떨어지면~>의 민요를, 동방삭은 <늙었으니 다시 젊질 못하리라. ~>의 시조를 노래하고 나서는 모두 마찬가지로 이시미에게 먹히고 만다. 이들 인물들이 민요를 부를 때, 옆에서 입을 크게 벌리던 이시미가 노래가 끝나갈수록 한 발짝씩 다가오도록 조종되고, 각 인물들을 입에 넣고는 무대 설치대 아래로 퇴장하는 모습이 긴장감 있게 반복된다.

이처럼 재컨텍스트화되고 있는 노래들이 가창되고 난 후 가창자가 이시미에게 잡아먹히고 연이어 새로운 가창자가 다시 가창하면 또 이시미에게 잡아먹히는 순환성과 연속성의 반복적 구조가 생성되고 있다. 그래서 노래의 원뜻을 넘어 정형적 삶의 형상으로부터 일탈된 괴물의 일종인 이시미의 무질서한 면모와 그것이 상징하는 비결정적 영역에 대한 무한함의 감각을, 전시된 민요들은 형식적으로 표시하게 된다. 죽음의 카니발을 벌이는 이시미의 괴상함은 놀랄 만한 것이다. 그렇지만, 체계적 의미로 정의 내릴 수 없고 형태화 할 수 없기 때문에 오히려 삶의 풍부한 재생적 시간 양식을 함의하는 괴물 이시미의 양가성이, 되풀이 반복되고 거듭 인용되는 노래들의 제한 없는 구성에 의하여 확장되고 있는 것이다. 요컨대 꼭두각시놀이 <이시미막>에서 민요의 무한한 반복은 삶의 구획된 경계를 끊임없이 침범하는 이시미의 위험함을 상징하기도 한다. 한편 그럼으로써 역으로 죽음의 재생적 순간이 가진 새로운 텍스트적·컨텍스트적 조합의 가능성을 그것은 제공해 주기도 한다. 그러므로 여기서 반복되어 가창되는 민요는 삶의 정식화된 법칙과 가치에 의문을 제기하는 탈권위적 담론 실천 과정을 허용하게 된다.[278]

목중들의 계속되는 타령 합창, 영감의 약성가 인용, 그리고 피조리를 비롯한 인물들의 민요 가창은 인접적 원리에 따라 각각 백구타령과 오도독 타령, 육미탕과 팔미 등의 약재, 유행 민요들을 '추가적'으로 연결한다. 그래서 자기 영속적·자기 생성적인 무한성의 놀이로 분류될 수 있는 최대화된 상호 텍스트적 전략의 메커니즘을 그것은 구현하게 된다. 일종의 환유적 원리의 실현이라 할 터인 이러한 무한

---

278) 괴수적 몸의 체현이 지닌 문화적 의미는 Georges Canguilhem, "Monstrosity and the monstrous", In *The body: a reader*, ed. Fraser Mariam and Greco Monica, London: Routledge, 2005. pp.187~193 참조.

성의 조작은 우발적·우연적이면서도 좀 더 구체적이며, 특수한, 개별적인 것의 강조를 수사적 원리상 내포하는 셈이다.279) 해서 무한성의 원리는 단일한 연역적 원리로 의미 영역들을 통합하는 것이 아니라 결말을 열어 놓으며, 시간을 연기시키는 양상을 보여 주게 된다. 그것은 성속의 수행과 처신, 사물의 정상적·비정상적 배열, 삶과 죽음의 가치 같은 탈춤 내 문화적 의미의 경계가 지속적으로 파괴되고 다시 고쳐져 조합되는 과정이다. 결국 무한성의 놀이는 탈춤 내 경험의 텍스트와, 컨텍스트 관계를 재위치화시키는 탈권위적 담론 실천의 또 다른 방식이라 할 수 있다.

4.2.4. 재배열의 놀이와 탈권위적 담론의 틀 짓기

지금까지 살펴본 역전과 전도의 놀이는 확정된 경계의 자의성에 문제를 제기하는 상호 텍스트적 전략이다. 반면 동시성과 무한성의 놀이는 그렇게 의문시된 경계들을 지닌, 기존 의미 영역들의 시공간을 변형시켜 텍스트와 컨텍스트의 유한한 설정에 수정을 요구하게 되는 상호 텍스트적 전략이라 할 수 있다. 마지막으로 이번 장에서 다룰 비의미의 제스처는 '재배열의 놀이'다. 재배열의 놀이는 역전과 전도의 놀이, 그리고 동시성과 무한성의 놀이보다 좀 더 적극적으로 비의미 범주들을 의미 있는 것으로 조작하면서 의미 영역과 비의미 영역의 경계선을 혼합하는 놀이다. 재배열의 놀이는 이미 재현된 것

---

279) 은유와 환유는 단지 문장 스타일상의 문제일 뿐만 아니라 세계관적 정향성을 결정하는 데도 중요한 수사적 메커니즘이라 할 수 있다. 김현주, (2006), 앞의 책, 158~172쪽 참조.
결국 환유의 원리는 특수성의 인접적 연결을 통한 담론 분석의 한 방식을 보여 준다. "특수성(specificity)의 원리는 특별한 담론이, 선행하는 의미작용의 체계에 의해 결정될 수 없다는 점을 말해 준다." Foucault, op.cit, p.229.

을 다시 재현하는 형식적 특성이 분명히 드러나는 놀이이기 때문에, 재배열의 놀이가 시도될 때, '이것은 픽션이다'라는 탈춤의 메타 커뮤니케이션적 메시지가 훨씬 명백해지게 된다. 물론 역전과 전도의 놀이, 동시성의 놀이, 무한성의 놀이 그리고 아래에서 논의할 재배열의 놀이는 항상 공존 관계에 있는 최대화된 상호 텍스트적 전략이다. 즉 역전과 전도의 놀이를 통해 설정되었던 기존 경계들의 허구성이 드러난다면, 동시성과 무한성의 놀이에 의해 그러한 경계들의 불가능성이 시공간적으로 더욱 뚜렷하게 각인된다. 최종적으로는 재배열의 놀이에 따라 새로운 경계 설정의 가능성이 부각되는 것이기 때문에 이들 놀이의 책략들은 체계적 의미를 메타적으로 검토하려는 담론적 실천 하에 항상 긴밀하고도 복잡하게 얼키설키 연루되어 있다.

하지만 논지의 선명성을 위해 다음에서는 양주별산대놀이를 중심으로 재배열의 측면만을 분리시켜 검토하고자 한다. 그리고 그것의 목적은 이전 절의 분석과 마찬가지로 텍스트적 의미와 컨텍스트적 기반이 어떻게 갱신되는지에 초점이 있다[280) 당연히 이러한 재배열적 놀이의 성격은 탈춤이라면 그 어느 것이나 갖추고 있는 속성이지만, 논의의 집중을 위해 아래에서는 양주별산대놀이를 중심으로 그 같은 점을 논해 보겠다. 다른 탈춤들과는 달리, 관의 후원을 받고 연행이 되었더라도, 연행자가 관아의 잡역을 담당한 하급 관속이었다는 점에서 이러한 특징이 양주별산대놀이에 비중 있게 나타나지 않았나 생각되기 때문이다.

상호 텍스트적 전략의 차원에서 재배열의 놀이를 분석하는 것은 새로운 텍스트와 컨텍스트의 경계 만들기 국면을 양주별산대놀이에

---

280) 재배열의 놀이에 관한 설명은 Stewart, op.cit. pp.171~193 참조.

서 찾아보는 일일 테다. 그것은 문자나 숫자, 날·주·달 같은 기성 관습적 코드 체계들이 재형태화되는 장면으로부터 우선 발견할 수 있다.

> **완보** 그럼 우리 중이니까 염불부터 해 봐야 한다. / **목중** 그래 염불하세.
> **완보와 목중들** (합창) 나무할미타불, 나무에미타불, 나무어미타불
> **목중** 나무할미타불

【양주별산대놀이 <염불놀이>】

여기서 완보와 목중들이 염불을 외는 동일한 장면 그 자체가 반복되지만, 그들은 염불을 변이형과 함께 진행시킨다. '나무아미타불'의 음상(音像)을 달리하여 '나무할미타불, 나무에미타불, 나무어미타불'의 특별한 시리즈로서 결합하고 있는 것이다. 특히 '아미', '할미', '에미', '어미'의 계열체적 인유는 빨강, 파랑, 녹색, 흰색 등 완보와 목중들이 입은 저고리의 시각적 효과에 의해 자극적 인상을 더하게 된다. 때문에 그것들의 상대적 가치에 관한 기대를 관객에게 불러일으키기에 충분한 것이 된다. 종교적 교리의 염불이 과장되고, 변형된 공감각의 형태로 재배열되어, 재컨텍스트화되는 셈이라 할 수 있다. 결과적으로 아미타불에 귀의한다는 불교적 의미의 6자명호(六字名號)로 된 문자 코드 체계의 자의성은 이러한 새로운 상호 텍스트성의 인용법 때문에 위협받는다. 역으로 보자면 '아미'를 '할미, 에미, 어미'로 바꾸어 부르는 것은 무정형적 나열의 방식을 창조하여 새로운 불교적 텍스트 구성을 시도하는 것이 된다. 바꾸어 말해 그것은 관계있는 컨

텍스트를 유희적으로 조정하는 행위다. 결국 일상사의 제도를 전유해 또 다른 염불 텍스트의 체계를 특수한 문자 코드에 의해 재배열하므로, 탈권위적 담론이 틀 지어지는 것이 가능해진다 말할 수 있다.

<침놀이>의 장면도 비슷하게 동음이의어식의 언어유희를 활용해서 지금까지 존재한 적이 없는 텍스트 만들기 상황을 연출한다. 더불어 전과 다른 컨텍스트 또한 재배열의 놀이를 거쳐 재구성된다.

> **목중** 글쎄 그럼 애들이 죽으면 네가 담당해야 해.
> **완보** (꽹과리 치면서 노래조로)
> 백구야 껑청 나지 마라. 너를 잡을 내 아닌데.
> 성상이 바리시니 너를 쫓아 여기 왔다. 오류춘광 경개 좋은데 백
> 마 타고 화류(花遊) 갈까.
> **목중** 어느 제밀할 놈이 하루를 가, 이틀을 가지, 사흘 나흘 가지.

【양주별산대놀이 <침놀이>】

완보는 목중의 자식들이 이유 없이 쓰러지자 그들을 살릴 의도에서 <백구타령>이나 불러 보자고 목중에게 권하는데, 그렇게라도 신명을 올리면 죽어 가는 아이들이 살아날지 모르겠다는 추측에서 나온 권고였다. 그래서 완보는 꽹과리를 치며 <백구가>를 연행 현장에 재컨텍스트화한다. 즉 목중의 자식들이 일렬로 늘어 서 있는 가운데, 그 앞에 서 있던 완보가 허리춤에서 꽹과리를 꺼내 타령조로 백구타령을 부른다. 그렇지만 '화류 갈까'의 대목에서 노래는 멈추어 져, 이를 재인용하는 목중이 꽃유람의 뜻을 지닌 글자 '화류(花遊)'를 비틀어 숫자 '하루, 이틀, 사흘, 나흘'로 재배열하는 장면이 연출된다. <백구가>에 대한 목중의 재컨텍스트화는 원래의 <백구가>와는 달리,

마지막 행이 "백마 타고 하루 갈까?"로 또 다른 <백구가> 텍스트를 경계 짓게 되는 것이라 볼 수 있다. 이는 <백구가>의 정형적 형식성을 벗겨 내고 그것의 고정성에 주의를 기울이는 방식으로 <백구가>를 재전유한다는 점에서 탈권위적 담론의 틀이 형성되는 과정이다.

특히나 목중이 재배열의 차원에서 구성한 갱신된 <백구가> 텍스트는 죽어 가는 아이들의 수명을 하루, 이틀, 사흘, 나흘 등 잠재적으로 연장할 수 있도록 기원하기 위해 취해진 것이다. 따라서 그것은 코믹하고도 주술적인 마력의 상황에 관한 컨텍스트화를 <침놀이>에 가능하게 한다. 실제로 목중은 "어느 제밀할 놈이 하루를 가"의 대사를 길게 늘어뜨려 자식들의 목숨이 하루밖에 남았을지도 모른다는 사실에 역정을 낸다, 그러고 나서는, 4박 타령조보다는 좀 더 경쾌한 꽹과리 장단에 맞춰, 두 손을 교대로 위로 흥겹게 들어 올린 채 활달하게 걸어 나오면서, "이틀을 가지, 사흘 나흘 가지"의 대사를 크게 노래 부른다. 그러므로 이 같은 음악과 동작의 변이형만큼이나 목중에 의해 최종적으로 재컨텍스트화된 <백구가>의 상호 텍스트적 간격은 훨씬 커지게 된다.

코드화된 문자 체계를 가지고 할 수 있는 일은 비단 종교적 경전이나 문학 장르의 텍스트를 다시 구성하는 차원에 그치는 것만은 아니다. 그것은 샌님과 쇠뚝이의 상하 주종의 인간관계마저도 다시 쓸 수 있는, 생산 능력을 지닌 형식이기도 하다.

샌님 거 여봐라 지놈. 네가 이름이 있으믄 무어란 말이냐.
쇠뚝이 예 샌님이 부르기가 적당하오, 아당 아자(字) 번개 번자 (字)요.

샌님 아당 아자 번개 번? 아당 아자 번개 번?
쇠뚝이 아니오, 그렇게 하는 거 아니요. 샌님도 양반이깐두루 하늘 천(天)자 따지(地) 검을 현(玄) 누를 황(黃) 배우구는 천지현황을 붙여 부르지 않우 이것도 붙여 불러요…. (필자 생략)
샌님 (하다 못해) 아번(아버지)! / 말뚝이 왜?

【양주별산대놀이 <의막사령 놀이>】

<천자문>과 같은 텍스트는 일반적으로 하늘 천, 땅 지 등의 순차적 배열을 통해 폐쇄된 질서 체계에 관한 관습을 구성한다. 그것은 유한하고 고정된 기존 질서 체계를 강화하는 대표적 메커니즘을 제시한다고 볼 수 있다. 하지만 쇠뚝이에게는 이러한 천자문적 질서의 자의적 위계성이 모두 혁신되는 모습이 보인다. 샌님이 어떻게 쇠뚝이를 불러야만 하는지 하는 명명의 상황에서 탈컨텍스트화된 <천자문>이 희화적으로 재컨텍스트화되고 있기 때문이다. 즉 <천자문>의 철자들을 붙여 부르듯이, 쇠뚝이를 부르려면 이름인 '아'와 '번'자를 간극 없이 이어 호칭해야 한다는 설명에 샌님이, 하인인 쇠뚝이를 아버지 뜻인 '아번'이라 불러, 새로운 인간관계의 질서가 결과적으로 산출된다. 이때 <천자문>의 글자 체계는 기존 담론을 환원할 수 있는 정전적인 텍스트로 활용되고 있는 것이 아니다. 오히려 갱신된 주종관계의 탈권위적 인간질서에 대하여 형식적 통합성과 근거를 틀 짓기 위해 유머러스하게 인용되는 셈이다.

쇠뚝이와 샌님이 취하는 제스처는 이러한 텍스트 재구성의 효과를 집약적으로 보여 준다. '아~번', '아버지~', 단어를 발음할 때마다, 쇠뚝이는 샌님에게 한층 몸을 갖다 붙이며 두 손을 위로 찌르는 몸짓

을 하고, 샌님은 부채를 접어 힘을 모아 쇠뚝이를 가리키는 모습을 한다. 그래서 이들의 제스처는 문자 체계의 재배열이 상징하는 바를 신체적 차원에서 특별히 강조하고 수식하는 역할을 하게 된다. 결과적으로 문자 체계의 정식적 질서가 재배열의 놀이를 거쳐 새로운 인간관계의 경험에 관한 텍스트적 의미와 그에 결부된 컨텍스트적 기반을 얼마나 잘 조절할 수 있는지를, 제스처가 집중된 이 장면의 담화 양식은 잘 보여 준다.

한편 한글의 자음 모음을 결합한 국문표의 순서에 따라 말을 이어 가는 독특한 형식의 <국문뒤풀이>는 재배열의 놀이를 가장 잘 나타낸 텍스트 중 하나이다. 양주별산대놀이에서는 취발이가 아들인 마당이에게 불러 주는 <국문뒤풀이>의 독특한 내용이 주목된다.

> **취발이** (아이 소리로) 피안도를 배워야겠소.
> **취발이** 어 양서(兩西) 그렇지 그걸 배워야지. (언문을 가르친다. 노래조로)
> 기역 니은 디귿 리을 기역자로 집을 짓고 지긋지긋 사잤더니
> 가이 없는 이내 몸이 거지 없이 되었구나. 그렇지 가엾은 말이다.
>
> 【양주별산대놀이 <취발이 놀이>】

언문을 가르쳐 달라는 마당이의 요청에 취발이는 노래조로 언문뒤풀이[281]를 하기 시작한다. 취발이는 일어서서 한 손으로는 마당이를 안고 한 손으로는 귀롱가지를 국문뒤풀이의 박자에 따라 위아래로

---

281) 〈국문뒤풀이〉는 가갸거겨 고교구규에서 하햐허혀 호효후휴에 이르는 순서를 따라 각각의 음절을 시작글자로 하여 4음보의 율격에 맞춰 말을 만들어 가는 글자풀이의 노래이다. 김종진, 「잡가 · 민요 · 가사의 경계에 대한 탐색 - 〈국문뒤풀이〉의 전승 연구 - 」, 『한국어문학연구』Vol.50(한국어문학연구학회, 2008), 209~239쪽 참조.

흔들며, 자신의 머리도 동시에 흔들어 온몸으로 자식에게 글 가르쳐 주기를 서슴지 않는다. 결국 담화, 제스처, 오브제 등의 이종적 체계들에 의해 재컨텍스트화된 국문뒤풀이의 시각적 담화가 이 장면에서 형성되고 있는 것이다. 이 경우 국문뒤풀이의 내용은 취발이가 살아온 회한의 기억과 힘든 세상에 어린 자식을 키워 가야 하는 비애의 정조이다. 정형화된 교육적 소재나 시사적 메시지, 계몽의 의도를 담고 있는 일반적인 뒤풀이의 내용과는 매우 다르다 할 수 있다. 바꾸어 말해 극 중에서 뒤풀이의 내용을 취발이 개인사와 관련된 내용으로 재배열하는 것 자체는 이미 탈권위적 텍스트 만들기에 준하는 것이다. 요컨대 자식 교육의 경험에 대한 텍스트적 의미 및 컨텍스트적 기반의 갱신이 이 같은 언문뒤풀이 텍스트 만들기 과정을 통해 틀 지어진다.

원숭이를 교육한다며 신장수가 불러 주는 <곤지곤지>의 노래 또한 재배열되어 새로운 텍스트를 구성한다. 그래서 <곤지곤지>의 인용 역시 기성 체계의 의미 경계가 다시 배열될 수 있는 잠재력을 드러내게 된다.

원숭이 (고개를 까닥까닥하고 발발 떤다.)

신장수 앗다 요녀석아 떨지 말아라. 아 요녀석아. 겨울 동지 섣달을 만났느냐 떨긴 왜 떠느냐. 떨지 말고 (내가 지금부터 계집 후리는 방법을 일러 줄 테니) 나 하란 대로 잘 공부나 해 잘 배워. (노래조로) 곤지 곤지 곤지 짝자궁 짝자궁, 쥐암 쥐암 쥐쥐암 질라래비 휠휠, 대양푼에도 갈비찜 소양푼에도 엥계찜, 용햇닭이며 광햇닭이며 두메꿩 대양푼에도 갈비찜 소양푼에도 엥계찜… (필자 생략) 봉지 봉지 봉지요, 깨소금 봉지도 봉지요, 후추봉지도 보지요, 계수나무 요븐틀

【양주별산대놀이 <신장수 놀이>】

유아(乳兒)가 9개월이 되면 붙잡고 설 수 있고 장난감을 가지고 놀며, 사람의 흉내를 낼 수 있어서 불러 보게 시키는 것이 '죄암죄암', '짝짜꿍', '곤지곤지' 등 동요다. 하지만 신장수는 <곤지곤지> 노래를 원숭이와 소무의 교접을 암시하는 내용을 포함시켜 재컨텍스트화하고 있다. 그래서 <곤지곤지> 노래의 재배열은 금기파괴의 일탈적 상황을 컨텍스트화하게 된다. 성의 역사는 인간의 사회생활 중에서 가장 중요한 분야, 즉 규범적이거나 비규범적인 인간사와 관계가 깊다. 특히 유교 이데올로기는 조선 시대 성 모럴에 엄청난 영향을 끼쳤다. 이러한 내용들을 상기한다면, 동물과 인간의 성교에 관한 경험을 텍스트화하는 신장수의 노래는 이미 만들어진 의미 영역의 경계들을 전복하는 탈권위적 담론을 틀 짓는다고 볼 수 있다. 이때 채찍을 가하는 신장수 앞에서 일종의 방중술을 <곤지곤지> 노래를 통해 배우는 원숭이가 부들부들 떠는 모습은 수간(獸姦)의 비합법적 위험성에 대한 공포와 매혹을 형상화한다.

재배열의 놀이는 텍스트의 경계를 구별하는 것과 깊은 관련이 있는 최대화된 상호 텍스트적 전략이라 할 수 있다. 즉 재배열의 놀이는 텍스트를 다시 만들고, 그와 함께 컨텍스트 또한 새롭게 만드는 가장 적극적인 과정인 셈이다. 탈춤에서 선택적으로 컨텍스트화된 현실적 의미 체계가 자기 조직화의 동력과 변형의 힘을 얻게 된다면, 그것은 승인된 의미 영역의 외부에 있는 것들이 구조화된 체계 내로 융합할 수 있을 때이다. 역설적으로 보자면 구조화된 문화가 갱신할 수 있는 방향은 기존 의미의 바깥에 서 있는 경우로부터 온다.[282] 따

---

282) 로트만의 지적은 이점을 명백히 해 준다. "타자의 입장에 최대한 접근하는 것, 그와 융합해 그의 관점에서 세계를 바라보는 것은 결코 생산적이지 않다. 오히려 타자는 나와 다른 것을 보기 위해 계속해서 나의 바깥에 머물러야만 한다." Lotman, 앞의 책, 250쪽.

라서 재배열의 놀이는 일상적 의미 영역의 변환과 창조적 갱신의 받침판, 비계(Scaffolding)로서 역할 한다. 탈춤의 탈권위적 담론의 실천은 무엇보다도 이러한 외면성(exteriority)의 원리에 토대해 가능하다. "이 원칙은 우리가 담론의 은폐된 핵심에, 담론을 통해 발현되는 사고 혹은 의미의 심장부에 잠복하지 않으려는 데에서 비롯되는 원리"[283]라 할 수 있다.

4.3. 집단적 기억의 연행과 변형될 미래의 틀 짓기

텍스트화는 효력 있는 텍스트를 만드는 과정으로서 이전 상황 맥락으로부터의 탈컨텍스트화는 다른 상황 맥락에의 재컨텍스트화를 수반한다. 이러한 소통 양상은 텍스트의 정치 경제학 및 사회적 권력 통제에 관한 이슈와 관련된다. 연행적 중재 과정은 단지 연행자가 자신을 기술적으로 표현하는 커뮤니케이션의 전시 양식일 뿐만 아니라 담론을 생산하고 성취하는 방식이라는 점이 확인되는 것이다. 즉 텍스트적 사용의 합법성, 텍스트적 접근의 차별성, 텍스트적 능력의 우월성, 텍스트적 가치의 위계성을 장르적 상호 텍스트성의 최소화 전략에 의해 형태화함으로써 권위적 담론이 틀거리 지어진다. 반면 역전·전도의 놀이, 동시성의 놀이, 무한성의 놀이, 재배열의 놀이를 장르적 상호 텍스트성의 최대화 전략에 의해 형태화함으로써 탈권위적 담론의 틀이 구성된다. 말하자면 연행적 중재 과정은 담론적 실천의

---

283) 외면성의 원칙을 담론 분석의 네 번째 방법이라고 푸코는 설명한다. Foucault, op.cit. p.229. 즉 담론적 실천을 위해 "담론의 내부가 아니라 외부로 나가 그것의 가능성의 외면적 조건들을 따져야 한다." 김현 편, 『미셸 푸코의 문학비평』, 서울: 문학과지성사, 1989, 31쪽.

양식이 되는 바, 담론 형식의 경향들이 권위적으로, 탈권위적으로 탈
춤 내에 전시되는 과정을 이전 절에서 살펴본 셈이다.

다음의 논의에서는 지금까지 고찰된 탈춤 연행의 특수한 중재적
특징들을 좀 더 일반화하여 문화적 대상의 훨씬 넓은 영역 속에 자리
매김해 보려 한다. 즉 그것은 탈춤 연행을 통해 추출될 수 있는 문화
적 기억에 관한 기술이다.[284] 왜냐하면 지금까지 다루어진 상호 텍스
트성은 "텍스트를 문화적·집단적 및 개인적 기억들 간의 다양한 교
류 과정을 위해 하나의 문화를 상징화하고 기호화하는 모델"[285]로서
간주될 수 있기 때문이다. 말하자면 텍스트의 상호 텍스트성은 텍스
트의 기억[286]이다.

---

284) 문화학과 문학의 공통적 문제점은 어떤 대상을 어떤 방법으로 다루는가의 문제다. 그래서 문화의 개념은
유동적으로 변화해 왔으며, 문학, 텍스트의 개념 역시 지속적으로 확장되어 왔다. 두 학문 분야 모두 대
상의 복잡성과 영역의 역사적 역동성을 거쳐 온 셈이다. 이 둘의 차이점은 문화학이 사회학과 인류학과
연계되어 좀 더 일반적인 것을 추구한다면, 문학이 수사학과 미학과 연계되어 좀 더 특수한 것을 추구한
다는 점에 있다. 하지만 문화학과 문학의 거리가 가까워질 수도 있는데, 그 이유는 문학의 기능에 관한
질문에서 찾을 수 있을 것이다. 사용 기능에 대한 탐색을 거치면서 문학 텍스트 해석은 문화적 세계의
해석을 포함시키게 된다.
   Walter Gobel, "Kulturwissenschaft und Literaturwissenschaft", In *Kulturwissenschaft Interdisziplinar*,
   Hrsg. Stierstorfer Klaus. und Volkmann Laurenz, Tuebingen: Narr, 2005. pp.109~110 참조.
285) Markus Fauser, *Einfuehrung in die Kulturwissenschaft*, 김연순 역. 『문화학의 이해』, 서울: 성균관대학
   교출판부, 2008. 250쪽.
286) 본고에서 정의 내리는 기억은 대부분 '탈춤 연행의' 기억이다. 그것은 '탈춤 연행 내' 기억과 '기억의 매
   개체'로서의 탈춤 연행과는 구분된다. '탈춤 연행의 기억'은 문학의 기억과 같은 것으로 상호 텍스트적
   관계에 있는 이전 텍스트, 장르, 형식, 구조, 상징을 통해 자기 자신으로서 탈춤 연행이 상기되는 기억이
   다. 한편 '탈춤 연행 내 기억'은 문학 작품 내 재현되는 기억의 양상처럼, 개인적 기억, 집단적 기억 등
   한 작품의 형식과 구조 차원에서 환기되는 문화적 컨텍스트이다. 다시 말해 탈춤 연행의 기억, 상호 텍
   스트적 기억이 통시적 차원의 기억이라면 탈춤 연행 내의 기억은 단지 한 작품 내에서 기억의 기능과
   내용이 어떠한 처리방식으로 주제화되고 상연되는가만을 다룬다. 마지막으로 기억의 매개체로서의 탈춤
   연행은 상기되는 문화상의 매체로서 탈춤 연행이 어떻게 효력을 발휘하는지에 관심을 둔다. 즉 탈춤 장
   르가 문화적으로 얼마나 특수한 기억 도식(schemata)인지를 이 관점은 취급한다. 물론 이 세 가지 관점
   은 통합되어 재공식화될 수 있다. 예컨대 어떻게 상호 텍스트성, 토픽, 장르적 관습, 정전화 과정(탈춤 연
   행의 기억)이 어떠한 방식으로 상기되는 과정의 전시(탈춤 연행 내 기억)에 기여할 수 있고, 그것은 또
   문화적 매개체로서 어떠한 효력을 발휘하는지(기억의 매개체)가 복합적으로 질문될 수 있을 터이다. 하
   지만 본 연구에서는 앞 절과의 일관적 논의를 위해 탈춤 연행의 기억, 상호 텍스트성만을 집중적으로 다
   룰 것이다. 단 '탈'을 다루는 부분(특히 본론의 마지막 부분)에서는 창발적 사건을 설명하고 그것의 중요
   성을 탈춤 연행 전체 차원에서 설명하기 위해 '기억의 매개체'적 관점을 아울러 차용할 것임을 미리 밝
   혀 둔다. Astrid Erll. und Ansgar Nuenning, "Literaturwissenschaftliche konzeptevon Gedaechtnis: Ein
   einfuhrender uberblich", In *Gedaechtniskonzepte der Literaturwissenschaft: theoretische Grundlegung*

그렇다면 왜 상호 텍스트성을 방법론으로 하는 문화적 기억의 연구가 중요한가? 하는 질문이 제기될 수 있다. 이것의 대답은 기존 문화 연구에서 정전화된 연구 방향을 잠시 짚어봄으로써 가능하다. 문화연구의 컨텍스트에 관한 관심에로의 경사는 어제오늘 일이 아니다. 하지만 이때의 컨텍스트 연구는 대부분 물질적·사회적·경제적 그리고 제도적 컨텍스트의 인식을 지향해 왔다. 해서 그것은 컨텍스트적인 것을 다루는 인접학문과의 연계를 통해 저자, 독자, 작품의 본질주의적 범주를 해체하고 문학을 탈특권화하여, 탈중심화된 일반적 개념으로서 문학을 문화 연구 속에 컨텍스트적으로 조건화해 위치 지을 수 있었다. 하지만 문화적 실천은 텍스트의 형식적 분석 없이 성급하게 정치학에로 학문적 영역을 넓히려는 데에서 문제점을 노출한다.[287] 왜냐하면 텍스트의 가치나 내용에 의존하지 않으면서 텍스트의 작동방식을 논한다는 것은 불가능하기 때문이다. 즉 문학과 같은 예술 장르와 심미적 상징체계는 역사적 이데올로기적 의미작용에 대한 의미작용이라는 이중적 단계를 통하여 역사를 의미화한다. 그러므로 중요한 것은 제도 자체라기보다, 외적 현실의 제도와 예술적 상징체계가 길항을 이루며 생성하는 긴장감이다.[288]

결과적으로 탈춤의 상호 텍스트적 연행 과정에 집적되어 있을 문화적 기억의 예들은 탈춤 텍스트의 형식과 기능에 대한 문제를 무시하지 않고서도 텍스트 안에서 작동하고 매개되는 사회문화적 현상들의 가능성에 대한 지속적인 포착을 가능하게 해 줄 것이라 생각된다.

---

und Anwendungsperspektiven, herausgegeben von Astrid Erll, und Ansgar Nuenning, Berlin; Walter de Gruyter, 2005, pp.1~9 참조.

287) Gobel, op.cit, pp.114~118 참조.

288) 김용규, 『문학에서 문화로: 1960년대 이후 영국 문학이론의 정치학』, 서울: 소명, 2004, 376~384쪽 참조.

물론 이때의 사회문화적 기억이란 텍스트 내부에서 '해석'된 텍스트이며 컨텍스트라 할 수 있다. 그런 까닭에 역사 문화적 환경의 기계적인 반영에 반하는 반성성의 메타 커뮤니케이션적 틀로서의 탈춤 연행 과정이 다시 한 번 입증되는 셈이다.

구체적으로 이러한 반성적 국면이 만들어지는 과정을 보자면, 상호 텍스트성을 거쳐 발현되는 기억이 저장 기억과 활성 기억, 두 가지로 구분된다는 점에서 논의의 단서가 찾아진다. 저장 기억은 한마디로 옛것의 비축 창고이다. 그것은 현재와 미래로부터 분리된 과거의 것으로 저장 기억 영역 내에서는 모든 것이 동등하게 중요하다. 반면 활성 기억은 저장 기억 중에서 특별한 목적하에 선택된 기억이다. 활성 기억은 옛것에 가치와 의미를 부과함으로써 정체성의 특징과 행동규범을 생성시킨다. 그렇지만 이 두 가지는 서로 다른 영역의 기억이 아니라 분리시킬 수 없는 하나이다. 저장 기억에서 풀려 나온 활성 기억은 상상으로 전락할 수 있고, 기능 기억에서 풀려 나온 저장 기억은 대규모 무의미한 정보로 전락할 수 있기에 그러하다. 또한 저장 기억이 기억의 저장고, 기억의 기억으로서 활성 기억을 입증하고 지지하는 만큼, 활성 기억은 기억의 재구성, 즉 정통성, 전통성, 혁신을 위해 사용되는 형식으로서 저장 기억에 방향을 제시하고 동기를 유발하기에 더욱 그러하다.[289]

이렇게 볼 때 이전 절에서 다루어진 상호 텍스트성의 전략은 모두

---

289) 활성 기억과 저장 기억의 분류는 Aleida Assmann, *Erinnerungsraume: Formen und Wandlungen des kulturellen Gedachtnisses*. 변학수 외 공역. 『기억의 공간』 대구: 경북대학교출판부, 2003. 167~180쪽 참조. 즉 활성 기억은 구체적인 당파성의 관점을 지닌 살아 있는 구성원에게 속하는 것이다. 반면, 저장 기억은 모든 이에게 속하면서 동시에 그 누구에도 속하지 않는 것으로서의 회상이라 할 수 있다. 최문규, 「문화, 회상 그리고 문학: 문화학과 문예학의 학제적 연관성에 관한 모색」. 『인문언어』Vol.2(국제언어인문학회, 2001), 67~90쪽 참조.

다 텍스트에 관한 활성화된 기억의 사례라 할 수 있다. 이들의 차이는 저장 기억을 보전하여 지키는 형태로 활성화할 것인가, 아니면 완전히 바꾸어서 새롭게 하는 형태로 활성화할 것인가의 차이다. 저장 기억과의 연관 방식, 곧 기억 스타일에 따라 최소화된 장르적 상호 텍스트성의 전략과 최대화된 장르적 상호 텍스트성의 전략이 갈리게 되는 것이다. 그러므로 기실 모든 커뮤니케이션의 체계는 저장 기억의 존재를 전제한다. 저장 기억은 "각각의 공시적 맥락에서 타자처럼 존재하는 바… 역사적으로 자신이 속한 문화적 맥락을 우리의 의식 속에 끊임없이 재구성하게 하고… 선행하는 구조적 맥락을 재생시키는 메커니즘으로 기능"290)하게 된다. 모종의 불변체가 존재하고 이를 활용할 수 있는 텍스트의 기억술적 절차가 작동할 때만이 컨텍스트에 따라 의미를 변화시킬 수 있는 능력이 획득 가능하다 말할 수 있다. 저장 기억상 전형화되고 미리 구조적으로 정의된 것은 변형을 위한 가능성의 조건인 셈이다.

논의의 선명성을 위해 이 연구에서는 저장 기억의 집단 기억을 표준적 감정, 표준적 사고, 표준적 행동, 표준적 소통의 층위로 구분하여 탈춤 연행 내에서 세밀하게 읽어 보려 한다.291) 그리고 현재로부터 분리되어 떨어져 있었던 이러한 집단적 기억이 탈춤 등장인물 개인에 의해 선택되어 어떻게 재컨텍스트화와 이어지면서 개인을 공동의 기억과 정체성에 참여시키는지를 아울러 분석하고자 한다. 동종성과 공통성의 차원에서 영향을 미치는 표준적 저장 기억은 집단과 개

---

290) 로트만에 따르면 문화는 일종의 집단적 기억의 메커니즘이다. Lotman, 앞의 책, 302~303쪽 참조.
291) 표준화는 집단 성원들의 기능적 등가 행위다. 문화적 기본 요소로서 표준화가 중요한 까닭은 문화가 강조하는 것이 공통적인 지식, 신념, 예술작품, 도덕, 법체계 같은 비슷한 집단적 행동양식이기 때문이다. Klaus P. Hansen, *Kultur und Kulturwissenschaft: eine Einfuehrung*, 3. Aufl. Tuebingen: Francke, 1995, pp.37~43 참조.

인에게 차이나는 삶의 방식과 평가를 지시하는 시금석이 된다. 삶의 효과는 조화와 상호 호혜의 관계만큼 갈등과 파열 속에서 다양하게 실현되려는 경향이 있다. 말하자면 표준적 저장 기억의 결속성은 문화적 다양성의 토대가 되며, 또한 일반적인 것, 공통적인 것으로 여겨지는 표준적 저장 기억의 정상성은 문화적 모순 내에서 자극받아 형성된다. 결국 표준적 저장 기억의 용량은 동종성뿐만 아니라 이종성의 복잡한 형상을 틀 짓는다.[292]

이 같은 이종성의 현실태, 즉 텍스트의 재컨텍스트화에 의한 새로운 컨텍스트, 이를테면 탈춤 연행자의 상호 작용 '과정' 내에서 참여자에 의해 출현하는 새로운 의미와 가치 등 창발적(emergent) 자질[293]의 분석을 이 연구의 마지막 부분에서 진행시킬 예정이다. 바꾸어 말해 그것은 관객의 주의와 무대 사이의 상호 작용 사건이 결과하는 경험의 새로운 기억에 대한 접근을 가능케 해 준다. 물론 이 기억의 층위들은 언제나 명확히 구분되는 것은 아니다. 모든 반복되는 텍스트들이 어느 정도 표준적 감정, 사고, 행동의 저장 기억을 다양한 방식으로 활성화시키는 과정과, 관객의 참여행위를 통해 그것을 소통상 창발적 자질로 승화시키는 절차들을 혼용하여 사용한다고 봄이 옳을 것이다.

이상의 고찰을 거치면서 "옛것은 파괴되어 비존재의 영역으로 사라지는 것이 아니라 특정 상황에서 다시금 출현하기 위해 선택, 보존

---

292) 개인과 집단, 정상성과 비정상성은 언제나 연루되어 있다는 점에서 문화는 정태적인 것이 아니라 끊임없이 성장하는 것이다. Hansen. Ibid. pp.227~234 참조.

293) 연행 내 뚜렷한 잠재성은 본성상 연행에서 사회적 구조의 창출을 함의한다. 새로운 의미와 새로운 가치, 새로운 실천과 새로운 의미작용의 경험이 지속적으로 출현하는 등 사회적 구조를 변형시키는 연행의 고유한 힘을 일컬어 리차드 바우만(Richard Bauman)은 창발적(emergent) 차질이라 명명한다. Richard Bauman, et al. *Verbal art as performance*. Long Grove: Waveland Press, 1977. pp.37~48 참조.

에 처"해지고, 이로써 "저장하면서 동시에 재창조할 수 있는 문화적 기억의 특별한 자질"294)의 검토가 가능해진다. 과거의 다양한 텍스트들을 상호 텍스트적 실천에 의해 끊임없이 재컨텍스트화하는 것은 탈춤 연행이 변형될 미래 상태를 틀 짓기 위해 문화적 지층의 옛것을 지속적으로 축적하면서 발전시키는 과정이다. 그리고 집단적인 문화적 기억의 메커니즘이 관여하는 틀에 관한 의식은 사회문화적 그룹과 성원들로 하여금 자신에 대해 주의를 기울이게 한다. 그러면서, 그것은 "그들의 공공적 자아를 구성하는 의미, 코드, 역할, 위상, 사회적 구조, 윤리적·법적 규칙, 사회문화적 구성요소에 대한 관심을 가능하게 하는 조건인 연행적 반성성"295)을 촉구하리라 판단된다. 요컨대, 집단적 기억의 연행적 중재과정은 "기억의 세계로서 한때 살았던 세계를 재구성"296)한다.

4.3.1. 표준화된 감정의 저장 기억과 이에 대한 참여로서 탈춤 활성 기억 틀 짓기

　미리 형성된 표준적 감정을 탐색하기란 대단히 어려운 일이다. 비자발적이면서도 찰나적으로 발생하는 감정 세계를 다룰 수 있는 방법론적 도구가 그리 충분한 것은 아니기 때문이다. 그러나 우리가 어떤 사회적 역할을 맡을 때 특별한 종류의 감정이 학습되어 내재화된다는 점에 대해서는 어느 정도 알 수 있다. 탈춤에서도 사회적으로

---

294) Lotman, 앞의 책. 299～313 참조.
295) Victor Turner, *The Anthropology of performance*, New York: PAJ Publication, 1987. p.24.
296) Renate Lachmann, *Memory and literature: intertextuality in Russian modernism*, tr. Sellars Roy and Wall Anthony, Minneapolis: University of Minnesota Press, p.21.

원인이 되는 역할 개념이 있고 이것이 문화적으로 집단적 유형성을 가지므로 개인에게 특별한 종류의 집단적 감정에 대한 저장 기억에로의 참여를 야기한다. 감정의 속성, 감정의 처리 기법, 감정의 차이가 역사적으로, 문화적으로 구성되어 있다는 사실은 사회 체계나 제도상 집단적 주체 형성과 의미 구성에 매우 중요한 요인이다.[297]

하회별신굿탈놀이의 할미는 사회적 역할과 감정 사이에 이루어진 긴밀한 관계를 여실하게 보여 준다. 농악에 쓰는 느린 4박자의 장단인 굿거리장단으로 "춘아춘아~, 옥단춘아. / ~ 시집갈 년 누이런가~"의 <베틀가>를 연행 현장에 재컨텍스트화하는 할미에게서 나이든 여성의 소외되고 억압된 한스러운 정감이 표출되고 있기 때문이다. 여성의 백색저고리를 입었지만, 허리춤의 맨살을 그대로 드러낸 남성 광대를 할미 역으로 캐스팅한 것은 이러한 '한'의 미적 체험에 대한 지각적 동요를 한층 부추긴다, 그리고 심미적 현상으로서 관객의 문턱(threshold) 경험을 그것은 가능하게 한다. 베틀가의 시작은 할미가 한 손을 쪽박을 찬 옆구리에 대고 다른 한 손을 힘없이 휘젓는 '엉덩이 춤'을 추고 입장하여 마당 가운데 털썩 주저앉으면서부터다. 특히나 할미의 베틀가에 관객의 주의가 집중될 수 있는 것은 효율적인 제스처의 사용 덕분이다. 할미 광대는 "춘아춘아~, 옥단춘아~"처럼 호격의 대목에서는 오른손을 위로 들어 자신의 감정을 들어줄 수 있는 누군가를 애처롭게 부른다. 그런가 하면, "이런 일이 또 있는가?" "과부될 줄 알았다면" 같은 발화의 종결부분에서는 왼손을 아래로 내리며 땅을 쳐 신산한 지난 일들의 비애를 인상 깊게 표현한다. 그리고 누가 있단 말인가의 뜻을 지닌 "~누이런가" 구절에서는 사방

---

297) Hansen. op.cit. pp.116~122 참조.

의 관객을 손으로 가리키는 직시적 몸짓을 취해 슬픈 느낌의 의식을 관객과 나눠 갖으려 애쓴다. 베틀가가 끝나갈 즈음에는 저고리 소매로 흘러내린 눈물을 닦는 모습을 실연해서 움츠러들고 맺히고 서린 한을 꽁꽁 동여매 억압한 한의 정서를 보다 강화하게 된다. 계면조의 비애감 넘치는 선율에 얹힌 처연한 노랫말의 내용과 세상살이의 근심을 연상케 하는 제스처는 '한'에 담긴 근심, 걱정, 염려, 억울함 같은 복합적 감정의 저장 기억들을 보다 강렬하게 말하며, 선언하는 격이라 할 수 있다.[298]

더구나 할미의 억울함, 고독감, 좌절감, 상실감은 검붉은 색깔의 얼굴 바탕과 얼굴 전면에 녹색 반점을 찍어 나타낸 기미에 의해서도 이해된다. 이 같은 탈의 형상은 지속적인 '통(通)'의 체험이 반드시 수반되는 '한'의 복합적 정조를 단적으로 표현해 주는 것이라 하겠다. 요컨대 할미탈의 조형적 형상에는 세월의 아픔이 은은하게 배어 있다. 해서 그것은 '원(怨)'이나 '상심', '실망', 단순한 '비애감'과는 달리 일회적이지 않는 '한'에 관한 '통'의 체험을 형상화한다. 이를테면 오랜 시간에 걸쳐 반복 지속됨으로써 정서의 하강, 침잠을 야기하게 되는 부정적·소극적 '한'의 기억이 할미탈을 통해 활성화된다.[299]

한편 양주별산대놀이 <포도부장 놀이> 늙은 남편 역할의 샌님은 자신을 버리고 젊은 포도부장과 바람이 난 소무를 급기야 포기하면서 노인이 도달할 수 있는 '무아', '무심' 경지의 일단락에 이르게 된다. 그것은 "헐 수 없구나. 나무라고 고목되면 오던 새도 안 오구 그

---

298) "'한'이 내포하고 있는 다양한 의미요소들 중 적어도 하나 이상이 어떤 기호형태―언어기호, 청각기호, 시각기호, 동작기호 등―로 표면에 부과됨으로써 우리는 그것을 '한'의 징표로 수용하게 되는데, 그 기호가 내포하고 있는 의미요소가 많으면 많을수록 포괄범위가 넓으면 넓을수록 '한'의 미적 체험은 강렬해진다." 신은경, 『風流: 동아시아 美學의 근원』, 서울: 보고사, 1999, 243쪽.
299) '한'의 미적 원리로서 '통'의 체험은 위의 책, 256~257쪽 참조.

심으로 내가 나이가 늙구 너는 젊었으니깐 젊은 놈이 좋아 그러니깐 두루 아무쪼록 네 좋도록 해준다"의 체념적 대사에서 잘 드러난다. 샌님의 한숨 소리, '흠~'은 그 같은 주체의 물러남과 텅 빔을 압축적으로 형성한다. 포도부장과 소무가 어울려 춤을 추고 있는 모양새를, 거리를 갖고 그가 지켜보는 공간배열도 역시 같은 무심의 미적 원리를 이미지적으로 제시하고 있다.

바꾸어 말해 샌님이 이러한 초연함과 허허로움의 감정 상태로 들기 위해 동기로 삼은 것은 "나무라고 고목되면 오던 새도 안 오구"의 익명적 구술 전승의 말이다. 오래된 나무에는 더 이상 새도 찾아오지 않는다는 자연 법칙에 비추어 소무를 곁에 붙잡아 두려던 샌님 자신의 사념과 판단이 어리석었음을 깨닫게 되는 것이다. 합법칙적 삶의 전형적 내용을 함의 한 격언의 익명적 말이 연행 현장에 틀 지어질 때, 샌님 자기 자신과, 자신이 누리던 명예, 권력, 부 그리고 세월과 시간은 망(忘)의 대상으로 활성화된다. 결과적으로 인식주체의 공(空) 상태가 샌님의 기억 공간 대부분을 차지하게 된다. 텅 비어 쓸쓸하고 고요한 것과 같은 몰아 상태의 감정이 익명적 발화와 비분절적인 준언어, 그리고 소무와 포도부장에게서 멀리 떨어져 위치한 샌님의 공간 형상에 의해 재컨텍스트화되는 것이라 할 수 있다.

무심적 감정 상태에 관한 저장 기억의 활성화 국면은 수영야류에서 수양반이 양반 역할의 위신과 관련하여 "칼춤 출 때 이 몸이 한가하여 공성신퇴(功成身退) 후에 ~ 남풍시(南風詩)를 화답할 제였다"의 대사를 할 때도 언술화된다. 중국 순임금이 남훈전에서 오현금을 타며 편안함과 풍부함을 읊은 시가 '남풍시'다. 그래서 수양반은 현실적인 관심과 욕망으로부터 마음을 자유롭게 가지는 무분별(無分別), 자유자재, 망심(忘心)과 '한(閑)'의 저장기억을 '남풍시'의 인용을 통해 활성화하는 셈이다.

이때의 언술 상황은 원형을 유지한 다른 양반들이 지켜보고 있으면 남색 단령에 당상관의 흉배로 사모각대를 하고 목화를 신은 점잖은 풍모의 수양반이 나와 부르는 반창사설조(半唱辭說調)로 진행된다. 여기서 수양반은 양팔을 옆으로 벌린 채 좌우로 몸을 움직여 놀이판으로 걸어 나가는 평사위를 펼쳐 보인다. 마찬가지로 나머지 양반들도 양팔을 옆으로 벌리고 앞으로 걸어 나가다 순간적으로 멈추면서 제자리에서 서로를 마주보고 화답하는 어름사위를 선보인다. 이 춤들은 무심관의 내면세계를 수신(修身)하고자 하는 양반들의 열망을 정중동(靜中動)의 효과와 함께 비언어적으로 형상화하는 것이라 할 수 있다. 결과적으로 공을 세우고 나서 은퇴한 후 시름을 잊고 세속적 가치로부터 떨어져 자유롭게 떠다니는 무심의 체험이 의미 있는 기억으로 창, 사설, 춤의 다매체 형태로 해석되어 재컨텍스트화된다.[300]

한편 하회탈놀이에서 백정이 구경꾼들을 향해 '우랑 사소'로 상인의 담화를 인용하는 대목은 '흥'텍스트의 인용을 선명하게 부각시킨다. 도끼와 칼을 넣은 망태를 메고 나와 육류 등 물질적 상품의 생산, 유지, 분배, 판매 역할을 확실히 소통시키는 백정 광대는 극 중 세계의 벽을 허물고 구경꾼들과 접촉하려는 모습을 계속해서 보여 준다. 그는 양기에 좋다며 부부로 온 관객에게 우랑을 내밀고 걸립을 받아 내려고 능청을 떤다. 그와 같은 백정 광대의 언행은 관객들에게도 호응이 좋아, "얼마면 되?" "정말 좋아?" "자, 1000원!"의 반응을 이끌어 낸다. 백정 또한 "당신은 이거 한 움큼 먹어야 돼. 힘이 없어 보여"로

---

300) '무심'의 의미망은 위의 책, 409〜429쪽 참조.

추임새에 재응답함으로써, 연행 현장의 흥분, 즐거움, 쾌(快), 열(悅), 흥미 등을 활성화한다. 이처럼 현실과 적극적으로 관계를 맺어, 눈앞에 펼쳐진 현실원리를 긍정하는 인간 중심적 경향의 흥심에 관한 저장 기억의 활성화는 모든 탈춤의 대표적인 속성이다. 요컨대 번다하고 역동적이며 떠들썩하고 시끄럽게 이리저리 움직이는 '헌사함'의 흥기된 정서는 탈춤 연행의 현장 분위기를 친화력 있는 것으로 상승시켜 주는 감정적 체험의 재컨텍스트화 과정을 생산한다.[301]

각 탈춤들의 망자를 위한 굿 장면에서는 지금까지 설명된, 한·무심·흥 등 감정들이 복합적으로 작용한다. "죽음과 그 기억의 의미가 어떤 기념물로 고양되는지와 상관없이 실제 시신으로부터 공간적 혹은 시간적으로 아주 멀리 떨어진 사람들에 의해서도 영구히 재생되기 마련"[302]이기 때문에, 죽음은 결코 완성되지 않는다. 따라서 죽음의 미완성적 성격으로 인해 끊임없이 이러한 복합적 감정의 커뮤니케이션이 발생하는 것이라 판단된다.

> **누이** (넋을 청하는 무가를 부른다.) …. (필자 생략)
> (공수를 준다.) 애 이가망 저가망 조라란 저물이라, 어린 만제 물 한 박 샘물에 거룩히 놀고 가시오. 여기 여러분 손님, 오신 손님, 누도 없구 탈도 없구 그저 이중이 다 태평무사하게 도와주구 어린 망재 다 거룩히 놀구 가시오. 굿이나하고 갑시다. 떵기 떵기 떵더 꿍 떵 떵더꿍.
> 【양주별산대놀이 <신할아비와 미얄할미 과장>】

---

301) '흥'의 의미망은 위의 책, 106~124쪽 참조.
302) Michael Parker Pearson, *(The) Archaeology of death and burial*, 이희준 역, 『죽음의 고고학』, 서울: 사회평론, 2009. 354쪽.

　무당 역할의 누이는 어미니인 미얄할미가 급사한 장면에 공수를 재컨텍스트화한다. 즉 아버지 신할아비의 타박 때문에 미얄할미가 한 맺혀 죽었음에도 불구하고 자식인 그녀는 놀고 가라며 오히려 상여가 들려 나가는 연행 현장을 즐거운 기분으로 조성하고 있다. 그녀는 실제 공연에서 관객들에게 "신종 플루가 유행하는 가운데서도 찾아와주셔서 감사합니다. 관객분들의 가정에 홍복이 있으시기를 기원하겠습니다"로 직접적으로 말을 건넨다. 그리고 신할아비, 도끼와 함께 흩어져서 객석의 사람들에게 인사를 하며 흥겨이 춤사위를 추는 모습을 보여 준다. 이로 인해, 가족사적 비극에 대한 응어리가 맺히고 풀리는 과정이 극 중 세계를 넘어 실제 세계의 공동제적 신명으로까지 확장된다. 이는 "자유로운 웃음판이자 자유로운 울음판"303)이라 할 수 있는 국면이다. 망자추모를 위해 살아 있는 사람들이 할 수 있는 일은 망자숭배의 경건함을 보여 주는 일일 테다. <신할아비와 미얄할미 과장>에서는 굿에 담긴 그와 같은 제의적 감정의 저장 기억 활성화를, 해학과 울고, 눈물 흘리고, 가슴을 치며, 곡 하는 울음의 감정을 뒤섞어 관객과 함께하도록 유발하는 것이라 할 수 있다. 다시 말해서 웃음과 울음이 혼합돼 희열, 쾌락을 부여하면서도 초탈감으로 일관하며 한편으로는 비애감이 첨가된 굿의 복잡한 감정적 커뮤니케이션이 여기서 발생한다. 그것은 산 자와 죽은 자를 연결해 주고 광대, 관객 할 것 없이 연행 현장의 대동적 성격을 컨텍스트화하는 독특한 망자추모와 죽음에 관한 기억술이다.304)

　이상의 분석을 거치면서 사회적으로 합법화된 역할 개념이 있고

---

303) 김열규, 『한국의 문화코드 열다섯 가지』, 서울: 마루, 1997. 24쪽.
304) 그러므로 처첩과장에서 터지는 익살과 웃음은 슬픔을 갖춘 웃음이고, 어처구니없는 웃음이며 모든 것이 다 아무것도 아니라는 초월적 웃음이다. 유민영. (1985). 앞의 논문. 59쪽 참조.

그에 따른 표준화된 감정의 저장기억들이 탈춤 연행에서 활성화되는 방식을 살펴보았다. 타고난 감정 표현 이상으로 감정 관리에 관한 것, 어떤 사람이 어떤 감정을 누구와 교류하며, 또 언제 어디서 그렇게 감정 표현을 하게 되는지와 관련된 법칙은 문화적으로 표준화된 의미를 지닌다. 하지만 그 같은 역할에 따른 전형적 감정 또한 탈춤 연행 과정의 경우에서처럼 개별적 활성 기억의 작동을 통해서만이 유효하게 발휘 될 수 있다. 더 나아가 그것은 재컨텍스트화된 텍스트 구성을 통해 해석된 의미로서 변화된다는 점을 이번 절에서는 밝혀 본 셈이다.

4.3.2. 표준화된 사고의 저장 기억과 이에 대한 참여로서 탈춤 활성 기억 틀 짓기

이 절에서 다루려고 하는 내용은 집단적·사회적으로 표준화된, 바꾸어 말해, 이전에 구조화된 생각과 정신 상태인, 사고의 저장 기억이 탈춤에서 활성화되는 방식에 관한 것이다. 일종의 집단적 지식으로서 이 연구에서는 표준화된 사고의 저장 기억 형태를 심성(Mentalität) 체계라 명명하고자 한다. 심성 체계는 집단의 차별성이 가시화되도록 복합적 관념들이 짜임새 있게 조직되어 통일된 전체로 정의된다. 그 것은 특정 직업군의 표준화된 사고이기도 하지만, 좀 더 크게 보자면 국가적으로나 지역적으로 전형화된 사고 패턴에 해당하는 것이기도 하다. 예컨대 의원의 심성 체계, 하회 마을의 심성 체계, 한국 탈춤의 심성 체계, 동아시아 문화권의 유가적 이념 같은 것들을 우리는 생각 해 볼 수 있다. 이러한 집단적 지식 체계는 생활에 부과된 공통의 규칙, 속담이나 격언의 재고 지식, 그리고 사물에 관한 일반적인 평가와 그것을 바라보는 상식적 관점 등에서 잘 드러난다. 심성 체계는 개인의 독자적인 정신 영역이 아니라, 자아가 놓일 수 있는 다른 사람의 정신 영역이다. 때문에 표준화된 사고의 저장 기억은 정신적으로 미리 각인된 현실성을 탈춤 내에 산출하는 것으로 보인다.[305]

양주별산대놀이에는 "사람이라는 것이 굼벵이도 밟으면 찔끔한다는데~"나 "참새가 죽어두 쨱 한다구~"같이 끈질긴 생명에의 집착을 강조한 속담들이 등장한다. 척박하고 어려운 현실에 대처해야만 했던 삶에 관한 의식의 저장 기억이 속담화되어 연행 현장 속에서 활성화되는 것이라 할 수 있다. 이 같은 활성 기억은 옴중이 때리고 가자 몸을 이리저리 움직이고 자신의 발로 땅을 비비는 목중의 과장된 몸짓과, 소무를 두고 노장에게 두 주먹을 들어 소란스럽게 보여 주는 취발이의 동작에 의해 보다 유희적으로 재컨텍스트화된 기억이다.

또한 "물각유주라 각각 임자가 있는데~"와 "사나이 대장부란 것이 여간 앞에 뭐 있다 해도 사불범정이지~"의 경우에서는 어떤 물건이라도 아무 손에나 되는 대로 들어가는 것이 아니며, 사악한 것이 정당한 것을 범하지 못하리라는 표준적 생각들이 활성화되고 있다. 이때 표준적 생각을 담은 발화적 틀은 법고를 건드리는 목중과 연잎의 얼굴을 들여다보다 무섭다고 도망친 옴중을, 손을 들어 훈계하는 완보, 목중의 위압적 제스처와 동시에 진행된다. 결과적으로 그것이 지닌 정상성의 규범은 보다 심미적으로 고양된 채 재컨텍스트화되는 셈이다.

요컨대 이상의 장면들은 악착같은 생에의 의지, 물건의 소유와 관

---

305) Hansen, op.cit, pp.88~115 참조.

련된 판단원칙 그리고 인과응보의 원리 등 집단적 성격이나 가치관과 관련하여 현실적 삶을 정신적으로 창조할 수 있는 표준적 생각들의 심성 체계를 연행 현장 속에 해석된 컨텍스트로서 재구성하고 있다.

한편 봉산탈춤의 "옛날 의사 말에 코 터진 건 문지르는 것이 제일이드라"와 "월로승 다시 맺어 나하고 백세무양함이 어떠하냐?"의 대사 역시 치료를 위한 민간 습속과 혼례 관습 등에 대한 집단적 인식을 구체적으로 연행 현장에 활성화시키는 사례라 하겠다. 더욱이 전자의 장면에서 노장에게 부채로 면상을 가격당한 취발이는 한삼을 옆으로 뿌리면서 두 발로 깡충깡충 몸을 솟구쳐 아픔을 호소한다. 또한 후자의 장면에서 '월로승'을 운운하며 취발이는 시험 삼아 준 돈을 재빨리 주워 가는 소무에게 장삼소매를 들어 은근히 추파를 던진다. 이 같은 움직임 등은 인용의 틀을 동작상 보다 괄목할 만한 느낌과 함께 재컨텍스트화하는 효과를 거둔다.

이와 같이 집단적 성격, 가치, 규범, 관습 등에 대해 진술하는 유형 이외에도 탈춤 연행에서는 불교, 도교, 유교의 표준적 관념들과 앎의 영역이 곧잘 텍스트화된다. 예를 들면, "손행자에게 쫓겨서 천상으로 올라간 후 문수보살 엄시하에 ~ 우리가 무슨 죄가 있느냐" 대목은 '연기(緣起)'를 바탕으로 불가적 유식론(唯識論)이 재컨텍스트화된 경우다. 마부로 역할 하는 목중은 중의 계율을 저버리고 타락하게 된 원인이 취발이에게 있었던 것이라며, 참회의 심정을 밝혀, 결과적으로 아(我)의 욕망과 의식으로부터 벗어나려는 노력을 하게 된다. 그래서 이 장면에서는 세계는 분별작용에 따라 의미되고, 또한 이 분별작용에 의해 사물 내지 세계가 구성되므로 세계는 오로지 '식(識)'일 뿐이라는 불가의 유식론이 극 중 전개를 위해 구조화되고 있다. <서유

기>를 인용해, 불교적 도정에 다시 귀의하는 마부는, 욕망으로 인하여 집착의 분별작용에 이르게 되자 그것이 괴로움이 되는 장면을 연출함으로써, 불교적 재고 기억을 '극적으로' 활성화하는 것이라 할 수 있다.[306] 이때 타령과 굿거리장단이 반복해서 들려지고, 허리를 구부려서 머리를 잘 채는 사자춤과, 두 팔을 펴고 고개를 끄덕끄덕 좌우로 돌리면서 세 걸음 나아갔다 물러서는 활개펴기 춤사위가 추어지게 된다. 이러한 음악과 춤 덕분에 유식론의 재컨텍스화 과정에 대한 반성적 관심의 유표화가 가능해진다.

생과 사, 원인과 결과는 서로 다른 것이 아니라 '뫼비우스의 띠'처럼 연결되어 있다는 가정과 분별작용의 허무함은 꼭두각시놀이에서도 텍스트화된다.

박 첨지 금강산 중턱에다가 팔만구 암자를 지어라.
산받이 금강산 중턱에다가 팔만구 암자를 지어라. (상좌중이 나와 절을 다 짓고 나면)
박 첨지 이 절에다가 시주를 하면 아들 낳고서 딸을 낳네.
산받이 이 절에다가 시주를 하면 아들 낳고서 딸을 낳네.
박 첨지 이 절에다가 시주를 하면 부귀영화를 하시련마는.
산받이 이 절에다가 시주를 하면 부귀영화를 하시련마는.
박 첨지 이 절에다가 시주를 하면 평안(전라)감사를 하시련마는.
산받이 이 절에다가 시주를 하면 평안(전라)감사를 하시련마는.
무대 안 어 화상에 절을 다 헐자. / **산받이** 어 화상에 절을 다 헌다.
무대 안 어 화상에 절을 다 헐자. / **산받이** 어 화상에 절을 다 헌다.
무대 안 어 화상에 절을 다 헐어라.

【꼭두각시놀이 <절 짓고 허는 막>】

---

306) 김정탁, 『禮 & 藝: 한국인의 의사소통 사상을 찾아서』, 파주: 한울, 2004. 257쪽.

"암자를 지어라." "아들 낳고서 딸을 낳네." "부귀영화를 하시련마는", "절을 다 헐자"의 통사적 반복과 음악적 효과를 통해, 사바세계로부터의 초월이 형상화된 부분이다. 사물과 세계의 가시적 모습에 매달려 번뇌하지 말고 벗어날 것을 촉구하는 유식론적 심성 체계가 활성화되어 컨텍스트화된 광경이라 할 수 있다. 즉 꼭두각시놀이의 건사거리는 결말부에 위치하면서 극 전체의 의미를 통합하는 역할을 한다. 바꾸어 말해 이 결말 대목에서 첩과 어울려 꼭두각시를 내쫓는 박 첨지가 불교에 귀의하고, 피조리와 어울려 세속적 향락을 구가하던 상좌가 불사 건립에 참여한다. 그리고 세도영화를 누리던 평양감사가 허망하게 죽는 일련의 극적 과정을 통해 현실성과 초월성, 갈등과 화해, 삶과 죽음, 보이는 것과 보이지 않는 것, 이 모든 것들이 여기서 서로 맞물리게 된다.[307] 게다가 종이를 재료로 해 만들어진 절의 모습이 무대설치대 아래로부터 무대로 이용되는 포장 위로 솟아올랐다가 '절 허는 소리'의 굿거리장단에 맞춰 다시 점점 무대로부터 사라져 포장 아래로 가라앉는다. 이러한 오브제 운용은, 색즉시공의 불가적 사상을 꼭두각시놀음에 극 중 흐름에 재컨텍스트화하고, 그것의 의미를 심미적으로 고양시킨다 볼 수 있다.

도가적 심성 체계는 가산오광대 양반과장 중 큰 양반이 "양반 기구 한 번 내어 하늘에 올라서서 대붕조(大鵬鳥)를 잡아 번갯불에 지져먹고~"를 대사할 때 표준화된 사고의 활성화 국면을 구성한다. 이 같은 '대붕조(大鵬鳥)'의 인용을 통해 공간의 환상적 담화 표지, 서술 상황에서의 환상적 담화 표지, 비인간적 담화 자질을 우리는 먼저 확인할

---

307) 인형극의 불교적 성격에 대해 박재섭은 우선 건사(建寺)거리에 주목해야 한다고 지적한다. 박재섭. 「한국 가면극과 인형극의 대비 연구(내용을 중심으로)」, 『인문사회과학논총』Vol.5 No.1, (인제대학교 인문사회 과학연구소, 1998), 43~57쪽 참조.

수 있다. 그것은 도가적 담론의 전형화된 심성 체계를 구성하는 속성들이다. 도가에서는 동떨어진 대상에 비유할수록 혹은 기이한 장면이나 사물에 비유할수록 비유되는 대상 그 자체의 성질이 신비로워진다고 보았다. 그래서 상황과 대상의 성격이 최상급으로 강조되는 비유법을 즐겨 사용했다. 왜냐하면 그것은 예상치 못한 방향으로 이미지를 확장하여 세계 인식을 심화시키는 순간을 마련한다고 믿어졌기 때문이다.308) 여기에 장자적 사고의 본질이 내재되어 있다. 장자는 따지고 비교하는 마음을 초월하기 위해 '유(遊)'라는 예술성의 생활에 귀착하는데, 이는 시공을 넘는 무한한 경계야말로 초월적인 것이라는 사고에서 비롯된 것이었다.309)

요컨대 큰 양반은 자신을 '대붕조'로 비유해 <소요(逍遙)> 편 장자적 사유의 저장 기억을 연행 현장에 활성화하고 있는 셈이다. 하지만 이 인용은 양반의 근본을 말뚝이에게 말해 주는 큰 양반의 발화에 포함돼서 진행된다. 그러기에 그 같은 도가적 심성의 지향은, 큰 양반 본인을 포함한 양반 가문의 고귀한 정신적 능력을 선양하기 위한 수단으로서 극 중에서 재컨텍스트화되는 것이라 말할 수 있다.

마지막으로 가산 오광대 <할미 영감 과장>에서 신 값 달라는 자신을 무지몰각하게 떠다미는 마당쇠에게 옹생원이 "나라에 충성하고 부모에 효도하고 어른 말에 존중하는 것을 먼저 가르치고야~"로 꾸짖고 있는 장면은 유교적 심성 체계를 재컨텍스트화한 장면이다. 삼강오륜의 유가적 텍스트를 재컨텍스트화함으로써, '예'에 담긴 각종 동작, 행위, 언어, 복식, 색채 등 통치체제를 비호할 수 있는 질서의 준수를 마

---

308) 문학 작품에 형상화된 도가 사상의 환상성에 대해서는 김현주, (2006). 앞의 책. 61~118쪽 참조.
309) 서복관, 『中國藝術精神』. 權德周 外 공역. 서울: 동문선, 2003. 133~134쪽 참조.

당이에게 요구하는 것이라 하겠다. 이른바 "예로서 행동 규준을 세운다(立於禮)."는 ≪논어≫의 말처럼 유가에서는 모든 사람이 반드시 '예'의 각종 훈련을 거쳐야 한다고 생각하였다. '예'는 개체의 행위, 동작, 언어, 태도 등 사람의 신체활동과 외재 방면을 주재하고 규범화하고 제약하는 동시에 곧 사람의 내재심리에 대해 거대한 작용을 일으킬 수 있는 행동의 질서규범이었다. 그러므로 '예' 속에 있어야만 비로소 사람이 될 수 있으며, 인성을 획득할 수 있기에, '예'를 갖추지 않은 것을 이유로 옹생원은 마당이를 비난하고 있는 것이다.[310]

하지만 그 같은 표준화된 사고의 재컨텍스트화가 이전 옹생원의 처신을 살펴보자면 곧이곧대로 유가식으로 극 중에서 기능하는 것은 아니라 할 수 있다. 왜냐하면 옹생원 자신 자체가 이미 영감이 떠나 있는 독수공방의 할미를 유혹하고, 이에 방해가 되는 할미의 아들인 마당쇠를 멀리 쫓아내고자 예(禮)의 행동규범에 관한 저장 기억을 소환하고 있기 때문이다. 즉 그것은 유가적 사상 역시 직정적으로 탈춤에서 재현되는 것이 아니라 메타 커뮤니케이션적 소통의 형태로 변화되어 새로운 텍스트적·컨텍스트적 의미를 장착하게 되는 대목을 보여 준다.

생각의 표준화는 사회적 집단성원들의 기능적 등가행위를 가능하게도 하지만, 전형적인 사고 패턴의 저장 기억이 연행을 통해 활성화될 때, 개별 탈춤 내에서 개인의 잠재적 사고 역시 마찬가지로 가능하게 만든다. 즉 외적으로 부과되고 앞질러 정의된 집단적 지식의 '내적 여과 과정'을 필연적으로 거치면서 탈춤 상의 개인은 구조화된 문화 체계에 유연성과 탄력성을 부여하게 된다. 재고 지식에 대한 개

---

310) 李澤厚, 『華夏美學』. 權瑚 역. 서울: 東文選, 1990. 22~23쪽 참조.

별적 반응 순간과 상호 행위적 국면은 지금 이 시점에서 표준화된 사고의 활력적 소통을 통해 변화의 순간을 촉구하게 되는 것이다. 이를 통해서 알 수 있듯이 보편적 문화적 기억은 "본질상 변하지 않은 채 항상 동일하게 남아 있는 복잡한 메시지의 집산이 아니라 정보를 재발생시키는 메커니즘"[311]이라 할 수 있다.

4.3.3. 표준화된 행동의 저장 기억과 이에 대한 참여로서 탈춤 활성 기억 틀 짓기

표준화된 행동의 저장 기억 활성화는 본능적 액션에 준하는 것이다. 표준화된 행동은 정신력 집중 없이 행해지는 행위라 할 수 있다. 그만큼 그것은 제도적으로 의례화되어, 정확하고 규칙적으로 전달된다. 따라서 표준화된 행동의 직정적 구성은 개인에게 결정하는 수고와 행동을 계획하는 노력을 덜게 한다. 역으로 이러한 표준적 행동과의 거리 두기는 자발적·창의적 행동 성취의 동기를 부여한다고 말할 수 있다. 바꾸어 말해 남이 시키거나 요청하지 않아도 자기 스스로 행하는 행동의 모티프 형성은 외적으로 결정된 표준적 행동의 방식에 자신의 내재적·독자적·주관적 의식이 어긋나기 시작할 때이다. 즉 개인의 단독적인 판단과 행동 실천은 표준적 행동에 관한 활성화된 내적 조정과 전유로부터 비롯될 수 있으므로, 저장된 표준적 행동의 활성화는 문화적으로 의미를 가진다.[312]

문화적 컨텍스트상에서 춤은 그 같은 표준적 행동에 대한 저장 기

---

311) Lotman, 앞의 책, 305쪽.
312) Hansen, op.cit. pp.123~146 참조.

억들을 축적한 대표적 의미 체계라 할 수 있다. 왜냐하면 춤은 상징적 체계로서 관습화를 통한 몸짓의 조작을 거쳐 사회적 정체성의 참조점이 될 만한 의미를 구성하기 때문이다. 춤은 일면 생물학적으로 결정된 자의적 형식이기도 하지만, 이를 넘어 사회적으로 구조화된 인간 움직임과, 사회문화적 구성물로서 그것들의 심미적인 체계에 관한 좀 더 규범화된 정보를 전달한다. 바꾸어 말해 춤을 배우는 동안 우리는 춤의 안무와 스타일, 움직임의 전통을 익힌다. 그렇다 하더라도, 거기에는 움직임에서 비롯된 사회적 위상, 사회적 구조, 사회적 역할과 같은 표준화된 상징적 정보들이 소통된다.[313]

일례로 수영야류에서는 길 군악대(軍樂隊) 수십 명이 장구 하나씩만 가지고 농악대와 장단을 맞추며 길 군악(軍樂)을 하는데 다음과 같은 노래를 합창하면서 행진한다.

> 일몰서산에 해는 지고 / 월출 동산에 달이 뜬다.
> (후렴) 에헤헤 에헤헤 에헤헤 에헤헤 헤야 / 애-루화 이 (우)여
> 로 산이로다.
> … (필자 생략)

【수영야류 <길놀이>】

이처럼 십이가사 중 하나인 길 군악이 상호 텍스트적으로 인용될 때 원근에서 불려온 기생들이 추었다고 하는 팔선녀 춤이 추어진다. 즉 6박의 도드리장단에 계면조(界面調)에 의한 선법이 4개의 작은 소

---

313) Adrienne L. Kaeppler. "Dance", In *Folklore, cultural performances, and popular entertainments: a communications-centered handbook.* ed. Richard Bauman. New York: Oxford University Press, 1992. pp.196~203 참조.

절로 나누어진 장절형식에 따라 연주된다. 그러면 행렬의 놀이꾼들에 뒤이어 등장한 족두리를 쓴 팔선녀들이 청혹색 천으로 등피를 만든 등을 손에 든 채 놀이판으로 들어와 등을 올렸다 내렸다 하면서 군무를 춘다. 자칭 '지화자' 소리와 함께, 길놀이 행렬에 걸맞은 몸짓으로 몸체를 상하로 흔드는 형태의 팔선녀춤은 세 번의 배김사위로 행해지는 것이 특징이다. 구체적으로 말해 팔선녀들은 양팔을 옆으로 벌려 평사위로 앞으로 걸어 나가며 좌우로 몸을 흔들면서 마당을 한 바퀴 돈다. 그리고서는 팔선녀들은 춤을 추어 나가다가 한 번씩 매듭을 지어 주는 배김사위를 행한다. '에헤야 에헤야'를 부르며 평사위를 행하다 '산이로다'의 끝 부분에서 양손을 내려 모으면서 몸을 굽혔다 돌면서 양손을 위로 올려 펴는 형태가 이 과정을 통해 취해진다.[314] 이른바 기생이 발산하는 우아하고 화려한 교방춤이 근원인 이러한 길놀이의 팔선녀춤은 결국 마을사람들의 사기를 올리고 공동체적 의식을 확인하기 위해 활성화되어, 수영야류에 재컨텍스트화된 것이다. 결과적으로 그것이 출처로 하고 있는 기생춤의 예술성과는 다르게, 팔선녀춤은 마을의 내적인 통합을 강화하고 외적인 도전에 대한 저항력을 길러 강한 응집력을 다지는 데 크게 기여한다. 팔선녀들이 원을 그리며 춤을 추는 것도, 외부에 대한 밀어 냄의 기능과 내부에 대한 끌어당김의 기능을 긴장관계를 갖고 대립적으로 존재하게 하기에, 팔선녀춤의 공동체적 기능을 도상적으로 암시하게 된다.[315]

가산오광대는 1~2명의 문둥이만 등장하는 다른 탈춤들과는 달리 5명이나 되는 문둥이들이 등장한다. 이들은 특히 병신춤의 일종인 문

---

314) 정상박, (2001). 앞의 책. 115~117쪽 참조.
315) 춤의 공동체적 기능은 정병호. 『韓國의 民俗춤』. 서울: 삼성, 1991. 216~218쪽 참조.

둥이춤을 가창되는 <장타령>의 인용과 더불어 선보인다.

아이고나 데고, 잘한다.
일자(一字)나 한 장 들고나 보니 일월송송(日月送送)이 야송송
(夜送送), 밤중 샛별이 완연하고나. …. (필자 생략)

【가산오광대 <문둥이과장>】

각설이패가 부르던 장타령은 대개 가사 한 자가 반박마다 규칙적으로 들어가는 4·4조의 노래로서 일정한 형식 없이 목청껏 뽑아 부르는 곡이다. 여기에 손가락이 없는 도문둥이, 절름발이에 곰배팔이인 입찌그랭이, 꼽추에 코 빠진 문둥이, 눈찌그랭이 문둥이, 귀빠진 문둥이가 한데 어울려 각종 병신춤을 추기 시작한다. 그들은 무릎을 잔뜩 구부려서 양쪽 팔을 흔들기도 하고 한쪽 팔만을 흔들기도 한다. 또한 박자마다 발을 옮겨 놓으면서도 정상적인 발 디딤이 아니라 뛰는 듯하고 걷는 듯 몸을 부자연스럽게 흔들고, 두 팔을 다 함께 비틀거나 온몸을 흔들흔들한다. 거기다 억지로 고개를 좌우로 돌리는 소아마비 걸린 사람의 흉내로 그들은 춤판을 벌이게 된다.[316] 이렇게 재컨텍스트화된 문둥이춤은 구걸의 비애가 서려 있는 타령조의 장타령에 수반되어 추어지는 터라, 장애가 있는 사회적 소수자의 게스투스[317]를 청각적 형식으로도 강화하는 셈이 된다. 전체 극 중 흐름상으로 본다면, 전형화된 불구의 몸이 다양한 표현력의 춤사위로 재컨텍스트화되

---

316) 문둥이 춤에 대한 설명은 위의 책. 479~484쪽 참조.
317) "게스투스(Gestus)는, 정신적 행동이 증명되는 Gesten(몸짓)과 입장의 복합체이다. 게스투스의 기저에는 인간이 살아온 삶의 경과가 놓여 있고 이 과거의 부속에 전 행동이 들어가며, 만족감·행복감 혹은 기다림 같은 인간의 기본 행동이 포함된다." Bertolt Brecht, *Der Messingkauf 1937~1951*, Frankfurt am Main: Suhrkamp, 1967, p.753.

는 것은 망각되고 무시되어 온 인간 몸에 대한 가치를 관객에게 각인
시키는 기능을 한다고 볼 수 있다. 다시 말해 병신춤을 통해 형성되
는 이 같은 고통의 몸이 지닌 상처와의 대면은 장면의 강렬함 때문에
탈춤 연행을 허구와 실제 사이에 위치시킨다. 그리고 그러한 몸이 된
경로를 생각하게끔 관객의 상상력을 자극한다. 한편으로는 문둥이의
춤사위는 더럽혀지고 위험시되는 비정상적 몸에 대한 기억을 관객에
게 불러일으키지만, 또 한편으로는 그로부터 관객 그 자신의 몸을 보
호하게 되는 지각의 양가성을 야기하게 되는 것이다. 그 결과 불구의
몸이 내포한 표준화된 행동의 저장기억이 다층적으로 활성화되는 계
기가 연행현장에 마련된다.

한편 봉산탈춤에서 목중들이 염불을 상호 텍스트적으로 인용하면,
죽은 것 같았던 노장이 소생해 추는 춤은 승무(僧舞)의 활성화 장면이
라 할 수 있다. 이를 좀 더 세밀히 살펴볼 경우, 먼저 왼손에 육환장
을 잡고 오른손에 부채를 든 노장이 엎드린 상태에서 부채로 얼굴을
가리고 여러 차례 떠는 복무(伏舞)로 노장춤은 시작된다. 이후 오른쪽
위로 한번 올려다보고는 놀란 듯이 부채로 얼굴을 가리면서 다시 엎
드리는 몸짓이 취해진다. 이후 육환장을 짚으며 오른쪽 다리를 떨면
서 일어나려다 노장은 넘어지게 된다. 겨우 일어난 목중은 육환장에
몸을 의지하고 부채를 편 채 주위를 살피고 소무를 발견하고는 놀란
듯하다가 이윽고 고개를 끄덕끄덕하여 부채를 천천히 두어 번 크게
부친다. 그런 다음 육환장을 땅에서 떼어 내 부처님의 가피(加被)를
빌려 탑돌이 하는 듯 육환장을 중심으로 한 바퀴 돌아 발원한다. 결
국 부채로 쳐서 육환장을 땅에서 떼어 내 어깨에 메고 결단의 의지를
다진 노장은 정면으로 소무에게 다가서지는 못하지만 몸과 얼굴을

숨긴 채 소무에게 접근하기에 이른다. 그러나 소무의 등 뒤에 접근한 노장은 소무의 등과 엉덩이에 부딪히고는 놀라는 시늉을 하며 어깨에 멘 육환장을 내리면서 제자리로 빨리 걸어온다. 아쉬움 때문에 오른손과 오른발을 동시에 올리며 부채를 편 다음 오른발을 내리면서 소매를 하염없이 바라보던 노장은 소무가 몸을 돌려 앵두를 따면 고개를 좌우로 부르르 떨고 부채질을 여러 차례 해 댄다.[318] 특히나 이 때 염불도드리가 연주돼, 노장의 갈등이 담긴 춤의 의미를 음악적으로 고양시킨다. 염불도드리는 6박 1장단으로 총 5장단으로 구성되며, 1박은 한 마디를 나타내고 6마디가 한 장단이 되는 형식을 갖춘 반주 음악이다. 주요 음 '솔-레-미'의 진행을 위주로 하면서도 독특한 연주기법을 통해 배뱅이굿이나 배따라기같이 고음으로 뻗는 듯하다가 떨고 떠는 듯하다가 꺾어 내리는 등 서도창에서와 같은 맛을 느껴 볼 수 있는 곡이다.[319] 이러한 염불도드리 반주에 동작선을 형성하는 노장춤은 파계승의 번뇌에 따른 승무의 춤사위를, 노장의 소무에 대한 갈망을 위해 봉산탈춤에서 심미적으로 재컨텍스트화한 경우라 할 수 있다.[320]

이상의 분석에서도 드러나듯이 관습적 행위로 저장된 기억들을 춤에 의해 활성화하는 것은 기녀의 몸짓, 문둥이의 몸짓, 파계승의 몸짓 같이 공동체적으로 익숙한 행동들을 탈춤 연행 내에서 특수하게 텍스트화하는 과정이다. 춤 이외에도 우리는 특정한 활동 영역[321]을 문

---

318) 노장춤의 묘사는 채희완. 「봉산탈춤 노장춤의 의미체계」. 『우리 춤』. 광주민속박물관 학예연구실 편. 광주: 광주민속박물관, 2008. 229~246쪽을 참조하였다.
319) 김호석. 앞의 책. 35~36쪽 참조.
320) 승무의 설명은 정병호. 『한국춤』. 서울: 悅話堂, 1985. 42~43쪽 참조.
321) 예컨대 보건, 육아, 위생, 음식, 재정관리, 약물복용, 자기 관찰, 품위화의 과정, 실용적 기술 능력, 대화하는 방식, 웃음의 방식, 몸짓 언어, 흥분이나 반가움을 나타내는 태도 같은 것을 들 수 있다. 또한 먹고, 씻고, 움직이고, 일하고 노는 것과 관련된 일상적 행위, 그리고 관혼상제처럼 주기적 시간 요소들과 연계

제 삼음으로써, 표준화된 행동에 관한 저장 기억들이 개별 탈춤에서 활성화되는 양상에 관한 인식을 새롭게 할 수 있을 것이다.

그렇지만 이 절에서 춤을 대상으로 표준적 행동의 재컨텍스화 과정을 밝히려 했던 이유에는 그만큼 반주되는 음악과 어울리는 춤의 동작이 탈춤 현장의 독특한 분위기 형성에 크게 기여했으리라 판단했기 때문이다. 즉 춤은 동작의 기교와 에너지를 수단으로 다양한 긴장감을 연행 주체들에 부여하며 탈춤 현장을 축제적 분위기의 문화적 연행으로 구성하는 데 핵심적인 역할을 한다. 그래서 춤사위에 함의된, 제도적으로 규범화되고 의례화된 행위의 기억들은 특정 집단적 정체성을 전달하고 표현하기 위한 것이었지만 결과적으로 그 같은 공통적인 사회적 공간의 재구성을 탈춤의 상황하에서 유표화한다. 바꾸어 말해 춤은 표현적·오락적 기능을 위시한 다양한 기능을 갖추고 있다. 그렇다 하더라도, 춤동작은 탈춤 연행이 벌어질 때, 표준적 행위로 이루어진 공동체적 경계를 지금 이 시점에서 구성해 나가는 데 적합한 수단들 중 하나가 된다. 왜냐하면 춤을 통한 표준화된 행동의 활성화는 탈춤 연행에 유형적 행동에로의 동참을 표시해 주고, 공유되어야 할 친밀한 습관적 행동 양식들이 극 중에서 개별화되는 과정의 일면을 보여 주기 때문이다.

다음 절에서 고찰할 내용은 그러한 익숙한 감정, 사고, 행동들이 실제 탈춤 관객과의 대면에서 새로운 의미들로 변화되는 순간이다. 즉 연행상황의 기억이 개별화되고 새롭게 활성화되는 국면을 관객과의 상호 작용 측면에서 아래에서는 고찰하려 한다.

된 특정한 활동 등의 영역들도 일례가 된다. Tim Edensor, *National identity, popular culture and everyday life*, 박성일 역. 『대중문화와 일상, 그리고 민족 정체성』. 서울: 이후, 2008. 206~223쪽 참조.

4.3.4. 표준화된 소통의 저장 기억과 이에 대한 창발적 사건으로서 탈춤 활성 기억 틀 짓기

우리가 다른 사람의 말을 인용하고 기억하는 방식에는 세 가지 정도가 있다는 사실로부터 이 절의 논의를 시작해 보기로 하겠다. 예컨대, 첫째, 권위 있는 타인의 말은 그 의미와 가치를 훼손하는 일 없이 인용자에게 그대로 인용될 수 있다. 타인의 말에 연속적으로 인용자는 '참여'함으로써, 인용되는 타인의 말은 공유된다. 둘째, 권위 있는 타인의 말에 대한 '방향 전환'이 인용되는 언급에 발생할 수도 있다. 인용되는 타인의 말에 대항하여 타인의 흔적을 지우고 자신의 말을 하려는 시도 같은 것들이다. 이러한 '방향전환'의 인용은 타인의 말을 그대로 인용하는 것이 아니라 좀 더 전의적(tropping, 轉意的)으로 사용하는 경우일 게다. 마지막으로 셋째, 권위 있는 타인의 말에 대한 '변형' 상황이 인용적 발화 행위에 생겨날 수 있다. 두 번째 '방향 전환'과는 달리 이 세 번째 경우는 이전 인용자의 말을 숨기고 그것들과 놀며 기억될 수 없는 것으로 제시하는 등 다른 타인의 말과 현격한 거리 두기를 통해 다른 이의 말을 강탈하고 주권화하며 전유하려는 노력에 해당한다. 풍자의 패러디적 담화 같은 것이 대표적인 예다. 따라서 첫 번째 기억술에서는 이전 텍스트의 권위가 현재 반복 상황에도 연속되는 '환유적 인접성의 원리'가 실현된다. 반면 세 번째 기억술에 접근할수록, 이전 텍스트를 인용하는 것은 동일하지만, 그것과는 다른 텍스트가 되려는 충동이 강하게 나타난다는 면에서 '은유적 유사성의 원리'가 형성된다.[322]

---

[322] 다른 사람의 말이 인용되는 세 가지 방식과 이를 적용한 기억 스타일상의 세 가지 방식은 각각 Bakhtin,

이렇게 볼 때 문화적 역동성은 은유적 스타일의 기억하기에 가깝게 텍스트가 만들어지는 경우 가능해진다. 이전 절의 분석에서도 그같은 사실은 어느 정도 암시되었다. 하지만 아래에서는 이전 기억 내용과는 좀 더 다른 것이 되려는 은유적 스타일의 변형적 기억에 관한 실제적인 면모를 관객과의 상호 작용을 통해 보다 집중적으로 밝혀 보기로 하겠다. 이를 통해 단순히 과거를 보존한다는 차원에서가 아니라 계속되는 자기갱신을 꾀한다는 점에서 탈춤이 지닌 문화적 기억의 심대한 깊이가 확인될 수 있으리라 판단된다.

먼저 그전에 탈을 중심으로 한 소통 양상의 표준화 양상을 살펴보자. 이러한 논의는 이전 절들을 결과적으로 정리하는 셈이 되어, 이에 토대해 다음에서 변형 과정의 논점을 마련하는 데 방향을 설정해 줄 수 있을 것이다.

소통 양상의 표준화는 문화 체계의 유지를 위해 중요하다. 만일 전형화된 소통 과정을 활용한 집단적 커뮤니케이션이 이루어지지 않는다면 공동체의 일반적인 정보 교환은 불가능하게 된다. 정보의 상호 교환 덕택에 문화적 집단의 공통적인 정체성이 획득되고 문화적 질서의 시공간적 경계들이 확장될 수 있으므로, 표준화된 소통 양상은 모든 커뮤니케이션 과정이 발생하기 위한 전제 역할을 하는 셈이다. 이러한 표준화된 소통 양상을 구성하는 요소들은 무엇보다도 기호이다. 문화적 구조는 기호에 중요한 정보를 저장하며 그것을 매체의 형태로 소통시켜 집단적 커뮤니케이션을 달성하게 된다. 그러한 까닭에 수많은 집단이 익숙해진 표준화된 기호는 일종의 문화적 저장 기억이라 할 수 있다. 요컨대 문화적으로 표준화된 기호는 지금까지 고찰

한 감정, 사고, 행동의 활성 기억 기능이 가능하도록, 끊임없이 강력한 구조적 질서를 창출한다.[323]

탈춤 연행의 표준화된 소통 양상을 구성하는 근원적 기호 체계는 '탈'이라 할 수 있다. 보통 연극에서 착용하는 가면은 얼굴의 형상을 통해 개인에게 기대되는 어떤 자질과 그에게 귀속될 수 있고 귀속되어야 하는 정체성을 다른 사람에게 소통시킨다. 배우의 가면은 나이, 성, 인종, 건강 상태, 사회적 지위 같은 사회적으로 표준화된 타입의 사실을 객관화한다. 더 나아가 문화적으로 역사화된 코드 다시 말해 그 캐릭터가 파생된 특별한 지점의 컨텍스트를 가리킨다는 점에서 그것은 문화적 저장 기억 장치라 할 수 있다. 즉 가면을 쓴 사람에 의해 묘사되는 것은 집단과 관련되어 부과된 의미로서, 동일하게 확인 가능한 표준적 소통을 가능케 한다.[324]

한국탈에 대한 설명도 이상의 내용이 동일하게 적용된다. 유민영에 따르면 한국의 탈은 무척이나 인간화되어 있는 것이 특징이다. 가장 토착화되어 있다는 말이 정확한 표현일 것이다. 그래서 각 지역의 가면들은 그 생김새가 모두 다르고 특색이 있다. 즉 지역적 특성이라 불릴 정도로 다른 것이다. 이를테면 남부지방 것은 단순하지만, 중서부의 가면은 기교적이고, 남부가면은 선이 굵고 투박한 데 반해서 중서부탈은 비교적 아기자기하고 손질이 많이 가해졌다. 또한 남부지방 가면은 대체로 원형으로 생겨서 중서부의 사각형 가면과 대조를 이룬다. 한국가면은 인물별로도 정형화되어 있다. 양반가면은 기품 있어 보이도록 이마가 널찍하고 이목구비가 번뜻하다. 봉산의 양반가면

---

323) Hansen, op.cit, pp.47~63 참조.
324) 가면에 대한 설명은 Erika Fischer-Lichte *The semiotics of theater*, tr. Jeremy Gaines, Doris L. Jones, Bloomington: Indiana University Press, 1992, pp.68~77 참조.

이 그 대표적 예이다. 반대로 하층계층을 대표하는 말뚝이나 꼭두각시놀이의 홍 동지 등은 양반과 좋은 대조를 이룬다. 노비 신분에 맞춰 모두 선이 굵고 힘차지만 색깔에 있어서나 이목구비의 형태면에 있어서나 비속하게 생겼다. 하회탈의 할미탈도 인종(忍從)으로 살아온 한국적 여인상을 잘 나타내고 있고 입을 굳게 닫은 각시 또한 억압과 한의 한국 여성상을 전형적으로 표현하고 있다.[325] 탈춤 연행에서 쓰이는 탈의 모양이나 형태는 이렇듯 그 지역 풍토나 계층적 인물의 특징을 대표할 만큼 인간 얼굴과의 유사성을 가지고 제작된다. 때문에, 탈과 관련된 기호 체계는 탈춤 연행 주체들 개개인이 공동의 기억과 정체성에 참여하는 저장고 역할을 하는 셈이다.

하지만 탈은 어떤 부류의 특징을 가장 잘 나타낼 목적으로 만들어지는 것만은 아니다. 가면은 동시에 인간적인 얼굴과 대립되는 형태로 조형되기도 한다. 모방과 왜곡은 탈과 같은 가면 기호 체계를 구성하는 두 가지 근본 요소인 것이다. 특히나 탈의 전체적인 시각적 인상, 말하자면 도상적 형상은, 탈의 표면에 부과된 질감, 색, 형태 등의 조형적 항목들에 의존하여, 꼭 인간적 모습이 아니더라도 탈에 자유로운 변이적 표현을 허용하게 된다.[326]

일례로 양주별산대놀이의 탈[327]들을 살펴보자.

첫째, 탈의 조형에 사용된 물감, 필촉(筆觸), 화구(畫具) 따위가 만들

---

325) 유민영, 『전통극과 현대극』, 서울: 檀大出版社, 1984. 9〜18쪽 참조.

326) 표현상의 지각되는 층위는 조형적 요소이고 인지된 층위는 도상적 요소라 할 수 있다. 지각된 층위의 조형적 질서와 인지된 층위의 도상적 질서는 시각적 메시지상 수사적 조작을 기술할 수 있는 요소들이 된다. Groupe μ. "Toward a general rhetoric of visual statement: interaction between plastic and iconic signs", In Advances in visual semiotics: the semiotic web 1992〜93, ed. Thomas A. Sebeok, et al. New York: Mouton de Gruyter, 1995. pp.581〜589와 송효섭, 「신화적 도상의 해석을 위한 기호학적 설계」, 『기호학 연구』Vol.26(한국기호학회, 2009), 225〜247쪽 참조.

327) 탈의 조형적 면모에 대한 기술은 대부분 이두현, 『한국가면극』, 서울: 서울대학교출판부, 1994. 215〜223쪽을 참조하였다.

어 내는 표면의 느낌. 곧 질감의 경우 목중은 눈썹을 위로 들어 올렸고, 노장은 아랫입술이 강조되어 앞으로 내밀어져 있으며 광대뼈가 높다. 왜장녀는 입이 양쪽 뺨으로 위로 찢어졌지만 눈은 아래로 쳐져 있는 게 주목된다. 취발이는 쇠꼬리로 된 상투를 아래로 풀고 늘어뜨린 채, 두 눈은 아래를 향해 쳐져 있고, 샌님의 왼쪽 눈은 길쭉하게 위를 향해 찢어졌으며, 옴중은 면상에 팥알 같은 돌기인 옴이 많이 돋아 있다. 전체적으로 불안정한 울퉁불퉁함과 기괴함의 질감적 조형 메시지가 탈의 도상적 이미지에 중첩된 형국이다.

둘째, 색의 경우 노장은 얼굴에 검은 바탕에 흰 점과 홍점이 전면에 불규칙하게 찍혀 있다. 목중은 얼굴 바탕이 주황색으로 눈썹을 여러 가지 채색을 올렸고 눈 속은 황색인 게 독특하다. 신장수의 얼굴 바탕은 자줏빛이며, 턱에는 녹색의 나뭇잎 모양이 그려진 채 코와 이마에는 금지를 붙였고 눈썹에는 여러 가지 채색을 올렸다. 원숭이는 오른쪽 눈자위가 금색이고, 취발이의 얼굴은 진홍색 바탕으로 머리에는 쇠꼬리로 노란 색의 풀어진 상투에 두 눈의 눈초리가 붉은 점이다. 미얄할미 얼굴은 갈색 혹은 검은 바탕의 온 얼굴에 흰 점이 찍혀 있으며 코와 이마에는 금지를 붙였다. 신주부의 눈썹에는 여러 가지 채색이 되 있고, 연잎의 입언저리에는 회색 반점이 찍혔지만 머리는 청색의 연잎을 쓴 것처럼 만들었다. 옴중은 솟아 오른 옴 끝에 백색점이 찍혀 있다. 현실적 인물들과는 달리 강렬한 원색의 채색이 양주탈들의 도상적 이미지를 비일상적인 것으로 인지하는 데 일정한 수사적 효과를 거두었으리라고 볼 수 있다.

셋째, 형태의 경우 왜장녀는 입이 크고, 원숭이도 오른쪽 눈자위가 유난히 크며, 취발이 입은 누에고치 형으로 작은 점이 특이하다. 샌님의 왼쪽 눈은 길쭉하고, 오른쪽 눈은 둥글었지만. 코 밑은 언청이고 이가 두 개 크게 보인다. 미얄할미 입은 반달형으로 바가지를 파서 만들어 비뚤어졌고, 완보 입 역시 꺾쇠자(병어주둥이) 모양으로 바가지를 파서 만들었다. 눈끔쩍이는 눈구멍이 크며 가면 내부에 눈이 끔쩍 끔적할 수 있게 개방시키는 장치가 있어 입으로 조종한다. 형태 역시 양주 탈들의 도상적 이미지를 괴상망측하게 지각시키는 표면적 조형 요소라 할 수 있다.

요컨대, 탈들의 도상적 이미지는 질감이나 색상, 형태 등의 조형적 표현들 때문에, 전형적 인간 얼굴과는 병렬되고, 대립되며, 어긋나므로, 이질적 존재들에 관한 지각을 또한 가능하게 한다. 탈을 쓴 사람은 공동체의 저장 기억에서 확인될 수 없는 다른 사람이 되는 과정을 상징하기도 하는 것이다. 결과적으로 탈은 표준적 소통 양상을 위해 소용되는 스테레오타입의 기호이자 저장 기억의 매체이면서, 다른 한 편, 알아볼 수 없을 정도로 새로운 소통의 잠재력 역시 취할 수 있게 하는 변형의 기호라 말할 수 있다. 그러한 까닭에 우리는 탈에 고정된 과거의 기억에 토대하여 컨텍스트에 따라 새로운 의미를 창조할 수 있는 능력, 활성 기억의 구성 양상이라는 문제에 대면하게 된다. 즉 가면은 '전이, 변신, 자연 경계의 파괴와 연관'되는 '재생과 갱신의 요소'로서 탈춤 연행에서 '이드가 탈관되고 우스꽝스러운 괴물로 변모'[328]하는 경계 혼합의 과정을 진행시킨다. 탈은 관객을 포함한 모든 연행 주체들에 의해 읽히는 것이자 다시 창의적으로 써 내려가야 할 그 무엇인 셈이다. 이 선택된 활성적 기억의 측면과 존재의 창조

---

328) M. M. Bakhtin, *Tvorchestvo Fransua Rable i narodnaia kul'tura srednevekov'ia I Renessansa.* 이덕형, 최건영 공역.『프랑수아 라블레의 작품과 중세 및 르네상스의 민중문화』. 서울: 아카넷, 2001. 각각 77, 78, 91쪽 참조.

적 변환으로 특징된 경험의 양상을 일컬어 이 연구에서는 창발적 (emergent) 사건이라 명명하고자 한다. 그것은 탈춤 연행과 같은 상호 작용 속에서 새롭게 출현하고 구성되는 사회적 구조이며 갱신된 소통 양식이라 할 수 있는데, 이를 연구자가 관심을 갖고 관찰한 양주 별산대놀이의 연행 양상을 통해 기술해 보면 다음과 같다.

장터에서 신을 파는 신장수는 탈춤에서 가장 재간 있는 인물 중 하나다. 그의 재치 있는 언변은 무언의 노장과 소무를 상대해 관객에게 지루함을 주지 않고 흥미를 야기할 수 있을 만큼 고도의 연기 능력을 갖춘 것이다. 2009년 10월 11일 공연에서 신장수는 두 명의 소무를 데리고 있는 노장에게 꽃신을 팔려는 모습을 보여 주었다. 여기서 그는 "여섯 치는 당신 할머니 신키구, 다섯 치는 당신 어머니 신킬려고 그러시오?" "여섯 치는 당신 큰 마누라를 신키구 다섯 치는 당신 작은 마누라를 신킬려고 그러시오?"의 회귀 병행 구문을 능수능란하게 사용하였다. 이때 단위적 의존 명사의 음운, 수사(數詞)의 형태소, 그리고 의문문의 통사적 반복된 형식은 그것을 듣고 있는 관객에게 자연스런 유희적 쾌감의 감정적 효과를 유발한다. 이를테면 관객이 어떻게 해야 자신에게 주의를 기울이는지 잘 알고서 신장수는 연기를 하는 셈이다.

특히나 스무 초하룻날 매매 대금을 치루겠다는 노장의 제스처에 그가 놀라서 뒤이어 말하는 "세상에 여러분 여기 남녀노소 없이 많이 계시지마는 동짓날 스무 초하룻날도 있습니까?"의 언급은 관객의 주의를 한층 집중시키기에 충분하다 할 수 있다. 윤달은 그해 후반에는 들지 않기 때문에 윤동짓달 스무 초하루는 없으므로, 이러한 사실에 우선 그는 놀라움을 표현한다. 이것은 사정을 잘 모르는 관객에게 그들의 선택적 주의의 작동이 가능하도록 비예측적인 순간을 기술적으로 마련하였다 평가될 수 있는 부분이다. 즉 관객은 신장수가 건네는 말에 의해 능동적으로 연행 현장에 관여한다. 더구나 "당신 평생 살더라도 초하루 날이 올지 말지 해~"로 악사는 신장수의 의문적 발화에 대해 즉흥적으로 대꾸한다. 그래서 "윤동짓날 스무 초하루"라는 미지의 정보가 함의한 불확실한 인식 상황의 긴장 상태를 그것은 증대시킨다. 더불어 이 같은 악사의 개입은 관객의 주의력에 또 다른 특별한 도전으로 받아들여지게 된다.

하지만 낯선 신기성의 정보가 과잉된 상황이 꼭 관객의 초점을 끄는 것만은 아니다. 신장수는 다시 "아 여러분들 어쩌나. 장사꾼이 외상이라 안 팔 수도 없고, 옛다 신어라"며 결국 아직 알지 못한 정보의 출처 찾기를 포기한다. 그렇게 긴장 상태를 스스로 해소해 관객을 웃기고 있는 장면은 불규칙적이며 갑작스러운 것만이 관객에게 흥미와 오락 거리를 제공하는 데 능사가 아니라는 사실을 반증한다.

다시 말해서 신장수는 반복되는 새로운 공연의 컨텍스트 속에서 레퍼토리처럼 "세상에~동짓날 스무 초하룻날도 있습니까?" 같은 관습적인 문장을 사용한다, 그리고 나서는 또 습관적으로 미지의 정보 찾기를 스스로 그만두는 발화를 취하게 된다. 하지만 이러한 진부한 장면 연출 역시 창의적인 연기술이라고 할 수 있는 이유는 그만큼 몸에 배인 연기력으로 가변적인 공연 상황을 조절할 수 있는 능력을 그가 채비하고 있기 때문이다. 다시 말해 우리는 신장수의 예에서도 볼 수 있듯, 공연의 창발성은 첫째로 익숙해진 연행 패턴을 매일매일 달라지는 상황 속에 적절히 적용하여 관객과의 상호 작용을 이끌어 낼 수 있을 때 우선 가능하다. 요컨대 탈춤 연행상의 새로운 의미와 가치가 지속적으로 창조될 수 있는 조건은 비예측적인 · 돌발적인 것에 대한 인식과, 진부한 것 · 이미 예상되었던 것에 대한 인지가 균형을 이룰 경우에서부터 출발한다.[329]

　사실 탈춤 연행에는 관객이 접촉할 수 있는 자리가 늘 비어 있어서, 그것을 토대로 하여 경험의 창발적 자질을 생성시키는 때가 많다. 자연적 환경이 둘러싸여진 텅 빈 공간에서의 공연은 관객의 상상력을 훨씬 자극할 수밖에 없는 노릇인 것이다.[330] 예컨대, 2009년 10월 24일 <포도부장 놀이> 공연 중 애첩 소무를 빼앗길 처지가 된 샌님은 포도부장을 가리키며 누구냐고 그녀를 추궁한다. 소무가 계속 모르는 척 시치미를 떼고 고개를 가로젓자, 속 타는 마음에 샌님은 "정말 몰라?" 소리를 연발하게 된다. 이에 화답하듯이 이 장면을 지켜보고 있던 관객들은 "죽어도 몰라?" "절대 몰라?" "정말 몰라?" 같은 반응을 보임으로써 <포도부장 놀이>를 보는 듣는 것에 대한 쾌락을 몸소 행하는 모습을 보여 주게 된다. 이때 관객은 시간을 소비하며 세팅된 연극 공간에 그대로 앉아 있는 채 상연된 이벤트를 관람하는 '투자자'의 입장에서 벗어난다. 보다 적극적으로 샌님과 소무 사이의 관계를 승인하고 부인하며 관여하여 샌님의 행동과 그에게 벌어질 일을 지시하려는 욕망을 가진 '선동자'적 면모로 관객은 변화하는 셈이라 할 수 있다. 더욱이 일부 답답한 마음의 관객들은 소무와 포도부장의 농간에 계속해서 당하고만 사는 샌님이 다시 한 번 포도부장

---

329) 이미 알고 있는 것과 낯선 것의 병렬을 통해 관객의 주의를 집중시키는 것은 관객 주의의 구조화된 효과를 야기하는 것이라고 볼 수 있다. Marco De Marinis, "Dramaturgy of the spectator", In *Performance: critical concepts in literary and cultural studies, v. II*, ed. Philip Auslander. London: Routledge, 2003. pp.219~235 참조.

330) 탈춤의 공간에 대한 설명은 Richard. Nichols, 「동양연극의 연극공간; 원형극장: 새 시대를 위한 옛 형식」. 『한국연극학』Vol.23(한국연극학회, 2004), 7~21쪽 참조.

에게 다가서자, "제대로 한번 혼내 봐"라 말한다. 이러한 말을 하는 관객은 이미 <포도부장 놀이>의 각 단편과 조각들을 가지고서 스스로 새로운 장면적 앙상블을 구성하여 자신 나름대로 포도부장을 악한으로 '정의 내리는 자'이다. 그로써 해석적 활동에 의한 지성적 이해의 기쁨을 넘어 탈춤 연행을 자신 나름대로 발명하는 자로서의 역할을 그들은 다하게 된다. 드디어 소무를 포도부장에게 보내는 샌님에게 감정이입한 관객들은 장면전환과 등퇴장을 신호하는 양주별산대놀이의 직접적 불림인 '쳐라'를 흉내 낸다. '쳐라'의 반응 속에는 포도부장을 샌님이 쫓아가서 엄단할 것을 촉구하는 뜻이 함축되어 있으므로, 여기서의 관객은 실제 현실에 속한 인간이 아니게 된다. 즉 샌님의 비애와 참담함을 경험하고서 그의 견해에 협력하고 다른 사람이 되기 위해 동일화와 침입의 쾌락에 합의하는 '비준자'의 위상으로 관객들은 완전히 탈바꿈하기에 이른다.

물론 이런 동일시의 쾌락은 항상 극 중 세계와의 비판적 거리 확보와 동시에 진행되는 것이기도 하여서, 샌님이 소무를 비하할 때면 "됐네, 이 사람아~"라고 말하거나, "젊은 년이래, 젊은 놈이래"처럼 샌님의 언사를 그들은 조롱조로 따라 하는 모습도 보여 준다. 이렇듯 샌님의 말을 불쾌히 여기는 모습을 동시에 전시하는 까닭에 상실의 아픔에 따른 불안 증세를 명백히 극 중 인물인 샌님에게만 전가하고 그와는 거리를 두려는 의도 또한 관객은 확실히 하고 있는 셈이다. 말하자면 관객이 탈춤 연행을 창발적 사건으로서 경험하는 근원은 '내가 샌님이라면~', '내가 샌님이 아니라면~'의 '~이면서도', '~아닌'의 대립되는 욕망들이 끊임없이 동시에 반복되는 와중에서 비롯한다. 무대 위 세계를 반복해서 동화하거나 이입할 때의 관객 참여구조가 암시하는 이러한 동시적 이중성이야말로 연행적 소통 중 반복되는 것과 반복하는 것의 지속적인 긴장과 간격 속에서 변환의 경험을 달성하려는 인간 삶의 한 대목에 준하는 것이다.331)

한편 양주별산대놀이에서 <취발이 놀이>만큼 가장 관객의 큰 호응을 받는 과장은 없을 것이다. 그때그때의 상황에 맞게 관객의 주의력을 구조화하면서 인형인 마당이의 목소리를 함께 내는 취발이 연기야말로 몇십 년간의 경력이 아니고서는 쉽게 나올 수 없는 연기인 까닭에서다. 그렇지만 아무리 숙련된 연기자라 할지라도 모든 공연을 성공으로 이끄는 것은 아니다. 2009년 10월 11일 공연에서 취발이 광대는 인형을 공연장에 앉히고서 이름을 무엇으로 지을 것인지 주위의 관객에게 물어보지만 큰 호응이 없었다. 마당이의 젖동냥을 하려 객석의 애기 엄마에게 다가서지만 그마저도 쑥스러움을 타는 관객에게 거부당하기 일쑤였다.

그러나 일주일 후 상연된 10월 24일 공연에서는 사정이 달랐다. 관객들은 먼저 아이의 이름을 무엇으로 지으면 좋겠느냐는 취발이의 질문에 "성규요", "짱구요", "바보요" 등 너도나도 적극적으로 답변했다. 그리고 취발이 광대가 목소리를 가늘게 하여 흉내 내는 애기 목소리 "아버지"에 관객들은 폭소를 터뜨린다. 그러고서는 물리적으로 다른 취발이와 마당이의 몸 크기에 주의를 집중해, "아이고. 귀여워라." "저렇게도 앉네." "말도 하네." "애비를 쏙 닮았네." "안 닮았네"

---

331) 관객이 공연 중 느끼는 쾌락에 대한 설명은 Anne Ubersfeld, "The pleasure of the spectator", In *Performance: critical concepts in literary and cultural studies, v. II*, ed. Philip Auslander, London: Routledge, 2003, pp.236~248 참조.
관객의 위상이 공연 중 변화하는 과정은 Frank Proschan, "The cocreation of the comic in puppetry", In *Humor and Comedy in Puppetry*, ed. Sherzer D. and Sherzer J. Bowling Green, OH: Bowling Green University Popular Press, 1987, pp.30~46 참조.

같은 해석적 평가를 관객들은 활발하게 내리게 된다. 그래서 그들은 연기자와 동등한 위상을 지닐 만큼 극 중 상황을 재컨텍스트화하고 그것에 몰입하게 된다.

더욱이 마당이의 젖동냥을 구하러 취발이가 애기 아줌마에게 다가서지만 전처럼 나이가 젊어 쑥스러워하자 이번에도 실패인 듯 돌아서는 취발이에게 한 나이 든 중년 여인이 마당이를 이리 내 달라고 한다. 급기야 분유 값을 내주겠다며 자기가 엄마로서 마당이를 데리고 가려는 돌발 상황이 발생하게 된다. 그러므로 이 경우의 창발성이란 신장수에서 봤듯 습관적 연기술을 적절히 새로운 상황 속에서 능숙하게 사용하여 파생되는 새로운 의미 실천의 양상과는 상반된 것이다. 그보다 그것은 애드리브를 습관화한 상황 속에서 갑작스럽게 새로운 연기술이 요청되는 창발적 사건의 발발이라 할 만한 것이다.

여기에는 세 가지 시선의 활동이 중재되어 있는 것으로 보이는데, 첫 번째가 관객이 마당이와 취발이를 보는 시선, 즉 배우를 바라보는 관객의 시선이다. 두 번째가, 취발이가 젖동냥을 구하러 관객을 둘러보는 시선, 즉 관객을 바라보는 배우의 시선이다. 그리고 마지막으로 세 번째가, 부끄러움을 타 젖동냥에 고개 젓는 관객을 바라보고서는 분유 값을 내겠다던 또 다른 관객의 시선, 즉 관객을 바라보는 관객의 시선이다.[332] 이렇게 서로가 서로를 쳐다보는 응시의 활동은 이미 <취발이 놀이>의 연행 공간이 생생함의 현전적 에너지로 가득 차 있음을 증명한다. 시선은 장소 내에 자기 자신이 있다는 경험을 환류하기 때문이다. 말하자면 취발이와 소무가 서로 엉덩이를 맞대는 장

---

332) 시선의 플레이에 대해서는 Gay McAuley, *Space in performance: making meaning in theatre*, Ann Arbor: University of Michigan Press, 1999, pp.256~269 참조.

면이나 소무가 배 아파 하며 엎드려 땅을 치자 해산모가 마당이를 소무의 치마에서 꺼내는 장면은 현상학적 몸에 의해 발휘되는 첫 번째의 현전적 에너지로 무대 공간을 채운다. 하지만 그것은 순수한 신체적 에너지로지만 머무르는 것이 아니다. 인형으로 분한 마당이와 성인 체격의 취발이가 허구적 극 중 세계에서 나누는 일종의 언어 유희적 대화에 몰입될 때, 이제 관객은 마당이라는 허구적 캐릭터 자체의 몸이 내뿜는 두 번째 현전적 에너지에 감염된다. 그러나 분유 값을 내주겠다며 마당이를 달라는 관객의 요청에서 우리는 가장 강렬한 세 번째 현전적 에너지를 목도하기에 이른다. 그것은 시선의 플레이를 통한 창발적 사건 속에서 출현하는 변형의 에너지다.[333] 유아인 마당이의 몸을 보살필 목적에서 인형을 빼앗는 관객의 해석적 활동은, 광대의 실제 몸을 통한 제시적 세계와 캐릭터의 허구적 몸을 통한 재현적 세계를 순환하는 활력적 에너지의 파지(把持)가 없다면 존재할 수 없다. 바꾸어 말해 그것은 현실 세계와 극 중 세계의 벽을 깨트리고 물리적으로 지각되는 광대의 실제 몸과 해석적으로만 인지되는 캐릭터의 허구적 몸을 하나로 묶는다. 그 결과 예술과 리얼리티, 광대와 관객, 신체와 정신의 이분법을 파괴하는 가장 강력한 현전의 에너지, 곧 관객의 변형적 되기 과정을 특별히 경험하게 한다. 여기서 관객은 일종의 광대가 되고 광대는 관객이 되는 역할 전도가 일어나 관객과 광대의 연대가 이루어지는 사회적 리얼리티로서의 공동체가 연행 현장에 형성된다. 이는 관객이 취발이에게서 마당이를 빼앗는 장면, 이를테면 거리를 둔 채 시각적 보기 행위로만 전유되는 허구

---

333) 에리카 피쉬 리히테(Erika Fischer-Lichte)에 따르면 현전의 현상에 매혹적인 것은 마음과 몸의 요소가 만나서 상호 작용한다는 데 있다. 현전은 신체적인 현상이 아니라 근본적으로 정신적 현상이다. 이 점에 대해서는 Erika Fischer-Lichte. (2008). op.cit. pp.93~100 참조.

세계가 철폐되고, 접촉을 통해 보다 근접적인 연행 주체들 간의 관계를 형성하여 새로운 리얼리티가 창조된다는 점에서 이미 지각될 수 있는 사실이다.334) 마당이로 상징되는 미숙한 유아의 개인적 몸에 대한 육아의 관심은 공동체의 네트워크를 표시하고, 함께하는 몸으로서 사회적 연결성의 증거가 된다.335) 해서 이 순간 좀 더 새로운 사회적 구조가 창출되는 잠재적 힘의 발휘가 가능해진다.336)

물론 창발적 자질의 검토가 이 밖에도 더욱 많이 분석될 때, 과거 문화의 저장고로서 잔여 문화적 측면에서만 탈춤을 바라보는 시각의 수정이 가능할 것이다. 그럼에도 강조되어야 할 것은 언제나 탈춤 '연행'의 중재적 '과정'을 통해 경험의 텍스트적 의미와 컨텍스트적 기반이 계속해서 창출되고 있다는 점이다.337) 변화의 감각은 다시 적용될 수 있는 해석적 절차로서 연행의 과정 중 탈컨텍스트화·재컨테스트화의 형태로 반복되는 것들에 대해 반성적 관심을 기울이는 경우 생산될 수 있다. 그래서 연행적 능력은 되풀이되는 것의 경계를 가지고 노는 능력이자 그것을 틀 짓고 구별 지을 수 있는 메타 커뮤니케이션의 능력이기도 하다.

모든 사회적 과정은 주어지는 것이 아니라 연행적 과정을 통해 성취되고 새롭게 만들어진다.338) 어떤 객관적 환경도 연행의 과정 중에

---

334) 공유된 몸, 공유된 공간, 관객과 배우의 공현존을 이루기 위한 과정으로 에리카 피쉬 리히테는 역할의 역전, 공동체 형성, 접촉을 지적한다. Ibid. pp.38~67 참조.

335) 양육과 관련된 공동체적 몸의 형성은 Anne E. Becker, "Nurturing and negligence: working on others bodies in Fiji", In *Embodiment and experience: the existential ground of culture and self*, ed. Thomas J. Csordas, Cambridge: Cambridge University Press, 1994. pp.100~115 참조.

336) 이런 점에서 창발성의 순간은 개방적이고 형성적인 측면의 열린 텍스트(open text)가 만들어지는 순간이라 할 수 있다. 이때의 열림은 형식의 변형 생성 가능성, 의미 산출의 개방성, 소통의 역동성 등을 특징으로 하는 가변적이고 불확실한 순간들의 집적인 현실적 컨텍스트를 잘 보여 준다. 열린 텍스트의 설명은 우찬제, 『텍스트의 수사학』, 서울: 서강대학교 출판부, 2005. 387~390쪽 참조.

337) 잔여적 문화 대 창발적 문화의 설명은 Bauman, (1977). op.cit. pp.37~48 참조.

338) 이 때문에 탈춤의 연행론적 연구를 위해서는 종족방법론(ethnomethodology) 같은 사회 구성주의적 접근

절차적으로 생산된다. 그것이 곧 연행이 "인간 삶의 알레고리나 이미지가 아니라 인간 삶의 그 자체로서 모델"[339]이 되는 이유다. 본질적인 것은 없다. 연행을 통해 만들어질 뿐이다. 결국 연행론의 관점에서 모든 변화는 단지 유한성의 표식일 뿐이라는 믿음은 더 이상 유효하지 않게 된다. 이상적인 사회 구조의 안정성과 불변성이란 기실 연행의 역동적인 창조적 과정이 매듭지은 한순간의 균형점에 다름 아닌 것이다.[340] 이렇게 본다면 변형의 상징인 탈은 이러한 연행의 잠재력과 독자성을 가장 잘 보여 주는 기호 체계 중 하나라 판단된다. 탈을 쓰고 탈춤을 벌인다는 것 자체가 해석되고 재생산될 수 없는 독자성 생산을 위해 똑같은 것을 반복해야 한다는 기억의 패러독스 자체를 상징하기 때문이다.

이 필요할 것이다. 종족방법론에서는 실천적 행위의 속성들이 환경 외부에 있는 어떤 것으로부터 획득된다는 것을 부인한다. 어떤 환경도 탐지할 수 있고 설명가능하며 기록될 수 있고 이야기해질 수 있고 분석될 수 있는 실천적 행위들의 구조화된 조직화된 환경으로서, 그 자신의 속성을 '절차적'으로 구성하는 까닭에서다. Harold Garfinkel, "Remarks on ethnomethodology", In *Directions in sociolinguistics: the ethnography of communication*, ed. John J. Gumperz and Dell Hymes, New York: Holt, Rinehart and Winston, 1972, pp.301~324.
339) Fischer-Lichte, (2008). op.cit. p.205.
340) Hilden Hein, "Performance as an Aesthetic Category", *The Journal of Aesthetics and Art Criticism*, (28:3) 1970, pp.384~385 참조.

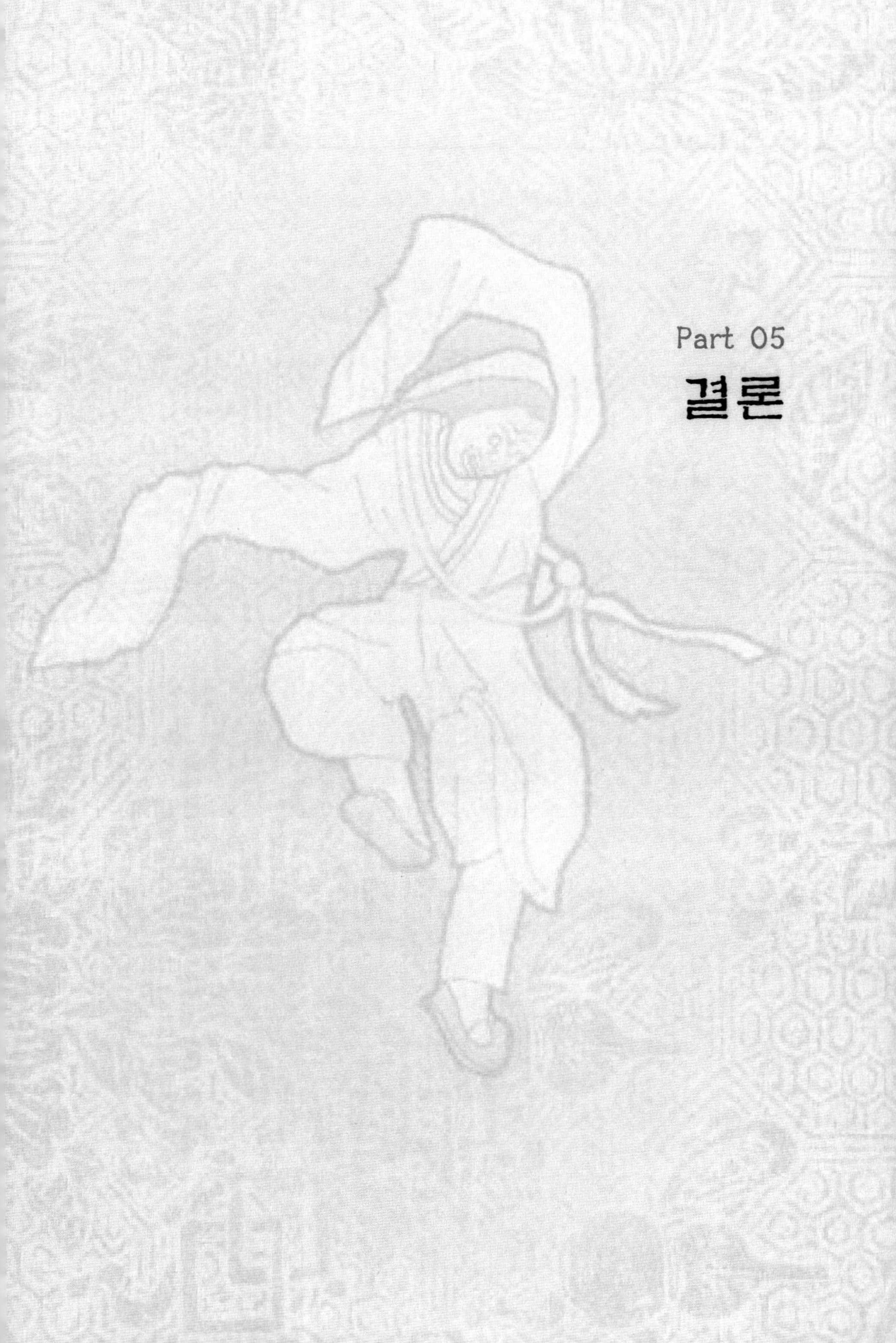

Part 05

결론

5.1. 연구결과의 제시 ① 탈춤 연행의 메타적·시학적 기능과 리미널한 자질

3장 1절부터 2절에 걸쳐서 언어학적 연행과 비언어학적 연행의 차원을 살펴보았다. 그것은 틀거리 짓는 반성적 능력의 국면을 탈춤에서 가늠해 본 것이나 마찬가지라 할 수 있다.

우선 담화 층위의 연행적 중재 과정상 메시지에 대한 메시지의 틀 짓기는 인용과 보고 발화에 잘 드러난다. 코드에 대한 코드의 틀 짓기는 사회적 의미의 고유명사 사용, 한자/우리말의 코드 교체 현상 속에서 검토되었다. 코드에 대한 메시지의 틀 짓기는 스토리텔링의 상호조절을 위한 메타 서술의 이해를 통해 파악되었다. 그리고 메시지에 대한 코드의 틀 짓기는 연행 현장을 환기하는 전환사를 단서로 논의를 진행시켰다.

한편 체현되는 순간의 연행적 중재 과정상 후각적 물질성의 지각과 그로 인한 채널의 메시지화는 탈춤에서 연대적 공간을 틀 짓는다. 촉각적 물질성의 지각과 그에 따른 채널의 메시지화는 탈춤에서 유희적 공간의 틀을 형성한다. 미각적 물질성의 지각과 생산되는 채널의 메시지화는 탈춤에 향연적 공간의 틀을 확정한다고 볼 수 있다.

마지막으로 시청각적 물질성의 지각과 이에 수반된 채널의 메시지화
는 탈춤에 비재현적 공간의 틀을 특징짓는다.

텍스트화 과정의 가장 기본적인 것은 담화상의, 체현상의 틀 짓는
능력, 즉 반성적 능력임이 탈춤의 언어적 연행과 비언어적 연행의 분
석 결과 추출된 셈이라 할 수 있다. 이러한 반성적 능력은 첫째, 담화
가 그 자신을 토픽으로 하는 기능과 그 자신을 조직하는 형식적 구조
에 자체적으로 주의를 기울일 수 있는 기능으로부터 공유되는 능력
이다. 즉 담화의 반성적 능력은 고도의 메타언어학적 기능과 시학적
기능을 전개한다. 둘째, 체현의 과정 역시 자아가 사회적으로 알려진
반복되고 인용되는 몸에 삽입되면서, 육체화된 정신의 지점을 표시하
는 까닭에 몸 자체를 주변 환경으로부터 들어 올린다. 그 결과 몸에
자기 지시적으로 경사되는 과정을 조작한다. 체현의 반성적 능력도
마찬가지로 특수하게 유표화된 메타적 기능과 시학적 기능의 결과
이해되는 것이다,

탈춤의 면대면 상호 행위의 의미작용이 내포한 자기 지시적 반성
적 행위는 탈컨텍스트화되고 재컨텍스트화되는 연행 소통의 특성을
감안할 때, 어찌 보면 당연한 결과다. 왜냐하면 연행적 중재 행위는
반복되는 이전의 것에 대면하면서, 그것에 답변하여 언어학적이든,
비언어학적이든 새로운 의미와 효과를 파생시켜야 하기 때문이다. 말
하자면 예전 반복되는 것을 가리키면서도, 그와 달리 연행 중재자 자
기 자신만의 소통 상황을 생성해야 하므로 담화적·체현적 반성의
순간은 언제나 양가적이다. 요컨대 되풀이 거듭되는 타자적인 것을
지시하면서도, 자신을 지시해야 하는 지시성의 분열이 반성적 과정에
는 발견된다. 담화적·체현적 실천이 공통으로 하는 이중구조의 특징

은 이처럼 대화적 관점에서 해석될 수 있는 지시적 관계의 분열 유형을 전개한다.[341) 해서 탈춤의 언어적·비언어적 의미작용의 연행적 중재과정이 드러내는 메타적·시학적 기능은 리미널한 상태를 항상 동반한다. 이 말은 담화 전략상, 체현의 실천상 탈춤 연행이 탈컨텍스트화된 메시지, 의미, 효과 등에 끊임없이 자체적으로 응답함으로써 새로이 메시지, 의미, 효과를 재컨텍스트화하고 창조한다는 사실을 암시한다. 탈춤 연행의 리미널한 속성은 이렇듯 언어적·비언어적 반성적 행위의 메타적 기능과 시적 기능으로부터 먼저 정의된다.

5.2. 연구결과의 제시 ② 탈춤 연행의 진정성, 비진정성과 연극적 경험

3장 3절에서는 언어적·비언어적 연행적 중재 과정을 토대로 하여 경험의 미시적 차원이 어떻게 형성되는지를 고찰하였다. 먼저 틀 짜기가 이루어지는 방식 그리고 틀이 형성되고 변이되는 과정을 신호하는 탈춤 연행의 대표적인 조율수단(Keying)들이 목록화되었다. 수사학적 메타지침인 조율수단에 따라 탈춤 연행의 국면이 조율되고(Key), 조작되며(fabrication), 틀이 붕괴되는 가운데, 탈춤의 면대면 상호 작용에서 발생할 수 있는 변형적 경험이 암시되었고 이에 관한 형식적 분석이 가능하였다.

4장 1절과 2절은 면대면 상호 작용의 국지성이 내포한 본질적 경향

---

341) 메타적·시학적 기능이 내포한 지시성의 분열은 Renate Lachmann, *Memory and literature: intertextuality in Russian modernism.*, tr. Sellars Roy and Wall Anthony, Minneapolis: University of Minnesota Press, 1997, pp.99~100 참조.

을 해체하고자, 문화적 담론의 컨텍스트를 탈춤 연행의 분석에 끌어들였다. 특히나 그것은 장르적 상호 텍스트성의 간격 조절을 수단으로 분석의 장이 마련되었다 말할 수 있다.

4장 1절에서는 텍스트적 사용의 합법성, 텍스트적 접근의 차별성, 텍스트적 능력의 우월성, 텍스트적 가치의 위계성 등이 상호 텍스트적 반복 과정 중 형성되는 과정을 기술해 보았다. 이것은 탈춤의 연행 과정 중 명확해진 권위적 담론화의 면모로서, 탈춤 텍스트 형식에 적재된 제도적 구조와 메커니즘의 의례적(ritualistic) 성격을 규제한다. 최소화된 상호 텍스트적 관계의 연행을 통해 전통화, 재고 지식의 유통, 사회적으로 인정을 받고 영향력을 끼칠 수 있는 권력 구조가 탈춤상에도 재전유되는 셈이다.

4장 2절에서는 역전·전도의 놀이, 동시성의 놀이, 무한성의 놀이 그리고 재배열의 놀이가 논의되었다. 이러한 최대화된 상호 텍스트적 관계의 연행은 탈춤 외부에서 사회생활상 성취된 기존 질서의 통합성과 일관성에 의문을 제기하고 그것을 탈구시켜, 새로운 행위들로 재구성하는 것을 가능케 한다. 변형의 과정에 대한 새로운 인식을 이끌어 낼 수 있는 놀이적(playful) 창조성과 혁신성은 탈권위적으로 경험이 탈춤 내에서 해석되는 방식을 환류한다고 볼 수 있다.

일단락 지어서 면대면 상호 작용의 미시적 경험과 문화적 상호 작용의 거시적 경험이라 통칭할 수 있는 이 같은 국면들에 대한 분석은 결과적으로 탈춤 연행의 관점에서 진정성의 경험을 평가하는 데 큰 도움을 준다. 진정성(authenticity)은 "인간이 그들의 삶과 특별한 장소, 과거의 어느 국면을 의미 있게 만들기 위하여 개인의 경험을 특권화하는 행위"이다.342) 자기실현, 자기 통합, 자기 투명성의 개념을 추구할 때 진정성의 추구는 과거와 현재 사이의 간격을 좁히고, 기원의 질서와 이질동상적인 경험을 현재에 정확히 복원하거나 재창조하고자 하는 노력을 체화한다. 그래서 진정성에 대한 열망은 완벽한, 영구적인 본질을 지닌 자아를 구성하려는 욕망과 연관된다. 그러나 진정성 있는 자아에 속한다는 확실한 근거를 자기 자신 내면에서 찾기란 실질적으로 불가능하다. "개인의 본질적인 특수성을 확보하는 진정성과, 자아의 불투명성, 자아의 산종에 의하여 야기된 비진정성의 존재는 사회적 삶에서 발생한 공공적 텍스트에 대한 주석"343)에 다름 아니기 때문이다. 자아를 구성하는 요소로서 확인될 수 있는 각별화된 본질은 사회적으로 중재된다. 즉 그것은 담론을 생산하고 수용하는 진행적 과정인 상호 텍스트적 전략의 산물이다. 통시적·공시적 상호 작용의 관점에서 이전 텍스트를 구조화·획일화할 것인가, 아니면 파편화·이질화할 것인가에 따라 진정성과 비진정성의 경계가 형상화된다. 진정성 있는 자아는 기실 상호 텍스트적 해석 활동의 간격 조절이 이루어지는 자기무대화 과정을 바탕으로 가장된, 흉내 내어진, 상연된 존재다.344) 진실, 현실, 진정성 등의 전통적인 긍정적 개념은 실제로 연기 속에서 구성된 것이며, 진정성의 순간은 텍스트 간 관계 맺기의 방식에 따라 얼마든지 위조화될 수 있다. 이점을 최대화된 상호 텍스트적 간격의 놀이적 양상들을 잘 보여 준다. 지금까지 진정한 것이라 믿어 왔던 경험이 사실 일부 이데올로기화된 행위이

---

342) Richard Handler and William Saxton, "Dyssimulation: reflexivity, narrative, and quest for authenticity in 'Living History'", *Cultural Anthropology*, Vol.3. 1988. p.242.

343) Ibid, p.250.

344) 즉 "모든 문화적 행동은 상연적 성격을 함의"한다. 문화적 현실이 연극적 현실로 나타난다는 설명은 Erika Fischer-Lichte, "Einleitung: Theatralitat als kultuelles modell", In *Theatralitat als Modell in den Kulturwissenschaften*, herausgegeben von Erika Fischer-Lichte, Tubingen: A. Francke, 2004. pp.7~26 참조.

고, 비진정성의 경험은 오히려 삶의 발견되지 않은 의미 영역일 수 있음을 그것은 암시하고 틀 짓는 이유에서다.

따라서 탈춤 내에 경험이 틀 지어지고, 상호 텍스트성의 전략에 따라 진정성과 비진정성이 재구성되는 양상의 고찰은 사회 정치적 맥락에서 가장과 꾸밈, 거짓된 재현, 인위성의 연극적 경험이 지닌 문화적 의미를 암묵적으로 보여 준다. 그만큼 리얼리티의 구성은 진실하고, 독창적이며, 정직하고, 진지하고, 정확하고, 본질적인 것이 아니라 왜곡되고, 위조된 것이며, 인위적이고, 위장된, 모방적인 연극적 과정과 분리될 수 없을 정도의 가장된 실천임이 밝혀진다. 상호 텍스트적 관계를 수단으로 매개되는 탈춤 연행 중재 과정은, 진정성과 비진정성의 문화적 경험과 연루된 이러한 연극적 리얼리티의 메타적 틀로서 기능하는 셈이라 할 수 있다. 물론 이 논의는 진정성이 가치 있는 것인가, 아닌가 같은 윤리적 질문과는 아무 관계가 없다. 그보다 적극적인 변형의 계기가 탈춤 내에 연행되는 상호 텍스트적 관계의 반성적 경험을 통해 틀 지어진다는 점에 이 연구는 초점을 맞추고자 한다. 그것이 연극적 과정[345]과 밀접하게 결부되어 있다는 사실이 4장 2절까지의 분석으로 추출된 결과다.

---

345) 여기서의 연극성, 연극적 과정은 물질을 기호에 대한 기호로 변형시키는 과정이다. 연극적인 과정이 되기 위해서는 기호를 기호로서 활용하는 과정이 상황에 걸쳐 퍼져 있어야 한다. 말하자면 연극은 재현을 통해서가 아니라 기호 구성의 과정을 통해서 정의된다. 연극적 과정은 리얼리티 구성에 있어 인지적·지각적 조작을 무대화하는 것을 지칭하는 것이다. Janelle Reinelt, "The Politics of discourse: performativity meets theatricality", In *Performance: critical concepts in literary and cultural studies v. I*, ed. Philip Auslander, London: Routledge, 2003, pp.153~167 참조. 이에 대한 논의는 김형기, 「서양연극 및 공연이론: "연극성", 개념의 변형과 확장」, 『한국연극학』Vol.23(한국연극학회, 2004), 281~282쪽 참조.

5.3. 연구결과의 제시 ③ 탈춤 연행의 개별적·보편적 경험과 대화성

진정성의 일상적 의미에 이의를 표하는 탈춤 연행의 상호 텍스트적 간격 최대화 경험은 실제적이지 않았던 사실을 명료화하고, 적절하지 않았던 의미를 표층화함으로써 텍스트적 경계를 다시 짜는 해석 절차이다. 이러한 틀에 관한 의식은 사회문화적 그룹과 성원들이 자신에 대해 주의를 기울이게 한다. 즉 "그들의 공공적 자아를 구성하는 의미, 코드, 역할, 위상, 사회적 구조, 윤리적·법적 규칙, 사회문화적 구성요소에 대한 관심을 가능하게 하는 조건인 연행적 반성성"346)을 촉구한다. 반성적 영역으로의 진입과 진실성의 재구로 인하여 "자아는 중간으로 갈라지고 분열되며, 마치 그가 다른 사람인 것처럼 연기하고 보이게 되는 틀을 취급하게 되는바, 제의와 드라마는 자아(self)가 아니라, 자아들(selves)을 전개"347)하게 된다. 때문에 개인과 집단의 복수적 반성성은 문화에 대한 문화를 창조하고, 표준화되고 규범화된 질서 체계를 다양한 각도에서 바라볼 수 있는 능동적 변형의 기회를 마련한다.

4장 3절의 "집단적 기억의 연행과 변형될 미래의 틀 짓기"는 이러한 문제의식하에 논의의 단서를 진행시켰다. 표준화된 감정의 저장 기억, 표준화된 사고의 저장 기억, 표준화된 행동의 저장 기억, 표준화된 소통의 저장 기억은 집단적 기억을 구성하며 그것을 활성화하는 연행 주체 개인이 성원으로서의 역할을 다하게 하는 연행 양상을

---

346) Victor Turner, *The Anthropology of performance*, New York: PAJ Publication, 1987, p.24.
347) Ibid, p.25.

구현한다고 볼 수 있다. 사회문화적으로 전형화되고 이상화되었던 표준화된 저장 기억은 한 경험을 같이 경험하는 상호 주관적인 경험의 과정에 따라 탈춤 내에서 다시 생산될 수 있는 것으로 이해된다. "나는 나 자신을, 나 자신의 경험을, 나의 자아 됨의 가능성을 나 자신 외부에 있는 행위"를 거쳐서 인식한다, 하지만 내가 타자의 경험이라 이해하는 것들과 그들과 공유 가능한 것이라 여겼던 동일한 보편적인 경험은 "나의 상황을 통해서 발견되고, 개별 상황의 직접성 속에서 초점화되어 경험적 내용으로 통합"348)될 수 있다. 결국 "특수성의 보편화, 보편성의 특수화"349)라는 경험의 대화적 양상이 탈춤 연행 내 저장 기억의 활성화로서 드러나게 되는 것이다.

문화적 규범을 반복하지만 고유한 방식으로 변화시키는 기본적 요소는 그래서 집단이 아닌 개인이라 할 수 있다. 역으로 문화적 저장 기억의 개인적 전유를 경유해 변화의 가능성으로서 집단적 문화가 창조된다. 이 장면은 '사회화'와의 비교를 통해 쉽게 이해 가능하다. 일반적으로 사회화는 사회에서 동료, 참여자로서의 역할이나 지켜야 할 규칙에 대해 정확히 배우는 것을 일컫는다. 반면 집단적 문화적 기억의 내재화는 개인에게 있어 집단적 규범이 획일적으로 통과하는 것이 아님을 암시한다. 개인의 반응 순간, 즉 활성적 기억으로의 연결 순간, 집단적 저장 기억의 표준화된 타입은 다양한 방식으로 처리되며 개인성과 단독성의 여과를 거쳐 변이된 상황을 낳는다.350) 이러한 다양한 불일치가 사회화와는 차별적으로 문화적 변화의 복잡한 형상

---

348) Bruce Kapferer, "Performance and the structuring of meaning", In *The anthropology of experience*, ed. Victor Turner, and Edward M. Bruner, Urbana: University of Illinois Press, 1986, p.190, p.191 참조.
349) Ibid, p.191.
350) Klaus P. Hansen, *Kultur und Kulturwissenschaft: eine Einfuehrung*, 3. Aufl. Tuebingen: Francke, 1995, pp.167~178 참조.

을 배양하는 계기라는 사실을 탈춤 연행 현장에서 관객과의 상호 작용은 뚜렷이 대변해 준다. 새로운 의미작용, 새로운 실천, 새로운 사회 구조는 집단적 문화적 저장 기억 같은 미리 결정된 컨텍스트에 동종적으로 제약되어 있다는 사실을 먼저 전제해야 한다. 낭만적 개인주의의 혐의를 벗기 위해서 말이다. 하지만 또한 개인은 구조화된 사회문화적 환경에 능동적으로 반응하여 적절하면서도 유창히, 그리고 창의적이면서도 돌발적으로 출현하는 현상을 다양하게 그리고 고유하게 만들어 나가는 재컨텍스트화 능력을 아울러 갖추고 있다. 이 같은 문화적 결속성과 문화적 다양성의 변증법적 과정을 4장 3절의 창발성 분석에서는 확인하였다.

5.4. 연구결과의 제시 ④ 탈춤 연행의 수사적 능력, 동작 주의 구성과 변형의 힘

서론에서 기술된 대로, 탈춤과 같은 연행적 예술 형태의 가장 큰 이슈는 그것이 문화적 보수주의 기능을 하는 것인가 아니면 문화적 혁신주의의 역할을 하는 것인가 하는 논란이다. 이 과제에 대한 본고의 대답은 탈춤 연행의 메타적·시학적 기능과 리미널한 자질, 탈춤 연행의 진정성, 비진정성과 연극적 경험, 탈춤 연행의 개별적·보편적 경험과 대화성을 결과한 이전 절의 논의에서 어느 정도 밝혀진 셈이라 할 수 있다. 즉 조선 후기 탈춤 연행을 제의적 나침반 삼아 현상적인 차원에서 봉건적 지배 집단은 자유로운 일탈을 승인하고 곧바로 봉합할 수 있었을 것이다. 하지만 그것이 사회적 기능주의가 설명하듯 오로지 마을 공동체의 안정된 질서로의 진입과 전통적 권위를 단단히 옥죄는 데 소용되는 것만은 아니다. 구체적으로 보자면 메타적·시학적 기능으로 인한 언어적, 비언어 의미작용의 리미널한 자질은 자기 지시적으로 현실을 탈춤 내에서 재구성하는 양상을 잉태한다. 그래서 상호 텍스트적으로 확인되는 사실적 경험들은 탈춤이 부과한 틀에 따라 진정성, 비진성의 경험에 관한 텍스트적·컨텍스트적 경계를 다시 재조절할 것을 요청받게 된다. 그 결과 적극적 변화의 계기로서 현실 시스템을 재구성할 수 있는 연극적 상황이 조성된다. 이러한 탄력적인 재컨텍스트화 행위 속에서 사회적으로 프로그램화된 집단적 저장 기억에 대한 성원의 참여는 탈춤에 틀거리 지어진 공동체적 문화에 적극적으로 반응하고 동의하며 영향력을 미치려는 개인의 능동적 태도를 고취시킨다. 그래서 새로운 의미작용, 새로운 실천, 새로운 사회 구조가 출현하는 창발적 상황이 광대와 관객의 상호 행위를 거쳐 구성될 때, 컨텍스트에 제약된 자동화된 개인은 가능성의 조건을 획득하기에 이르고, 새로운 문화 창조의 씨앗이 된다.[351]

바꾸어 말해 탈춤 연행은 조선조의 일상 상황을 구성하는 데 사용되는 해석적 절차의 집합을 연행 상황하에 재컨텍스트화하여 경험 해석의 방식을 절차상으로 생산되는 것으로 가정하게 해 준다. 그런 점에서, 그것이 단순히 특권적 신분 계층의 헤게모니 유지를 위한 규범적 구조를 떠받치는 기능만을 하는 것이 아니라는 사실이 분명해진다. 물론 탈춤 연행의 이 같은 양상들은 기존 질서를 전복할 수 있지만, 실제로 전복하지는 않는다. 그보다 탈춤 연행에서 구성되는 반

---

351) 허용호의 가면극에 관한 논의도 이를 뒷받침하는 근거이다. 허용호, 「가면극의 축제극적 구조: 봉산탈춤을 중심으로」, 『한국민속학』36권(한국민속학회, 2002), 271~313쪽 참조.

구조의 카오스적 양상은, 기존 질서의 잠재적 대안이 될 수 있으며, 규범적 구조 또한 그러한 잠복적 시스템이 어느 순간 매듭지어져 일상화된 것일 뿐이라는, 변화의 감각을 각인시킨다. 결국 이러한 과정의 고찰을 통해 탈춤 연행의 사회적 기능에 대한 유연하면서도 유동적인 정의가 요청되기에 이른다. 요컨대 탈춤 연행은 처방적이며 선험적인 미리 결정된 기존의 문화 구조를 단지 일시적인 형상으로 용해시키면서 새로운 문화적 환경을 만들게 되는 문화에 대한 문화, 메타 문화의 모델[352]을 형성한다. 여기서 시대적 컨텍스트에 제약되어 있으면서도 새로운 상황을 창출하는 연행 주체들의 노력은 능동적 행위자인 동작주(agent)의 위상에 걸맞은 것이다. 또한 그들이 상황을 경계 짓는 반성성의 수사적 능력은 자아와 타자를 위치화하고 상호주관적으로 경험을 구성함으로써 변형의 힘에 해당하는 과정으로 연행 주체들의 지표적 기반을 전환시킨다고 볼 수 있다.[353]

5.5. 이 연구의 일반적 중요성: 반성적 연행 능력, 컨텍스트에서 컨텍스트화로

기존 논의와 본고가 차별화되는 지점은 이렇듯 탈춤 연행 주체들의 동작주적 컨텍스트화 능력을 강조한 데서 찾아진다. 그것은 단순히 텍스트 창조의 과정에 집중하는 분석이 아니다. 그보다 사회문화

---

352) 송효섭, 『문화기호학』, 서울: 아르케, 2000. 299~303쪽 참조.
353) 반성성이 내포한 수사적 힘과 주체 구성의 메커니즘은 Harris M. Berger, and Giovanna P. Del Negro, "Bauman's Verbal Art and the Social Organization of Attention: The Role of Reflexivity in the Aesthetics of Performance", *The Journal of American Folklore*, Vol.115, No.455, (Winter, 2002), pp.62~91 참조.

적 환경을 능동적으로 해석하여 탈춤 연행 내 잠재적 경험으로 틀 지음으로써, 탈춤 연행 주체가 상호 주관적으로 구성되고, 개인적 자아와 사회적 자아로 이루어진 인접적인 지표성이 역동화되는 방식에 중심을 둔 논의라 할 수 있다. 결과적으로 우리는 이 연구의 특수한 논조를 좀 더 일반화·보편화하기 위하여, 나와, 내가 아닌 나의 차별적 구조를 확립시키려는 반성적 능력의 경험에 대한 근원적 탐색에 다시 되돌아오게 된다.

연행 능력은 한마디로 반성적 능력이다. 그것은 그만큼 경계를 가지고 유희하면서 의례적으로 경계를 확정할 수 있는 모순적 능력[354]이라 할 만한 것이다. 때문에 반성적 연행 능력은 컨텍스트를 해체할 줄 아는 능력이자, 컨텍스트 표지를 유형화할 줄 아는 능력이라 말할 수 있다. 무한한 반복의 가능성 속에서 우리는 단순히 이전의 것을 따라 하는 것이 아니라 반응의 조건을 인지하고 구성할 줄 아는 능력을 구성하게 되는데, 그것이 바로 반성적 능력이라 정의될 수 있는 셈이다. 이렇게 볼 때, 컨텍스트는 해석적 절차에서 생산되는 것이지, 텍스트적 의미를 결정하는 객관적인 외부의 그 무엇이 아니게 된다. 즉 컨텍스트적 지표는 텍스트를 만드는 과정의 사회적 상호 행위 속에서 창발한다. 반성적 능력이 내포한 메타적·시학적 기능은 이러한 컨텍스트적 지표들의 차별적 스타일을 표시하는 것이라 할 수 있을

---

354) 유희와 의례는 인간을 포함한 모든 동물들의 의식 안에서 능동적으로 작동하는 쌍둥이 과정이다. 즉 의례는 자아 안으로 들어오는 정보량을 자아가 다룰 수 있는 적정량으로 제한하는 입력 축소화 과정인 반면, 유희란 주변 환경으로부터 자아 안으로 새로운 정보들을 들여옴으로써 입력을 풍요롭게 하는 과정이다. 유희의 자기 쇄신은 의례에 구조적 불안정을 가져온다. 따라서 의례는 새로운 상황에 알맞은 행위 목록을 재구성해야만 한다. 유희와 의례는 서로 상반되는 과정이면서도 상징체계의 확장을 위해 서로를 정의하며 서로를 필요로 한다. 이러한 의례와 유희의 통합 모형은 컨텍스트화 국면에도 중요한 가치를 지닌다고 판단된다. 김경용, 『기호학의 즐거움: 기호학으로 읽는 예술, 대중 문화, 실천』, 서울: 민음사, 2001, 255~300쪽 참조.

터이다. 역으로 보자면 반성적 행위의 틀 짓기 과정은 컨텍스트와 관련해 증가되는 자기의식의 소산이자, 그것을 경계 지으려는 해석 절차와 관련된다. 그러한 까닭에 연행 능력은 반성적으로 컨텍스트적 지표를 차별화시키는 능력이고 문화적 차원에서는 그것들을 사회적으로 제조된 관여성의 담론적 위계에 따라 배열하거나 철회하는 능력이다. 바꾸어 말해서 연행을 연행으로서 틀 짓는 능력은 '~에 대하여 담론'할 수 있는 반성적 메타 커뮤니케이션적 사용 능력과 관계있다. 기존 질서를 고수할 수 있는 패턴화된 행동을 틀 지을 수 있는 만큼, 의미론적으로 범주화될 수 없는 범주 혹은 컨텍스트화될 수 없는 컨텍스트를 제시할 수 있는 경험의 틀거리가 확정되는 것도 반성적 연행 능력에서 기인한다. 말하자면 반성적 연행 능력은 경험을 해석하는 방식과 경험의 텍스트에 대한 경계를 형성하는 방식을 표시한다. 그래서 반성성의 제스처는 텍스트와 컨텍스트 사이의 경계를 명료히 하며 지각적으로 전경화된 것과 배경화된 것, 포함되는 것과 배제되는 것, 말해야 할 것과 말하지 않아도 좋을 만한 것을 위계적으로 결정한다. 즉 반성적 틀 짓기 과정은 텍스트와 컨텍스트를 배열하고, 컨텍스트로부터 텍스트를 명료히 하는 활동이다.[355] 해서 사회적 상호 작용에서 진행되는 일종의 해석적 작업의 모델로서 반성적 연행 능력은 컨텍스트도 상호 행위의 참여자적 관점에서 생산된다는 '컨텍스트에서 컨텍스트화로'의 인식 전환을 촉구한다. 이 같은 내용이 탈춤 연행의 반성성 분석 결과 본고가 연행 연구에 기여하게 되는 성과다.

---

355) Susan Stewart, *Nonsense: aspects of intertextuality in folklore and literature*, Baltimore: Johns Hopkins University Press, 1979, pp.3~10과 pp.199~209 참조.

5.6. 더 나은 연구를 위한 제언

이 연구는 연행 연구에 대한 깊이 있는 논의가 이루어져야 하리라는 문제의식에서 반성성을 단서로 탈춤 연행의 국면을 중심으로 해 분석을 진행시켰다. 기존 논의의 공헌에도 불구하고 컨텍스트화되고, 변형되는 연행의 역동적 과정이 '탈춤'을 대상으로 구체적인 차원에서 밝혀진 것은 아니라는 판단에서였다.

본고에서 밝혀진 결과들은 한국 고전 연행 장르들인 고전 시가, 설화, 판소리 등의 반성적 접근과 함께 할 수 있을 때 혹은 거기서 나온 성과들에 비추어 헤아려 봤을 때, 논의의 공과가 가늠될 것이다. 아울러 현대적 연행의 양상에 연계되는 반성적 연행 양상이 밝혀진다면 더욱 연행 연구의 확장된 지평 정립에 유용하지 않겠는가 생각된다. 연행은 절대 처음으로 행해진 행위가 아니고, 두 번째 행해진 행위이기 때문에, 전통의 현대화라는 문제는 연행 연구의 중요한 과제 중 하나라 할 수 있기 때문이다.

본 논의가 탈춤 생산자와 수용자인 광대와 관객의 현장 목소리를 충분히 생생하게 연구에 담아내지 못했다는 한계와 결점은 엄연하다. 사실 연행 연구의 핵심 과제는 그 같은 실제 연행 현장에서 어떻게 변형의 과정이 사건으로서 경험될 수 있느냐 하는 점을 포착하는 데에 있다. 그렇다고 한다면 이 연구가 좀 더 만족할 만한 타당성을 얻기 위해서는 탈춤 연행 현장 속으로 들어가 구체화된 연행 현장을 대화주의적으로 기술하는 작업이 요구된다. 그러므로 차후 인류학적인 조명을 거침으로써, 탈춤 연행의 반성성에 관한 연구 방향을 좀 더 유효하게 설정할 수 있기를 예상해 본다.

:: 참고문헌

1차 자료
- 2008 안동 탈춤 축제
- 2008년 7월 19일, 7월 26일, 8월 2일의 <하회별신굿탈놀이> 상설공연
- 2008년 5월 18일, 2009년 5월 16일 <봉산탈춤> 정기공연
- 2009년 9월 6일부터 10월 31일까지 총 8회에 걸친 <양주별산대놀이>의 상설공연
- 기타 동영상 자료

하회별신굿탈놀이보존회 http://www.hahoemask.co.kr/
수영고적민속예술보존회 http://www.suyoungminsok.or.kr/
사천가산오광대보존회 http://www.gsokwangdae.com/home4-5.php
봉산탈춤갈무리 http://cafe.daum.net/bongsantalmuri
남사당놀이보존회 http://www.namsadang.or.kr/movepic.htm
양주별산대놀이보존회 http://www.yangjutal.com/

1차 문헌
이두현, 『한국가면극선』. 서울: 교문사, 1997.

2차 국내문헌
김경용, 『기호학의 즐거움: 기호학으로 읽는 예술, 대중 문화, 실천』. 서울: 민음사, 2001.
김기란, 「한국 근대 계몽기 신연극 형성 과정 연구: 연극성을 중심으로」(연대 국문과 박사학위논문, 2004),
김방옥, 「한국 가면극의 연극미학」(이대 국문과 석사논문, 1977)

김방옥, 「퍼포먼스 론」.『한국연극학』Vol.13 No.1(한국연극학회, 1999), 263 –
    308쪽.

김열규, 「현실 문맥 속의 탈춤」.『古典文學을 찾아서』. 김열규 외 공저. 서울:
    문학과 지성사, 1976, 383~407쪽.

김열규.『한국의 문화코드 열다섯 가지』. 서울: 마루, 1997.

김용규.『문학에서 문화로: 1960년대 이후 영국 문학이론의 정치학』. 서울: 소
    명, 2004.

김용헌. 「하회탈춤의 사회적 의미」. 안동문화연구소 편.『하회탈과 하회탈춤의
    미학』. 서울: 사계절, 1999. 229~254쪽.

김우탁, 「韓國民俗假面劇의 固有舞臺構造에 關한 硏究」.『大東文化硏究』Vol.10(성
    균관대학교 대동문화연구원. 1975), 93~111쪽.

김욱동.『탈춤의 미학』. 서울: 형암사, 1994.

김익두, 「한국 희곡/연극 이론 수립을 위한 기초 연구」.『한국극예술연구』
    Vol.15(한국극예술학회, 2002), 11~53쪽.

김익두, 「한국 탈놀음의 공연학적 해석 – “동래 들놀음”을 중심으로」.『공연문
    화연구』Vol.13(한국공연문화학회, 2006), 51~98쪽.

김익두. 「한국 탈놀이에 나타난 무언의 의미와 기능」.『공연문화연구』제14집
    (한국공연문화학회, 2007), 82~107쪽.

김익두, 「한국 마임의 전통성과 정체성 – 기원, 역사, 특징 – 」.『공연문화연구』
    Vol.18(한국공연문화학회, 2009), 5~46쪽.

김재석, 「하회탈춤 대사의 기능과 원리」. 안동문화연구소 편.『하회탈과 하회
    탈춤의 미학』. 서울: 사계절, 1999. 167~198쪽.

김재철.『朝鮮演劇史』. 京城: 朝鮮語文學會, 1933.

김정탁,『禮 & 藝: 한국인의 의사소통 사상을 찾아서』. 파주: 한울, 2004.

김종진, 「잡가·민요·가사의 경계에 대한 탐색 – <국문뒤풀이>의 전승 연구
    – 」.『한국어문학연구』Vol.50(한국어문학연구학회, 2008), 209~239쪽.

김종혁,『조선의 관혼상제』. 서울: 중심, 2002.

김현.『미셸 푸코의 문학비평』. 서울: 문학과지성사, 1989.

김현경, 「공적 공간에서의 무시와 모욕의 의미에 대하여」.『사회와 역사』
    Vol.75(한국사회사학회, 2007), 253~283쪽.

김현주, 「’일상경험담’과 ‘민담’의 구술성 연구」.『구비문학연구』4집(한국구비
    문학회, 1997), 113~142쪽.

김현주.『구술성과 한국서사전통』. 서울: 월인, 2003.

김현주.『고전서사체 담화분석』. 서울: 보고사, 2006.

김현주. 「판소리에서 감각 패턴의 연행적 기능과 의미」. 『판소리연구』24권(판소리학회, 2007). 77~107쪽.

김현주. 「판소리 연행에서의 공간 침범과 전위(轉位)의 문제」. 『판소리연구』 Vol.23(판소리학회, 2007), 265~287쪽.

김현주. 『판소리 담화 분석』. 파주: 한국학술정보, 2008.

김현주, 『토테미즘의 흔적을 찾아서: 동물에 관한 야생적 담론의 고고학』. 서울: 서강대학교 출판부, 2009,

김형기, 「서양연극 및 공연이론: "연극성" 개념의 변형과 확장」. 『한국연극학』 Vol.23(한국연극학회, 2004), 281~282쪽.

단국대학교 동양학연구소, 「座談會鈔: 한국근세문화의 특성 – 조선왕조후기(XI)」. 『동양학』26권(단국대학교 동양학연구소, 1996), 397~434쪽.

류정월. 『오래된 웃음의 숲을 노닐다: 조선시대 우스개와 한국인의 유머』. 서울: 샘터, 2006.

문학이론연구회 엮음. 『담론분석의 이론과 실제』. 서울: 문학과지성사, 2002.

박재섭, 「한국 가면극과 인형극의 대비 연구(내용을 중심으로)」. 『인문사회과학논총』Vol.5 No.1, (인제대학교 인문사회과학연구소, 1998), 43~57쪽.

박전열, 『봉산탈춤』. 서울: 화산문화, 2001.

박종성, 「朝鮮後期 탈춤의 浮上과 鄕村社會構造」. 『韓國文化』Vol.20(서울대학교 한국문화연구소, 1997), 49~77쪽.

박진태. 『韓國假面劇 研究』. 서울: 새문社, 1985.

박진태. 『河回別神굿탈놀이의 形成과 構造研究』(고려대 국문과 박사학위논문, 1988).

박진태. 『한국 민속극 연구』. 서울: 새문사, 1998.

사진실, 『한국연극사 연구』. 서울: 태학사, 1997.

서대석. 「백영 선생의 판소리 연구」. 『백영 정병욱의 인간과 학문: 백영 정병욱선생 추모문집』. 백영 정병욱 선생 추모문집 간행위원회 편. 서울: 신구문화사, 1997. 450~460쪽.

서명수, 「기호와 재현」. 『기호학연구』Vol.3 No.1, (한국기호학회, 1997), 404~431쪽.

서명수, 「연극에서의 메타 의사 소통」. 『기호학연구』Vol.4No.1(한국기호학회, 1998), 164~188쪽.

서연호, 『黃海道탈놀이』. 서울: 열화당, 1987.

서연호, 『山臺탈놀이』. 서울: 열화당, 1987.

서연호, 『꼭두각시놀이』. 서울: 열화당, 1987.

서연호, 『野遊·五廣大탈놀이』. 서울: 열화당, 1987.

서연호. 『한국전승연희의 원리와 방법』. 서울: 집문당, 1997.

서연호. 『한국전승연희의 현장 연구』. 서울: 집문당, 1997.

서연호, 『한국전승연희학 개론』. 서울: 연극과인간, 2004.

서유석, 「판소리 몸 담론 연구」(경희대 국문과 박사논문. 2009)

손태도. 『광대의 가창 문화』. 서울: 집문당, 2003.

송석하. 『韓國民俗考』. 서울: 日新社, 1960.

송효섭. 『문화기호학』. 서울: 아르케, 2000,

송효섭, 『초월의 기호학: 뮈토스와 로고스로 읽는 삼국유사』. 서울: 소나무, 2002.

송효섭. 『탈신화 시대의 신화들』. 서울: 기파랑, 2005.

송효섭. 「텍스트의 대화성」. 『기호, 텍스트 그리고 삶』. 신현숙 편. 서울: 월인, 2006. 357~386쪽

송효섭, 『해체의 설화학』. 서울: 서강대학교 출판부, 2009.

송효섭, 「신화적 도상의 해석을 위한 기호학적 설계」. 『기호학 연구』Vol.26(한국기호학회, 2009), 225~247쪽.

신은경, 『風流: 동아시아 美學의 근원』. 서울: 보고사, 1999.

신현숙, 『희곡의 구조』. 서울: 문학과지성사, 1990.

심우성, 『男寺黨牌 研究』. 서울: 同和出版公社, 1974.

심우성, 『韓國의 民俗劇』. 서울: 創作과 批評社, 1975.

심우성. 『남사당놀이』. 서울: 화산문화, 2000.

안동문화연구소 편. 『하회탈과 하회탈춤의 미학』. 서울: 사계절, 1999.

우찬제. 『텍스트의 수사학』. 서울: 서강대학교 출판부, 2005.

유민영, 『한국연극의 미학』. 서울: 단대출판부, 1982.

유민영, 『전통극과 현대극』. 서울: 檀大出版社, 1984.

유민영, 「韓國傳統演劇에 나타난 韓國人의 美意識 - <鳳山탈춤>과 <꼭두각시놀음>을 중심으로」. 『도솔어문』1권(단국대학교 인문대학 국어국문학과, 1985), 45~61쪽.

윤광봉, 「민속극과 불교」. 『비교민속학』Vol.12(비교민속학회, 1995), 227~264쪽.

이경미, 「현대공연예술의 수행성과 그 의미 - 사건으로서의 "몸"과 "공간" - 」. 『한국연극학』Vol.31(한국연극학회, 2007), 135~167쪽.

이경숙, 「<양주별산대놀이>의 경기성」. 『한국극예술연구』Vol.9(한국극예술학회, 1999), 11~46쪽.

이두현, 『韓國의 탈춤』. 서울: 一志社, 1981.

이두현, 『한국가면극』. 서울: 서울대학교출판부, 1994.

이미원. 『연극과 인류학』. 서울: 연극과 인간, 2005.

이보형, 「조선후기의 공연집단과 음악문화」. 『동양학』26권(서울: 단국대학교

동양학연구소, 1996). 361~365쪽.

이보형, 「가면극과 음악」.『공연문화연구』14권(서울: 한국공연문화학회. 2007).
　　5~18쪽.

이상란.『희곡과 연극의 담론』. 서울: 연극과인간, 2003.

이석규, 「봉산 탈춤의 언어 사용 연구」.『인문언어』Vol.6(국제언어인문학회,
　　2004), 265~291쪽.

이혜구.「산대극과 기악」.『연희춘추 1953』(한국음악연구, 국민음악연구회. 1957)

이훈상,『조선후기의 향리』. 서울: 일조각, 1990.

이훈상,『가산오광대』. 大田: 국립문화재연구소, 2004.

임재해.『민속마을 하회여행』. 서울: 밀알, 1994.

임재해,『하회탈 하회탈춤』. 서울: 지식산업사, 1999.

임혜정, 「백구타령과 가사 백구사」.『한국음악연구』Vol.34(한국국악학회, 2003),
　　183~207쪽.

전경욱,『한국 가면극: 그 역사와 원리』. 서울: 열화당, 1998.

전경욱,『한국의 전통연희』. 서울: 학고재, 2004.

전성희, 「한국의 가면극과 그로테스크: 양주별산대, 봉산탈춤, 가산 오광대를
　　중심으로」.『드라마 연구』제27호(한국드라마학회, 2007), 157~183쪽

정병욱.『한국의 판소리』. 서울: 신구문화사, 1999.

정상박.『오광대와 들놀음 연구』. 서울: 집문당, 1986.

정상박.『수영야류』. 서울: 화산문화, 2001

정병호.『한국춤』. 서울: 悅話堂, 1985.

정병호.『韓國의 民俗춤』. 서울: 삼성, 1991.

정형호, 「韓國假面劇에 類型과 傳承原理 研究」(중대 국문과 박사논문, 1994).

정형호, 「가면극에 나오는 가요의 수용 양상(봉산탈춤을 중심으로)」.『한국민
　　요학』Vol.6(한국민요학회, 1999), 273~292쪽.

정형호.『양주별산대놀이』. 서울: 화산문화, 2000.

정형호, 「가면극과 정치: 전승집단과 연희 내용의 관련성을 중심으로」.『비교
　　민속학』26집(비교민속학회, 2004), 193~225쪽.

정형호, 「탈놀이에 나타난 기층집단의 성 의식과 그 상징성」.『실천민속학연
　　구』Vol.8(실천민속학회, 2006), 191~216쪽.

조동일,『탈춤의 역사와 원리』. 서울: 弘盛社, 1979.

조만호,『전통희곡의 제식적 미학』. 서울: 태학사, 1995.

주현식.「하회탈놀이의 연극기호학적 연구」.『시학과 언어학 제14호』(시학과
　　언어학회. 2007). 7~38쪽.

주현식. 「민속극의 카니발적 세계관과 즉흥성의 퍼포먼스 - <하회탈놀이>를 중심으로」. 한국학중앙연구원 한국학대학원 엮음. 『한국학의 새로운 지평을 향하여』(한국학중앙연구원. 2009). 13~42쪽.

채희완. 「봉산탈춤 노장춤의 의미체계」. 『우리 춤』. 광주민속박물관 학예연구실 편. 광주: 광주민속박물관, 2008. 229~246쪽.

최문규, 「문화, 회상 그리고 문학: 문화학과 문예학의 학제적 연관성에 관한 모색」. 『인문언어』Vol.2(국제언어인문학회, 2001), 67~90쪽.

최상수, 『海西假面劇의 研究』. 서울: 正東, 1983.

최상수, 『野遊·五廣大假面劇의 研究』. 서울: 성문각, 1984.

한양명, 「탈놀이의 중과 중마당의 의미 再考(양주별산대놀이를 중심으로)」. 『비교민속학』Vol.34(비교민속학회, 2007), 453~488쪽.

허용호, 「가면극의 축제극적 구조: 봉산탈춤을 중심으로」. 『한국민속학』36권 (한국민속학회, 2002), 271~313쪽.

Nichols, Richard. 「동양연극의 연극공간; 원형극장: 새 시대를 위한 옛 형식」. 『한국연극학』Vol.23(한국연극학회, 2004), 7~21쪽.

2차 국외문헌

Abrahams, Roger D. "A Performance – Centred Approach to Gossip", *Man,* New Series, Vol.5, No.2(Jun., 1970), pp.290~301.

Abrahams, Roger D. "Folklore and literature as performance", *Journal of the folklore institute.* 8. 1972. pp.75~94.

Abrahams, Roger. D. "Insult", In F*olklore, cultural performances, and popular entertainments: a communications –centered handbook.* ed. Bauman. Richard. New York: Oxford University Press, 1992. pp.145~149.

Assmann, Aleida. *Erinnerungsraume: Formen und Wandlungen des kulturellen Gedachtnisses,* 변학수 외 공역. 『기억의 공간』. 대구: 경북대학교출판부, 2003.

Babcock, Barbara. "Reflexivity", In *The Encyclopedia of Religion.* vol 12. ed. Eliade, M. New Work: Macmillan. 1987. pp.234~238.

Babcock, Barbara. "Reflexivity: definitions and discriminations", *Semiotica.* Vol.30. 1980. pp.1~14.

Bakhtin, M. M. *The dialogic imagination: four essays.* ed. Holquist. Michael; tr. Emerson. Caryl. Holquist. Michael. Austin: University of Texas Press, 1981.

Bakhtin, M, M. *Speech genres and other late essays.* ed. Emerson, Caryl, Holquist, Michael: tr. McGee, Vern W. Austin: Univ. of Texas Press, 1986.

Bakhtin. M. M. *Tvorchestvo Fransua Rable i narodnaia kul'tura srednevekov'ia i Renessansa.* 『프랑수아 라블레의 작품과 중세 및 르네상스의 민중문화』. 이덕형, 최건영 공역. 서울: 아카넷, 2001.

Banes, Sally and Lepecki, Andre. "Introduction: the performance of senses", In *The senses in performance.* ed. Banes, Sally and Lepecki, Andre. London: Routledge, 2007. pp.1~7.

Banes, Sally. "Olfactory performances",In *The senses in performance.* ed. Banes, Sally and Lepecki, Andre. London: Routledge, 2007. pp.29~37.

Bateson, Gregory. "A theory of play and fantasy", In *The performance studies reader.* ed. Bial. Henry, London: Routledge, 2004. pp.121~130.

Bauman, Richard. *Story, performance, and event: contextual studies of oral narrative.* Cambridge: Cambridge University Press, 1986.

Bauman, Richard. "Performance", In *International Encyclopedia of Communications.* Vol.3. ed. Barnouw, Erick. New York: Oxford University Press. 1989. pp.262~266.

Bauman, Richard. "Genre", In *Folklore, cultural performances, and popular entertainments: a communications −centered handbook.* ed. Bauman. Richard, New York: Oxford University Press, 1992. pp.53~59.

Bauman, Richard. "Disciplinarity, Reflexivity, and Power in Verbal Art as performance: A Response", *The Journal of American Folklore,* Vol.115, No.455, (Winter, 2002), pp.92~98.

Bauman, Richard. *A World of others' words: cross −cultural perspectives on intertextuality,* Malden: Blackwell Pub. 2004.

Bauman. Richard, et al. *Verbal art as performance.* Long Grove: Waveland Press, 1977.

Bauman, Richard and Briggs, Charles L. "Poetics and Performance as Critical Perspectives on Language and Social Life", *Annual Review of Anthropology,* Vol.19, 1990. pp.59~88.

Becker, Anne E. "Nurturing and negligence: working on others' bodies in Fiji", In *Embodiment and experience: the existential ground of culture and self.* ed. Csordas, Thomas J. Cambridge: Cambridge University Press, 1994. pp.100~115.

Berger, Harris M. and Del Negro, Giovanna P. "Bauman's Verbal Art and the Social Organization of Attention: The Role of Reflexivity in the Aesthetics of performannce", *The Journal of American Folklore,* Vol.115, No.455, (Winter, 2002), pp.62~91.

Birdwhistell. Ray L. *Kinesics and context: essays on body motion communication.* Philadelphia:

University of Pennsylvania Press, 1970.

Bogatyrev, Petr. "Forms and functions of folk theater", IN *Semiotics of art: Prague School ontributions*. ed. Matejka, Ladislav. and Titunik, Irwin R. Cambridge, Mass.: MIT Press, 1976. pp.51~56.

Bohme, Hartmut. "Kulturgeschichtliche grundlagen der theatralitat", In *Theatralitat als Modell in den Kulturwissenschaften*. herausgegeben von Fischer – Lichte, Erika, Tubingen: A. Francke, 2004. pp.43~62.

Brecht. Bertolt, *Der Messingkauf 1937 – 1951,* Frankfurt am Main:Suhrkamp, 1967.

Briggs, Asa. "Culture", In *Folklore, cultural performances, and popular entertainments: a communications –centered handbook*. ed. Bauman, Richard. New York: Oxford University Press, 1992. pp.3~11.

Briggs, Charles L. and Bauman, Richard. "Genre, Intertextuality, and Social Power", *Linguistic Anthropology* 2(2), 1992. pp.131~172.

Brown, Penelope, and Levinson, Stephen C. *Politeness: some universals in language usage*. Cambridge: Cambridge University Press, 1987.

Butler, Judith. "Performative acts and Gender constitution: an essay in phenomenology and feminist theory", In *Performance: critical concepts in literary and cultural studies. v.4*. ed. Auslander, Philip.London: Routledge, 2003. pp.97~110.

Butler, Judith. "Bodies that matter", In *The body: a reader*. ed. Fraser, Mariam and Greco, Monica. London: Routledge, 2005. pp.62~65.

Canguilhem, Georges. "Monstrosity and the monstrous", In *The body: a reader*. ed. Fraser, Mariam and Greco, Monica. London: Routledge, 2005. pp.187~193.

Capusan, Maria Voda, "Theatre and reflexivity", *Poetics* (13). 1984. pp.101~109.

Carlson, Marvin A. "Theatrical performance: illustration, translation, fulfillment or supplement?", In *Performance: critical concepts in literary and cultural studies II*. ed. Auslander. Philip. London: Routledge, 2003. pp.79~85.

Carlson, Marvin A. *Performance: a critical introduction. 2nd ed.* London: Routledge, 2004.

Case, Sue – Ellen, "The Emperor's New Clothes: The Naked Body and Theories of Performance", *SubStance,* (31:2 – 3), 2002, pp.186~200.

Caton. Steve C. "The importance of reflexive language In George H. Mead's theory of self and Communication", In *Reflexive language: reported speech and metapragmatics,* ed. Lucy, John A. Cambridge: Cambridge University Press, 1993. pp.315~337.

Cobley. Paul, ed. *The Routledge companion to semiotics*. London: Routledge, 2010.

Cook, Guy. *Discourse and literature: the interplay of form and mind*. Oxford: Oxford

University Press, 1994.

Csordas, Thomas J. "Embodiment as a Paradigm for Anthropology Embodiment as a Paradigm for Anthropology", *Ethos*, Vol.18, No.1(Mar. 1990), pp.5~47.

Csordas, Thomas J. "Somatic Modes of Attention". *Cultural Anthropology,* Vol.8, No.2(May, 1993), pp.135~156.

Csordas, Thomas J. "Introduction: the body as representation and being – in – the – world", In *Embodiment and experience: the existential ground of culture and self.* ed. Csordas, Thomas J. Cambridge: Cambridge University Press, 1994. pp.1~24.

De Jong, Irene J. F. *Narrative in drama: the art of the Euripidean messenger –speech.* Leiden: E. J. Brill, 1991.

De Marinis, Marco. "Dramaturgy of the spectator", In *Performance: critical concepts in literary and cultural studies. v. II.* ed. Auslander. Philip. London: Routledge, 2003. pp.219~235.

Douglas, Mary, T, *Purity and danger.*『순수와 위험: 오염과 금기 개념의 분석』. 유제분, 이훈상 공역. 서울: 현대미학사, 1997.

Dressler. Wolfgang U. *Semiotische Parameter einer textlinguistischen Natuerlichkeitstheorie.* Wien: Verlag der osterreichischen Akademie der Wissenschaften, 1989.

Duranti, Alessandro and Goodwin. Charles. "Rethinking context: introduction", In *Rethinking context: language as an interactive phenomenon.* ed. Duranti, Alessandro and Goodwin. Charles. Cambridge: Cambridge University Press, 1992. pp.1~32.

Edensor, Tim, *National identity, popular culture and everyday life,* 박성일 역.『대중문화와 일상, 그리고 민족 정체성』. 서울: 이후, 2008.

Ekman, Paul. *Emotions Revealed: recognizing faces and feelings to improve communication and emotional life.* 이민아 역.『얼굴의 심리학: 우리는 어떻게 감정을 드러내는가?』. 서울: 바다출판사, 2006.

Erll, Astrid und Nuenning, Ansgar. "Literaturwissenschaftliche konzepte von Gedaechtnis: Ein einfuhrender uberblich", In *Gedaechtniskonzepte der Literaturwissenschaft: theoretische Grundlegung und Anwendungsperspektiven* herausgegeben von Erll, Astrid und Nuenning, Ansgar, Berlin; Walter de Gruyter, 2005. pp.1~9.

Fauser, Markus, *Einfuehrung in die Kulturwissenschaft,*『문화학의 이해』. 김연순 역. 서울: 성균관대학교출판부, 2008.

Fischer – Lichte, Erika. *The semiotics of theater.* tr. Jeremy Gaines and Doris L. Jones. Bloomington: Indiana University Press, 1992.

Fischer – Lichte, Erika. *The show and the gaze of theatre: a European perspective.* ed and tr.

Jo Riley. Iowa City: University of Iowa Press, 1997.

Fischer—Lichte, Erika, "Einleitung: Theatralitat als Kultuelles Modell",In *Theatralitat als Modell in den Kulturwissenschaften.* herausgegeben von Fischer—Lichte, Erika, Tubingen: A. Francke, 2004. pp.7~26.

Fischer—Lichte, Erika, "Diskurse des Theatralen", In *Diskurse des Theatralen* herausgegeben von Fischer—Lichte, Erika. Tubingen: A. Francke, 2005. pp.11~32.

Fischer—Lichte, Erika. *The transformative power of performance: a new aesthetics,* tr. Saskya Iris. Jain, London: Routledge, 2008.

Fisher, Jennifer. "Tangible acts: touch performance", In *The senses in performance.* ed. Banes, Sally and Lepecki, Andre. London: Routledge, 2007. pp.166~178.

Forrester, James, W. "Why you should", In *Pragmatics II: critical concepts.* ed. Kasher, Asa. London: Routledge, 1997. pp.426~444.

Foucault. Michel, *The archaeology of knowledge and Thediscourse on language.* tr. Smith, Sheridan. New York: Pantheon Books, 1972.

Freund, Peter. "Bodies, disability and spaces: the social model and disabling spatial organizations", In *The body: a reader.* ed. Fraser, Mariam and Greco, Monica. London: Routledge, 2005. pp.182~186.

Garfinkel, Harold. "Remarks on ethnomethodology", In *Directions in sociolinguistics: the ethnography of communication,* ed. Gumperz, John J. and Hymes. Dell. New York: Holt, Rinehart and Winston, 1972. pp.301~324.

Geertz. Clifford, *The interpretation of cultures: selected essays.* New York: Basic Books, 1973.

Gilleard, Chris and Paul Higgs. "Ageing and its embodiment", In *The body: a reader.* ed. Fraser, Mariam and Greco, Monica. London: Routledge, 2005. pp.117~121.

Gobel, Walter. "Kulturwissenschaft und Literaturwissenschaft", In *Kulturwissenschaft Interdisziplinar.* Hrsg. Stierstorfer, Klaus. und Volkmann, Laurenz, Tuebingen: Narr, 2005. pp.109~119.

Goffman, Erving, *Frame analysis: an essay on the organization of experience.* Mass: Harvard University Press, 1974.

Goode Judith. "Food", In *Folklore, cultural performances, and popular entertainments: a communications —centered handbook.* ed. Bauman. Richard. New York: Oxford University Press, 1992. pp.233~245.

Goodwin, Charles and Goodwin, Marjorie Harness. "Assessments and the construction of context", In *Rethinking context: language as an interactive phenomenon,* ed.

Goodwin, Charles and Duranti, Alessandro. Cambridge: Cambridge University Press, 1992. pp.147~190.

Green, Kaith. "Deixis: a revaluation of concepts and categories", In *New essays in deixis: discourse, narrarive, literature.* ed. Green, Kaith. Amsterdam — Atlanta, GA, 1995. pp.11~25.

Groupe μ. "Toward a general rhetoric of visual statement: interaction between plastic and iconic signs", In *Advances in visual semiotics: the semiotic web 1992 —93.* ed. Sebeok, Thomas A. et al. New York: Mouton de Gruyter, 1995. pp.581~589.

Gumperz, John J. "Contextualization and understanding", In *Rethinking context: language as an interactive phenomenon*, ed. Goodwin, Charles and Duranti, Alessandro. Cambridge: Cambridge University Press, 1992. pp.229~252.

Handler, Richard and William, Saxton, "Dyssimulation: reflexivity, narrative, and quest for authenticity in 'Living History'", *Cultural Anthropology,* Vol.3. 1988. pp.242~260.

Hanks. W. F. "Discourse Genres in a Theory of Practice". *American Ethnologist,* Vol.14, No.4(Nov. 1987), pp.668~692.

Hanks. W. F. "Text and Textuality". *Annual Review of Anthropology,* Vol.18, (1989), pp.95~127.

Hanks, W. F. "The indexical ground of deictic reference", In *Rethinking context: language as an interactive phenomenon,* ed. Goodwin, Charles and Duranti, Alessandro. Cambridge: Cambridge University Press, 1992. pp.43~76.

Hanks. W. F. "Metalanguage and pragmatics of deixis", In *Reflexive language: reported speech and metapragmatics,* ed. Lucy, John A. Cambridge: Cambridge University Press, 1993. pp.127~157.

Hasan — Rokem. Galit. "Proverb", In *Folklore, cultural performances, and popular entertainments: a communications —centered handbook.* ed. Bauman. Richard. New York: Oxford University Press, 1992. pp.128~133.

Hansen. P. Klaus. *Kultur und Kulturwissenschaft: eine Einfuehrung. 3. Aufl.*Tuebingen: Francke, 1995.

Hein, Hilden. "Performance as an Aesthetic Category". *The Journal of Aesthetics and Art Criticism.* (28:3) 1970. pp.381~386.

Herndon. Marcia. "Song", In *Folklore, cultural performances, and popular entertainments: a communications —centered handbook.* ed. Bauman. Richard, New York: Oxford University Press, 1992. pp.159~166.

Huang, Yan. *Anaphora: a cross −linguistic approach*. Oxford: Oxford University Press, 2000. Hufford, Mary. "Context", *The Journal of American Folklore*, Vol.108, No.430, Autumn, 1995, pp.528~549.

Huizinga, Johan, *Homo Ludens: a study of the play −element in culture*. 金潤洙 역. 『호모 루덴스: 놀이와 문화에 관한 한 연구』. 서울: 까치, 1993.

Hymes, Dell. "The contribution of folklore to sociolinguistic research", In *Toward new perspectives in folklore*. ed. Paredes, Americo. and Bauman, Richard. Austin: The university of Texas Press. 1972. pp.42~50.

Hymes, Dell. "folklore nature and the sun's myth", *The Journal of American Folklore*. Vol.88. No.350. 1975. pp.345~369.

Jackson, Jean. "Chronic pain and the tension between the body as subject and object", In *Embodiment and experience: the existential ground of culture and self*. ed. Csordas, Thomas J. Cambridge: Cambridge University Press, 1994. pp.201~228.

Jakobson. Roman, "Closing Statement: Linguistics and Poetics", In *Style in language,* ed. Sebeok. Thomas A. Cambridge: Technology Press of Massachusetts Institute of Technology, 1960. pp.350~377.

Jakobson. Roman, "Grammatical parallelism and its russian facet", *Language*. Vol.42. No.2. 1966. pp.399~429.

Jakobson. Roman, "Shifters, verbal categories, and the russian verb"(1957) In *Selected writings II; Word and language*. Hague: Mouton, 1971. pp.130~147.

Jakobson, Roman. "What is poetry?", IN *Semiotics of art: Prague School contributions*. ed. Matejka. Ladislav and Titunik, Irwin R. Cambridge, Mass.: MIT Press, 1976. pp.164~175.

Jakobson, Roman, *Language in literature*. ed. Krystyna Pomorska and Stephen Rudy. Mass: The Belknap Press of Harvard Univ Press, 1987.

Javella. Robert, J. and Klein. Wolfgang, "A brief introduction", In *Speech, place, and action: studies of deixis and related topics*. ed. Javella. Robert, J. and Klein. Wolfgang, New York: John Wiley, 1982. pp.1~3.

Kapchan, Deborah A. "Performance", *The Journal of American Folklore,* Vol.108, No.430, Autumn, 1995, pp.479~508.

Kapferer, Bruce. "Performance and the structuring of meaning", In *The anthropology of experience*. ed. Turner, Victor W. and Bruner, Edward M. Urbana: University of Illinois Press, 1986. pp.188~203.

Kendon, Adam. "The negotiation of context in face−to−face interaction", In

Rethinking context: language as an interactive phenomenon, ed. Goodwin, Charles and Duranti, Alessandro. Cambridge: Cambridge University Press, 1992. pp.323~334.

Kaeppler. Adrienne L. "Dance", In *Folklore, cultural performances, and popular entertainments: a communications −centered handbook.* ed. Bauman. Richard, New York: Oxford University Press, 1992. pp.196~203.

Kirshenblatt − Gimblett, Barbara. "Making sense of food in performance: the table and the stage", In *The senses in performance.* ed. Banes, Sally and Lepecki, Andre. London: Routledge, 2007. pp.71~89.

Klein, Gabriele. "Korper und theatralitat", In *Diskurse des Theatralen.* herausgegeben von Fischer − Lichte, Erika. Tubingen: A. Francke, 2005. pp.35~45.

Kuipers, Joel C. "Place, Names, and Authority in Weyewa Ritual Speech", *Language in ociety,* Vol.13, No.4(Dec., 1984), pp.455~466.

Lachmann, Renate, *Memory and literature: intertextuality in Russian modernism.* tr. Roy. Sellars, and Anthony. Wall, Minneapolis: University of Minnesota Press.

Lehmann. Hans − Thies, *Postdramatic theatre.* tr. Juers − Munby. Karen, London: Routledge, 2006.

Lindstrom, Lamont, "Context contests: debatable truth statements on Tanna (Vanuatu)", In *Rethinking context: language as an interactive phenomenon,* ed. Goodwin, Charles and Duranti, Alessandro. Cambridge: Cambridge University Press, 1992. pp.101~124.

Lotman, IU M. *Semiosfera.* 김수환 역.. 『기호계: 문화연구와 문화기호학』. 서울: 문학과지성사, 2008.

Lucy, John A. "General introduction", In *Reflexive language: reported speech and metapragmatics,* ed. Lucy, John A.Cambridge: Cambridge University Press, 1993. pp.1~4.

Lucy, John A. "Reflexive language and the human disciplines", In *Reflexive language: reported speech and metapragmatics,* ed. Lucy, John A.Cambridge: Cambridge University Press, 1993. pp.9~32.

Lyons, John. "Deixis and subjectivity: loquor, ergo sum?", In *Speech, place, and action: studies of deixis and related topics.* ed. Jarvella, Robert J. and Klein, Wolfgang. New York: John Wiley, 1982. pp.101~124.

McAuley, Gay. *Space in performance: making meaning in theatre.* Ann Arbor: University of Michigan Press, 1999.

Mcdowell. John Holmes, "Speech play", In *Folklore, cultural performances and popular entertainments: a communications —centered handbook.* ed. Bauman. Richard. New York: Oxford University Press, 1992. pp.139~144.

Mertz. Elizabeth. "Learning what to ask: metapragmatic factors and methodological reification", In *Reflexive language: reported speech and metapragmatics,* ed. Lucy, John A. Cambridge: Cambridge University Press, 1993. pp.159~174.

Mills, Sara, *Discourse.* 김부용 역. 『담론』. 고양: 인간사랑, 2001.

Orr. Mary. *Intertextuality: debates and contexts.* Cambridge, UK: Polity, 2003.

Pavis, Patrice, Lappin—Biller. "Problems of a Semiology of Theatrical Gesture", *Poetics Today.* Vol.2, No.3, Spring, 1981. pp.65~93.

Pearson, Michael, Parker *(The) Archaeology of death and burial.* 『죽음의 고고학』. 이희준 역. 서울: 사회평론, 2009.

Peirce, Charles Sanders, *Collected papers of Charles Sanders Peirce.* ed. Burks. Arthur W. Cambridge: Belknap Press of Harvard UniversityPress, 1958.

Pfister, Manfred, *The theory and analysis of drama,* tr. John Halliday. New York: Cambridge University Press, 1977.

Pratt. Mary Louise, *Toward a speech act theory of literary discourse.* Bloomington: Indiana University press, 1977.

Proschan, Frank. "Puppet voices and interlocutors: Language in folk puppetry", *Journal of American Folklore.* Vol.94. 1981. pp.527~555.

Proschan, Frank. "The cocreation of the comic in puppetry", In *Humor and Comedy in Puppetry,* ed. Sherzer, D. and Sherzer, J. Bowling Green, OH: Bowling Green University Popular Press. 1987, pp.30~46.

Reinelt, Janelle, "The Politics of discourse: performativity meets theatricality", In *Performance: critical concepts in literary and cultural studies v. I.* ed. Auslander. Philip.London: Routledge, 2003. pp.153~167.

Robert—Alain, de Beaugrande, Wolfgang Ulrich Dressler. *Einfuehrung in die Textlinguistik.* Tuebingen: Max Niemeyer, 1981.

Royce, Anya Peterson. "Mime", In *Folklore, cultural performances, and popular entertainments: a communications —centered handbook.* ed. Bauman. Richard. New York: Oxford University Press, 1992. pp.191~195.

Schechner, Richard. *Between theater anthropology.* Philadelphia: University of Pennsylvania Press, 1985.

Schechner, Richard. "Performance studies: the broad spetrum approach", In *The performance studies reader.* ed. Bial, Henry. London: Routledge, 2004. pp.7~9.

Schegloff, Emanuel A. "In another context", In *Rethinking context: language as an interactive phenomenon,* ed. Goodwin, Charles and Duranti, Alessandro. Cambridge: Cambridge University Press, 1992. pp.191~228.

Scheub, Harold, "Body and Image in Oral Narrative Performance". *New Literary History.* (8:3), 1977 Spring, pp.345~367.

Schieffelin, Edward L. "Performance and the cultural construction of reality", *American Anthropologist,* Vol.12. 1985. pp.707~724.

Schmitt, Raymond L. "Negative and positive keying in natural contexts: preserving the transformation concept from death through conflation", In *Erving Goffman. v.3.* ed. Alan Fine. Gary, and Smith. Gregory W. H. London: SAGE, 2000. pp.77~93.

Shepherd, Simon. and Wallis, Mick, *Drama/theatre/performance.* London: Routledge, 2004.

Signe and holger preuschoft, "Primate nonverbal communication: our communicative heritage", In *Origins of semiosis: sign evolution in nature and culture.* ed. Noeth, Winfried. Berlin; Mouton de Gruyter, 1994. pp.61~100.

Silverstein, Michael. "Metapragmatic discourse and metapragmatic function". In *Reflexive language: reported speech and metapragmatics,* ed. Lucy, John A. Cambridge: Cambridge University Press, 1993. pp.33~58.

Singer, Milton. *When a great tradition modernizes: an anthropological approach to Indian civilization.* New York: Praeger Publishers, 1972.

Stalnaker, Rober, C. "Assertion", In *Pragmatics Ⅱ: critical concepts.* ed. Kasher. Asa. London: Routledge, 1997. pp.232~249.

Stewart. Susan, *Nonsense: aspects of intertextuality in folklore and literature.* Baltimore: Johns Hopkins University Press,

Titon, Jeff. Todd. "Text", *The Journal of American Folklore,* Vol.108, No.430, (Autumn, 1995), pp.432~448.

Trager. George, L. "Paralanguage: A First Approximation", In *Language in culture and society: a reader in linguistics and anthropology.* ed.Hymes. Dell. New York: Harper & Row, 1964. pp.274~288.

Turner, Victor. "Dramatic Ritual / Ritual Drama: performative and reflexive anthropology", In *A crack in the mirrors: reflexive perspectives in anthropology.* ed. Ruby, Jay. Philadelphia: University of pennsylvania press. 1982. pp.83~97.

Turner, Victor, *The Anthropology of performance.* New York: PAJ Publication, 1987.

Ubersfeld. Anne. *Lire le th tre.* 신현숙 역. 『연극기호학』. 서울: 문학과지성사,

1988.

Ubersfeld, Anne. "The pleasure of the spectator", In *Performance: critical concepts in literary and cultural studies. v. Ⅱ*. ed. Auslander. Philip. London: Routledge, 2003. pp.236~248.

Vatz. Richard, E, "The Myth of the Rhetorical Situation", In *Contemporary Rhetorical Theory: A Reader*. ed. Louis, Lucaites, John, et. al. New York: Guilford, 1999, pp.226~231.

Veltrusky, Jiri. "Basic features of dramatic dialogue", IN *Semiotics of art: Prague School contributions*. ed. Matejka Ladislav and Titunik, Irwin R. Cambridge, Mass.: MIT Press, 1976. pp.128~133.

Welton, Martin. "Seeing nothing. now hear this…", In *The senses in performance,* ed. Banes, Sally and Lepecki, Andre. London: Routledge, 2007. pp.146~155.

Wilson, Deirdre and Sperber, Dan. "Mood and analysis of non‑declarative sentences", In *Pragmatics Ⅱ: critical concepts*. ed. Kasher. Asa. London: Routledge, 1997. pp.268~289.

Young, Katharine "Whose Body? An Introduction to Bodylore". *The Journal of American Folklore,* Vol.107, No.423, (Winter, 1994), pp.3~8.

Zubin, David, A. et. al. "The deitic center: a theory of deixis in narrative", In *Deixis in narrative: a cognitive science perspective*. ed. Duchan, Judith F. et. al. Hillsdale, NJ: Lawrence Erlbaum Associates, 1995. pp.129~155.

德丸吉彦. 『民族音樂學理論』. 김영봉 역. 서울: 민속원, 2003.

서복관, 『中國藝術精神』. 權德周 外 공역. 서울: 동문선, 2003.

李澤厚, 『華夏美學』. 權瑚 역. 서울: 東文選, 1990.

李澤厚. 『美의 歷程』. 尹壽榮 역. 서울: 東文選, 1991.

인터넷 자료

"디지털충주문화대전 '德談歌' 항목" 참조. 한국학중앙연구원 편.
http://chungju.grandculture.net/gc2/common/sub.jsp?pact=view_id&h_id=GC01902972

색인

(ㄱ)

(ㄴ)

(ㄷ)

(ㄹ)

(ㅁ)

주현식

현) 서강대학교 국문과 강사

2010년 「탈춤 연행의 반성성 연구」라는 논문으로 서강대에서 박사학위를 받았고, 이후 「이현화 희곡의 반복 충동과 연행성」, 「텔레비전 드라마 <싸인>의 시작 방식과 연행성」, 「퍼포먼스로서 에크뤼티르: 연극적 텍스트성의 실천」 등의 논문을 집필하며 고전 및 현대의 경계를 넘어 퍼포먼스 이론(연행론)을 문학 및 문화 현상에까지 적용해 학적 담론을 확장하려는 작업에 매진하고 있다.

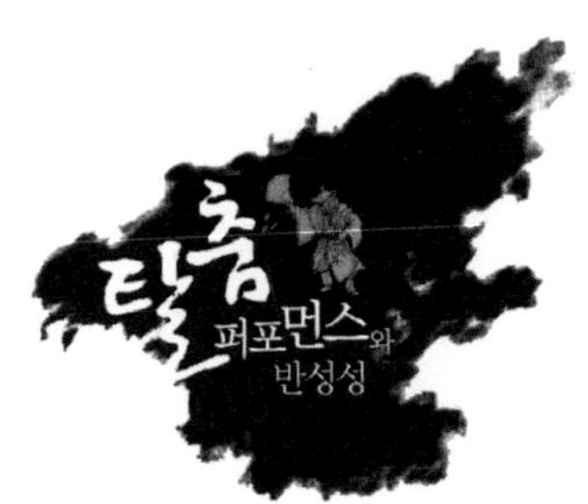

초 판 인 쇄 | 2011년 9월 30일
초 판 발 행 | 2011년 9월 30일

지 은 이 | 주현식
펴 낸 이 | 채종준
펴 낸 곳 | 한국학술정보㈜
주　　소 | 경기도 파주시 문발동 파주출판문화정보산업단지 513-5
전　　화 | 031) 908-3181(대표)
팩　　스 | 031) 908-3189
홈 페 이 지 | http://ebook.kstudy.com
E-mail | 출판사업부　publish@kstudy.com
등　　록 | 제일산-115호(2000. 6. 19)

ISBN　　978-89-268-2651-5 93810 (Paper Book)
　　　　978-89-268-2652-2 98810 (e-Book)

내일을여는지식 은 시대와 시대의 지식을 이어 갑니다.